KILLER INSTINCT

Jennifer Lynn Barnes bij Blossom Books

HET HAWTHORNE-MYSTERIE

I De erfenis

II De verloren erfgenaam

III De laatste zet

IV De Hawthorne-broers

DE MILJOENENSTRIJD

I Het Ultieme Spel

II Grootse rivalen

THE NATURALS

I The Naturals

II Killer instinct

JENNIFER LYNN BARNES

Vertaald door Elise Kuip

KILLER INSTINCT

Als een moordenaar spelletjes speelt, is winnen een kwestie van leven of dood.

Kijk voor triggerwarnings bij onze boeken op blossombooks.nl/triggerwarnings.

Laat iedereen weten wat je vindt van *Killer instinct* van @authorjenlynnbarnes.
Gebruik #KillerInstinct en vergeet @blossombooks niet te taggen!

NUR 285 / W102501

Originally published in hardcover and ebook by Hyperion, an imprint of Disney Book Group, in November 2014. Revised Trade Paperback Edition: May 2023. Little, Brown and Company is a division of Hachette Book Group, Inc. The Little, Brown name and logo are trademarks of Hachette Book Group, Inc.

Oorspronkelijke titel: *Killer Instinct*
Vertaling: Elise Kuip
Vertaling citaat pagina 246: *William Shakespeare, verzameld werk*, vert. Willy Courteaux, Meulenhoff/Manteau, 2007
Omslagillustratie: © 2023 by Katt Phatt
Omslagontwerp: Karina Granda
Nederlandse omslagbelettering: Shiralee Ruseler, Shiralism
Opmaak binnenwerk: Studio L.E.O.

Voor deze uitgave hebben we zoveel mogelijk duurzame keuzes gemaakt. Wil je meer weten over ons duurzaamheidsbeleid? Ga dan naar blossombooks.nl/duurzaamheid.

Wil je ons iets vragen of vertellen? Dat kan! Stuur een mailtje naar info@blossombooks.nl of vind ons op blossombooks.nl.

Beste lezer,

Hoe vaak kun je iets origineels schrijven over de boeken van Jennifer Lynn Barnes? Ondertussen is dit het achtste boek dat bij ons verschijnt, en de inspiratie raakt een beetje op. Want net als altijd, genoot ik ook deze keer weer van de personages, smulde ik van de intriges, weet Barnes als geen ander de spanning op te bouwen én vind ik haar nog steeds de koningin van de plottwists.

Het blijft me verbazen hoe goed ze lezers op het verkeerde been weet te zetten (of nou ja, hoe bij de lezer eigenlijk allebei de benen onder het lijf figuurlijk worden afgezaagd zodat je écht geen idee meer hebt wat er op de volgende pagina gaat gebeuren).

Ik wens je in ieder geval weer heel veel leesplezier met *Killer instinct*, het vervolg op *The Naturals*, en ik ben benieuwd of jij (in tegenstelling tot mij) wél het einde zag aankomen.

#SpreadTheBooklove

Myrthe Spiteri
Uitgever Blossom Books

Voor 'special agent' Elizabeth Harding.
Bedankt voor alles.

1

De meeste kinderen die worden ontvoerd en vermoord zijn binnen drie uur na hun ontvoering dood. Dankzij mijn kamergenoot, een wandelende encyclopedie die alles wist over kansberekening en statistieken, kende ik de exacte cijfers. Ik wist dat als de uren dagen en de dagen weken werden, de kans dat het kind werd teruggevonden zo klein werd dat de FBI de benodigde mankracht voor het onderzoek niet langer kon rechtvaardigen.

Ik wist dat als een zaak werd gesloten en als cold case zijn weg naar ons vond, we waarschijnlijk eerder naar een lichaam dan naar een klein meisje zochten.

Maar...

Maar Mackenzie McBride was zes.

Haar lievelingskleur was paars.

Ze wilde 'dierenarts-popster' worden.

Naar zo'n meisje moest je blijven zoeken. Voor zo'n meisje moest je hoop blijven koesteren, zelfs al wist je dat dat geen zin had.

'Je kijkt alsof je behoefte hebt aan iets vrolijks. Of misschien zelfs wel aan alcohol.' Michael Townsend liet zich naast me op de bank zakken en strekte zijn slechte been schuin voor zich uit.

'Nietes,' zei ik.

Michael snoof. 'Je mond glimlacht, maar de rest van je gezicht verzet zich. Alsof zelfs het kleinste lachje de weg zou vrijmaken voor een snik.'

Dat was het nadeel van bij de Naturals zitten. Ieder van ons deed mee aan dit programma omdat we dingen zagen die anderen niet zagen. Michael las gezichtsuitdrukkingen met hetzelfde gemak waarmee anderen geschreven teksten lazen.

Hij boog zich naar me toe. 'Je hoeft het maar te zeggen, Colorado, en dan bezorg ik je de afleiding waar je zo naar snakt.'

De laatste keer dat Michael had aangeboden om me af te leiden hadden we een halfuur lang dingen opgeblazen en een beveiligde USB-stick van de FBI gehackt.

Nou ja, technisch gezien had Slóáne een beveiligde USB-stick van de FBI gehackt, maar het eindresultaat was hetzelfde geweest.

'Geen afleiding,' zei ik resoluut.

'Weet je het zeker?' vroeg Michael. 'Want de steekwoorden voor deze afleiding zijn Lia, drilpudding en een persoonlijke vete die dringend moet worden beslecht.'

Ik wilde niet weten wat de leugendetector des huizes had gedaan om drilpuddingwraak te verdienen. Gezien Lia's persoonlijkheid en haar verleden met Michael waren de mogelijkheden eindeloos.

'Je beseft wel dat het een heel slecht idee is om een practical joke-oorlog met Lia te beginnen, toch?' zei ik.

'Uiteraard,' antwoordde Michael. 'Toch jammer dat ik zoveel gezond verstand en zo'n sterk overlevingsinstinct bezit.'

Michael was een onvervalste wegpiraat en had een hekel aan welke vorm van autoriteit dan ook. Twee maanden geleden was hij me het huis uit gevolgd, wetende dat er een seriemoordenaar rondliep die door mij geobsedeerd was, en als dank daarvoor was hij beschoten.

Twee keer.

Zelfbehoud was niet Michaels sterkste kant.

'Wat als we ons vergissen?' vroeg ik. Mijn gedachten waren weer bij hun beginpunt, waren via Michael, Mackenzie en de gebeurtenissen van zes weken geleden weer uitgekomen bij wat agent Briggs en zijn team nu aan het doen waren.

'We vergissen ons niet,' zei Michael zachtjes.

Laat de telefoon gaan, dacht ik. *Laat Briggs bellen met de boodschap dat mijn intuïtie deze keer – deze ene keer – klopt.*

Toen agent Briggs me het dossier van Mackenzie McBride had gegeven, had ik eerst de verdachte geprofileerd: een gevangene die vervroegd was vrijgelaten en vrijwel tegelijkertijd met Mackenzie was verdwenen. In tegenstelling tot Michaels gave beperkte de mijne zich niet tot iemands gezichtsuitdrukking en houding. Ik kon met behulp van een handjevol details in het hoofd van een ander kruipen en me inbeelden hoe het was om diegene te zijn, om te willen wat diegene wilde, om te doen wat diegene deed.

Gedrag. Persoonlijkheid. Milieu.

De verdachte in de zaak van Mackenzie had geen focus. De ontvoering was te goed gepland. Het klopte niet.

Ik had het hele dossier doorgespit, op zoek naar iemand die in het plaatje leek te passen. *Jong. Man. Intelligent. Zorgvuldig.* Ik had Lia half gesmeekt, half gedwongen om de getuigenverklaringen, ondervragingen, interviews en andere documenten die met de zaak te maken hadden door te spitten in de hoop dat ze iemand op een leugen zou betrappen. En uiteindelijk gebeurde dat ook. De advocaat van de McBrides had namens zijn cliënten een verklaring aan de pers gegeven. Ik had de verklaring vrij standaard gevonden, maar leugens waren voor Lia wat vals gezang was voor iemand met een absoluut gehoor.

'Dit soort tragedies zijn onbegrijpelijk.'

De advocaat was jong, man, intelligent en zorgvuldig – en hij loog. Er was iemand die dit niet onbegrijpelijk vond, iemand die dit geen tragedie vond.

Degene die Mackenzie had ontvoerd.

Volgens Michael had de advocaat van de McBrides een steek van opwinding gevoeld toen hij de naam van het meisje uitsprak. Ik hoopte dus dat er een kans bestond – hoe klein ook – dat de man haar niet had vermoord, dat hij haar gevangenhield als permanente herinnering aan het feit dat hij beter, sterker en slimmer was dan de FBI.

'Cassie.' Dean Redding stoof de kamer in, en opeens kreeg ik het benauwd. Dean was over het algemeen rustig en gereserveerd. Hij verhief zijn stem bijna nooit.

'Dean?'

'Ze hebben haar gevonden,' zei Dean. 'Cassie, ze hebben haar gevonden, op zijn terrein, precies waar ze volgens Sloanes tekening moest zitten. Ze leeft nog.'

Ik sprong op. Mijn hart bonsde in mijn oren en ik wist niet of ik moest huilen of overgeven of gillen. Dean lachte me toe. Dat was geen zwak glimlachje. Geen grijns. Hij stráálde, en daardoor leek hij opeens een heel ander mens. Achter het blonde haar dat altijd voor zijn gezicht hing glommen zijn chocoladebruine ogen. In een van zijn wangen verscheen een kuiltje dat ik nog nooit had gezien.

Ik sloeg mijn armen om Dean heen. Een tel later maakte ik me los uit zijn greep en stortte ik me op Michael.

Michael ving me op en slaakte een overwinningskreet. Dean ging op de armleuning van de bank zitten, zodat ik tussen hen in zat. Ik voelde de warmte van hun lichaam, maar het enige waar ik aan kon denken, was dat Mackenzie weer naar huis zou gaan.

'Is dit een privéfeestje, of is iedereen uitgenodigd?'

Toen we ons alle drie omdraaiden, zagen we Lia in de deuropening staan. Ze was van top tot teen in het zwart gekleed en om haar nek zat een keurig witzijden sjaaltje geknoopt. Ze trok een wenkbrauw naar ons op: koel, kalm en een tikkeltje spottend.

'Geef toe, Lia,' zei Michael. 'Jij bent net zo blij als wij.'

Lia keek naar mij. En toen naar Michael. En toen naar Dean. 'Eerlijk gezegd denk ik dat er op dit moment niemand zo blij is als Cassie,' zei ze.

Ik wist Lia's suggestieve opmerkingen steeds beter te negeren, maar deze was vol in de roos. Ik bloosde. Ingeklemd tussen Michael en Dean weigerde ik daaraan te denken – en weigerde ik dit door Lia te laten verpesten.

Deans blik werd grimmig en hij beende naar Lia toe. Ik dacht even dat hij ging zeggen dat ze het moment verpestte, maar dat deed hij niet. Hij tilde haar gewoon op en gooide haar over zijn schouder.

'Hé!' protesteerde Lia.

Grijnzend liet Dean haar tussen mij en Michael op de bank vallen en ging weer op de armleuning zitten, alsof er niets was gebeurd. Lia keek hem boos aan.

Michael prikte met een vinger in haar wang. 'Geef toe,' zei hij weer. 'Je bent net zo blij als wij.'

Lia wierp haar haren over haar schouder en keek recht vooruit, vermeed onze blik. 'Dankzij ons kan een klein meisje weer naar huis,' zei ze. 'Natuurlijk ben ik net zo blij als jullie.'

'Aangezien elk lichaam een andere hoeveelheid serotonine aanmaakt, is de kans dat vier mensen allemaal evenveel blijdschap ervaren relatief...'

'Sloane,' zei Michael zonder zich om te draaien. 'Als je die zin niet afmaakt, ligt er een vers gezet kopje koffie voor je in het verschiet.'

'In het nabije verschiet?' vroeg Sloane wantrouwig. Michael probeerde haar cafeïne-inname al jaren te blokkeren.

Michael, Lia en ik draaiden ons zwijgend naar Dean. Hij begreep de hint, stond op, liep naar Sloane toe en gaf haar precies dezelfde behandeling als Lia. Toen hij Sloane voorzichtig boven op me dumpte, giechelde ik en viel ik bijna van de bank, maar Lia greep me bij mijn kraag.

Het is ons gelukt, dacht ik terwijl Michael, Lia, Sloane en ik om ruimte vochten en Dean net buiten het strijdgewoel vanaf de armleuning toekeek. *Mackenzie McBride wordt geen statistiek. Ze zal niet worden vergeten.*

Dankzij ons zou Mackenzie McBride een volwassen vrouw worden.

'Goed.' Lia's ogen schitterden ondeugend. 'Wie vindt dat we dit moeten vieren?'

2

Het was eind september, de tijd van het jaar waarin je bijna kon vóélen hoe de zomer haar laatste adem uitblies en plaatsmaakte voor de herfst. Nu de zon onderging was het frisser in de achtertuin, al voelden we dat nauwelijks door het machtige gevoel en de roes van onze onvoorstelbare prestatie. Lia had de muziek uitgekozen. Het constante ritme van de bas overstemde de geluiden van Quantico, Virginia.

Voordat ik me aansloot bij het Naturals-programma had ik nooit echt ergens bij gehoord, maar nu, op dit moment, op deze avond, was verder alles onbelangrijk.

Mijn moeders verdwijning en vermoedelijke moord.

De lijken die zich opstapelden sinds ik voor de FBI was gaan werken.

Want nu, op dit moment, op deze avond, was ik onoverwinnelijk en machtig en hoorde ik ergens bij.

Op de veranda achter het huis pakte Lia mijn hand en leidde me naar het gazon. Haar bewegingen waren soepel en elegant, alsof ze dansend was geboren. 'Laat je voor een keer in je leven eens gaan,' fluisterde ze.

Ik was niet echt een danser, maar toch begonnen mijn heupen op de maat van de muziek te bewegen.

'Sloane,' riep Lia. 'Kom ook.'

Sloane, die haar beloofde kop koffie al achter de kiezen had, huppelde naar ons toe. Al snel werd duidelijk dat haar manier van dansen voornamelijk bestond uit gespring, af en toe afgewisseld met jazzhands. Ik grijnsde, stopte met het imiteren van Lia's vloeibare, sensuele bewegingen en begon te dansen zoals Sloane. *Spring. Jazzhands. Spring.*

Lia keek ons ontzet aan en zocht steun bij de jongens.

'Nee,' zei Dean kortaf. 'Geen denken aan.' Hij stond aan de andere kant van het gazon en hoewel het ondertussen zo donker was dat ik zijn gezichtsuitdrukking niet kon onderscheiden, kon ik me zijn opeengeklemde kaken moeiteloos voorstellen. 'Ik doe niet aan dansen.'

Michael had minder remmingen. Hoewel hij hinkend naar ons toe kwam, bleek hij prima op één been op en neer te kunnen huppen.

Lia rolde met haar ogen. 'Jullie zijn hopeloos,' zei ze.

Michael haalde zijn schouders op en trakteerde haar op jazzhands. 'Dat is een van mijn vele charmes.'

Lia sloeg haar armen om zijn nek en drukte zich dansend tegen hem aan. Hij trok een wenkbrauw naar haar op, maar duwde haar niet weg. Hij leek het vooral grappig te vinden.

Knipperlichtrelatie. Er schoot een scherpe steek door mijn maag. Al zolang ik Lia en Michael kende, was het uit geweest tussen hen. *Dit gaat me niets aan*, hielp ik mezelf herinneren. *Lia en Michael mogen doen wat ze willen.*

Michael zag dat ik naar hen keek. Hij scande mijn gezicht alsof het een boek was dat hij kon doorbladeren. Toen glimlachte hij en schonk me een trage, doelbewuste knipoog.

Sloane, die naast me stond, keek van Lia naar Michael naar Dean. Toen maakte ze een sprongetje mijn kant op. 'Er is zo'n veertig procent kans dat deze avond eindigt met een klap in iemands gezicht,' fluisterde ze.

'Deanie,' riep Lia. 'Kom ook dansen.' Dat was een uitnodiging en een uitdaging tegelijk. Michaels lichaam bewoog op het ritme van Lia's muziek en opeens besefte ik dat Lia deze show niet opvoerde voor mij – of voor Michael. De enige reden dat ze zo intiem met Michael danste, was om Dean op de kast te krijgen.

Te oordelen naar de rebelse blik in Deans ogen slaagde ze daar goed in.

'Je weet dat je het wilt,' zei Lia plagerig. Toen draaide ze zich al dansend om zodat ze met haar rug naar Michael toe stond. Dean en Lia waren de eerste deelnemers van het Naturals-programma geweest. Ze waren jarenlang samen getraind. Lia had me weleens verteld dat zij en Dean een soort broer en zus waren – en op dit moment leek Dean sprekend op een beschermende grote broer.

Michael vindt het leuk om Dean te irriteren. Dat was overduidelijk. *Lia doet niets liever dan Dean vanaf de zijlijn het speelveld op trekken. En Dean...*

Toen Michael een hand langs Lia's arm liet glijden, trilde er een spiertje in Deans kaak. Sloane had gelijk. Eén verkeerde beweging en die twee zouden met elkaar op de vuist gaan. Michael kennende zou hij dat waarschijnlijk zien als een teambuildingsactiviteit.

'Kom op, Dean,' zei ik voordat Lia iets kon zeggen wat de boel zou laten ontploffen. 'Je hoeft niet te dansen. Je kunt ook piekeren op de maat van de muziek.'

Dean moest lachen. Ik grijnsde. Michael, die naast me stond, zette een stapje achteruit zodat er wat ruimte tussen Lia en hem ontstond.

'Zin om te dansen, Colorado?' Michael pakte mijn hand en liet me een rondje om mijn as draaien. Lia kneep haar ogen tot spleetjes, maar herstelde zich snel. Ze sloeg een arm om Sloanes middel en probeerde de bewegingen van haar vriendin meer op dansen te laten lijken.

'Je bent niet blij met me,' zei Michael toen ik weer met mijn gezicht naar hem toe stond.

'Ik hou niet van spelletjes.'

'Ik speelde ook geen spelletje met jóú,' zei Michael, die me voor een tweede keer liet ronddraaien. 'En ook niet met Lia, als je het soms wilt weten.'

Ik keek hem veelbetekenend aan. 'Maar wel met Dean.'

Michael haalde zijn schouders op. 'Iedereen heeft een hobby nodig.'

Dean stond nog steeds aan de rand van het gazon, maar ik kon voelen dat hij naar me keek.

'Je mondhoeken gaan omhoog.' Michael hield zijn hoofd schuin. 'En je fronst.'

Ik wendde mijn blik af. Zes weken geleden had Michael gezegd dat ik moest uitzoeken wat ik voor hem voelde – en wat ik voor Dean voelde. Ik deed mijn best om daar niet aan te denken, om voor geen van hen twee iets te voelen, want zodra ik ook maar een greintje van welk gevoel dan ook zou toelaten, zou Michael dat weten. Ik had nog nooit romantiek ervaren. Daar had ik geen behoefte aan, in elk geval niet zoals ik er behoefte aan had om onderdeel van iets te zijn en om mensen te geven op een manier waarvan ik niet had geweten dat ik het nog kon. Niet alleen om Michael en Dean, maar ook om Sloane en zelfs om Lia. Ik was hier op mijn plek. En dat was ik hiervoor al heel lang niet geweest.

Misschien wel nooit.

Dat mocht ik niet verpesten.

'Weet je zeker dat we je niet kunnen overhalen om te komen dansen?' riep Lia naar Dean.

'Heel zeker.'

'Tja, in dat geval...' Lia wrong zich tussen Michael en mij en voor ik het wist danste ik met Sloane en danste Lia weer met Michael. Lia keek hem vanonder haar dikke wimpers aan en legde haar handen plat op zijn borst. 'Vertel eens, Townsend,' zei ze op haast spinnende toon. 'Heb je zin om een gokje te wagen?'

Dat voorspelde weinig goeds.

3

Ik was ten dode opgeschreven. Ik had te weinig hulptroepen en te weinig munitie en er kon zich elk moment een ramp voltrekken – en daar viel niets aan te veranderen.

'Ik ga mee en verhoog de inzet met twee.' Michael glimlachte zelfingenomen. Als ik had uitgeblonken in emoties lezen, had ik kunnen bepalen of dat een ik-heb-geweldige-kaarten-en-help-je-graag-je-eigen-graf-te-graven-glimlach of een ik-glimlach-omdat-je-niet-ziet-dat-ik-bluf-glimlach was. Helaas was ik beter in het ontcijferen van persoonlijkheden en motiveringen dan in het ontcijferen van de precieze betekenis van een gezichtsuitdrukking.

Onthouden, dacht ik. *Nooit pokeren met Naturals.*

'Ik ga mee.' Lia draaide haar glanzende zwarte paardenstaart om haar wijsvinger en schoof toen het vereiste aantal Oreo's naar het midden van de salontafel. Aangezien ze was gespecialiseerd in het spotten van leugens, betekende dat vast dat Michael waarschijnlijk blufte.

Het enige probleem was dat ik nu niet wist of Liá blufte.

Sloane sloeg ons vanachter een indrukwekkende berg Oreo's gade. 'Ik sla deze over,' zei ze. 'O, en ik overweeg wat van mijn pokerfiches op te eten. Zullen we afspreken dat een Oreo zonder vulling twee derde van een hele waard is?'

'Eet er gewoon een paar.' De sombere blik waarmee ik naar Sloanes berg keek was maar half gespeeld. 'Je hebt er toch genoeg.'

Voordat Sloane zich bij het Naturals-programma aansloot, had ze in haar geboortestad Las Vegas gewoond. Ze telde al kaarten sinds ze had leren tellen. Ze paste ongeveer een derde van alle keren, maar áls ze meespeelde, won ze.

'Iemand hier kan slecht tegen haar verlies,' zei Lia, die met een vinger mijn kant op wees en hem heen en weer bewoog. Ik stak mijn tong naar haar uit.

Iemand hier had nog maar twee Oreo's over.

'Ik ga mee.' Zuchtend duwde ik mijn Oreo's naar de pot. Het had geen zin om het onvermijdelijke uit te stellen. Als ik met vreemden had gespeeld, zou ik in het voordeel zijn geweest. Dan had ik aan de kleding en de houding van mijn medespelers kunnen aflezen of ze graag risico namen en of ze stilletjes of juist heel overdreven zouden bluffen. Helaas speelde ik niet met vreemden, en als je je medespelers kende, was de gave om andermans persoonlijkheid te lezen een stuk minder bruikbaar.

'En jij, Redding? Ga je mee of pas je?' Michaels vraag klonk eerder als een uitdaging.

Misschien vergist Lia zich. Daar dacht ik even over na. *Misschien bluft hij niet.* Michael zou Dean vast niet hebben uitgedaagd als hij er niet van overtuigd was dat hij ging winnen.

'Ik ga mee,' zei Dean. 'All-in.' Hij schoof vijf koekjes naar de pot, keek naar Michael en trok een wenkbrauw op in een vrijwel exacte imitatie van Michaels gezichtsuitdrukking.

Michael ging mee met Deans inzet. Lia ook. Toen was het mijn beurt.

'Ik heb geen koekjes meer,' zei ik.

'Ik wil je er best een paar lenen, tegen een schappelijke rente,' zei Sloane. Toen richtte ze zich weer op de Oreo die ze van zijn vulling aan het ontdoen was.

'Ik heb een idee,' zei Lia op een overdreven onschuldige toon die me meteen gevaarlijk in de oren klonk. 'We kunnen altijd nog een stapje verder gaan.' Ze knoopte het sjaaltje dat om haar nek zat los en gooide het naar me toe. Haar vingers speelden met de onderkant van haar tanktop en trokken hem net ver genoeg omhoog om er geen twijfel over te laten bestaan wat dat 'stapje verder' precies was.

'Als ik de regels van strippoker goed begrijp, hoeft alleen de verliezer een kledingstuk uit te trekken,' zei Sloane. 'En er heeft niemand nog verloren, dus...'

'Noem het een teken van solidariteit,' zei Lia, die haar shirtje nog een paar centimeter verder omhoogtrok. 'Cassie heeft bijna geen fiches meer. Ik probeer er gewoon weer een eerlijke strijd van te maken.'

'Lia.' Dean keek niet blij.

'Kom op, Dean.' Lia stak haar onderlip naar voren en trok een overdreven pruillip. 'Relax. We zijn met vrienden onder elkaar.' En toen trok Lia haar tanktop uit. Eronder droeg ze een bikinitopje. Ze had zich hier duidelijk op voorbereid.

'Verhoog je inzet,' zei ze tegen me. Ik droeg geen bikini onder mijn shirt, dus dat ging ik echt niet uittrekken. Langzaam deed ik mijn riem af.

'Sloane?' zei Lia toen.

Sloane keek Lia strak aan en begon te blozen. 'Ik ga niks uittrekken tot we een wisselkoers hebben bepaald,' zei ze bits, en ze gebaarde naar haar berg fiches.

'Sloane,' zei Michael.

'Ja?'

'Kan ik je blij maken met een tweede kopje koffie?'

Vijfenveertig seconden later was Sloane in de keuken en hadden de jongens geen shirt meer aan. Deans buik was gebruind, en een of twee tinten donkerder dan die van Michael. Michaels huid leek wel van marmer – met uitzondering van het litteken dat de kogel op de grens tussen zijn schouder en zijn borstkas had achtergelaten, dat roze en dik op zijn huid lag. Dean had ook een litteken – ouder, dunner, alsof iemand de punt van een mes langzaam van het begin van zijn sleutelbeen tot aan zijn navel over zijn bovenlichaam had getrokken.

'Ik ga mee,' zei Lia.

Een voor een draaiden we onze kaarten om.

Three of a kind.

Flush.

Full house, vrouwen en achten. Die was van Michael.

Ik wist het, dacht ik. *Hij blufte niet.*

'Jij bent,' zei Lia tegen mij.

Ik draaide mijn kaarten om, en mijn resultaat drong tot me door. 'Full house.' Ik glimlachte breed. 'Koningen en tweeën. Dat betekent dat ik heb gewonnen, toch?'

'Hoe heb je...' sputterde Michael.

'Dus al dat zelfmedelijden was geacteerd?' Ondanks alles leek Lia onder de indruk.

'Nee,' antwoordde ik. 'Ik dacht echt dat ik ging verliezen. Ik had alleen nog niet naar mijn kaarten gekeken.'

Ik had bedacht dat als ík niet wist welke kaarten ik had, Michael of Lia dat ook niet konden achterhalen.

Dean was de eerste die begon te lachen.

'Lang leve Cassie,' zei Michael. 'Koningin van de achterdeurtjes.'

Lia snoof.

'Betekent dit dat ik jullie shirts mag houden?' vroeg ik terwijl ik mijn riem pakte en een Oreo van tafel griste.

'Het lijkt me beter als iedereen zijn of haar eigen shirt houdt. En het weer aantrekt. Nú.'

Ik bevroor. De stem die dat bevel gaf, was vrouwelijk en helder. Een fractie van een seconde leek het alsof ik terug was in mijn eerste weken van het programma, bij mijn begeleider, mijn mentor. Special agent Lacey Locke. Zij had me getraind. Ik had haar aanbeden. Haar vertrouwd.

'Wie bent u?' Ik dwong mezelf terug te keren naar het nu. Ik mocht niet nadenken over agent Locke – zodra ik in dat zwarte gat verdween, kwam ik daar nauwelijks meer uit. In plaats daarvan concentreerde ik me op de vrouw die nu bevelen stond te blaffen. Die was lang en slank, maar niets aan haar was tenger. Haar donkerbruine haar zat onder in haar nek in een strakke knot en ze had haar kin heel lichtjes naar voren gestoken. Haar ogen waren grijs, een tint lichter dan haar pak. Haar kleren waren duur, maar zoals ze ze droeg, leken ze dat niet.

Aan haar riem hing een pistool.

Pistool. Deze keer kon ik de herinnering niet afbreken. *Locke. Het pistool.* Alles kwam weer terug. *Het mes.*

Dean legde een hand op mijn schouder. 'Cassie.' De warmte van zijn hand drong door mijn shirt. Ik hoorde hem mijn naam zeggen. 'Rustig maar. Ik ken haar.'

Eén schot. Twee. Michael valt op de grond. Locke... Locke heeft een pistool vast...

Ik concentreerde me op mijn ademhaling en joeg de herinnering uit mijn gedachten. Ik was niet degene die was beschoten. Dit was niet míjn trauma. Zonder mij zou Michael daar überhaupt niet zijn geweest.

Ik was degene van wie het monster op haar eigen, verknipte manier had gehouden.

'Wie bent u?' herhaalde ik op heldere, scherpe toon, terwijl ik me terug naar het nu vocht. 'En wat doet u in ons huis?'

De vrouw in het grijs liet haar ogen over mijn gezicht glijden en gaf me het ongemakkelijke gevoel dat ze precies wist wat er in mijn hoofd omging en waar ik een tel geleden was geweest.

'Ik ben special agent Veronica Sterling,' zei ze uiteindelijk. 'En vanaf vandaag woon ik hier.'

4

'Tja, ze liegt niet.' Lia verbrak de stilte. 'Ze is echt een special agent en ze heet echt Veronica Sterling, en vreemd genoeg is ze in de waan dat ze bij ons inwoont.'

'Lia, gok ik?' zei agent Sterling. 'De Natural die gespecialiseerd is in leugens.'

'Leugens vertellen, leugens spotten – één pot nat.' Lia haalde haar schouders elegant een klein stukje op, maar haar blik was hard.

'En toch,' zei agent Sterling, waarbij ze zowel het schouderophalen als Lia's intense blik negeerde, 'had je dagelijks contact met een FBI-agent die bijkluste als seriemoordenaar. Ze was een van jullie begeleiders, liep járenlang in dit huis rond zonder dat er alarmbellen bij je gingen rinkelen,' zei agent Sterling op klinische toon – ze somde simpelweg de feiten op.

Locke had ons allemaal voor de gek gehouden.

'En jij,' de ogen van agent Sterling vonden de mijne, 'moet Cassandra Hobbes zijn. Ik had je niet ingeschat als iemand die strippoker speelde. En nee, je krijgt geen schouderklopje voor het feit dat je samen met mij de enige in deze ruimte bent die nog een shirt draagt.'

Agent Sterling keek nadrukkelijk naar de berg kleding op de salontafel.

Ze sloeg haar armen over elkaar en wachtte. Dean pakte zijn shirt en gooide Lia het hare toe. Michael leek niet onder de indruk van de over elkaar geslagen armen en leek het ook niet nodig te vinden om zich aan te kleden. Agent Sterling keek op hem neer, en haar blik bleef hangen op het litteken van de kogel op zijn borstkas. 'Jij moet Michael zijn,' zei ze. 'De emotielezer met een gedragsprobleem die voortdurend domme dingen voor meisjes doet.'

'Dat vind ik nogal kort door de bocht,' antwoordde Michael. 'Ik doe ook genoeg domme dingen die niets met meisjes te maken hebben.'

Daar kon special agent Veronica Sterling niet om lachen. Ze draaide zich weer naar de rest van ons en maakte haar introductiepraatje af. 'Dit programma heeft een vacature voor een begeleider. Ik ben hier om die in te vullen.'

'Dat is waar,' zei Lia traag, 'maar dat is niet het hele verhaal.' Toen agent Sterling niet hapte, ging ze verder: 'Locke is nu zes weken weg. We begonnen ons al af te vragen of de FBI haar nog zou vervangen.' Ze liet haar blik over agent Sterling gaan. 'Hebben ze jou uit de figurantenmap geplukt? Ze ruilen de ene jonge vrouwelijke agent gewoon in voor de ander?'

Je kon het rustig aan Lia overlaten om alle beleefdheden achterwege te laten.

'Laten we het erop houden dat ik buitengewoon geschikt ben voor deze baan,' antwoordde agent Sterling. Haar nuchtere toon deed me ergens aan denken. Deed me aan íémand denken. Nu pas drong haar achternaam tot me door, en ik besefte waar ik die eerder had gehoord.

'Agent Sterling,' zei ik. 'Als in directeur Sterling?'

Ik had de FBI-directeur nog maar één keer ontmoet. Hij was komen opdagen toen de seriemoordenaar die Locke en Briggs zochten de dochter van een senator had ontvoerd. Indertijd had niemand geweten dat Locke de UNSUB – de *unknown subject*, oftewel de onbekende verdachte – was.

'Directeur Sterling is mijn vader.' Agent Sterling toon was neutraal – té neutraal, en ik vroeg me af waar haar vadercomplex precies uit bestond. 'Hij heeft me hierheen gestuurd om de schade te beperken.'

Directeur Sterling had Locke vervangen door zijn eigen dochter. Ze was hier verschenen terwijl agent Briggs op pad was voor een zaak. Dat kon geen toeval zijn.

'Briggs zei dat je de FBI had verlaten,' zei Dean zachtjes tegen agent Sterling. 'Ik hoorde dat je was overgestapt naar Binnenlandse Veiligheid.'

'Dat klopt.'

Ik probeerde de betekenis van agent Sterlings gezichtsuitdrukking en de toon waarop ze sprak te achterhalen. Zij en Dean kenden elkaar – zoveel was wel duidelijk uit Deans eerdere opmerking en de manier waarop haar blik toen ze hem aankeek bijna onmerkbaar was verzacht.

Een moederlijk trekje? Dat strookte niet met de manier waarop ze was gekleed, haar kaarsrechte houding en de manier waarop ze óver in plaats van mét de rest van ons sprak. Mijn eerste indruk van agent Sterling was dat ze een controlfreak was, en professioneel, en dat ze anderen op afstand hield. En of ze hield niet van tieners, of ze had specifiek een hekel aan ons.

Maar de manier waarop ze naar Dean keek, zelfs al was het maar kort...

Je bent niet altijd zo geweest. Ik glipte haar gedachten binnen. *Je haar zat niet altijd in een knot, je toon was niet altijd zo klinisch en afstandelijk. Er is iets gebeurd waardoor je je zo extreem professioneel bent gaan gedragen.*

'Is er iets wat je met ons wilt delen, Cassandra?'

De zachtheid die eerder in de blik van agent Sterling was geslopen, was op slag verdwenen. Ze merkte dat ik haar probeerde te profileren en sprak me daarop aan. Dat betekende twee dingen. Door de manier waarop ze dat deed, bespeurde ik onder haar humorloze uiterlijk ten eerste een vleugje sarcasme. Ooit zou ze dat met een grijns in plaats van met een grimas hebben gevraagd.

En ten tweede…

'Je bent een profiler,' zei ik hardop. Ze had gemerkt dat ik haar probeerde te profileren, en onbewust dacht ik: *soort zoekt soort*.

'Waarom denk je dat?'

'Ze hebben je hierheen gestuurd om Locke te vervangen.' Dat antwoord – agent Sterling zien als vervanging – deed meer pijn dan het had moeten doen.

'Dus?' De stem van agent Sterling was hoog en helder, maar de blik in haar ogen was hard. Dit was een uitdaging; dat was net zo duidelijk als de eerdere subtekst in het gesprek tussen Michael en Dean.

'Profilers stoppen mensen in hokjes,' zei ik. Ik keek agent Sterling recht aan en weigerde als eerste mijn blik af te wenden. 'We pikken allerlei verschillende willekeurige details op, die we gebruiken om het grote plaatje mee te vormen, om uit te vinden wie we tegenover ons hebben. De manier waarop je praat verraadt je: Michael is "de emotielezer met een gedragsprobleem" en je had mij "niet ingeschat" als iemand die strippoker speelde.'

Ik was even stil, en toen ze niet reageerde, ging ik verder. 'Je hebt onze dossiers gelezen en hebt ons nog voordat je ook maar een voet in dit huis had gezet al geprofileerd, dus je weet hoe erg we het vinden dat we agent Locke nooit hebben ontmaskerd. Dus óf je wilde zien hoe we zouden reageren als je over haar begon, óf je had gewoon zin om een oude wond open te rijten.' Ik liet een stilte vallen en liet mijn blik over haar lichaam gaan om alle details in me op te nemen – haar nagellak, haar houding, haar schoenen. 'Je lijkt me eerder een masochist dan een sadist, dus ik gok het eerste.'

Agent Sterling gebruikte de ongemakkelijke stilte die viel als wapen. 'Je hoeft me niet te vertellen wat het betekent om een profiler te zijn,' zei ze uiteindelijk op zachte, afgemeten toon. 'Ik heb een bachelor in criminologie. Ik ben de jongste persoon die ooit is afgestudeerd aan de academie.

Ik heb in mijn tijd bij de FBI meer veldwerk gedaan dan jij in je hele leven zult doen, en de afgelopen vijf jaar heb ik me bij Binnenlandse Veiligheid beziggehouden met binnenlands terrorisme. Zolang ik in dit huis woon, spreek je me aan als agent Sterling of mevrouw en noem je jezelf geen profiler, want uiteindelijk ben je gewoon een kind.'

Opnieuw klonk er in haar stem een zweem van iets wat onder haar kille voorkomen school. Maar ik kon mijn vinger er niet op leggen wat het precies was, alsof ik naar een voorwerp keek dat gevangenzat onder een dikke laag ijs.

'Er is geen "wij", Cassandra. Er is jij, en er is ik, en er is de evaluatie die ik over dit programma ga schrijven. Dus ik stel voor dat jullie deze rotzooi opruimen, naar jullie kamer vertrekken en naar bed gaan.' Ze gooide Michael zijn shirt toe. 'Jullie gaan je slaap hard nodig hebben.'

5

Ik lag in bed en staarde naar het plafond. Ik was bang dat als ik mijn ogen dichtdeed, er niets zou zijn om de spoken op afstand te houden. Als ik sliep, liep alles door elkaar heen: wat er met mijn moeder was gebeurd toen ik twaalf was, de vrouwen die agent Locke afgelopen zomer had vermoord, de schittering in Lockes ogen toen ze me het mes had voorgehouden. *Het bloed.*

Ik draaide op mijn zij en tastte naar iets op mijn nachtkastje.

'Cassie?' zei Sloane vanuit haar bed.

'Niks aan de hand,' antwoordde ik. 'Ga maar weer slapen.'

Mijn hand sloot zich om wat ik zocht: een lippenstift in de kleur Rozenrood, mijn moeders lievelingskleur. Die had Locke me gegeven als onderdeel van haar gestoorde spelletje, waarin ze me hints gaf en me naar haar evenbeeld probeerde te kneden. *Je wilde dat ik wist hoe hecht jullie waren.* Ik kroop in Lockes hoofd en probeerde haar voor de zoveelste nacht te profileren. *Je wilde dat ik je vond.* Het volgende deel was altijd het moeilijkst. *Je wilde dat ik zou worden zoals jij.*

Ze had me het mes voorgehouden. Ze had me opgedragen het meisje te vermoorden. En ergens had ze geloofd dat ik dat ook echt zou doen.

Locke had eigenlijk Lacey Hobbes geheten. Ze was het zusje van Lorelai

Hobbes – nephelderziende en vermoedelijk moordslachtoffer. *Mijn moeder.* Ik speelde met de lippenstift, keek ernaar in het donker. Hoe vaak ik hem ook had geprobeerd weg te gooien, het lukte me niet. Het was een masochistische herinnering aan de mensen die ik had vertrouwd, die ik had verloren.

Uiteindelijk dwong ik mezelf om de lippenstift neer te leggen. Ik kon mezelf dit niet blijven aandoen.

Maar ik kon er ook niet mee stoppen.

Denk aan iets anders. Aan wat dan ook. Ik dacht aan agent Sterling. Lockes vervanger. Die vrouw gebruikte haar kleding als een soort pantser. Al haar kleren waren duur en pasgestoomd. Op haar nagels zat een laagje doorzichtige nagellak. Geen french manicure, geen kleur – doorzichtig. Waarom zou je nagellak dragen als je hem niet kon zien? Vond ze het een fijn ritueel om haar nagels te lakken, om een dun laagje tussen haar en de rest van de wereld aan te brengen? Dat had een onderliggende betekenis: bescherming, afstand, kracht.

Je staat jezelf niet toe om zwak te zijn, sprak ik haar toe, zoals ik had geleerd om iedereen die ik profileerde toe te spreken. Waarom? Ik dacht opnieuw aan de hints die ze me over haar verleden had gegeven. Ze was de jongste die ooit was afgestudeerd aan de FBI-academie – en daar was ze trots op. Er was waarschijnlijk een tijd geweest waarin ze alles op alles had gezet om te winnen. Vijf jaar geleden had ze de FBI verlaten. *Waarom?*

In plaats van die vraag te beantwoorden, concentreerden mijn hersenen zich op het feit dat ze Dean had leren kennen toen ze bij de FBI zat. *Bij jullie eerste ontmoeting kan Dean niet ouder dan twaalf zijn geweest.* In mijn gedachten ging een alarmbel af. *De enige reden waarom een FBI-agent zo lang geleden contact met Dean kan hebben gehad, is als ze bij het team hoorde dat zijn vader heeft opgepakt.*

Dat team werd geleid door Briggs. Kort daarna had de agent Dean – de zoon van een beruchte seriemoordenaar – voor het eerst gebruikt om in het hoofd van andere moordenaars te kruipen. Uiteindelijk had de FBI ontdekt wat Briggs deed, maar in plaats van hem te ontslaan, hadden ze zijn experiment getransformeerd in een officieel programma. Dean was verhuisd naar een oud huis in Quantico, een kleine stad met een marinebasis. Briggs had een man genaamd Judd ingehuurd als Deans voogd. De jaren daarna had Briggs meer tieners met buitengewone gaven gerekruteerd. Eerst Lia, die griezelig goed kon liegen én andere leugenaars kon spotten. Toen ik me bij het programma aansloot, was agent Locke Briggs partner geweest. Misschien had ze agent Sterling zelfs wel vervangen voordat Sterling háár weer had vervangen.

Je vindt het niet prettig om vervangbaar te zijn of om vervangen te worden. Je bent hier niet alleen om je vader een plezier te doen, zei ik in gedachten tegen agent Sterling. *Je kent Briggs. Je mocht Locke niet. En ooit gaf je om Dean. Dit is een persoonlijke kwestie.*

'Wist je dat breedneuswombats gemiddeld tien tot twaalf jaar oud worden?' Sloane had kennelijk besloten dat ik loog toen ik zei dat er niks aan de hand was. Hoe meer koffie mijn kamergenoot dronk, hoe moeilijker ze het vond om willekeurige feitjes voor zichzelf te houden – al helemaal als ze dacht dat iemand wel wat afleiding kon gebruiken.

'De oudste wombat in gevangenschap werd vierendertig jaar.' Sloane kwam op haar ellebogen omhoog zodat ze me kon aankijken. Gezien het feit dat we een slaapkamer deelden, had ik waarschijnlijk feller moeten protesteren tegen dat tweede kopje koffie. Maar vanavond vond ik het gek genoeg geruststellend om Sloane statistieken te horen opratelen. Het profileren van Sterling had mijn gedachten aan Locke niet weten te verdrijven.

Misschien zou dit wel helpen.

'Vertel nog eens wat meer over wombats?' vroeg ik.

Sloane keek me stralend aan, als een klein meisje dat op kerstochtend getuige was van een wonder, en deed wat ik haar vroeg.

JIJ

De eerste keer dat je haar zag was je zenuwachtig. Ze stond naast de grote eik en haar lange haar, dat tot halverwege haar rug kwam, glansde. Je vroeg haar hoe ze heette. Je prentte je elk detail van haar in.

Maar dat doet er nu allemaal niet meer toe. Haar naam niet. De boom niet. Je zenuwen niet.

Je bent al te ver gekomen. Hebt al te lang gewacht.

'Als je haar de kans geeft, zal ze zich verzetten,' fluistert een stem achter in je hoofd.

'Die kans ga ik haar niet geven,' fluister je terug. Je keel voelt droog. Je bent er klaar voor. Al een hele tijd. 'Ik zal haar armen bij elkaar binden.'

'Boei haar,' fluistert de stem.

Boei haar. Brandmerk haar. Martel haar. Hang haar op.

Zo moet dit worden gedaan. Dat is wat dit meisje te wachten staat. Ze had niet zo ver bij het flatgebouw van die vent vandaan moeten parkeren. Ze had sowieso niet met hem naar bed moeten gaan.

Nee.

Nee.

Nee.

Als ze haar auto in stapt, zit je op de achterbank op haar te wachten. Je hebt je voorbereid. Ze heeft vandaag een tentamen – net als jij.

Ze trekt het portier dicht. Haar ogen schieten naar de achteruitkijkspiegel en een fractie van een seconde kijkt ze je aan.

Ziet ze je.

Je schiet naar voren. Haar mond gaat open, ze wil gillen, maar je drukt de vochtige doek over haar mond, haar neus. 'Als je haar de kans geeft, zal ze zich verzetten,' fluister je liefdevol in haar oor.

Haar lichaam verslapt. Je trekt haar op de achterbank en pakt de tiewraps.

Boei ze. Brandmerk ze. Martel ze. Hang ze op.

Het is begonnen.

6

Ik sliep tot twaalf uur 's middags en werd wakker met het gevoel alsof ik helemaal niet had geslapen. Mijn hoofd deed pijn. Ik had behoefte aan eten. En aan cafeïne. En misschien aan paracetamol.

'Slechte nacht gehad?' vroeg Judd toen ik de keuken in kwam. Zonder op te kijken vulde hij met een scherp geslepen HB-potlood een antwoord op zijn kruiswoordpuzzel in.

'Dat kun je wel zeggen,' antwoordde ik. 'Heb je agent Sterling al ontmoet?'

Judds lippen trilden lichtjes. 'Dat kun je wel zeggen,' herhaalde hij.

Judd Hawkins was ergens in de zestig. Officieel was hij aangenomen om zowel voor het huis als voor ons te zorgen. Het huis verkeerde in uitstekende staat. Wat de vijf tieners die erin woonden betreft... tja, Judd zorgde ervoor dat we te eten kregen en onze armen en benen min of meer intact bleven, maar verder bemoeide hij zich weinig met ons.

'Agent Sterling is kennelijk in de veronderstelling dat ze hier komt wonen,' zei ik.

Judd vulde opnieuw een antwoord van zijn kruiswoordpuzzel in. Als hij problemen had met het feit dat een FBI-agent hier min of meer onaangekondigd was verschenen, dan liet hij dat niet merken.

'Kan dat eigenlijk wel zomaar?' vroeg ik.

Judd keek eindelijk op van zijn puzzel. 'Als ze iemand anders was geweest niet,' antwoordde hij.

Aangezien agent Sterling hier op verzoek van haar vader naartoe was gekomen, begreep ik dat Judd daar niets aan kon veranderen. Wat ik niet begreep, was waarom Judd daar niets aan leek te wíllen veranderen. Sterling was hier om een evaluatie over het programma te schrijven. Om de schade te beperken, had ze gezegd, maar ik vond het meer weg hebben van een invasie.

'Mooi. Je bent wakker.'

Als men over de duivel spreekt, trapt men op zijn staart, dacht ik, maar toen legde ik mijn gedachten het zwijgen op. Dat was niet objectief – en niet eerlijk. Ik veroordeelde agent Sterling meer op wat ik dacht dat ze zou gáán doen dan op wat ze tot nu toe had gedaan. Diep vanbinnen wist ik dat wie ze ook hadden gestuurd om Locke te vervangen, ik er nooit klaar voor zou zijn geweest. Elke gelijkenis voelde alsof er zout in een wond werd gewreven. En elk verschil ook.

'Slaap je elke dag tot twaalf uur?' Agent Sterling hield haar hoofd schuin en bekeek me eens goed. Aangezien ik dat niet kon tegenhouden, deed ik hetzelfde bij haar. Ze droeg make-up, maar ze zag er niet opgemaakt uit. Net als de doorzichtige lak op haar nagels waren de kleuren die ze voor haar ogen en lippen had gekozen heel natuurlijk.

Ik vroeg me af hoeveel moeite ze moest doen om er zo moeiteloos perfect uit te zien.

Als je een UNSUB *echt wilt leren kennen*, kon ik Locke praktisch horen zeggen, *moet je geen zij of haar zeggen. Dan moet je jij zeggen.*

'Heb je hier geslapen?' vroeg ik aan Sterling. Daar dacht ik even over na. *Locke sliep hier nooit. Briggs doet dat ook niet. Jij doet nooit iets half.*

'In de studeerkamer staat een slaapbank,' zei Judd, een tikkeltje knorrig. 'Ik heb haar mijn kamer aangeboden, maar daar wilde mevrouwtje Koppig niks van weten.'

Mevrouwtje Koppig? Voordat Judd voor het Naturals-programma ging werken, was hij beroepsmilitair geweest. Ik had hem nog nooit een FBI-agent niet bij functie of achternaam horen noemen. Dus waarom sprak hij nu over agent Sterling op hetzelfde toontje waarmee hij vast ook over Lia praatte?

'Ik ga je niet je eigen bed uit schoppen, Judd.' Agent Sterling klonk licht geërgerd, wat me zei dat ze deze discussie al minstens twee keer eerder hadden gevoerd.

'Ga zitten,' zei Judd. 'Jullie allebei. Cassie heeft vandaag nog niets gegeten en ik smeer net zo makkelijk twee boterhammen.'

'Ik kan heus mijn eigen boterham wel smeren,' zei ik.

Judd keek me streng aan. Ik ging zitten. Dit was een kant van hem die ik nog niet eerder had gezien. Vreemd genoeg deed hij me een beetje denken aan mijn erg Italiaanse oma, die dacht dat ik deelnam aan een progressief, door de overheid gesponsord programma voor begaafde tieners. Nonna zag het als een van haar levensmissies om iedereen te eten te geven, en wee de ongelukkige ziel die haar daarbij in de weg stond.

'Ik heb al een boterham op,' zei agent Sterling stijfjes.

Judd smeerde toch twee boterhammen. De ene schoof hij mijn kant op, en de ander zette hij voor een lege stoel aan de tafel. Toen ging hij zitten en concentreerde zich zwijgend weer op zijn kruiswoordraadsel. Na een paar tellen ging ook agent Sterling zitten.

'Waar zijn de anderen?' vroeg ik aan Judd. Meestal kon ik nog geen vijf minuten in de keuken zijn zonder dat Lia binnenkwam om een bak roomijs uit de vriezer te plukken of Michael eten van mijn bord stal.

Mijn vraag werd beantwoord door agent Sterling. 'Michael heeft zich vandaag nog niet laten zien. Dean, Lia en Sloane zitten in de woonkamer een oefenexamen te maken.'

Ik stikte bijna in een stukje ham. 'Een wat?'

'Het is september,' zei agent Sterling op die te kalme toon die deed vermoeden dat ze heel goed was in het ondervragen van verdachten. 'Als je niet deelnam aan dit programma, zou je op school zitten. Sterker nog, ik weet vrij zeker dat ze je familie hebben verteld dat je hier onderwijs zou volgen. Sommige mensen zijn misschien bereid dat door de vingers te zien. Ik niet.'

Ik had een donkerbruin vermoeden dat agent Sterling het over agent Briggs en niet over Judd had.

'Jij hebt geluk, want jij hebt een familie die misschien op een dag naar je cijfers zal vragen,' ging ze verder. 'Dat geldt niet voor iedereen in dit huis, maar ieder van jullie zal de opleiding krijgen die jullie is beloofd.' Haar ogen schoten van mij naar Judd en weer terug. 'Dean en Lia hebben hier jarenlang thuisonderwijs gekregen. Als Judd zijn werk goed heeft gedaan, zouden zij hun tentamen moeten halen. Over Sloane maak ik me geen zorgen.'

Ze had het alleen nog niet over Michael en mij gehad. Als ik niet had deelgenomen aan dit programma, zou ik deze maand aan mijn eindexamenjaar zijn begonnen.

'Maak het oefenexamen,' beval Sterling. Te oordelen naar haar bruuske toon was ze gewend dat er naar haar werd geluisterd. 'Als je bijles nodig hebt, dan regelen we dat, maar hoe dan ook kunnen de andere aspecten van jullie... opleiding best even wachten.'

Sinds ik bij de Naturals zat, was ik vergeten dat er dingen te leren vielen die niet te maken hadden met criminelen en hun denkwijzen.

'Mag ik van tafel?' Ik duwde mijn stoel naar achteren.

Judd keek me geamuseerd aan. 'Dat vraag je anders toch nooit?'

Dat vatte ik op als een ja, en ik liep naar de deur. Judd maakte zijn kruiswoordpuzzel af en richtte zich toen tot agent Sterling. 'Ga je die boterham nog opeten, Ronnie?'

Ronnie? Mijn wenkbrauwen schoten naar mijn haargrens en ik bleef staan. Vanuit mijn ooghoek zag ik agent Sterling lichtjes verstijven toen ze die bijnaam hoorde.

'Ik heet Veronica,' zei ze. 'Of agent Sterling. Dat zijn de enige twee manieren waarop ik in dit huis wens te worden aangesproken.'

Die twee kennen elkaar, dacht ik. *Al heel lang.*

Ik bedacht dat directeur Sterling deze opdracht misschien niet alleen aan zijn dochter had gegeven omdat ze familie waren.

Toen ik voor de keukendeur stond, zwaaide die naar binnen open, waardoor ik bijna onderuitging. Aan de andere kant van de deur stond agent Briggs, die eruitzag alsof hij rechtstreeks uit het vliegtuig kwam. Hij stak zijn handen uit om me in evenwicht te houden, maar hij keek naar iemand anders.

'Ronnie.'

'Briggs,' zei agent Sterling, die heel bewust niet Briggs' voornaam of een afkorting daarvan leek te gebruiken. 'Ik neem aan dat de directeur je heeft ingelicht.'

Briggs hield zijn hoofd een beetje schuin. 'Je had me kunnen bellen.'

Ik had gelijk, dacht ik. *Die twee hebben zeker weten al eens samengewerkt.*

'Cassie.' Agent Briggs leek zich weer te herinneren dat zijn handen op mijn schouders lagen en liet zijn armen vallen. 'Ik zie dat je agent Sterling hebt ontmoet.'

'Gisteravond al.' Ik zocht op het gezicht van Briggs naar een aanwijzing dat hij niet blij was met de huisvredebreuk die deze vrouw symboliseerde. 'Hoe gaat het met Mackenzie?' vroeg ik.

Briggs glimlachte – wat op zichzelf al een zeldzaamheid was. 'Die is thuis. Ze zal een hoop hulp nodig hebben, maar ze komt er wel. Dat meisje is oersterk.' Hij richtte zich weer op agent Sterling. 'Het Naturals-programma heeft net zijn tweede cold case van de maand opgelost,' zei hij tegen haar. 'Een ontvoerd kind.'

Daar had je het – de aanwijzing dat agent Briggs niet van plan was zijn autoriteit af te staan aan de nieuweling. Die opmerking moest een heel duidelijke boodschap overbrengen: hij hoefde zich niet bedreigd te voelen. Het Naturals-programma werkte. We redden levens.

'Indrukwekkend,' zei agent Sterling op een toon die zei dat ze dat allesbehalve indrukwekkend vond. 'Zeker als je bedenkt dat er door dit programma maar twee kinderen in het ziekenhuis zijn beland, van wie er maar eentje écht beschoten is, dus dat is nauwelijks noemenswaardig.'

Twee kinderen – Michael en Dean. Ik wilde zeggen dat wij geen kinderen waren, maar Briggs keek me waarschuwend aan. 'Cassie, waarom ga jij niet kijken wat de anderen aan het doen zijn?'

Hij had net zo goed kunnen vragen waarom ik niet lekker buiten ging spelen. Geërgerd deed ik wat hij vroeg. Toen ik de woonkamer in liep, verbaasde het me niet dat alleen Dean bezig was met zijn oefenexamen. Lia vijlde haar nagels. Sloane maakte met potloden en elastiekjes iets wat op een katapult leek.

Lia zag me als eerste. 'Goedemorgen, zonnestraaltje,' zei ze. 'Ik ben geen Michael, maar als ik je gezichtsuitdrukking zo zie, gok ik dat je wat qualitytime met de geweldige agent Sterling hebt doorgebracht.' Lia keek me stralend aan. 'Is ze niet fantastisch?'

Het griezelige aan Lia was dat ze alles kon laten klinken alsof ze het meende. Lia had over het algemeen niets met de FBI en hield zich uit principe nooit aan de regels, maar zelfs al wist ik dat haar enthousiasme geveinsd was, toch kon ik niet zien dat ze loog.

'Als agent Sterling iets zegt, hang ik om de een of andere manier altijd aan haar lippen,' ging Lia op ernstige toon verder. 'Misschien zijn we wel soulmates.'

Dean snoof, maar keek niet op van zijn examen. Sloane lanceerde een potlood en ik moest wegduiken om niet tegen mijn voorhoofd te worden geschoten.

'Agent Briggs is terug,' zei ik toen ik weer rechtop stond.

'Godzijdank.' Lia liet haar act varen en zakte onderuit op de bank.

'Maar als iemand hem vertelt dat ik dat heb gezegd, zal ik genoodzaakt zijn om drastische maatregelen te nemen.'

Ik wilde eerlijk gezegd niet weten wat Lia's idee van 'drastische maatregelen' was.

'Briggs kent agent Sterling al,' zei ik. 'En Judd kent haar ook. Ze noemen haar Ronnie.'

'Dean.' Lia zei zijn naam op een langgerekte manier, die was bedoeld om hem te irriteren. 'Stop met doen alsof je dat examen maakt en vertel ons wat je weet.'

Dean negeerde haar. Lia keek me aan en trok een wenkbrauw op. Blijkbaar dacht ze dat ik hem wél aan het praten zou kunnen krijgen.

'Agent Sterling zat in het team dat je vader heeft ingerekend, hè?' vroeg ik om mijn theorie te testen. 'Ze was Briggs' partner.'

In eerste instantie dacht ik dat Dean mij ook ging negeren. Maar uiteindelijk legde hij zijn potlood neer, sloeg hij zijn ogen op en keek me aan. 'Ja,' bevestigde hij. Deans lage stem was prettig om naar te luisteren en had een heel zwak Texaans accent. Meestal was hij een man van weinig woorden, maar vandaag had hij er nog vijf voor ons. 'En ze was zijn vrouw.'

7

Z*e wás zijn vrouw,* dacht ik. *Verleden tijd – dus dat is ze nu niet meer.*

'Sterling is Briggs' ex-vrouw?' vroeg ik ongelovig. 'En nu heeft de directeur haar híérheen gestuurd? Dat lijkt me nogal onethisch.'

Lia sloeg haar ogen op. 'Onethischer dan een geheim FBI-programma dat minderjarige wonderkinderen gebruikt om seriemoordenaars te vinden?' Ze glimlachte zelfingenomen. 'Of dan het feit dat directeur Sterling zijn eigen dochter hierheen heeft gestuurd om Locke te vervangen? Op het hoofdkwartier van de FBI zijn ze duidelijk niet vies van nepotisme en schimmige praktijken.'

Sloane, die verbeteringen aanbracht aan haar katapult, keek op. 'Sinds 1999 heeft de FBI geen officieel beleid meer voor relaties op de werkvloer,' ratelde ze. 'Huwelijken tussen leidinggevenden, agenten en ondersteunend personeel zijn niet ongebruikelijk, al betreft dit slechts een minderheid van alle huwelijken van hun medewerkers.'

Lia keek me veelbetekenend aan en gooide haar haren over haar schouder. 'Als de FBI geen officiële regels over relaties op het werk heeft, dan denk ik niet dat ze die voor scheidingen wel hebben. En trouwens, we hebben het hier over directeur Sterling. De man die Michael praktisch van zijn vader heeft gekocht door te beloven dat de belastingdienst een oogje zou dichtknijpen.' Ze was even stil. 'De man die me door de FBI van straat heeft laten plukken en zei dat de jeugdgevangenis mijn enige andere optie was.'

Dit was de eerste keer dat ik Lia iets over haar leven vóór de Naturals hoorde zeggen. *Jeugdgevangenis?*

'Briggs en Sterling waren allebei betrokken bij mijn vaders zaak,' zei Dean zonder dat iemand erom vroeg. Hij gebruikte zijn eigen verleden om de aandacht af te leiden van dat van Lia, dus kennelijk had ze de waarheid verteld en wilde hij haar tegen vragen beschermen. 'Briggs was de strateeg van het team,' ging hij verder. 'Hij was gedreven en ontzettend prestatiegericht – niet in zijn relatie met haar, maar wel als het ging om de UNSUB's op wie ze joegen. Briggs wilde niet zomaar moordenaars pakken. Hij wilde *winnen*.'

Als Dean het woord UNSUB uitsprak, was het makkelijk te vergeten dat zijn vader voor hem nooit een onbekende verdachte was geweest. Dean had samengewoond met een moordenaar – met een echte psychopaat. Dag in, dag uit, jarenlang.

'Sterling was impulsief.' Dean hield het bij een beschrijving van de agenten. Ik dacht niet dat hij nog een keer over zijn vader zou beginnen. 'Nergens bang voor. Ze had een kort lontje en volgde haar intuïtie, zelfs als dat geen goed idee was.'

Ik vermoedde dat de persoonlijkheid van agent Sterling de afgelopen vijf jaar flink was veranderd, maar het bleef lastig om de gelijkenissen te zien tussen de opvliegende, door haar instinct gedreven vrouw die Dean omschreef en de agent die nu in de keuken zat. Mijn brein werkte op volle toeren om alle extra informatie te verwerken en de puntjes te verbinden, het pad van het verleden naar het heden te vinden.

'Briggs heeft een zaak.' Michael maakte graag een groots entree. 'Hij is net gebeld.'

'Maar zijn team is pas net terug.' Sloane laadde voor een tweede keer haar katapult. 'De FBI heeft zesenvijftig kantoren, en dat in Washington D.C. is het op een na grootste van het land. Er zijn tientallen teams die ze op deze zaak kunnen zetten. Waarom vragen ze Briggs?'

'Omdat ik de meest geschikte kandidaat ben.' Briggs kwam de kamer binnen. 'En omdat het universum kennelijk heeft besloten dat ik moet lijden,' voegde hij daar zachtjes aan toe.

Ik vroeg me af of dat laatste over de zaak ging – of over het feit dat agent Sterling figuurlijk in zijn nek hijgde. Nu ik wist dat ze getrouwd waren geweest, dacht ik niet dat zijn irritatie toen hij me de keuken uit had gestuurd enkel professioneel was geweest. Sterling speelde in zijn zandbak – en die twee hadden duidelijk een probleem met elkaar.

'Ik ga met agent Briggs mee.' Sterling negeerde haar ex-man en richtte zich tot ons. 'Als een van jullie deze maand ook maar in de búúrt van een training hoopt te komen, kunnen die oefenexamens maar beter af zijn als ik terug ben.'

Lia gooide haar hoofd in haar nek en barstte in lachen uit.

'Denk je dat ik een grapje maak, mevrouw Zhang?' vroeg agent Sterling. Dat was de eerste keer dat ik Lia's achternaam hoorde, maar Lia vertrok geen spier.

'Ik dénk helemaal niets,' antwoordde ze. 'Ik wéét dat je dat meent. Maar ik weet ook dat de hoge piefen van de FBI het echt niet goed gaan vinden als je hun geheime wapens van hun werk houdt. Ze hebben ons hier niet naartoe gehaald om ons eindexamen te halen. Ze hebben ons hiernaartoe gehaald omdat ze ons goed kunnen gebruiken. Ik heb je pappie ontmoet, agent Sterling. Hij houdt zich alleen aan de regels als dat hem uitkomt en hij heeft echt niet al die moeite gedaan om me te chanteren zodat ik me bij dit programma zou aansluiten om me nu door jou te laten kortwieken.' Lia leunde achterover en strekte haar benen. Op haar gezicht verscheen een lome, doelbewuste glimlach. 'Als jij er anders over denkt, dan hou je jezelf voor de gek.'

Agent Sterling wachtte met reageren tot ze zeker wist dat ze Lia's volle aandacht had. 'De FBI kan jullie alleen gebruiken als jullie geen risico voor de organisatie vormen,' zei ze kalm. 'En gezien jullie verleden – en het strafblad dat sommigen van jullie hebben – zal de directeur er makkelijk van te overtuigen zijn dat een of twee van jullie het risico niet waard zijn.'

Dean was de zoon van een seriemoordenaar. Michael had woedeaanvallen en was door zijn vader afgestaan aan de FBI zodat hij niet zou worden vervolgd voor witteboordencriminaliteit. Lia was een dwangmatige leugenaar – met een strafblad, kennelijk. Sloane hield haar katapult op het hoofd van agent Sterling gericht.

En dan had je mij nog.

'Lia, doe haar een lol en maak dat examen.' Briggs klonk als iemand die langzaam hoofdpijn begon te krijgen.

'Doe mij een lól?' herhaalde agent Sterling. 'Je vindt dat ze me een lól moet doen?' Sterlings stem ging een octaaf omhoog.

'Lia is al klaar,' zei Dean voordat Briggs kon reageren. Iedereen in de kamer keek naar hem. 'Die meid is een menselijke leugendetector. Ze kan multiplechoicevragen zelfs met haar ogen dicht nog goed beantwoorden.'

Leugens spotten draaide niet zozeer om wát mensen zeiden als wel om hóé ze iets zeiden. Als de vragen die de makers van het examen hadden bedacht een bepaald patroon volgden, als de formulering van de goede en de foute antwoorden ook maar een klein beetje van elkaar verschilde, dan zou een misleidingsdetector dat opmerken.

Lia schonk Dean een vuile blik. 'Jij verpest ook alles,' mompelde ze.

Dean negeerde haar en richtte zich tot agent Sterling. 'Hebben jullie een zaak? Ga daar dan lekker mee aan de slag. Maak je maar geen zorgen over ons. Wij redden ons wel.'

Ik kreeg het idee dat hij eigenlijk zei dat híj zich wel zou redden. Na haar preek over risico's leek agent Sterling dat te willen horen.

Briggs en jij hebben Daniel Redding opgepakt. Ik bekeek agent Sterling eens goed. *Jij hebt Dean gered.* Misschien vond Briggs' ex het maar niks dat ze Dean híérvoor had gered. We woonden in een huis waar foto's van seriemoordenaars aan de muren hingen. Op de bodem van ons zwembad was het silhouet van een dood lichaam geschilderd. Onze dagen draaiden om dood en verderf, die van Dean en mij al helemaal.

Als ze iets tegen dit programma heeft, waarom heeft de directeur haar dan als Lockes vervanger gekozen? Iets aan deze situatie klopte niet.

Briggs' telefoon trilde. Hij keek naar Sterling. 'Was dat het? Want de lokale politie is onze plaats delict aan het verpesten en kennelijk leek het een of andere idioot een goed idee om met de pers te praten.'

Agent Sterling mompelde een grove vloek en ik veranderde van gedachten over haar make-up en haar nagellak, de manier waarop ze zich kleedde en waarop ze sprak. Geen van dat alles was bedoeld om professioneel over te komen op de rest van de wereld. Het was niet bedoeld als beschermlaagje om de rest van de wereld buiten te houden.

Dat deed ze allemaal om de oude Veronica Sterling – de Veronica Sterling die Dean had omschreven – bínnen te houden.

Terwijl ik daarover nadacht, verlieten Briggs en Sterling het huis. Zodra de voordeur achter hen dichtviel, stortten Lia, Michael en Sloane zich op de afstandsbediening van de tv. Sloane had hem als eerste te pakken. Ze zapte naar een regionale nieuwszender. Het duurde even voordat ik besefte waarom.

Kennelijk leek het een of andere idioot een goed idee om met de pers te praten.

Agent Briggs ging ons echt geen informatie over een lopende zaak geven. De leerlingen in het Naturals-programma waren alleen bevoegd om aan cold cases te werken. Maar als de pers lucht had gekregen van de nieuwe zaak die op het bordje van Briggs' team was beland, dan was Briggs niet de enige die ons daar iets over kon vertellen.

'Eens zien wat paps en mams te wachten staat.' Lia keek naar de televisie en wachtte ongeduldig tot het spektakel zou beginnen.

'Lia, ik geef je duizend dollar als je Briggs en Sterling nooit meer paps en mams noemt.'

Lia keek Michael peinzend aan. 'Technisch gezien waar,' was haar analyse van zijn belofte. 'Maar je krijgt pas op je vijfentwintigste toegang tot je trustfonds, en ik geloof niet echt in het uitstellen van een beloning.'

Ik had niet eens geweten dat Michael een trustfonds hád.

'Dit is een ingelaste nieuwsuitzending.' Er verscheen een vrouwelijke verslaggever en het gesprek in de woonkamer viel stil. De vrouw stond voor een gebouw met een gotische torenspits. Haar haar werd door de wind alle kanten op geblazen en haar blik was ernstig. Ze straalde een vreemde energie uit die tijdens het zappen hoe dan ook mijn aandacht zou hebben getrokken, zelfs als ik geen flauw idee had gehad waar dit over ging.

'Ik sta hier voor de Colonial University in Noord-Virginia, waar een van de achtenzestighonderd studenten vandaag wreed is vermoord – en vervolgens op gruwelijke wijze is tentoongesteld op het grasveld voor het huis van de decaan.'

Er verscheen een foto van een huis dat was gebouwd in de stijl van een oude plantagewoning.

'Volgens bronnen is het meisje geboeid en gemarteld, gewurgd met de antenne van haar auto en vastgebonden op de motorkap. De auto en het lichaam zijn vanochtend vroeg aangetroffen op het gazon van de decaan van de Colonial University, Larry Vernon. De politie onderzoekt momenteel elke aanwijzing, maar volgens een bron binnen de politie is deze man, professor George Fogle, momenteel verdachte in de zaak.'

Opnieuw verscheen er een foto: een man van eind dertig met dik, donker haar en een intense blik.

'Professor Fogle geeft onder andere het populaire vak Monsters of mannen: over de psyche van de seriemoordenaar, dat volgens de omschrijving belooft dat studenten "de mannen achter de legendes van de gruwelijkste misdrijven ooit gepleegd beter zullen leren kennen dan hun beste vrienden."'

De verslaggever drukte haar hand tegen haar oor en stopte met het voorlezen van de autocue. 'Ik hoor zojuist dat er een video van het lichaam online is gezet die vlak nadat de politie op de plaats delict arriveerde is gemaakt door een student. We wachten op een verklaring van de politie over het misdrijf en het gebrek aan beveiliging waardoor een dergelijke video kon worden gemaakt. Ik ben Maria Vincent, voor Channel Nine News.'

Binnen een paar tellen stond het geluid van de televisie uit en had Sloane het gelekte beeldmateriaal op internet gevonden. Ze draaide haar laptop zodat we het scherm allemaal konden zien en drukte op afspelen. Er werd ingezoomd op de plaats delict. Expliciet was een understatement.

Geen van ons vijven keek weg. Lia en Michael keken misschien uit morbide nieuwsgierigheid. Sloane zag plaatsen delict als data: invalshoeken die konden worden onderzocht, berekeningen die konden worden gemaakt. Maar Dean en mij ging het niet om de plaats delict.

Ons ging het om het lichaam.

Tussen een moordenaar en een slachtoffer bestond een intieme band. Lichamen waren boodschappen vol symbolische betekenissen, die alleen konden worden ontcijferd door iemand die snapte welke behoeftes, verlangens en woede er nodig waren om iemand van het leven te beroven.

Dit is geen taal die iemand zou moeten willen spreken. Dat had Dean tegen me gezegd, maar toch voelde ik hem naast me al even strak naar het scherm kijken als ik.

Het dode meisje had lang blond haar. De filmende student had niet bij haar in de buurt kunnen komen, maar zelfs van een afstandje zag haar lichaam er gebroken uit en had haar huid iets levenloos. Haar handen leken te zijn vastgebonden achter haar rug en aangezien haar benen niet uit elkaar waren gevallen, gokte ik dat ook haar voeten bij elkaar waren gebonden. De onderste helft van haar lichaam bungelde van de motorkap. Haar shirt zag rood van het bloed. Ondanks het matige camerawerk zag ik een strop om haar nek zitten. Het zwarte touw, dat scherp afstak tegen de witte auto, liep over de voorruit en verdween in het schuifdak.

'Hé!' Op het filmpje werd de student die de telefoon vasthad gespot door een agent. De student vloekte en rende weg, en toen ging het scherm op zwart.

Sloane klapte haar laptop dicht. Iedereen was stil.

'Eén moord maakt iemand nog geen seriemoordenaar,' zei Michael uiteindelijk. 'Waarom zou je hier de FBI voor bellen?'

'De verdachte geeft les over seriemoordenaars.' Ik dacht hardop na. 'Als de professor bij deze moord betrokken is, is het misschien slim als de agent die de moord onderzoekt daar meer over weet.' Ik keek naar Dean om te zien of hij het met me eens was, maar hij keek naar de zwijgende televisie. Op de een of andere manier betwijfelde ik of hij het weerbericht echt zo fascinerend vond.

'Dean?' zei ik. Hij gaf geen antwoord.

'Dean.' Lia stak een voet uit en gaf hem een duwtje met haar hiel. 'Aarde aan Redding.'

Dean keek op. Zijn blonde haar hing voor zijn gezicht en zijn bruine ogen keken dwars door ons heen. Hij zei iets, maar de woorden bleven steken in zijn keel en hielden het midden tussen gegrom en gefluister.

'Wat zei je?' vroeg Sloane.

'Boei ze,' zei Dean, luider, maar nog steeds schor. 'Brandmerk ze. Martel ze. Hang ze op.' Hij deed zijn ogen dicht en balde zijn handen tot vuisten.

'Hé.' Lia zat binnen een tel naast hem. 'Hé, Dean.' Ze raakte hem niet aan, maar bleef rustig naast hem zitten. De blik waarmee ze naar hem keek was fel en beschermend – en bang.

Doe iets, dacht ik.

Ik deed Lia na en ging aan Deans vrije kant op mijn knieën zitten. Ik stak een hand uit en legde hem in zijn nek. Dat had hij de eerste paar keer toen ik in het hoofd van een moordenaar was gekropen ook bij mij gedaan.

Zodra mijn hand zijn huid raakte, kromp hij ineen. Zijn hand schoot naar voren en klemde zich stevig om mijn pols. Michael sprong op. Zijn ogen schitterden, maar ik gebaarde met mijn hoofd dat hij moest blijven staan. Ik kon mezelf prima redden.

'Hé,' zei ik net als Lia. 'Hé, Dean.'

Dean knipperde vlug drie of vier keer met zijn ogen. Ik probeerde me te concentreren op de details van zijn gezicht in plaats van op de hand die strak om mijn pols zat gewikkeld. Zijn wimpers waren niet zwart. Die waren bruin, een lichtere tint bruin dan zijn ogen. Zijn ogen, die me nu strak aankeken, waren rond en donker. Hij liet mijn pols los.

'Gaat het?' vroeg hij.

'Ja hoor,' zei Lia in mijn plaats. Ze kneep haar ogen tot spleetjes en daagde me uit om haar tegen te spreken.

'Ja hoor,' zei ik. Dat was ook echt zo. Ik kon voelen waar zijn vingers me een paar tellen geleden nog hadden vastgehad, maar het deed al geen pijn meer. Mijn hart ging tekeer. Ik weigerde mijn handen te laten trillen. 'En met jou?'

Ik verwachtte dat Dean daaroverheen zou praten, of helemaal niet zou antwoorden, of zou weglopen. Toen hij toch antwoordde, zag ik precies waarom hij dat deed: om boete te doen. Hij dwong zichzelf om meer te zeggen dan hij prettig vond om zichzelf te straffen voor het feit dat hij zijn zelfbeheersing was verloren.

Om het goed te maken.

'Ik heb me weleens beter gevoeld.' Daar had hij het bij kunnen laten, maar dat deed hij niet. Hij moest keihard werken voor elke lettergreep en mijn maag trok samen toen ik besefte hoeveel moeite het hem kostte om dit te zeggen. 'De professor die ze zoeken, de vent die dat Monsters of mannen-vak geeft? Ik durf te wedden dat hij wordt verdacht omdat mijn vader een van de moordenaars is die hij in zijn lessen behandelt.' Dean slikte en staarde strak naar het tapijt. 'Briggs en Sterling zijn op de zaak gezet omdat zij mijn vader hebben opgepakt.'

Ik herinnerde me hoe het had gevoeld om op een plaats delict rond te lopen en te weten dat hij die van de moord op mijn moeder moest nabootsen. Toen was Dean bij me geweest. Was hij er vóór me geweest.

'Boei ze. Brandmerk ze. Martel ze. Hang ze op,' zei ik zachtjes. 'Zo vermoordde je vader zijn slachtoffers.' Dat was geen vraag, want dat wist ik zeker. Daarvoor hoefde ik alleen maar naar Dean te kijken.

'Ja,' zei Dean. Hij sloeg zijn ogen op en keek naar de nog altijd geluidloze tv. 'En ik weet bijna zeker dat dit meisje op dezelfde manier is vermoord.'

JIJ

Het gazon van de decaan was een leuk detail. Je had haar overal kunnen dumpen. Je had niet het risico hoeven nemen om te worden gezien.

'Niemand heeft je gezien,' mompel je zelfingenomen. 'Maar ze hebben háár wel gezien.'

Ze hebben de lijnen gezien die je in haar lichaam hebt gekerfd. De strop die je om haar nek hebt geknoopt. Als je alleen maar dénkt aan hoe haar ogen uit haar hoofd puilden toen het leven uit haar wegvloeide, hoe haar tengere armpjes zich tegen de tiewraps verzetten, hoe haar bloed in rode stroompjes over haar bleke huid stroomde...

Je glimlacht. Het moment is voorbij, maar het spel? Het spel duurt nog heel lang. De volgende keer zul je minder gretig zijn. De volgende keer zul je niets te bewijzen hebben. De volgende keer zul je de tijd nemen.

8

Nadat Dean die bom over zijn vaders MO had laten vallen, verliet hij de woonkamer. De rest van ons bleef zwijgend zitten, en de minuten tikten langzaam voorbij en werden steeds zwaarder door alles wat we níét zeiden.

Het had geen nut om dat oefenexamen te proberen te maken. Ik kon alleen maar denken aan het meisje uit de video, het lichaam dat van de motorkap bungelde, de zwarte strop die strak rond haar levenloze nek zat. Dean had niet gezegd door welk detail van de moord hij wist dat de UNSUB zijn vaders misdaden imiteerde.

Het feit dat haar armen en benen waren vastgebonden?

De manier waarop ze over de motorkap hing?

In feite had dat allemaal toeval kunnen zijn. Maar Dean klonk heel zeker van zijn zaak, en hij had mij ook geloofd toen ik een al net zo krankzinnige theorie had. Een nog krankzinnigere theorie, zelfs.

'Je denkt aan afgelopen zomer.' Michael verbrak de stilte. 'Het kost je zoveel moeite om dat binnen te houden dat je zowat dubbelgevouwen zit.'

'Vinden jullie het dan niet raar?' Mijn blik schoot van Michael naar de anderen. 'Zes weken geleden imiteerde Locke de moord op mijn moeder, en nu aapt iemand Deans vader na.'

'Ik heb een nieuwtje voor je, Cassie.' Lia stond op, en haar ogen schoten vuur. 'Niet alles gaat over jóú.' Het venijn in haar stem verraste me. Lia en ik waren niet bepaald vriendinnen, maar ze zag me meestal ook niet als haar vijand.

'Lia...'

'Dit. Gaat. Niet. Over. Jou.' Ze draaide zich met een ruk om en stampte naar de deur. Halverwege bleef ze staan, keerde zich om en keek me indringend aan. 'Jij denkt te weten wat dit met Dean doet? Jij denkt hem te begríjpen? Je hebt geen idee wat hij nu doormaakt. Geen flauw idee.'

'Je bent niet boos op Cassie, Lia,' onderbrak Michael haar. 'Je bent boos op de situatie en op het feit dat Dean dit ergens in z'n eentje aan het verwerken is.'

'Val dood, Michael,' snauwde Lia terug. Ze liet een stilte vallen waarin haar woede bijna tastbaar was en liep de woonkamer uit. Een paar tellen later hoorde ik de voordeur opengaan en weer dichtvallen. Sloane, Michael en ik zwegen en keken elkaar verbluft aan.

'Misschien vergiste ik me,' zei Michael na een tijdje. 'Misschien is ze niet alléén boos op de situatie.'

Michael had de gave om te analyseren welke mengeling van emoties iemand precies voelde. Kon irritatie onderscheiden van sluimerende woede of vecht-of-vluchtrazernij. Maar het waarom van een emotie... Dat zat ergens tussen zijn gave en de mijne in. Wat iemand belangrijk vond, wat mensen pijn deed, wat ze maakten tot wie ze waren – dat was mijn terrein.

'Lia kent Dean het langst van ons allemaal,' zei ik. Ik ging de details van de situatie en de betrokken personen na. 'Hoeveel mensen hier ook komen wonen, in Lia's ogen zijn ze altijd met z'n tweeën. Maar Dean...'

'Is een eenling,' maakte Michael mijn zin af. 'Een eenzame strijder.'

Als het moeilijk werd, had Dean de neiging om een muur op te trekken, om andere mensen weg te duwen. Maar dat had ik hem nog nooit met Lia zien doen. Zij was zijn familie. Maar deze keer had hij haar – en ons – buitengesloten.

'Dean mag Cassie graag.' Sloane leek zich niet bewust van het feit dat dit misschien niet het goede moment was om te bespreken wat Dean precies van mij vond. Michael, die zijn emoties altijd perfect onder controle had, toonde geen enkele zichtbare reactie. 'Dat weet Lia. Volgens mij vindt ze dat niet erg. Volgens mij vindt ze dat vooral grappig. Maar nu... vindt ze dat niet zo grappig.'

Sloanes begrip van de menselijke geest was op z'n best zwak te noemen, maar haar opmerking bevatte een kern van waarheid. Lia had geen enkele romantische interesse in Dean, maar dat betekende niet dat ze het fijn vond dat hij míjn vragen had beantwoord toen hij ons had bijgepraat over de situatie. Ik was degene die tot hem door had weten te dringen. En daar was Lia niet blij mee. Zíj hoorde degene te zijn op wie hij leunde, niet ik. En toen was ik tot overmaat van ramp ook nog eens begonnen over de overeenkomsten – voor zover die er waren – tussen Deans situatie en wat ik met Locke had meegemaakt.

'Ik bedoelde niet dat ik precies weet hoe hij zich voelt.' Ik had het idee dat ik mezelf moest verdedigen, al verwachtten Sloane en Michael dat waarschijnlijk niet van me. 'Ik bedoelde gewoon dat het een of andere gruwelijke speling van het lot lijkt dat we allemaal hierheen zijn gehaald om cold cases op te lossen, maar Briggs lopende zaken steeds iets met ons te maken hebben.' Ik keek van Michael naar Sloane. 'Echt hoor, hoe groot is die kans?'

Sloane perste haar lippen op elkaar.

'Je wilt ons vertellen hoe groot die kans is, hè?' zei Michael tegen haar.

'Zo simpel is het niet.' Sloane schudde haar hoofd en streek haar witblonde haar met de muis van haar hand uit haar gezicht. 'Het gaat hier niet om losstaande variabelen. Dean zit bij dit programma omdat hij moordenaars begrijpt, en hij begrijpt moordenaars omdat zijn vader er een was.' Sloane gebaarde met haar handen alsof ze iets wat voor haar lag probeerde te pakken. 'Alles houdt verband met elkaar. Onze families. Wat er met ons is gebeurd. Onze gaven.'

Ik keek naar Michael. Die weigerde mijn blik te beantwoorden.

'Als Natural word je niet zomaar geboren met een fantastische gave. Die gave moet je trainen. Je héle leven.' Sloanes toon werd milder. 'Weet je dat er onderzoek is gedaan naar mensen zoals Lia? Die onderzoeken heb ik gelezen. Allemaal.'

Ik begreep meteen – zoals ik alles begreep zonder erover te hoeven nadenken – dat artikelen lezen over leugenaars Sloanes manier was om aansluiting met Lia te vinden. De rest van ons had van nature een flinke dosis mensenkennis. Sloane was beter met voorwerpen. Met cijfers. Met féíten.

'Volwassenen die goed zijn in leugens spotten hebben die gave vaak te danken aan een combinatie van aangeboren talent en expliciete training. Maar bij kinderen ligt dat anders.' Ze slikte moeizaam. 'Er is een specifieke subgroep kinderen die uitblinkt in het spotten van leugens.'

'En welke subgroep is dat precies?' vroeg ik.

Sloane friemelde aan de zoom van haar mouw. 'De subgroep die ervaring heeft met pieken en dalen. Een constant veranderende omgeving. Mishandeling.' Sloane was even stil, en toen ze verderging, sprak ze een stuk sneller dan eerst. 'Er bestaat een wisselwerking – de beste leugendetectors zijn statistisch gezien niet-volgzame kinderen die zijn opgegroeid in een gewelddadige omgeving maar die hun best doen om toch een vorm van controle te behouden.'

Als Briggs het had over hoe het was om een Natural te zijn, gebruikte hij graag woorden als 'potentieel' of 'gave'. Maar Sloane zei nu dat talent alleen niet genoeg was. We waren niet geboren als Naturals. Lia's jeugd had er op de een of andere manier voor gezorgd dat ze moeiteloos kon liegen en wist wanneer er tegen haar werd gelogen.

Iets had ervoor gezorgd dat Michael zich op emoties was gaan focussen.

Mijn moeder had me geleerd om mensen te lezen zodat ik ze samen met haar kon oplichten. We waren altijd onderweg geweest; soms waren we elke week in een andere stad. Ik had geen vaste thuisbasis gehad. Geen vrienden. In het hoofd van een ander kruipen, begrijpen hoe mensen dachten, zelfs als ze niet wisten dat ik bestond – dichter bij vriendschap was ik als kind niet gekomen.

'Geen van ons heeft een normale jeugd gehad,' zei Sloane zachtjes. 'Anders zouden we geen Naturals zijn.'

'Goed, tijd om ervandoor te gaan.' Michael stond op. Zijn toon was ontspannen, maar ik wist dat hij niet graag over zijn thuissituatie sprak. Hij had me een keer verteld dat zijn vader een kort lontje had. Ik probeerde niet te denken aan de redenen waarom een jongetje met zo'n vader een expert in het lezen van andermans emoties kon zijn geworden.

Michael liep naar de deur, maar toen hij langs Sloane kwam, bleef hij even staan. 'Hé,' zei hij zachtjes. Sloane keek hem aan. 'Ik ben niet boos op jou,' zei hij tegen haar. 'Jij hebt niets verkeerd gedaan.'

Sloane glimlachte, maar haar ogen deden niet mee. 'Ik heb een hele hoop data die erop lijkt te wijzen dat ik minstens zesentachtigeneenhalf procent van de keren iets verkeerds zeg of doe.'

'Dat is echt een opmerking voor iemand die graag in het zwembad wil worden gegooid,' zei Michael. Deze keer schonk Sloane hem een echte glimlach. Michael wierp een laatste blik op mij en verdween.

'Denk je dat Dean naar de garage is gegaan?' vroeg Sloane na een paar minuten. 'Als hij van streek is, gaat hij meestal naar de garage.'

Dean was niet gewoon van streek. Ik wist niet precies wat hij als kind allemaal had meegemaakt, maar de enige keer dat ik Dean had gevraagd of hij had geweten wat zijn vader die vrouwen aandeed, had hij geantwoord met: 'Eerst niet.'

'Dean heeft ruimte nodig,' zei ik tegen Sloane voor het geval ze dat niet snapte. 'Sommige mensen hebben graag vrienden om zich heen als ze het moeilijk hebben, en anderen zijn liever alleen. Als Dean wil praten, komt hij vanzelf naar ons toe.'

Nog voordat ik was uitgesproken, wist ik dat ik hier niet doelloos kon blijven zitten wachten. Ik moest iets dóén – ik wist alleen niet wat.

'Komt het wel weer goed met hem?' Sloanes stem was zo zacht dat ik haar bijna niet hoorde.

Ik kon niet tegen haar liegen. 'Dat weet ik niet.'

9

Uiteindelijk belandden we in de bibliotheek. Alle muren van de ruimte waren bedekt met boekenkasten, waarin meer boeken stonden dan ik in twee levens zou kunnen lezen. Ik stond in de deuropening. Ik was hier niet voor een boek. *Derde kast van links, tweede plank van boven.* Ik slikte moeizaam en liep naar de juiste kast. *Interview achtentwintig, map twaalf.*

Ik pakte de juiste map beet en dwong mezelf hem van de plank te halen. De laatste keer dat ik interview achtentwintig had geprobeerd te lezen, was ik gestopt toen de achternaam van de geïnterviewde tot me was doorgedrongen.

Lia had gelijk. Ik begreep niet precies wat Dean nu doormaakte – maar dat wilde ik wel. Dat móést ik begrijpen, want als ík langzaam door een zwart gat werd opgeslokt, zou Dean dat hebben begrepen.

Dean begreep altijd alles.

Ik ging op de grond zitten, legde de map op mijn bovenbenen en zocht de bladzijde waar ik een paar weken geleden was gestopt. Het interview was afgenomen door Briggs. Hij had Deans vader net gevraagd om de identiteit van een van zijn slachtoffers te bevestigen.

Redding: Je stelt de verkeerde vragen, knul. Het draait niet om wie ze zijn, maar om wát ze zijn.
Briggs: En wat zijn ze dan precies?
Redding: Ze zijn van mij.
Briggs: Is dat de reden dat je hun armen en benen met tiewraps aan elkaar vastbond? Omdat ze van jou waren?
Redding: Je wilt horen dat ik dat deed zodat ze zouden blijven. Die chique FBI-psychologen van je zouden spontaan gaan kwijlen als ze me hoorden praten over de vrouwen die me hebben verlaten. Of over mijn moeder en de moeder van mijn zoon. Is het weleens in je opgekomen dat ik misschien gewoon dol ben op de aanblik van een vrouwenhuid als ze zich verzet tegen dat harde plastic? Misschien vond ik het gewoon prachtig om witte strepen op hun polsen en enkels te zien verschijnen, om te zien hoe hun handen en voeten gevoelloos werden. Of om te zien hoe hun spieren zich spanden en sommigen zich tot bloedens toe probeerden vrij te worstelen terwijl ik toekeek... Kun je je dat voorstellen, agent Briggs? Nou?
Briggs: En het brandmerken? Wil je beweren dat dat geen manier was om ze als je eigendom te markeren? Dat het niet je bedoeling was om ze te bezitten, onder de duim te houden, de baas over ze te spelen?
Redding: Mijn bedoeling? Wie zegt dat ik een bedoeling had? Als kind vond niemand me aardig. Mijn leraren omschreven me als stug. Ik ben opgevoed door mijn opa, en hij zei altijd dat ik niet zo naar hem moest kijken, dat ik niet zo naar mijn oma moest kijken. Iets aan mij klopte gewoon niet. Ik heb moeten leren hoe ik dat verborg, maar mijn zoon? Dean? Die is lachend geboren. Toverde bij iedereen een glimlach op het gezicht. Iedereen was gek op die jongen. Mijn jongen.

Briggs: En jij? Was jij ook gek op hem?

Redding: Ik heb hem gemaakt. Hij was van mij, en als hij innemend kon zijn, als hij mensen gerust kon stellen, dan kon ik dat ook.

Briggs: Je zoon heeft je geleerd hoe je je aanpast, hoe je aardig gevonden wordt, hoe je het vertrouwen van anderen wint. En wat heb jij je zoon geleerd?

Redding: Waarom vraag je dat niet aan je vrouw? Dat is een knappe dame, hè? Al is ze wel een tikkie brutaal... mmmm, mmm, mmmmm.

'Lekker aan het lezen?'

Een stem trok me met een ruk weer naar het heden. 'Lia.'

'Je kunt het gewoon niet laten, hè?' Lia's stem had een bits randje, maar ze klonk niet meer zo woedend als in de woonkamer.

'Sorry van daarnet.' Ik bood met gevaar voor eigen leven mijn excuses aan, want ik wist hoe razend ze daarvan kon worden. 'Je hebt gelijk. Ik weet niet wat Dean nu doormaakt. Locke en ik... dat was niet hetzelfde.'

'Altijd zo oprecht,' zei Lia zangerig, maar haar stem had een scherpe ondertoon. 'Altijd bereid om haar eigen fouten toe te geven.' Haar blik viel op de map in mijn schoot en haar toon werd vlak. 'Maar ook altijd klaar om opnieuw dezelfde fouten te maken.'

'Lia,' zei ik. 'Ik probeer jullie niet uit elkaar te drijven of zo...'

'Jezus, Cassie. Ik zei toch dat dit niet om jou gaat. Denk je nou echt dat dit om míj gaat?'

Ik wist niet wat ik moest denken. Lia liet zich bewust niet makkelijk profileren. Het enige wat ik zeker wist, was dat ze Dean nooit zou afvallen.

'Hij zou niet willen dat je dat las.' Ze klonk zeker van haar zaak – maar dat klonk ze eigenlijk altijd.

'Ik dacht dat het misschien zou helpen,' zei ik. 'Als ik het begríjp, kan ik...'

'Helpen?' herhaalde Lia op venijnige toon. 'Dat is jouw probleem, Cassie. Je bedoelt het altijd zó goed. Je wilt altijd alleen maar hélpen. Maar je helpt helemaal niet. Er raakt altijd iemand gekwetst, en jij blijft altijd buiten schot.'

'Ik ga Dean niet kwetsen,' zei ik fel.

Lia liet een blaffend lachje horen. 'Het is lief dat je dat gelooft, maar dat is niet zo.' Ze liet zich langs een muur naar beneden glijden, tot ze op de grond zat. 'Op mijn veertiende liet Briggs me naar audio-opnames van Reddings interviews luisteren.' Ze trok haar benen tegen haar borst. 'Op dat moment was ik hier een jaar en weigerde Dean me ook maar in de búúrt te laten komen van iets wat met zijn vader te maken had. Maar ik was net als jij. Ik dacht dat het zou hélpen, maar het hielp niet, Cassie.' Elke keer dat ze een vorm van het werkwoord 'helpen' uitsprak, werd haar gezichtsuitdrukking snerender. 'Die interviews zijn de Daniel Redding-show. Hij is een leugenaar. Een van de besten die ik ooit heb horen praten. Als hij de waarheid vertelt, laat hij je denken dat hij liegt, en dan zegt hij opeens dingen die onmogelijk waar kunnen zijn...' Lia schudde haar hoofd, alsof ze de herinnering daarmee zou kunnen kwijtraken. 'Iets lezen wat Daniel Redding heeft gezegd maakt je gek, Cassie, en weten dat jij dit gelezen hebt, zal Dean gek maken.'

Ze had gelijk. Dean zou niet willen dat ik dit las. Zijn vader had hem omschreven als een lief jongetje dat lachend geboren was, mensen direct om zijn vinger wond en moeiteloos op hun gemak stelde, maar de Dean die ik kende was altijd op zijn hoede.

Zeker als ik in de buurt was.

'Zeg me dat ik het mis heb, Cassie, en dan bied ik je mijn excuses aan. Zeg me dat Daniel Redding je nog niet in zijn greep heeft.'

Ik wist dat het geen zin had om tegen Lia te liegen. Een deel van mij zag mensen als puzzels die moesten worden opgelost en wilde antwoorden, wilde dat dingen – vreselijke dingen, gruwelijke dingen, zoals wat er met mijn moeder was gebeurd en wat Daniel Redding die vrouwen had aangedaan – een logische verklaring hadden.

'Dean zou niet willen dat ik dit deed,' gaf ik toe. Ik beet op mijn onderlip en zei: 'Maar dat betekent niet dat ik het niet moet doen.'

In mijn eerste week bij dit programma had Dean geprobeerd me weg te jagen. Toen had hij gezegd dat het profileren van moordenaars me kapot zou maken. En dat er, toen agent Briggs hem begon te raadplegen bij lopende onderzoeken, bij hem niets meer was om kapot te maken.

Als het andersom was geweest, als ik in dit alles kopje-onder had dreigen te gaan, zou Dean niet aan de zijlijn blijven staan.

'Ik heb gisteravond in Michaels kamer geslapen.' Lia wachtte tot die woorden tot me doordrongen en schonk me toen een Kolderkat-achtige grijns. 'Ik wilde een revanche voor dat potje strippoker, en *monsieur* Townsend deed maar wat graag mee.'

Die opmerking leek mijn hart als een ijspegel te doorboren. Ik verstijfde en probeerde niets meer te voelen.

Lia griste de map van mijn schoot en snoof. 'Echt hoor, Cassie, je bent veel te goedgelovig. Als ik weer eens een nacht met Michael besluit door te brengen, zul je dat weten ook, want dan ben jij de volgende ochtend onzichtbaar en kijkt Michael alleen nog maar naar mij. In de tussentijd...' Lia klapte de map dicht. 'Graag gedaan, want dit is officieel de tweede keer in vijf minuten dat ik heb voorkomen dat je gedachten afdwalen naar een plek waar je ze echt niet wilt hebben.' Haar ogen boorden zich in de mijne. 'Je wilt niet in het hoofd van Daniel Redding kruipen, Cassie.' Ze gooide haar haren over haar schouder. 'En als ik een derde keer moet ingrijpen, zal mijn aanpak een stuk creatiever zijn.'

Na die nogal verontrustende opmerking verliet ze de bibliotheek – samen met de map en alles wat erin zat.

Mag ze dat zomaar doen? Ik staarde haar na. Uiteindelijk wist ik mezelf tot de orde te roepen en hield ik mezelf voor dat ze gelijk had. Ik hoefde de details van de zaak van Deans vader niet te kennen om er voor Dean te kunnen zijn. Maar ondanks het feit dat ik dat wist, ondanks het feit dat ik dat gelóófde, vroeg ik me nog steeds af wat er verder nog in dat transcript stond.

Wat heb jij je zoon geleerd? had agent Briggs gevraagd.

Ik had nog nooit een foto van Deans vader gezien, maar ik kon me goed indenken dat er een glimlach over zijn gezicht was gegleden toen hij daarop antwoordde. *Waarom vraag je dat je vrouw niet?*

10

Dean sloeg het avondeten over. Judd schepte wat eten voor hem op een bord en zette het in de koelkast. Ik vroeg me af of Judd vaker had meegemaakt dat Dean urenlang verdween. Misschien was dat toen Dean hier net was heel normaal geweest. Ik merkte dat ik steeds vaker aan die Dean dacht – de twaalfjarige jongen wiens vader was gearresteerd voor seriemoorden.

Je wist wat hij deed. Zonder het te willen glipte ik Deans perspectief in. *Maar je kon hem niet tegenhouden.*

Het lukte me niet om mijn empathie voor Dean – hoe hij over zijn vader dacht, wat hij gevoeld moest hebben toen hij naar dat dode meisje keek – in een apart deel van mijn geest weg te stoppen. Dat sijpelde langzaam door in mijn gedachten. Ik wist bijna zeker dat Dean op dit moment dacht aan het feit dat hij het bloed van een moordenaar door zijn aderen had stromen. Door mijn aderen stroomde hetzelfde bloed als door die van Locke. Misschien had Lia gelijk. Misschien kon ik echt niet begrijpen wat Dean nu doormaakte – maar ik was een profiler, dus onwillekeurig wilde ik dat toch proberen. Onwillekeurig voelde ik zijn pijn en besefte ik dat die overeenkwam met de mijne.

Na het eten wilde ik naar boven gaan, maar mijn voeten brachten me naar de garage. Vlak voor de deur bleef ik staan. Ik hoorde de gedempte geluiden van vuisten die ergens tegen sloegen – keer op keer, steeds weer opnieuw. Ik bracht een hand naar de deurknop, maar trok hem toen weer terug.

Hij wil niet dat je binnenkomt, hield ik mezelf voor. En toch dacht ik nog steeds dat Dean ons niet buitensloot omdat hij ons wílde buitensluiten, maar omdat hij zichzelf niet toestond iets te willen. Er was een kans – best een grote – dat Dean niet per se behoefte had aan alleen zijn, maar vond dat hij het verdíénde om alleen te zijn.

Mijn hand ging uit eigen beweging weer naar de deurknop. Deze keer draaide ik hem om. De deur ging een heel klein stukje open en het ritmische *pets, pets, pets* van daarnet vermengde zich met gehijg. Ik hield mijn adem in en duwde de deur open.

Dean zag me niet. Zijn zweterige blonde haar plakte tegen zijn voorhoofd. Een dunne witte tanktop, kletsnat en bijna doorzichtig, kleefde tegen zijn bovenlijf. De lijnen van zijn buik en borst waren zichtbaar. De spieren in zijn ontblote schouders stonden zo strakgespannen dat het leek alsof ze elk moment als elastiekjes konden knappen of uit zijn gebruinde huid konden barsten.

Pets. Pets. Pets.

Hij ramde met zijn vuisten tegen een bokszak. Toen die weer naar hem toe zwaaide, begon hij harder te slaan. Het ritme van zijn stoten werd steeds sneller en bij elke stoot haalde hij feller uit. Hij droeg geen handschoenen.

Ik wist niet hoelang ik zo naar hem keek. Zijn bewegingen waren dierlijk, wild en vinnig. Met mijn profilersblik zag ik de betekenis die in al zijn stoten verborgen lag. *De controle loslaten, de controle behouden. Straf, ontlading.* Hij was vast blij met de pijn in zijn knokkels. En waarschijnlijk kon hij niet stoppen.

Ik zette nog een paar stappen naar hem toe, maar bleef op een veilig afstandje staan. Deze keer probeerde ik hem niet aan te raken. Hij keek strak naar de zak, maar leek niets te zien. Ik wist niet wie hij tot moes sloeg – zijn vader of zichzelf. Het enige wat ik wist, was dat als hij niet zou stoppen met slaan, iets het zou begeven – de zak, zijn handen, zijn lichaam, zijn geest.

Hij moest hiermee ophouden.

'Ik heb je gekust.' Ik wist niet wat me bezielde om dat te zeggen, maar ik moest íéts zeggen. Ik zag het toen mijn woorden tot hem doordrongen. Zijn bewegingen werden net iets beheerster, en ik voelde dat hij zich langzaam weer bewust werd van de rest van de wereld.

'Dat had niks te betekenen.' Hij bleef tegen de zak slaan. 'Het was maar een spelletje.'

Doen, durven of de waarheid. Hij had gelijk. Het was maar een spelletje geweest. Dus waarom voelde het dan nu alsof iemand me een klap gaf?

Dean stopte eindelijk met boksen. Hij hijgde en zijn hele lichaam bewoog mee op het ritme van zijn ademhaling. Hij keek me vanuit zijn ooghoeken aan en zei toen: 'Je verdient beter.'

'Beter dan een spelletje?' vroeg ik. *Of beter dan jij?*

Dean gaf geen antwoord, en opeens wist ik dat dit niet echt over mij ging. Als Dean naar me keek, zag hij iemand anders. Dan zag hij een geïdealiseerde fantasie-Cassie, met wie hij zichzelf kon kwellen. Een meisje dat dingen verdiende. Een meisje dat híj nooit zou verdienen. Ik vond het vreselijk dat hij me op een glazen voetstuk zette, fragiel en onbereikbaar. Alsof ik hier niets over te zeggen had.

'Ik heb een lippenstift.' Mijn woorden leken net kogels. 'Die heeft Locke aan me gegeven. Ik hou mezelf voor dat ik die bewaar als geheugensteuntje, maar zo simpel is het niet.' Toen hij niet reageerde, ging ik verder: 'Locke dacht dat ik net als zij kon worden.' Dat was het hele doel van haar spelletje geweest. 'Dat wilde ze zo ontzettend graag, Dean. Ik weet dat ze een monster was. Ik weet dat ik haar hoor te haten. Maar 's ochtends als ik wakker word, ben ik dat soms heel even vergeten. Die paar seconden, tot ik me weer herinner wat ze heeft gedaan, mis ik haar. Ik wist niet eens dat we familie waren, en toch...'

Mijn stem stierf weg en ik kreeg een brok in mijn keel, want ik dacht nog steeds dat ik het had moeten weten. Ik had moeten weten dat zij mijn laatste link met mijn moeder was. Ik had moeten weten dat ze niet was wat ze leek. Ik had het moeten weten, maar dat was niet zo, en daardoor waren er mensen gewond geraakt.

'Dat soort dingen mag je niet alleen zeggen omdat je vindt dat ik ze moet horen,' zei Dean hees. 'Je lijkt helemaal niet op Locke.' Hij veegde zijn handpalmen af aan zijn spijkerbroek, en ik hoorde wat hij níét zei.

Je lijkt helemaal niet op mij.

'Misschien moet je om te kunnen doen wat wij doen ook een beetje een monster zijn,' zei ik zachtjes.

Deans ademhaling haperde, en een tijdlang stonden we zwijgend tegenover elkaar: inademend, uitademend, door de waarheid die ik net had uitgesproken heen ademend.

'Je handen bloeden,' zei ik uiteindelijk. Mijn stem was al net zo hees als de zijne. 'Je bent gewond.'

'Niet w...' Dean keek naar beneden, zag zijn bloedende knokkels en slikte de rest van zijn protest in.

Als ik je niet had gestoord, zou je je handen aan gort hebben geslagen. Die gedachte spoorde me aan om in actie te komen. Even later was ik terug met een schone handdoek en een kom water.

'Zitten,' zei ik. Toen Dean niet in beweging kwam, keek ik hem streng aan en herhaalde mijn bevel. Qua uiterlijk leek ik op mijn moeder, maar met de juiste redenen kon ik een prima imitatie van mijn oma geven. Mijn oma tegenspreken was geheel op eigen risico.

Toen Dean mijn vastberaden blik zag, ging hij op het fitnessbankje zitten. Hij stak zijn hand uit om de handdoek aan te nemen. Ik negeerde hem en knielde voor hem neer terwijl ik de handdoek natmaakte.

'Hand,' zei ik.

'Cassie...'

'Hand,' herhaalde ik. Ik voelde dat hij wilde weigeren, maar toch vond zijn hand de mijne. Ik draaide zijn hand langzaam om. Ik depte het bloed voorzichtig van zijn knokkels, haalde de handdoek behoedzaam langs de pezen en botten. Het water was lauw, maar toen mijn duim lichtjes over zijn huid streek voelde ik mijn hele lichaam warm worden.

Ik legde zijn linkerhand neer en begon aan zijn rechter. Geen van ons twee zei iets. Ik keek niet eens naar hem. Ik hield mijn blik strak op zijn vingers, zijn knokkels, het litteken dat over zijn duim liep gericht.

'Ik heb je pijn gedaan.' Dean verbrak de stilte. Ik kon voelen hoe het moment ons ontglipte. Dat wilde ik verrassend graag terug.

Ik wil dit niet willen. Ik wilde dat alles hetzelfde bleef. Ik kon dit. Ik deed dit al. Er hoefde niets te veranderen.

Ik legde Deans hand neer. 'Nee,' zei ik fel. 'Je hebt me bij mijn pols gepakt.' Ik stroopte mijn mouw op en liet hem als bewijs mijn rechterarm zien. Naast zijn bruine huid was de mijne afschuwelijk wit. 'Geen striemen. Geen blauwe plekken. Niets.'

'Je had geluk,' zei Dean. 'Ik was... ergens anders.'

'Dat weet ik.' De avond ervoor, toen ik door de komst van agent Sterling in paniek was geraakt, had hij míj weten te bevrijden uit 'ergens anders'. Dean hield mijn blik even vast. Zijn ogen schitterden begripvol.

'Je geeft jezelf de schuld voor wat er met agent Locke is gebeurd.' Dean was net als ik een profiler. Hij kon net zo makkelijk in mijn hoofd kruipen als ik in het zijne. 'Voor wat er met de meisjes die ze heeft vermoord, voor wat er met Michael, met mij is gebeurd.'

Ik gaf geen antwoord.

'Dat was niet jouw schuld, Cassie. Dat kon je niet weten.' Tegenover me slikte Dean iets weg. Mijn ogen volgden de beweging van zijn adamsappel.

Zijn lippen gingen van elkaar en hij zei: 'Mijn vader dwong me te kijken.'

Ondanks het feit dat hij fluisterde hadden zijn woorden de kracht van een pistoolschot, maar ik zei niets terug. Als ik iets zou zeggen, als ik zou inademen, als ik ook maar een vinger zou verroeren, zou Dean weer dichtklappen.

'Toen ik had ontdekt wat hij deed, dwong hij me toe te kijken.'

Waren we geheimen aan het uitwisselen? Schuldgevoelens? Die bekentenis was veel groter dan wat ik hem ook maar had kunnen vertellen. Hij was aan het verdrinken, en ik wist niet hoe ik hem weer op het droge kon krijgen. We bleven zwijgend zitten, hij op het fitnessbankje, ik op de grond. Ik wilde hem aanraken, maar dat deed ik niet. Ik stelde me het meisje voor dat we op het nieuws hadden gezien.

Het dode meisje.

Dean kon zich uitleven op een bokszak tot al het vel van zijn knokkels was. We konden bekentenissen uitwisselen die niemand ooit zou hoeven afleggen. Maar niets daarvan kon iets veranderen aan het feit dat Dean pas weer goed zou slapen als deze zaak was gesloten – en dat gold ook voor mij.

11

Het grootste deel van de nacht lag ik te woelen. Toen ik de volgende ochtend wakker werd hing er een gezicht vlak boven het mijne. Ik schoot achteruit, en Sloane keek me knipperend aan.

'Denk jij, hypothetisch gezien,' zei ze, alsof het volkomen normaal was om je over een bed te buigen en naar iemand te kijken tot diegene wakker werd, 'dat het reconstrueren van de plaats delict die we gisteren op dat filmpje zagen telt als inbreuk op Deans persoonlijke ruimte?'

Ik deed mijn mond open om te zeggen dat ze inbreuk op míjn persoonlijke ruimte maakte, maar dacht in plaats daarvan na over haar vraag. 'Zou het kunnen, hypothetisch gezien,' antwoordde ik, 'dat je die reconstructie al hebt gemaakt?'

'Dat zou zeker kunnen.' Haar haar zat in de war en stak in vreemde hoeken omhoog. Onder haar ogen zaten donkere wallen.

'Heb je vannacht überhaupt geslapen?' vroeg ik.

'Ik heb geprobeerd uit te vogelen hoe de moordenaar zonder dat iemand hem zag het lichaam van dat meisje op de motorkap heeft weten te hijsen,' zei Sloane, wat tegelijkertijd wel en niet een antwoord op mijn vraag was. Als Sloane zich ergens in verloor, hield de rest van de wereld voor haar op te bestaan. 'Ik heb een theorie.'

Ze trok aan de puntjes van haar witblonde haar. Ze stond duidelijk te wachten tot ik tegen haar zou snauwen dat ze deze situatie met Dean helemaal verkeerd aanpakte. Ze wist dat ze anders was dan andere mensen en ik begon stukje bij beetje te beseffen dat iemand – of misschien wel meerdere iemanden – haar ergens in haar leven had aangepraat dat anders zijn, dat haar soort anders zijn, verkeerd was.

'Ik kleed me even aan,' zei ik, 'en dan mag je me je theorie vertellen.'

Als Dean van streek was, ging hij naar de garage. Als Sloane van streek was, ging ze naar de kelder. Ik wist niet of ze nog andere copingmechanismen had.

En trouwens, dacht ik terwijl ik een T-shirt aantrok, *ik ben sowieso de laatste die iemand de les mag lezen over het feit dat we Dean de ruimte moeten geven.*

De kelder besloeg de gehele oppervlakte van ons victoriaanse huis en meer, liep door tot onder de voor- en achtertuin. De ruimte was door muren die net niet tot het plafond liepen opgedeeld in aparte sets, die allemaal een vierde muur misten.

'Ik moest de auto een beetje aanpassen.' Sloane trok haar haar in een strakke staart en bleef staan voor een gehavende auto op het gazon van een set die een park moest voorstellen. 'Een paar weken geleden heeft Briggs voor een van mijn simulaties een tweedeurs laten komen. De motorkap was vijf centimeter te lang en te plat, maar dat was met een zorgvuldig tikje van de sloophamer zo gefikst.'

Sloane was tenger gebouwd en had relatief weinig respect voor aanbevolen veiligheidsvoorschriften. Het was een angstaanjagend idee dat zij met een sloophamer had staan zwaaien.

'Cassie, concentreer je,' beval Sloane. 'Onze setkeuze was wat beperkt, dus ik heb voor het wijkpark gekozen. Daarvan is het gras drie centimeter hoog en iets gelijkmatiger dan dat van het gazon van de plaats delict. Ik had een ruim assortiment van crashtestdummy's om uit te kiezen, dus ik kon de lengte van ons slachtoffer tot twee centimeter benaderen. Het touw is de verkeerde kleur, maar het is wel van nylon, en de dikte zou ook moeten kloppen.'

Het was soms makkelijk te vergeten dat Sloanes gave veel verder ging dan de statistieken die in haar hersenen lagen opgeslagen. De video die we van de plaats delict hadden gezien was van een afstandje gefilmd en nog geen vijfenveertig seconden lang geweest, maar Sloane had elk detail dat iets met cijfers te maken had onthouden: de lengte en dikte van het touw dat om de nek van het slachtoffer zat, hoe het lichaam precies op de motorkap had gelegen, de lengte van het gras en het merk, het model en de details van de auto.

En daardoor keek ik nu naar een vrijwel exacte replica van wat we in het filmpje hadden gezien. Op de motorkap van een auto lag een naakte pop zonder gezicht. De onderste helft van de pop bungelde langs de voorkant van de auto naar beneden en om zijn nek zat een touw. Het lichaam helde een beetje opzij. Op de video hadden we het lichaam alleen van de voorkant gezien, maar nu kon ik eromheen lopen en het van alle kanten bekijken. De handen waren bij de polsen slordig bij elkaar gebonden, waardoor het bovenlichaam iets naar links was gedraaid. Ik deed mijn ogen dicht en probeerde het meisje voor me te zien.

Je hebt je verzet, of niet soms? Zo hevig zelfs dat de tiewrap in je polsen sneed.

'Het ene eind van het touw zat om haar nek geknoopt. Het andere eind liep naar het schuifdak en zat vast aan iets in de auto.' Sloanes stem bracht me terug naar het nu. Ik keek naar de auto.

'Dat heeft de UNSUB niet allemaal voor het huis van de decaan gedaan,' zei ik.

'Precies!' Sloane keek me stralend aan. 'Dus hij moet haar vóórdat hij de auto daar neerzette al op de motorkap hebben gebonden. Vanuit het westen loopt er een weg naar de universiteit, maar als je de bocht in die weg niet volgt, rij je offroad een beboste helling af.'

'Een bos zou hem dekking hebben gegeven.' Ik kauwde op mijn onderlip en probeerde me voor te stellen hoe de UNSUB geluidloos en vlug bewoog, onzichtbaar in de halfschaduw van de vroege ochtend. 'Stel dat hij haar in de auto heeft vermoord, dan kan hij haar in het bos op de motorkap hebben gebonden...'

Sloane ging door waar ik was gebleven. '... en de auto naar de rand van het bos kunnen duwen, en dan zou de helling de rest hebben gedaan. Dan blijft het alleen de vraag hoe hij heeft voorkomen dat het lichaam onderweg van de motorkap stuiterde.'

Ik deed mijn mond open om te antwoorden, maar iemand was me voor.

'Haar lichaam was verzwaard.'

Sloane en ik draaiden ons tegelijkertijd om. Agent Sterling kwam naar ons toe gelopen en stond dankzij haar lange benen in een paar tellen voor ons. Ze had haar grijze pak verruild voor een zwart exemplaar, met daaronder in plaats van een roze overhemd een licht zilvergrijs exemplaar dat praktisch dezelfde kleur als haar ogen had. Haar haar was ingevlochten en de huid van haar gezicht stond gespannen, alsof ze de vlecht zo strak had gemaakt dat haar huid over haar schedel zat getrokken.

Een meter voor de set die Sloane had gecreëerd bleef ze staan. 'Dit lijkt verbazingwekkend goed op de plaats delict.' Te oordelen naar haar afgemeten toon was dat geen compliment. 'Welk bronmateriaal heb je gebruikt?'

Sloane, die zich niet bewust was van agent Sterlings kille toon, antwoordde glimlachend: 'Er is een video online gezet, gefilmd met een telefoon.'

Agent Sterling deed haar ogen dicht, boog lichtjes haar hoofd en zuchtte. Ik kon haar bijna in gedachten tot tien horen tellen. Ze deed haar ogen open en keek naar mij. 'En wat is jouw rol hierin, Cassandra?'

Ik had kunnen antwoorden dat Sloane deze replica helemaal alleen had gebouwd, maar ik was niet van plan mijn kamergenoot voor de leeuwen te gooien. Ik ging tussen Sloane en Sterling in staan zodat de agent haar woede op mij zou richten.

'Mijn rol hierin?' herhaalde ik, mijn innerlijke Lia – of misschien wel mijn innerlijke Michael – aansprekend. 'Laten we het op morele steun houden.'

Agent Sterling tuitte haar lippen en richtte zich weer tot Sloane. 'Had je een specifieke reden om deze plaats delict te willen nabouwen?' vroeg ze op iets mildere toon.

Ik probeerde Sloanes blik te vangen om telepathisch over te brengen dat ze de agent onder geen enkele voorwaarde mocht vertellen wat Dean over zijn vader had gezegd.

Sloane beantwoordde mijn blik met een knikje. Ik ontspande een beetje, maar toen draaide Sloane zich weer naar agent Sterling. 'Dean zei dat deze moord erg lijkt op de moorden die zijn vader heeft gepleegd,' antwoordde ze zakelijk.

Sloane had mijn blik blijkbaar geïnterpreteerd als precies het tegenovergestelde van wat ik had geprobeerd te zeggen.

'Dus je hebt de plaats delict nagemaakt om te zien of Dean gelijk had?' vroeg agent Sterling.

'Dat heb ik gedaan zodat Cassie ernaar kon kijken,' zei Sloane behulpzaam. 'Ze zei dat Dean ruimte nodig had, dus die geven we hem.'

'Je vindt dat je hem hiermee ruimte geeft?' Agent Sterling gebaarde naar de auto. 'Ik kan de student die die video online heeft gezet wel wurgen. Dat is het laatste wat Dean zou moeten zien. Maar weet je wat het een-na-laatste is wat hij zou moeten zien? Een reconstructie van de plaats delict in de kelder van zijn eigen huis. Heb je dan echt niets geleerd van afgelopen zomer?'

Die vraag richtte Sterling aan mij. Haar toon was niet boos of beschuldigend. Die was ongelovig.

'Toen de directeur erachter kwam wat Briggs met Dean deed, dat hij Dean om hulp vroeg bij het oplossen van zaken, is Briggs bijna ontslagen. Daar hád hij voor ontslagen moeten worden. Maar op de een of andere manier wisten mijn vader en Briggs een compromis te sluiten. De FBI zou een huis, een voogd en training voor Dean regelen, en in ruil daarvoor zou Dean hen bij cold cases helpen. Niet bij lópende zaken. Het is nooit de bedoeling geweest om jullie levens in gevaar te brengen.' Agent Sterling was even stil. De blik in haar ogen hield het midden tussen woede en verraad. 'Ik kneep een oogje toe. Tot afgelopen zomer.'

Afgelopen zomer – toen we toestemming kregen om mee te werken aan een lopende zaak omdat de moordenaar het op míj had gemunt.

Sloane schoot me te hulp. 'De moordenaar zocht contact met Cassie, niet andersom.'

Sterling keek naar Sloane, en de blik in haar ogen verzachtte. 'Dit gaat niet om wat er afgelopen zomer is gebeurd. Dit gaat om het feit dat niemand jullie toestemming heeft gegeven om aan déze zaak te werken. Jullie moeten me beloven dat jullie deze zaak met rust laten. Geen reconstructies, geen profileringen, geen gehack.'

'Geen gehack,' beloofde Sloane. Ze stak haar hand uit om de belofte met een handdruk te bezegelen, en voordat agent Sterling iets over haar selectieve gehoor kon zeggen voegde ze daaraan toe: 'Als alle inwoners van Quantico elkaar de hand zouden schudden, zouden er 157.080 verschillende combinaties mogelijk zijn.'

Agent Sterling glimlachte zwakjes en pakte Sloanes uitgestoken hand. 'Geen gehack, én geen simulaties.'

Sloane trok haar hand terug. Gek genoeg zag ze er door de donkere wallen onder haar ogen jonger, breekbaarder – of misschien brozer – uit. 'Ik kan niet stoppen met simulaties. Simulaties zijn mijn ding.'

Als profiler had agent Sterling moeten horen wat Sloane niét zei: dat het bouwen van deze set het enige was wat ze voor Dean kon doen. En het was haar manier om haar emoties te verwerken. Simulaties waren haar díng.

'Niet voor deze zaak,' zei agent Sterling. Ze draaide zich van Sloane naar mij. 'Geen uitzonderingen. Geen smoesjes. Dit programma werkt alleen als jullie je aan de regels houden.' Agent Sterling had zichzelf kennelijk aangewezen als toezichthouder. 'Jullie werken alleen aan cold cases, en niet voordat agent Briggs of ik jullie daar toestemming voor heb gegeven. Als je deze simpele regels niet kunt opvolgen, dan ben jíj niet alleen een risico. Dan is het hele Naturals-programma een risico.' Agent Sterling keek me recht aan, en ik wist zeker dat dat een dreigement was. 'Ben ik duidelijk?'

Het enige wat nog duidelijker was dan Sterlings opmerking was dat mijn eerste indruk van deze vrouw de spijker op z'n kop had geslagen. Voor haar was dit niet zomaar een baan. Voor haar was dit een persoonlijke kwestie.

12

'Ze heeft min of meer gedreigd het hele Naturals-programma stop te zetten.'

Michael leunde achterover in zijn stoel. 'Ze is een profiler. Ze weet precies waar ze mee moet dreigen om iemand in het gareel te houden. Ze weet hoe je in elkaar zit, Colorado. Je bent een teamspeler, dus jij bent niet de enige die ze bedreigde. Haar dreigement was bedoeld voor ons allemaal.'

Michael en ik zaten in de woonkamer. Sloane, Lia en Dean waren gisteren met vlag en wimpel voor hun oefenexamen geslaagd. Hoewel Michael en ik niks hadden gemaakt, waren er toch antwoordbladen met onze naam erop ingeleverd. Lia was kennelijk in een gulle bui geweest – maar niet gul genoeg om ons ook te laten slagen. Als gevolg daarvan hadden Michael en ik het strikte bevel gekregen om te studeren.

Ik was beter in het opvolgen van bevelen dan Michael.

'Als jij iemand zou moeten bedreigen,' op Michaels gezicht verscheen een ondeugende grijns, 'welk dreigement zou je dan voor mij gebruiken?'

Ik keek op van mijn examen. Ik was bezig om het exemplaar dat Lia voor me had ingevuld na te lopen en de verkeerde antwoorden te verbeteren. 'Je wilt dat ik je bedreig?'

'Ik wil weten hoe je me zóú bedreigen,' verbeterde Michael me. 'Tegen mij hoef je natuurlijk niet over het programma te beginnen. Ik koester niet bepaald warme gevoelens voor de FBI.'

Ik tikte met de achterkant van mijn potlood tegen het oefenexamen. Michaels uitdaging was een welkome afleiding. 'Ik zou beginnen met je Porsche,' zei ik.

'Als ik stout ben, pak je de sleutels af?' Michael wiebelde met zijn wenkbrauwen, wat er tegelijkertijd suggestief én belachelijk uitzag.

'Nee,' antwoordde ik zonder nadenken. 'Als je stout bent, geef ik hem aan Dean.'

Er viel een korte, verblufte stilte en toen legde Michael een hand op zijn hart, alsof iemand hem in zijn borst had geschoten – een gebaar dat grappiger zou zijn geweest als dat niet echt was gebeurd.

'Je vroeg het zelf,' zei ik. Michael had ondertussen moeten weten dat hij me alleen moest uitdagen als hij klaar was voor de strijd.

'Je hebt een verdorven geest, Cassie Hobbes.' Hij was duidelijk onder de indruk.

Ik haalde mijn schouders op. 'Dean en jij zijn een soort quasigezworen vijanden en quasirivaliserende broers tegelijk. Je hebt liever dat ik je auto in de fik steek dan dat ik hem aan Dean geef. Het is het perfecte dreigement.'

Michael sprak me niet tegen. In plaats daarvan schudde hij zijn hoofd en glimlachte. 'Heeft iemand je weleens verteld dat je een sadistisch trekje hebt?'

Ik voelde hoe alle lucht mijn longen verliet. Michael had niet kunnen weten welk effect die opmerking op me zou hebben. Ik draaide me weer naar mijn oefenexamen en liet mijn haar voor mijn gezicht vallen, maar het was al te laat. Michael had de milliseconde *afschuw-verachting-angst-walging* al op mijn gezicht gespot.

'Cassie...'

'Geeft niet.'

Locke was een sadist geweest. Ze beeldde zich graag in wat haar slachtoffer doormaakte; dat was een van de dingen die ze zo leuk vond aan moorden plegen. Ik had geen behoefte om iemand pijn te doen. Echt niet. Maar als geboren profiler wist ik instinctief wat andermans zwakke plekken waren. Weten wat mensen wilden en weten waar ze bang voor waren, waren twee zijden van dezelfde medaille.

Michael vond me niet écht een sadist. Dat wist ik, en hij wist dat ik nooit opzettelijk iemand pijn zou doen. Maar soms was weten dat je iets kon bijna net zo erg als het daadwerkelijk doen.

'Hé.' Michael hield zijn hoofd ondersteboven en bestudeerde mijn gezicht. 'Dat was maar een grapje. Niet sip doen, oké?'

'Ik doe helemaal niet sip,' zei ik. Er was een tijd geweest waarin hij nu het haar uit mijn gezicht had gestreken en zijn hand op mijn kaaklijn had laten liggen. Maar die tijd was voorbij.

Volgens de ongeschreven regels moest het mijn keuze zijn. Ik kon voelen dat hij naar me keek, dat hij wachtte tot ik iets zou zeggen. Hij bleef ondersteboven naar me kijken, zijn gezicht maar een paar centimeter bij het mijne vandaan.

Zijn mond maar een paar centimeter bij de mijne vandaan.

'Ik herken een sippe Cassie uit duizenden,' zei hij. 'Zelfs ondersteboven.'

Ik streek mijn haar over mijn schouders en leunde naar achteren. Michael wist altijd wat ik voelde. Het had geen zin om dat te verbergen.

'Praten jij en Lia weer met elkaar?' vroeg hij me.

Ik was blij dat hij ergens anders over begon. 'Lia en ik zijn... wat we normaal gesproken zijn. Volgens mij is ze nog geen plannen voor mijn ondergang aan het smeden.'

Michael knikte ernstig. 'Dus ze gaat je niet naar de keel vliegen zodra ze ontdekt dat je het heilige gebod "gij zult Dean de ruimte geven" hebt overtreden?'

Ik dacht dat mijn bezoek aan Dean gisteravond onopgemerkt was gebleven. Daar vergiste ik me blijkbaar in.

'Ik wilde weten hoe het met hem ging.' Ik had het gevoel dat ik het moest uitleggen, ook al had Michael niet om uitleg gevraagd. 'Ik wilde niet dat hij alleen zou zijn.'

Als emotielezer wist Michael als geen ander hoe hij zijn eigen gevoelens moest verbergen, dus toen ik een flits van emotie in zijn ogen zag, wist ik dat hij die bewust liet zien. Hij vond het fijn dat ik het soort meisje was dat om zijn huisgenoten gaf. Hij wilde alleen dat ik gisteravond niet om Déán had gegeven.

'En hoe gaat het met de angst die de heer Piekermans rondom zijn familie voelt?' Michael gaf een goede imitatie weg van iemand die het antwoord op die vraag niet wilde weten. Misschien had hij andere emotielezers voor de gek kunnen houden – maar mijn gave ging verder dan houding, gezichtsuitdrukking of emoties.

Gedrag. Persoonlijkheid. Milieu.

Michaels sarcasme moest verbergen dat hij het antwoord op die vraag wél wilde weten.

'Als je wilt weten of Dean het allemaal een beetje trekt, dan kun je dat ook gewoon vragen.'

Michael haalde nonchalant zijn schouders op. Hij ging echt niet toegeven dat Lia, Sloane en ik niet de enigen waren die zich zorgen maakten om Dean, maar een nonchalant schouderophalen was het enige waarmee hij zijn bezorgdheid ging uiten.

'Het gaat niet goed met hem,' zei ik. 'En dat zal zo blijven tot Briggs en Sterling deze zaak oplossen. Misschien zou het helpen als ze hem gewoon vertellen wat er aan de hand is, maar dat gaat niet gebeuren. Dat zou Sterling nooit goedvinden.'

Michael keek me vanuit zijn ooghoeken aan. 'Je mag agent Sterling echt niet.'

Ik vond niet dat die opmerking een reactie verdiende.

'Cassie, jij mag iedereen. De enige mensen tegen wie ik je ooit lullig heb horen doen, waren de agenten die Briggs je overal liet volgen. Maar agent Sterling mocht je meteen al niet.'

Ik was ook niet van plan om daarop te reageren, maar Michael had geen verbale reacties nodig. Hij was prima in staat om met behulp van de lichaamstaal en minieme veranderingen in de gezichtsuitdrukking van zijn gesprekspartner in zijn eentje een gesprek te voeren.

'Ze vindt het Naturals-programma maar niks,' zei ik in de hoop dat hij daardoor zou ophouden me zo aandachtig te lezen. 'Ze vindt ons maar niets. En mij al helemaal niet.'

'Agent Sterling vindt je niet zo vreselijk als je denkt,' zei Michael zachtjes. Ik merkte dat ik naar hem toe leunde, al wist ik niet zeker of ik wel meer wilde horen. 'Op mij heeft ze het niet zo, maar dat komt omdat ik het niet zo op regels heb. Ze vindt het eng om meer dan een paar tellen naar Dean te kijken, maar ze is niet bang voor hem. Lia vindt ze oprecht aardig, ook al heeft Lia het net zomin op regels als ik. En Sloane doet haar aan iemand denken.'

Het verschil tussen Michaels gave en de mijne was opnieuw net zo duidelijk als toen we zaten te pokeren. Hij zag veel van wat agent Sterling probeerde te verbergen. Maar waaróm ze dat verborg – dat was een vraag voor mij.

'En, hoe gaat het met studeren?'

Ik keek naar Judd, die in de deuropening stond. Hij was een marinier, geen akela. Uit zijn mond klonk die vraag heel vreemd.

'Ik ben nog niet begonnen,' antwoordde Michael brutaal, precies toen ik zei: 'Bijna klaar.'

Judd keek naar Michael en trok een wenkbrauw op, maar vroeg niet door. In plaats daarvan vroeg hij hem: 'Kun je ons even alleen laten?'

Michael hield zijn hoofd een beetje schuin en bestudeerde Judds gezicht. 'Heb ik een keus?'

Judd moest bíjna glimlachen. 'Nee.'

Terwijl Michael vertrok liep Judd naar me toe en ging naast me op de bank zitten. Hij keek Michael na. De manier waarop hij Michaels bewegingen bestudeerde zei me dat hij zichzelf dwong om te kijken naar hoe Michael zijn slechte been ontzag.

'Weet je waarom Naturals alleen aan cold cases mogen werken?' vroeg hij zodra Michael was verdwenen.

'Omdat Dean twaalf was toen het Naturals-programma werd opgericht?' opperde ik. 'En omdat directeur Sterling de kans dat iemand ontdekt dat dit programma bestaat zo klein mogelijk wil houden?' Dat waren de makkelijke antwoorden. Judds stilte dwong me om het moeilijke te zeggen. 'Omdat er bij lopende zaken mensen gewond raken,' zei ik zachtjes.

'Bij lopende zaken gaan mensen over hun grenzen.' Judd nam de tijd voor zijn antwoord. 'Daarin is alles urgent, is alles een kwestie van leven of dood.' Hij wreef met zijn duim over zijn vingertoppen. 'In het heetst van de strijd doe je wat je moet doen. Breng je offers.'

Judd was militair. Hij gebruikte het woord 'strijd' niet zomaar.

'Je bedoelt niet dat wíj dan onze grenzen over gaan.' Ik dacht na over wat hij zei – en wat ik wist. 'Je bedoelt dat de FBI over haar grenzen gaat.'

'Dat zou kunnen,' gaf Judd toe.

Ik probeerde Judds logica te begrijpen. Interviews lezen, getuigenverslagen doornemen, foto's van plaatsen delict bekijken – dat deden we allemaal al. Wat maakte het uit of de dossiers een jaar of een dag oud waren? Theoretisch gezien waren de risico's altijd hetzelfde – minimaal. Maar bij lopende zaken stond er meer op het spel.

De UNSUB die Locke en Briggs zochten liep nog altijd vrij rond. Misschien plande hij op dit moment wel zijn volgende moord. Bij cold cases was het makkelijk om ons geen veldwerk te laten doen. Maar als er levens op het spel stonden en een van ons een verschil kon maken…

'Het is een hellend vlak.' Judd wreef met de rug van zijn hand over zijn kaak. 'Ik vertrouw Briggs. Meestal, dan.'

'En je vertrouwt agent Sterling ook,' zei ik. Dat ontkende Judd niet. 'En de directeur?'

Judd keek me aan. 'Wat wil je over hem weten?'

De directeur was uiteindelijk gezwicht voor politieke druk en had me in de zaak-Locke ingezet als lokaas. Ik had willen helpen. En daar had hij toestemming voor gegeven.

'Ik hoorde dat je een aanvaring met Ronnie hebt gehad,' zei Judd, waarmee hij onze discussie over het onderwerp afsloot. Hij legde zijn handen op zijn knieën en duwde zichzelf omhoog. 'Het lijkt me een goed idee als je een tijdje niet in de kelder komt.' Dat liet hij even tot me doordringen. 'Een paar weken.'

Weken? Het duurde even voordat ik begreep wat hier aan de hand was. Had agent Sterling me verraden? 'Je verbiedt het me om in de kelder te komen?' vroeg ik op scherpe toon.

'Je bent een profiler.' Judd klonk mild. 'Daar heb je niks te zoeken. En je hoeft je neus niet meer in deze zaak te steken,' voegde hij daar op iets fermere toon aan toe.

Ik had Judd nog nooit een dergelijk bevel horen geven, aan geen van ons. Dit idee kwam duidelijk van agent Sterling.

'Ronnie is een goede agent, Cassie.' Judd leek precies te weten wat ik dacht. 'Als je haar de kans geeft, kan ze je een heleboel leren.'

Locke was mijn lerares. 'Agent Sterling hoeft me helemaal niets te leren,' zei ik op scherpe toon. 'Als ze de moordenaar van dat meisje weet te pakken, staan we wat mij betreft weer quitte.'

Judd keek me streng aan. 'Ronnie is een goede agent,' herhaalde hij. 'En Briggs ook.' Hij liep naar de deur. Met zijn rug naar me toe zei hij nog iets, zo zacht dat ik hem bijna niet kon verstaan.

Toen hij weg was, dacht ik nog een hele tijd na over zijn laatste, bijna onhoorbare opmerking. Hij had gezegd dat Sterling een goede agent was. Dat Briggs een goede agent was. En toen, alsof hij het niet kon laten, alsof hij niet eens doorhad dat hij het hardop zei, had hij nóg iets gezegd.

'In al die jaren is er maar één zaak geweest die ze niet hebben opgelost.'

JIJ

Eerst voelde het goed om het leven uit haar ogen te zien verdwijnen. Om je duim langs het bloederige mes te halen. Om boven haar uit te torenen terwijl je hartslag versnelde, begon te bonken in een schitterend ritme: Dit heb ik gedaan. Dit heb ik gedaan. Dit heb ik gedaan.

Maar nu – nu sijpelt de twijfel langzaam je hoofd binnen. Je kunt voelen hoe het zich een weg door de grijze massa baant, hoe een bekende stem je toefluistert.

'Je was slordig,' zegt de stem. 'Iemand had je kunnen zien.'

Maar dat is niet gebeurd. Niemand heeft je gezien. Daar ben je te goed voor. Je bent met vlag en wimpel voor dit tentamen geslaagd. Je hebt haar geboeid. Gebrandmerkt. Gemarteld. Opgehangen.

Je hebt het gedaan. Je bent klaar. Maar voor je gevoel is het niet genoeg. Ben jij niet genoeg.

Niet goed genoeg.

Niet sterk genoeg.

Niet slim genoeg.

Niet waardig genoeg.

Als je het goed had gedaan, had je haar nog steeds kunnen horen gillen. Dan had de pers je een naam gegeven. Dan hadden ze het in het journaal over jóú in plaats van over haar. Ze was onbelangrijk. Ze stelde niets voor. Jíj hebt haar bijzonder gemaakt.

Maar niemand weet dat je bestaat.

'Ik ga het doen,' zeg je. 'Ik ga het nog een keer doen.'

Maar de stem zegt dat je moet wachten. Dat je geduld moet hebben. Wat moet gebeuren, zal gebeuren – als de tijd rijp is.

13

Midden in de nacht werd ik bezweet wakker. Ik wist niet meer waar ik over had gedroomd, maar wel dat ik een nachtmerrie had gehad. Mijn hart ging als een razende tekeer, er leek iets op mijn borst te drukken en het voelde alsof ik gevangenzat. Ik gooide het dekbed van me af.

Onwillekeurig zochten mijn vingers de Rozenrood-lippenstift. Aan de andere kant van de kamer draaide Sloane zich om in haar bed. Ik hield mijn adem in en wachtte af of ze wakker zou worden. Dat gebeurde niet. Zo stilletjes mogelijk glipte ik mijn bed uit en liep ik naar de gang.

Ik had ruimte nodig. Lucht. Zuurstof.

Toen ik naar beneden sloop was het stil in huis. Ik wist eigenlijk niet eens waar ik heen ging, tot ik voor de keukendeur stond.

'Ik zei toch al dat het prima met me gaat.'

Ik bleef abrupt staan nu de stilte in huis werd verbroken door gedempt geruzie aan de andere kant van de deur.

'Het gaat helemaal niet prima met je, Dean. Je hoort dit niet prima te vinden. Ik vind dit in elk geval niet prima.'

Agent Sterling en Dean. Ze maken ruzie.

Ik hoorde een stoel over de tegels schrapen en stond klaar om weg te schieten. Ik luisterde of ik voetstappen hoorde, maar die kwamen niet. Het klonk alsof iemand zijn stoel uit boosheid achteruitschoof.

'Je bent weggegaan.'

'Dean.'

'Je bent weggegaan bij de FBI. En volgens mij weten we allebei waarom.'

'Ik ben weggegaan omdat ik mijn werk niet goed deed, Dean. Ik was boos. Ik moest zo nodig bewijzen dat ik niet bang was, en daardoor is er iemand vermoord. Omdat ik me niet aan de regels kon houden. Omdat Tanner geen enkele zaak kon loslaten.'

Tanner was Briggs' voornaam. Nu agent Sterling die in een gesprek met Dean gebruikte, vroeg ik me af hoeveel geschiedenis zij en Dean precies met elkaar deelden. Dit was geen gesprek dat je voerde met een joch dat je één keer had ontmoet toen je zijn vader arresteerde.

'Hoe heette dat meisje?' Deans stem was zachter dan die van agent Sterling. Ik moest mijn oren spitsen om hem te kunnen verstaan.

'Dat kan ik je niet vertellen, Dean.'

'Hoe heette ze?'

'Je hebt geen toestemming om aan lopende zaken te werken. Laat het gaan.'

'Ik laat het gaan als jij me vertelt hoe ze heette.'

'Dat lieg je.' Agent Sterling werd steeds moeilijker te verstaan. Ik vroeg me af of ze zo zacht praatte omdat ze anders zou gaan schreeuwen.

'Ik heb ooit iets aan je beloofd.' Dean klonk beheerst – te beheerst. 'Aan die belofte heb ik me gehouden. Als jij me vertelt me hoe dit meisje heette, beloof ik dat ik de zaak met rust zal laten.'

Ik kneep in de lippenstift die ik nog altijd vasthad. Briggs had me Lockes dossier laten lezen. Ik had de namen van al haar slachtoffers uit mijn hoofd geleerd.

'Is het niet genoeg dat ik heb gezworen dat we dit gaan oplossen?' vroeg agent Sterling op scherpe toon. 'We hebben een paar goede aanwijzingen. Daar kan ik je verder weinig over vertellen, maar ik beloof je dat we die hebben. Het is een copycat, Dean. Iemand doet je vader na. Meer niet. Daniel Redding zit in de gevangenis. Voor de rest van zijn ellendige leven.'

'Hoe heette ze?'

'Waarom wil je dat weten?' vroeg agent Sterling zo luid dat ik haar ook zou hebben gehoord als ik niet vlak naast de deur had gestaan. 'Als jij die vraag beantwoordt, dan beantwoord ik de jouwe.'

'Gewoon.'

'Dat is niet goed genoeg, Dean.'

Stilte. Minstens een minuut lang zei geen van twee iets. Mijn eigen ademhaling leek oorverdovend luid. Ik wist zeker dat een van de twee elk moment de keuken uit zou stormen en mij hier een gesprek zag staan afluisteren dat veel vertrouwelijker was dan alles wat Dean me tot nu toe had verteld.

Maar ik kreeg mezelf niet in beweging. Ik wist niet meer hoe dat moest.

'Ze heette Gloria.' Dat was Dean, niet Sterling, dus het was onduidelijk wie die 'ze' was. 'Hij stelde haar aan me voor. Hij dwong haar mijn naam uit te spreken. Hij vroeg haar of ze mijn moeder wilde worden. Ik was negen. Ik zei dat ik geen nieuwe moeder wilde, en toen keek hij naar Gloria en zei: "Jammer".'

'Je wist het niet.' Sterling sprak weer net zo zacht als eerder, maar haar toon was nog steeds hoog genoeg om haar te kunnen verstaan.

'En toen ik het eenmaal wist,' Deans stem leek elk moment te kunnen overslaan, 'wilde hij niet meer zeggen hoe ze heetten.'

Opnieuw viel er een pijnlijk lange stilte. Het meedogenloze gebonk van mijn hartslag overstemde het geluid van mijn ademhaling. Geluidloos zette ik een piepklein stapje achteruit.

Ik hoor hier niet te zijn. Ik hoor hier niet naar te luisteren.

Ik draaide me om, maar ook met mijn rug naar de deur verstond ik het antwoord dat agent Sterling op Deans vraag gaf. 'Het meisje heette Emerson Cole.'

Terug in mijn eigen bed deed ik mijn ogen dicht en probeerde ik niet te denken aan wat ik had gehoord, alsof ik het feit dat ik veel te lang had staan luisteren kon goedmaken door het gesprek uit mijn hoofd te zetten.

Dat lukte niet.

Dean en agent Sterling hadden elkaar niet zomaar een keer ontmóét. Ze kénden elkaar. De twee hadden een verleden. *Niet aan denken*, hield ik mezelf voor. *Niet aan denken*. Maar daar bleef ik toch aan denken, zoals Sloane geen wiskundige vergelijking kon zien zonder het antwoord te berekenen.

Dean heeft je ooit iets beloofd, agent Sterling, en wat die belofte ook was, hij heeft zich eraan gehouden. Het enige wat ik kon doen om Dean iets van privacy te geven, was in het hoofd van Sterling kruipen en niet in dat van hem. *Je denkt niet graag terug aan de zaak-Daniel Redding. Je geeft om Dean. Michael zei dat je bang bent om zelfs maar naar hem te kijken, maar je geeft Dean duidelijk niet de schuld van zijn vaders daden.*

Nu pas drong er nog iets wat hun gesprek duidelijk had gemaakt tot me door.

Je weet dat Dean uiteindelijk ontdekte wat zijn vader deed, toch? Je weet dat Daniel Redding zijn zoon dwong toe te kijken.

Het geheim dat Dean me gisteren had toegefluisterd, het geheim waarvan ik zeker had geweten dat hij het nog nooit aan iemand had verteld – dat kende Sterling ook. Op de een of andere manier maakte dat het lastiger om de agent een naar mens te blijven vinden.

Je denkt dat je hem kunt beschermen. Je denkt dat als hij niet weet wat er aan de hand is, hij er ook geen last van kan hebben. Daarom wilde je hem Emersons naam niet vertellen.

Als agent Sterling Dean zo goed kende, als ze zoveel om hem gaf, waarom zag ze dan niet dat hij juist onderdoor zou gaan aan alles wat hij níét wist? Het maakte niet uit dat deze moordenaar een copycat was – het feit dat Dean de naam van het meisje wilde weten, zei me dat hij dat onderscheid niet zou kunnen maken.

Hij zou zichzelf de schuld geven van de dood van dit meisje, zoals hij zichzelf ook de schuld gaf van de dood van alle andere vrouwen.

Ik zei dat ik geen nieuwe moeder wilde.

En Daniel Redding had gereageerd met: 'Jammer.' In Deans ogen – en misschien ook wel in die van zijn vader – was minstens een van Daniel Reddings slachtoffers doodgegaan omdat ze geen geschikte vervanging voor Deans moeder was.

Omdat Dean had gezegd dat hij haar niet wilde.

Tot zover mijn voornemen om alleen Sterling te profileren.

Klets. Iets kleins en kouds raakte me tegen de zijkant van mijn hoofd. Even dacht ik dat ik me dat verbeeldde, maar toen… *klets.*

Ik deed mijn ogen open, draaide naar de deur en wreef over de zijkant van mijn gezicht, die vochtig was. Voordat mijn ogen aan het licht konden wennen, werd ik een derde keer bekogeld.

'Lia,' snauwde ik op fluistertoon om Sloane niet wakker te maken. 'Kappen met die ijsblokjes.'

Lia stopte een ijsblokje in haar mond en bewoog het met haar tong heen en weer. Toen gebaarde ze zwijgend dat ik naar de gang moest komen. Aangezien ze me waarschijnlijk net zo lang met ijsblokjes zou blijven bekogelen tot ik kwam, stapte ik mijn bed uit en liep naar de gang. Lia deed de slaapkamerdeur achter ons dicht, trok me de badkamer in en draaide de deur op slot. Toen ze het licht aanknipte, besefte ik dat ze niet alleen een beker vol ijsblokjes in haar linkerhand had, maar dat ze in haar rechterhand een mintgroen glittershirt hield.

Mijn ogen schoten van het shirt naar Lia's eigen kleding: een zwartleren broek en een zilveren topje dat op z'n plek werd gehouden door een ketting om haar nek en haar rug volledig bloot liet.

'Wat zijn dat nou weer voor kleren?' vroeg ik.

Lia beantwoordde mijn vraag met een bevel. 'Trek aan.' Ze stak me het shirt toe.

Ik zette een stap achteruit. 'Waarom?'

'Omdat je niet in je pyjama naar een huisfeestje van het Colonial University-studentencorps kunt,' antwoordde Lia, alsof we de afgelopen achtenveertig uur niet twee keer ruzie hadden gehad.

'Een huisfeestje,' herhaalde ik. Toen drong de rest van wat ze had gezegd tot me door. Colonial University. De plaats delict.

'Dit lijkt me geen goed idee,' zei ik tegen Lia. 'Judd vermoordt ons. En Sterling is al op oorlogspad, alleen maar omdat Sloane en ik in de kelder een reconstructie van de plaats delict hebben gemaakt.'

'Slóáne heeft een reconstructie van de plaats delict gemaakt,' verbeterde Lia me. 'Jij bent alleen maar gesnapt.'

'Je bent gestoord,' zei ik. Ik moest mijn best doen om te blijven fluisteren. 'Je wilt dat we stiekem naar een studentenfeestje gaan op een universiteit waar een FBI-onderzoek aan de gang is. Vergeet wat ik zei over Judd en agent Sterling. Bríggs zou ons vermoorden.'

'Alleen als we worden gesnapt,' zei Lia. 'En in tegenstelling tot een bepaalde roodharige in deze ruimte is níét gesnapt worden een van mijn specialiteiten. Trek die jurk aan, Cassie.'

'Welke jurk?'

Lia hield het glinsterende kledingstuk dat ik had aangezien voor een shirt omhoog. 'Deze jurk.'

'Dat ding is bij lange na niet lang genoeg om een jurk te zijn.'

'Het is een jurk. Sterker nog, vanaf nu is dit jóúw jurk, die je zonder te zeuren gaat aantrekken, want hoe meer bloot je laat zien, hoe spraakzamer corpsballen zijn.'

Ik ademde in om Lia tegen te spreken, maar ze zette een stap mijn persoonlijke ruimte in en duwde me tegen de wastafel.

'Jij bent hier de profiler,' zei ze. 'Dus zeg jij maar hoe Dean zich zal voelen als de FBI deze zaak verknalt. En zeg dan ook gelijk maar dat je honderd procent zeker weet dat we niets zullen vinden wat zij over het hoofd hebben gezien.'

De FBI had profilers en ondervragers. Die agenten hadden trainingen gevolgd. Hadden ervaring. Die hadden wel een miljoen dingen die wij niet hadden – maar geen van hen had onze intuïtie. Dat was de reden dat dit programma was opgericht. Daarom was Judd bang dat als de FBI ons bij één lopende zaak zou inzetten, ze daar niet meer mee konden stoppen.

'Aan wie denk je dat studenten meer vertellen,' vroeg Lia, 'aan FBI-agenten of aan twee schaars geklede, relatief aantrekkelijke tienermeiden?'

Zelfs als je ons talent even vergat, had Lia gelijk. Niemand zou vermoeden dat wij bij het onderzoek betrokken waren. Misschien zouden de studenten ons zelfs wel iets vertellen wat de FBI niet wist.

'Als Sterling suggereerde dat ze de directeur kan overhalen om dit programma op te doeken, dan loog ze. Neem maar van mij aan dat dat buiten haar bevoegdheid ligt. Ze kan ons hoogstens naar huis sturen, en ik durf er heel wat om te verwedden dat de directeur haar nooit toestemming zal geven om jóú naar huis te sturen. Jij bent namelijk een fantastisch alternatief voor Dean, en hem heeft de directeur nooit vertrouwd of gemogen.' Lia zette een stap naar achteren om me wat ademruimte te geven. 'Je zegt dat je om Dean geeft,' zei ze zachtjes. 'Je zegt dat je wilt helpen. Dit gaat helpen. Er zijn veel dingen waarover ik tegen je zou liegen, Cassie, maar niet over Dean helpen. Voor jou of Michael en zelfs voor Sloane zou ik dit nooit doen. Maar voor Dean zou ik de onderwereld nog bestormen en vriendjes met de duivel worden, dus of je trekt verdomme die jurk aan, of je gaat verdomme aan de kant.'

Ik trok de jurk aan. 'Weet je echt zeker dat dit geen shirt is?' vroeg ik, kijkend naar de zoom.

Lia greep me bij mijn kin, bracht een dikke laag foundation op mijn gezicht aan en ging in de weer met roze lipgloss en zwarte mascara. 'Het is een jurk,' beloofde ze.

Op dit soort momenten wou ik dat Lia geen dwangmatige leugenaar was.

'Hoe gaan we eigenlijk bij dat feestje komen?' vroeg ik.

Lia keek me grijnzend aan. 'Toevallig ken ik een jongen met een auto.'

14

Michaels Porsche was een overblijfsel van zijn leven vóór het Naturals-programma. Nu ik hem achter het stuur zag zitten, kon ik me makkelijk inbeelden wat voor jongen hij was geweest: een arrogant rijkeluiszoontje dat het ene na het andere internaat versleet, zijn zomers doorbracht in de Hamptons en voor een lang weekend naar Saint Barts of Saint Lucia vloog.

Kon ik me makkelijk inbeelden hoe Michael het ene na het andere meisje versleet.

Lia zat naast hem op de bijrijdersstoel. Ze leunde tegen de stoel, met haar wang tegen het leer, en haar lange haar wapperde in de wind. Ze had haar raampje naar beneden gedraaid en leek niet van plan het weer dicht te draaien. Eens in de zoveel tijd schoot haar blik naar Michael. Ik wou dat ik haar ondoorgrondelijke blik begreep. Waar dacht ze aan?

Wat voelde ze als ze naar Michael keek?

Michael hield zijn blik strak op de weg gericht.

Ik deed mijn uiterste best om de twee niet te profileren, maar toch bleef ik maar denken aan het feit dat Lia Michael had gevraagd mee te gaan op dit onverstandige uitstapje en dat hij ja had gezegd. Waarom?

Omdat hij geen enkele kans om problemen te veroorzaken aan zich voorbij kan laten gaan. Omdat hij haar iets verschuldigd is. Omdat Michael het heerlijk vindt om naar Dean uit te halen, maar niet wil dat hij gekwetst wordt. Mijn gedachten werden overspoeld door antwoorden, en Michael keek me via de achteruitkijkspiegel aan. Hij had ooit tegen me gezegd dat er rimpeltjes bij mijn ooghoeken verschenen als ik iemand profileerde.

'We maken een korte omweg,' zei Lia. Toen Michael haar even aankeek, wees ze met het puntje van een donkerpaars gelakte nagel naar de weg. 'We nemen de volgende afslag.' Ze keek over haar schouder naar mij. 'Heb je het een beetje naar je zin daar?'

Zij zat voorin. Ik zat op de achterbank. 'Ik doe dit niet voor mijn plezier,' antwoordde ik.

Haar blik gleed van mij naar Michael en weer terug. 'Nee,' beaamde ze. 'Je doet dit niet voor je plezier. Je doet dit voor Dean.'

Lia rekte Deans naam een beetje uit. Michael kneep een beetje harder in het stuur dan nodig. Lia wilde dat hij wist dat ik dit voor Déán deed. Wilde dat hij daar even over nadacht.

'Tankstation,' beval Lia. Haar haar wapperde in de wind. Michael reed naar het tankstation en parkeerde de auto. Lia glimlachte. 'Wacht hier.'

Het was echt iets voor haar om de boel op te stoken en dan te vertrekken. Hoe goed Michael het ook verborg, ik wist dat hij zich afvroeg waarom ik had besloten om dit voor Dean te doen. Zoals ik me al de hele rit afvroeg waarom Michael ja had gezegd tegen Lia's plan.

'Tot zo.' Lia klonk behoorlijk zelfingenomen. In plaats van het portier open te doen wurmde ze zich met indrukwekkende lenigheid uit het open raam.

'Dit is een slecht idee,' zei ik terwijl Lia naar het tankstationwinkeltje slenterde.

'Ik denk dat je gelijk hebt,' zei Michael. Vanaf de achterbank kon ik zijn gezicht niet zien, maar het kostte me geen enkele moeite om me de verdorven schittering in zijn ogen voor te stellen.

'We gaan stiekem naar een studentenfeestje,' zei ik. 'En ik weet vrij zeker dat dit géén jurk is.'

Michael draaide zich om, bekeek me van top tot teen en glimlachte. 'Groen staat je goed.'

Ik reageerde niet.

'Nu is het jouw beurt om te zeggen dat dit shirt mijn ogen accentueert.' Michael klonk zo serieus dat ik onwillekeurig moest glimlachen.

'Je shirt is blauw. Je ogen zijn groen.'

Michael boog zich naar me toe. 'Je weet wat ze zeggen over groene ogen.'

Lia opende het portier aan de passagierskant en plofte weer op haar stoel. 'Geen idee. Wat zeggen ze daarover?' Ze keek Michael grijnzend aan.

'Gelukt?' vroeg Michael.

Lia gaf me een bruine papieren zak. Ik vouwde hem open. 'Gatorade en plastic bekers?'

Lia haalde haar schouders op. 'We willen niet opvallen. Dus op een studentenfeestje drinken we sportdrank uit een rode plastic beker.'

Lia had gelijk over de sportdrank. En de bekers. In het schaars verlichte studentenhuis viel het niemand op dat onze drankjes net een andere kleur rood waren.

'En nu?' riep ik over de oorverdovende muziek heen tegen Lia.

Lia begon met haar heupen te schudden; de manier waarop haar bovenlichaam meebewoog, suggereerde dat ze geweldig kon limbodansen. Ze keek naar drie jongens aan de rand van de kamer en duwde Michael in de richting van een blond meisje met roodomrande ogen.

'Nu gaan we vrienden maken,' antwoordde ze.

Een profiler, een emotielezer en een leugendetector gingen naar een feestje...

Een uur later had Michael de studenten gelokaliseerd die de meeste moeite leken te hebben met de moord die een schokgolf over de campus had laten gaan. We waren ook een paar feestgangers tegengekomen die om andere redenen van streek waren – onder andere vanwege onbeantwoorde liefdes en achterbakse kamergenoten – maar Michael concentreerde zich op een verdachte mengeling van bezorgdheid, fascinatie en angst.

Helaas hadden de meeste verdachten niets interessants te melden.

Lia had met minstens de helft van de jongens in de ruimte gedanst en had minstens dertig leugens gespot. Michael bood een luisterend oor aan het vrouwelijke deel van de feestgangers. Ik stond naast een muur van mijn neppunch te nippen en liet mijn profilersblik over de studenten gaan die als haringen in een ton in het studentenhuis stonden. Het voelde alsof alle studenten van Colonial University er waren – en aangezien niemand nuchter leek, was ik ervan overtuigd dat wij de enigen waren die sportdrank dronken.

'Mensen rouwen allemaal op hun eigen manier.' Er kwam een jongen naast me staan. Hij was zo'n een meter tachtig lang en helemaal in het zwart. Op zijn kin zat een bijna onzichtbare sik en hij droeg een bril met een plastic montuur waar vast geen glazen op sterkte in zaten. 'We zijn jong. We horen niet dood te gaan. Deze studenten laten zich vollopen met goedkope alcohol in een misplaatste poging om hun illusie van onsterfelijkheid te heroveren.'

'Hun illusie? Dus jij gelooft daar niet in?' Ik probeerde hem het idee te geven dat ik hem intrigerend vond – en niet dat ik dacht dat er veertig procent kans was dat hij filosofie studeerde en veertig procent kans was dat hij rechten studeerde.

'Ik ben wat realistischer ingesteld,' antwoordde de jongen. Hij kon elk moment iemand citeren. 'Leven is lijden, en overleven is betekenis vinden in het lijden.'

Dat was snel. De uitdaging was niet om deze jongen aan het praten te krijgen, maar om hem iets van betekenis te laten zeggen.

'Kende je haar?' vroeg ik. 'Emerson Cole?'

Dit was niet een van de studenten die Michael eruit had gepikt, maar al voordat de jongen kon reageren, wist ik dat hij bevestigend zou antwoorden. Hij rouwde niet om Emerson, maar hij had haar wel gekend.

'Ze zat bij mij in de les.' De jongen trok een ernstig gezicht en leunde tegen de muur.

'Bij welk vak?'

'Monsters of mannen,' antwoordde de jongen. 'Het vak van professor Fogle. Zelf heb ik dat vorig jaar gevolgd. Nu ben ik de student-assistent.'

Ik keek naar de dansvloer en probeerde Lia's blik te vangen. Professor Fogle was een verdachte in Emersons moordzaak. Hij gaf een vak over seriemoordenaars. En op de een of andere manier had zijn student-assistent me gevonden.

Hij is graag de jager, dacht ik terwijl ik Lia tussen de mannelijke studenten door zag dansen, op zoek naar leugens. *Niet de prooi.*

'Kende jij haar?' De jongen draaide de rollen om. 'Emerson. Kende jij haar?'

'Nee,' antwoordde ik, en onwillekeurig dacht ik aan hoeveel moeite Dean had moeten doen om de naam van het meisje te achterhalen. 'Ze was een vriendin van een vriendin, zeg maar.'

'Je liegt.' De jongen stak een hand uit en streek een verdwaalde haarlok achter mijn oor. Het kostte me grote moeite om geen stap achteruit te zetten. 'Ik bezit een flinke dosis mensenkennis, al zeg ik het zelf.'

Jij denkt dat je een flinke dosis van alles bezit, dacht ik.

'Je hebt gelijk.' Ik wist vrij zeker dat dat zijn lievelingszin was. 'Ik studeer niet eens aan deze universiteit.'

'Je zag het nieuws,' zei de jongen, 'en besloot een kijkje te gaan nemen.'

'Zoiets.' Ik dacht aan alles wat ik over deze jongen wist en besloot in te spelen op zijn zogenaamde expertise. 'Ik hoorde dat de professor een verdachte is vanwege dat vak. Vanwege jouw vak.'

De jongen haalde zijn schouders op. 'Eén hoorcollege was...'

Ik zette een stap naar voren en de blik van de jongen schoot naar mijn benen. De outfit die Lia voor me had uitgekozen liet weinig aan de verbeelding over. Achter de jongen zag ik Michael naar hem wijzen en zijn wenkbrauwen optrekken. Ik knikte niet om aan te geven dat ik iets op het spoor dacht te zijn. Dat hoefde niet. Dat kon Michael gewoon aan mijn gezicht aflezen.

'Als je wilt, kan ik je dat hoorcollege laten zien.' De blik van de jongen gleed van mijn benen naar mijn gezicht. 'Ik heb alle PowerPoints van professor Fogle op mijn laptop staan. Tenzij je liever hier blijft om samen met de andere feestgangers je zorgen weg te drinken.'

Over het hoofd van de jongen heen maakte ik oogcontact met Michael.

Volg me, dacht ik, hopend dat mijn gezicht de boodschap zou overbrengen. *Dit is te goed om te laten schieten.*

15

'Ga maar vast zitten, dan doe ik het licht aan.' De jongen heette Geoffrey. Met een G. Zo had hij zichzelf voorgesteld toen we naar de collegezaal liepen – alsof het een ramp zou zijn als ik per ongeluk dacht dat hij Jeffrey met een J heette.

Ik was niet van plan om een jongen die me bij een studentenfeestje had weggelokt de rug toe te keren, dus ik bleef tegen de muur staan tot Geoffrey met een G het licht had aangedaan. De lichten boven mijn hoofd kwamen flikkerend tot leven en de collegezaal werd overspoeld met licht. In de zaal stonden honderden ouderwetse houten tafeltjes, in kaarsrechte rijen. Achter in de ruimte was een podium. Geoffrey liep achteruit door het gangpad bij me vandaan.

'Begin je zenuwachtig te worden?' vroeg hij me. 'Niet iedereen is geschikt voor criminologie.' De meeste mensen zouden het daarbij hebben gelaten. Geoffrey niet. 'Ik studeer rechten.'

'Met een minor filosofie?' Ik kon het niet laten.

Hij was even stil en keek me bevreemd aan. 'Nee, dat doe ik er als tweede studie naast.' Zonder ons oogcontact te verbreken klom hij het podium op en verbond zijn laptop met de projector.

Wie neemt er nou zijn laptop mee naar een studentenfeestje?

Ik beantwoordde mijn eigen vraag: *Iemand die van plan was een meisje mee te nemen naar deze collegezaal en een showtje voor haar op te voeren.* Toen ik ging zitten was ik nog steeds op mijn hoede, maar minder wantrouwig. Geoffrey was onze UNSUB niet. Hij was zo vol van zichzelf dat ik me niet kon voorstellen dat hij de bevestiging van een moord nodig had.

Aan de andere kant had ik die behoefte in Locke ook niet opgemerkt.

'Ik hoop dat we niet te laat zijn.' Michaels stem schalde vrolijk door de collegezaal. Hij was me gevolgd. Mooi. Op het podium zag ik Geoffrey fronsen. Toen ik me omdraaide bleek Michael niet alleen te zijn. Naast hem stond een meisje: een knappe, mollige blondine, die net als Geoffrey een bril met een dik, plastic montuur droeg.

'Geoffrey.'

'Bryce.'

Geoffrey met een G en de blondine kenden elkaar. Geoffrey zuchtte. 'Veronica, dit is Bryce. Bryce, dit is Veronica.'

Je kon het rustig aan Michael overlaten om achter ons aan te komen én versterking mee te nemen. Versterking die Geoffrey kende – en hem naar mijn idee niet erg aardig vond. *Michael moet haar uit de menigte hebben geplukt toen hij Geoffrey en mij zag vertrekken.*

'Hoi,' zei ik tegen Bryce. Ze sloeg een arm om Michaels middel. Zien hoe zij Michael aanraakte was duizend keer erger dan hem met Lia zien.

Lia was in elk geval nog een van óns.

'Geoff,' zei Bryce, die genoot van het feit dat ze Michael vasthad en Geoffreys naam expres afkortte om hem te irriteren, 'dit is Tanner. We zijn hier voor de show.'

Ik ving Michaels blik en boog mijn hoofd om te voorkomen dat ik in lachen uitbarstte. Ik had agent Sterlings voornaam gekozen als schuilnaam en Michael die van agent Briggs.

'Jullie zijn niet uitgenodigd,' zei Geoffrey op vlakke toon tegen Bryce.

Bryce haalde haar schouders op en plofte aan de andere kant van het gangpad neer op een stoel. 'Je wilt vast niet dat professor Fogle te weten komt dat er een show wás,' zei ze op een toon die duidelijk maakte dat zij eerder een keer in mijn schoenen had gestaan en Geoffreys show al eens had mogen aanschouwen.

'Goed dan.' Geoffrey zwichtte. 'Bryce volgt dit vak,' legde hij uit. Toen voegde hij daar voor Michael aan toe: 'Ik ben de student-assistent.'

Michael schonk hem een zelfingenomen grijns. 'Cool.'

'Ja,' zei Geoffrey kortaf. 'Heel cool.'

'Ik had het over je sik.' Michael speelde nonchalant met de puntjes van Bryce' haar. Ik schonk hem een veelbetekenende blik. Student-assistent Geoff uitdagen kon in ons voordeel werken, maar niet als Geoff Michael zo irritant vond dat hij hem de collegezaal uitzette.

Na een korte, gespannen stilte besloot Geoffrey Michael én Bryce te negeren en met de show te beginnen. 'Welkom bij het derdejaarsvak Monsters of mannen: de psyche van de seriemoordenaar.' Geoffreys stem schalde door de collegezaal en ik kon de man die hij imiteerde bijna horen. Geoffreys gezichtsuitdrukking veranderde nu hij over het podium liep en door de slides heen klikte.

Lichaam.

Na lichaam.

Na lichaam.

De foto's flitsten in rap tempo over het scherm.

'De mensheid wordt over het algemeen gedefinieerd aan de hand van haar prestaties. Aan de moeder Teresa's, Einsteins en gewone burgers die op hun eigen manier wel duizend keer per dag voor held spelen. Als het noodlot toeslaat, als iemand iets vreselijks doet waar we met ons verstand niet bij kunnen, doen we alsof die persoon geen mens is. Alsof we ons niet allemaal in hetzelfde continuüm bevinden, alsof gewone burgers niet duizend keer per dag op subtiele manieren de schurk uithangen. Er is een reden dat we naar een treinramp blijven kijken, een reden dat we het nieuws aanzetten als er ergens een lichaam wordt gevonden, een reden dat 's werelds meest beruchte seriemoordenaars elke dag honderdduizenden brieven ontvangen.'

Geoffrey las het college voor. Hoe goed hij dat ook deed, hij was niet degene die het had geschreven. Ik concentreerde me op de man die dat wel had gedaan. Aan het verhaal dat Geoffrey voordroeg kon ik horen dat Fogle een imposante man was. Te oordelen naar de afmetingen van deze collegezaal was zijn vak erg populair. Hij was een verhalenverteller die gefascineerd was door zijn onderwerp – en dacht dat iedereen die fascinatie met hem deelde.

'De filosoof Friedrich Nietzsche zei ooit dat iedereen die tegen monsters streed, moest oppassen dat hij er zelf geen werd. "Als je te lang in de afgrond kijkt, kijkt de afgrond ook in jou."' Geoffrey bleef even hangen bij een slide met tientallen foto's erop – niet van lichamen, maar van mannen. Een paar daarvan herkende ik – die hingen bij ons thuis ook aan de muren, lachten ons vanuit hun lijstjes toe om ons er voortdurend aan te herinneren dat het soort monster waarop we joegen iedereen kon zijn. Je buurman. Je vader. Je vriend.

Je tante.

'Charles Manson. John Wayne Gacy. Son of Sam.' Geoffrey liet een dramatische stilte vallen. 'Ted Bundy. Jeffrey Dahmer. Namen die iets voor ons betekenen. In dit semester zullen alle mannen die ik net noemde aan bod komen, maar we beginnen dichter bij huis.'

De foto's werden vervangen door een foto van een man met donkerbruin haar en al even donkerbruine ogen. Hij zag er heel normaal uit. Nietszeggend. Ongevaarlijk.

'Daniel Redding,' zei Geoffrey. Ik keek naar de foto, op zoek naar gelijkenissen met de jongen die ik kende. 'De afgelopen vier jaar heb ik de zaak-Redding bestudeerd,' ging Geoff verder.

'En met "ik" bedoelt hij de professor,' hoorde ik Bryce hard tegen

Michael fluisteren. Geoffrey met een G negeerde haar.

'Redding is verantwoordelijk voor minstens twaalf moorden in vijf jaar, een periode die begint als zijn vrouw hem een paar dagen voor zijn negenentwintigste verjaardag verlaat. Na zijn arrestatie zijn alle lichamen in een tijdsbestek van drie dagen opgegraven op het terrein van zijn boerderij. Ook drie andere moorden, gepleegd in andere staten, zijn later aan hem gelinkt.'

Op het scherm verscheen een foto van een plaats delict. Op de foto hing een vrouw, die duidelijk al een tijdje dood was, aan een plafondventilator. Ik herkende het touw – zwart nylon. De armen van de vrouw waren achter haar rug gebonden. Haar enkels waren samengebonden. De vloer onder haar zag rood van het bloed. Haar shirt was gescheurd en eronder waren snijwonden te zien – sommige lang en diep, andere kort. Maar wat me nog het meest opviel, was de brandwond op haar borst.

De huid net onder haar sleutelbeen was vurig rood, met striemen en blaren, en verdikt in de vorm van een R.

Dit was wat Deans vader met die vrouwen had gedaan. Dit was waar Dean van hem naar had moeten kijken.

'Boei ze. Brandmerk ze. Martel ze. Hang ze op.' Geoffrey klikte door een reeks uitvergrotingen van het lichaam van de vrouw. 'Dat was Reddings modus operandi, oftewel MO.'

Nu ik Geoffrey die technische term hoorde gebruiken kreeg ik zin om hem te slaan. Hij had geen idee waar hij het over had. Voor hem waren dit gewoon foto's. Hij wist niet hoe het was om te ontdekken dat een van je geliefden werd vermist of om in het hoofd van een moordenaar te kruipen. Hij was een jongetje dat speelde met iets wat hij niet begreep.

'En dat is heel toevallig ook de titel van professor Fogles boek,' zei Bryce.

'Fogle schrijft een boek?' vroeg ik.

'Over de zaak-Redding.' Geoffrey had duidelijk geen zin om zijn plek in de schijnwerpers te delen. 'Dus het is logisch dat hij wordt verdacht van de moord op Emerson. Zij was ook gebrandmerkt, weet je.'

'Je zei dat ze dit vak volgde. Dat je haar kende.' Mijn toon was vlak. Nu ik Geoffrey zo nonchalant hoorde praten over de moord op een meisje dat hij kende, begon ik aan mijn eerdere analyse te twijfelen – misschien was hij wél in staat om iemand te vermoorden.

Geoffrey keek me aan. 'Mensen rouwen op verschillende manieren,' zei hij. Misschien verbeeldde ik het me, maar ik dacht hem heel zwakjes te zien glimlachen.

'Ik deed de eindopdracht met haar,' zei Bryce. 'De professor had de groepsindelingen gemaakt. Emerson was... aardig. Opgewekt, zelfs. Ik bedoel, wie is er nou opgewekt bij een vak over seriemoordenaars? Emerson dus. Ze was vriendelijk tegen iedereen. Een van de jongens uit ons groepje... je zou hem moeten zien, hij is net een soort egel. Als je iets tegen hem zegt, rolt hij zich figuurlijk op tot een bal. Maar tegen Emerson praatte hij wel. En Derek – de andere jongen uit ons groepje – is echt zo'n irritante gast, zo'n typische als-je-niet-weet-wie-van-je-medestudenten-het-is-ben-je-het-waarschijnlijk-zelf-gast, weet je wel? Maar Emerson kon hem stil krijgen door alleen maar naar hem te lachen.'

Bryce klonk een stuk minder afstandelijk dan Geoffrey. Ze was van slag door wat er met Emerson was gebeurd. Voor haar was dit niet zomaar een show. Ze leunde tegen Michael aan.

'Emerson kwam niet opdagen bij het examen.' Geoffrey klapte zijn laptop dicht. 'Professor Fogle was ziek. Die ochtend heb ik de examens uitgeprint, een voor iedere student. Emerson was de enige afwezige. Ik dacht dat ze...' Geoffreys stem stierf weg. 'Laat maar.'

'Je dacht dat ze wat?' vroeg Michael.

Geoffrey kneep zijn ogen tot spleetjes. 'Maakt dat iets uit?'

Ja, dat maakte iets uit, maar voordat ik een logische reden kon bedenken waarom we dat moesten weten, begon Michaels telefoon te trillen. Hij haalde hem uit zijn zak, las het berichtje en stond op. 'Sorry, Bryce,' zei hij. 'Ik moet gaan.'

Bryce haalde haar schouders op. Ze was duidelijk niet van plan om naar hem te blijven smachten. Michael draaide zich in de richting van de deur, en toen hij langs me liep, keek hij me aan. *Lia*, zei hij geluidloos.

'Ik moet er ook maar eens vandoor,' zei ik. 'Dit was... intens.'

'Echt?' Geoffrey klonk oprecht verbaasd. Hij dacht blijkbaar dat ik hem wel zag zitten. Dood meisje. Griezelig college. Gevoelige blik. Hij dacht duidelijk dat hij me in zijn zak had.

'Weet je wat,' zei ik terwijl ik mijn best deed om niet met mijn ogen te rollen, 'waarom geef je me je nummer niet?'

16

Lia's berichtje leidde ons niet terug naar het feest. Kennelijk was zij minder voorzichtig geweest en was zij wél alleen met haar prooi vertrokken.

'Wat schreef Lia precies?' vroeg ik.

Michael hield zijn telefoon omhoog. Daarop was een foto te zien van Lia en twee mannelijke studenten, een lange en een dikke. De drie stonden niet precies in het midden van het kader en de foto was niet helemaal scherp.

Heb een fascinerend gesprek, stond er onder de foto. *Dak van Heron Hall.* Ik was even stil. 'Wat doet Lia op het dak van een willekeurig gebouw?'

'Verdachten ondervragen die niet beseffen dat ze ondervraagd worden?' zei Michael op licht spottende toon.

'Zou het kunnen dat die jongens geen verdachten zijn?' Ik wilde geloven dat Lia niet in haar eentje zou vertrekken met iemand van wie ze vermoedde dat hij in staat was om een moord te plegen. 'Misschien zijn het gewoon vrienden van Emerson.'

'Ze heeft een foto gestuurd,' zei Michael op vlakke toon.

Voor het geval er iets gebeurt, vulde ik in gedachten aan. Lia had ons een foto gestuurd van de jongens met wie ze aan het praten was voor het geval ze als wij het dak van Heron Hall op zouden stappen verdwenen was.

We hadden haar nooit alleen mogen laten. Ik was zo opgegaan in mijn missie om Geoffrey aan het praten te krijgen dat ik Lia niet eens had verteld dat ik wegging.

Lia was heel goed in doen alsof ze zichzelf uitstekend kon redden – maar Lia was ook heel goed in doen alsof ze wat dan ook uitstekend kon.

Dean zou haar nooit alleen hebben gelaten, dacht ik onwillekeurig. Daarom was hij de enige ter wereld voor wie ze door het vuur zou gaan en waren Michael en ik niet door de selectie gekomen.

Ik versnelde mijn pas.

'Als ze wist dat we ons zorgen maakten, zou ze ons uitlachen,' zei Michael zowel tegen zichzelf als tegen mij. 'Of ze zou beledigd zijn.' Ook hij voerde zijn tempo op. Bij elke stap stelde ik me voor op hoeveel manieren dit mis kon gaan.

Lia was een van ons. Ze moest in orde zijn. *Wees alsjeblieft in orde.* Eindelijk kwamen we aan bij Heron Hall. Het gebouw leek op een toren en was duidelijk gebouwd in gotische stijl – en was al net zo duidelijk gesloten.

VERBODEN VOOR ONBEVOEGDEN.

Michael wierp een blik op het bord en zei zonder nadenken: 'Wil jij als eerste onbevoegde naar binnen, of zal ik voor gaan?'

Nog voordat ik Lia zag hoorde ik haar al lachen. Haar lach klonk licht, een beetje als het gerinkel van een bel, muzikaal en vrolijk – en was vrijwel zeker nep.

Michael, die een tree boven me stond, opende de deur naar het dak. 'Dames gaan voor,' zei hij. Toen ik het maanverlichte dak op stapte, voelde ik de knoop in mijn maag langzaam verdwijnen. Mijn ogen zochten Lia. Zodra ik zag dat ze in orde was, besefte ik dat haar gevoel voor het kiezen van ontmoetingsplekken al even goed was als haar gevoel voor mode. Dit was niet zomaar een toren, en ook niet zomaar een toren waar je niet op mocht, maar het dák van een toren waar je niet op mocht. Vanaf hier kon je de hele campus zien, die in het donker een waaier aan lichtjes vormde.

Vanaf de andere kant van het dak zag Lia ons staan. Ze was in het gezelschap van twee studenten, twee jongens. 'Jullie hebben het gevonden,' zei ze. Ook als we níét op een toren hadden gestaan zou ik zenuwachtig zijn geworden van de manier waarop ze naar ons toe wankelde.

'Geen zorgen,' fluisterde Lia, die haar armen vrolijk om me heen sloeg, alsof ze dronken was. 'Ik ben aan het werk. Sinds we hier zijn heb ik alleen maar sportdrank gedronken. En als iemand het vraagt, heet ik Sadie.'

Lia liep terug naar de jongens. Toen ik achter haar aan liep moest ik denken aan het feit dat Sadie Lia's échte naam was. Geen van ons wist waarom ze die had veranderd.

Alleen Lia zou de naam waarmee ze was geboren als schúílnaam gebruiken.

'Derek, Clark, dit is...' Lia hikte.

Dat zag Michael al zijn teken om het woord te nemen. 'Tanner,' zei hij. Hij stak zijn hand uit om die van de jongens te schudden. 'En dit is Veronica.'

De linkerjongen was lang en studentikoos, had een keurig kapsel en was knap op een klassieke manier. De kans was groot dat hij zijn borstspieren aanspande. 'Ik ben Derek,' zei hij, en hij liet zijn hand in de mijne glijden.

Ja, hij spant zeker weten zijn borstspieren aan, dacht ik.

Derek gaf de rechterjongen zo'n harde por dat de jongen even wankelde. Zodra hij zijn evenwicht had teruggevonden, stak ook hij zijn hand uit. 'Clark,' mompelde hij.

'Je klinkt als een eend,' zei Derek tegen hem. 'Clark, clark, clark!'

Ik negeerde Derek en concentreerde me op Clark. Zijn handdruk was verbazingwekkend stevig, maar zijn handen waren zacht. 'Zacht' was sowieso het beste bijvoeglijk naamwoord om hem mee te omschrijven. Hij was klein en rond en zag eruit alsof hij gemaakt was van klei die nooit helemaal was uitgehard. Zijn huid was vlekkerig en het duurde even voordat hij me recht aankeek.

Opeens viel er iets op z'n plek. 'Derek,' zei ik. 'En Clark.'

Had Bryce niet gezegd dat een van de jongens uit haar groepje bij Monsters of mannen Derek heette? En de ander vond ze op een egel lijken...

Hoe had Lia dit in godsnaam voor elkaar gekregen? Ze keek me sluw aan, en ik besefte dat ik haar had onderschat. Dat had ik niet moeten doen – ze deed dit tenslotte allemaal voor Dean.

'Briljante deductie,' zei Derek met een karakteristieke glimlach die hij waarschijnlijk in de spiegel had geoefend. 'Bel de vereniging voor hoogbegaafden,' zei hij. 'Deze meid is een genie!'

Te oordelen naar zijn neerbuigende toontje verwachtte hij niet dat die kleinerende opmerking me zou opvallen. Opeens begreep ik precies wat Bryce had bedoeld toen ze hem omschreef. Deze jongen kwam vrijwel zeker uit een rijke familie – ik zette mijn geld in op een geslacht vol succesvolle advocaten die hadden gestudeerd aan een Ivy League-universiteit. Hij hoorde zichzelf nog liever praten dan Geoffrey. Hij was het soort jongen die tijdens colleges een discussie begon om te laten zien dat hij beter was dan de rest. Waarschijnlijk bleekte hij zijn tanden.

'Clark en Derek kenden dat meisje,' zei Lia met dubbele tong. 'Ik kwam Derek tegen op het feest. Hij riep Clark erbij. Dus toen heb ik hem ook meegevraagd.' Ze leunde tegen Dereks borst en legde een hand op Clarks wang. Clark werd vuurrood. Derek knikte me over Lia's hoofd heen toe, alsof het feit dat ze tegen hem aan leunde bewees dat ik dat ook moest willen.

Ik ging deze jurk na vanavond echt nóóit meer aantrekken.

'Welk meisje?' vroeg ik.

'Het meisje dat is vermoord,' antwoordde Derek. 'Emmie.'

'Emerson,' fluisterde Clark.

'Wat zei je, Clark?' Derek schonk de rest van ons een grijns, alsof het feit dat het Clark niet lukte om verstaanbaar te praten de beste grap ooit was.

'Ze heette Emerson,' zei Clark, die nog roder werd dan hij was geworden toen Lia hem had aangeraakt.

'Dat zei ik.' Derek stak een van zijn handen met de handpalm omhoog, een gebaar dat ik grofweg vertaalde als *Wat een vervelende gozer – lekker belangrijk*.

Clark mompelde iets terug. Derek negeerde hem en zei toen tegen mij: 'We volgden hetzelfde vak.'

'Volgens mij heb ik net jullie student-assistent ontmoet.' Ik keek hoe ze daarop reageerden. Derek verstijfde. Clark leek überhaupt niet te bewegen. Ik kon praktisch voelen hoe Michael elk detail van hun gezichtsuitdrukking in zich opnam.

'Die vent is een idioot,' zei Derek.

Eerlijk gezegd vond ik dat een gevalletje de pot verwijt de ketel.

'Geoffrey leek geobsedeerd door de dood,' zei ik. 'En niet zo'n klein beetje ook. En hij praatte over Emerson alsof het hem niks kon schelen dat ze was vermoord.'

Het ergens over eens zijn met Derek was alsof je brandend vet probeerde te blussen met water. Dat maakte deze situatie alleen maar erger.

'Student-assistent Geoff denkt dat intelligentie te vervangen is door moeilijk kijken en zwarte kleding dragen. Hij heeft vast ook gezegd dat hij Emerson kende.'

Ik knikte. Ik was benieuwd waar dit heen ging.

'Dat was helemaal niet zo,' zei Derek. 'Hij zit alleen maar voor in de collegezaal tentamens na te kijken. Clark en ik kenden haar wel.' Hij wipte op zijn hakken op en neer. 'Dat arrogante blondje in ons groepje kende haar ook. Zelfs Fogle kende haar. Maar student-assistent Geoff wil gewoon interessant doen.'

‘Hoe bedoel je “Fogle kende haar”?’ vroeg Michael. ‘Er zijn best veel studenten die zijn vak volgen, toch?’

Derek concentreerde zich op Michael. Wat hij zag, leek hem te bevallen. Gezien Michaels achtergrond had hij als kind waarschijnlijk wel tien Dereks gekend.

‘Als ik zeg dat de professor Emmie kende, dan bedoel ik dat hij haar kénde,’ antwoordde Derek. ‘In de Bijbelse zin van het woord.’

Ik keek naar Lia. Die knikte flauwtjes – Derek vertelde de waarheid. Naast haar begon Clark weer te blozen.

‘Het dode meisje deed het met de professor,’ zei Michael. ‘Daar hadden ze hem voor kunnen ontslaan.’

‘Je meent het. Verdachte?’ Derek snoof. ‘Dáder, bedoel je.’ Derek lachte zachtjes. ‘Eerst heeft hij háár genomen, en toen heeft hij haar léven genomen.’

‘Hou je bek.’ Clark leek te ontploffen. Hij balde zijn handen langs zijn zij tot vuisten. ‘Je hebt geen idee waar je het over hebt.’ Hij zoog zijn longen vol lucht, alsof hij net een kilometer had hardgelopen. ‘Ze was… Zo was ze niet.’

‘Kalm aan, vriend.’ Deze keer stak Derek zijn beide handen omhoog. Ik deed geen moeite om dat gebaar te vertalen. ‘Rustig maar. Ik snap het. Over de doden niets dan goeds.’ Derek draaide zich weer naar de rest van ons en trakteerde ons opnieuw op een van zijn wijsheden. ‘Ik weet zeker dat als de politie Fogle vindt, de universiteit op zoek moet naar iemand anders die dat vak wil geven. Die vent is zo schuldig als wat.’ Derek trok wit weg. ‘Als ze student-assistent Geoff maar niet vragen.’

Naast hem ademde Clark opnieuw hoorbaar in. Lia maakte eerst oogcontact met mij en toen met Michael. We hadden waar we voor gekomen waren – en meer.

17

Op weg naar huis waren we alle drie stil. Lia zat achterin en had haar benen op de achterbank gelegd. Michael reed de maximumsnelheid. Ik keek door het raam naar het donker.

'Dat ging eerlijk gezegd beter dan ik had verwacht,' zei Lia na een tijdje. 'Als we het huis weer in weten te glippen zonder gesnapt te worden, durf ik het best een overwinning te noemen.'

'Ik dacht dat jij nooit gesnapt werd.' Ik maakte mijn blik los van het raam en keek haar over mijn schouder aan.

Lia bestudeerde haar nagels. 'We wonen samen met een getrainde FBI-agent en een ex-sniper van de marine. Ik ben goed in stiekem doen, niet in magie. Noem het een aanvaardbaar risico.'

Toen ze me had overgehaald om mee te doen aan haar plan had ze dat heel anders verwoord.

'Heb je er spijt van dat je bent meegegaan?' Lia keek me indringend aan. 'Of zou je het als je de kans kreeg allemaal opnieuw doen?'

Ik kon hier geen spijt van hebben. Daarvoor waren we veel te veel te weten gekomen.

'Wat vond je van die student-assistent?' vroeg ik Michael.

'Ja,' zei Lia, die gaapte en met een hand voor haar mond wapperde.

'Vertel, Michael. Wat vond je van de student-assistent die zo'n veelbelovend aanknopingspunt was dat Cassie het feest voor hem verliet, met jou in haar kielzog?'

Dit was de eerste keer dat Lia begon over het feit dat we haar alleen hadden gelaten. Ze stelde de vraag op achteloze toon, alsof het antwoord haar niets kon schelen.

'Die gast keek naar Cassie alsof hij haar onder de microscoop wilde leggen.' Michael keek Lia via de achteruitkijkspiegel aan. 'Vind je echt dat ik haar alleen had moeten laten gaan?'

'Het verbaast me gewoon.' Lia haalde nadrukkelijk haar schouders op. 'Ik bedoel, de vorige keer dat je achter Cassie aan ging, pakte dat ook zo fantástisch voor je uit.'

De laatste keer dat Michael achter me aan was gegaan, was hij neergeschoten.

Dit verdiende ik. Deze stekelige opmerkingen verdiende ik vanwege het feit dat ik haar zonder nadenken alleen had gelaten op het feest. 'We hadden je nooit alleen mogen achterlaten,' zei ik.

'O, hou toch op.' Lia deed haar ogen dicht, alsof dit gesprek haar stierlijk verveelde. 'Ik kan prima voor mezelf zorgen, Cassie. Ik heb je zien weggaan. Ik had met je mee kunnen gaan. Ik heb er zelf voor gekozen om te blijven. En als Michael de moeite had genomen om het me te vragen, zou ik hebben gezegd dat hij met je mee moest gaan.'

'En ík heb gezegd dat je op het feest moest blijven,' mompelde Michael.

'Sorry?' zei Lia vinnig. 'Wat zei je?'

'Ik heb je een berichtje gestuurd toen ik wegging. Je moest op het feest blijven!' Ik schrok toen Michael met de muis van zijn hand op het stuur sloeg. 'Maar nee, je ging weg, met niet één, maar twee…'

'Getuigen?' opperde Lia. 'Geloof me, ik had alles onder controle. Ik kan de Dereks en Clarks van deze wereld zelfs in mijn slaap nog aan.'

Daar zocht ik meer achter dan ik een week geleden had gedaan. Lia wist zeker dat ze de Dereks en Clarks van deze wereld aankon omdat ze waarschijnlijk veel, veel erger had gezien en meegemaakt.

'Goed, mijn allerliefste Michael,' ging Lia verder. Ze wilde hem duidelijk irriteren. 'Concentreer je. Cassies student-assistent. Wat was je indruk van hem?'

Michael klemde zijn kiezen even op elkaar voor hij antwoord gaf. 'Hij was niet blij toen ik verscheen. En nog minder blij toen hij zag dat ik Bryce had meegenomen. Zodra hij haar zag, ving ik een vlaag van schuldgevoel op, gevolgd door bezitterigheid, minachtig en opwinding.'

Stilletjes was ik dankbaar voor het feit dat Michael toen Bryce en hij binnenkwamen alleen op Geoffreys reactie had gelet – en niet op de mijne.

'Geoffrey vindt dat hij overal boven staat.' Ik dwong mezelf me op het onderwerp te concentreren. 'Hij geniet van zijn machtspositie tijdens de colleges.' Ik was even stil en dacht na over wat ik over hem te weten was gekomen. 'Hij koos mij uit omdat ik er jong uitzie. Hij verwachtte dat ik elk woord van zijn college klakkeloos zou aannemen en dat ik een beetje bang voor hem zou zijn, maar dat ik ook geïnteresseerd was in wat hij me allemaal kon leren.'

'Een leider op zoek naar volgers?' zei Lia. 'En wat is de professor in dat geval?'

'Als ik moest gokken,' zei ik terwijl ik nadenkend met mijn vingers tegen de zijkant van mijn stoel trommelde, 'zou ik zeggen dat professor Fogle iemand is tot wie mensen zich aangetrokken voelen. Geoffrey las zijn PowerPoint-slides voor. De professor is een showman. En als Derek de waarheid sprak over Emersons relatie met de professor...'

'Dat deed hij,' bevestigde Lia.

'... dan heeft onze professor geen bezwaar tegen groupies.' Daar dacht ik even over na. 'Dat is een van de dingen die hij zo interessant vindt aan dit onderwerp. De titel van zijn vak zegt het al. Deze mannen zijn imposant. Legendes. Ze zijn de treinramp waar we naar blijven kijken, de verborgen, gevaarlijke ánder.'

Michael sprak mijn analyse niet tegen. 'Ik zou Fogle moeten zien om je iets over hem te kunnen vertellen,' zei hij. Dat was een van de belangrijkste verschillen tussen Michaels gave en de mijne. Michael las ménsen. Ik las persoonlijkheden en gedrag – en daar hoefde iemand niet altijd voor aanwezig te zijn. 'Maar ik kan je wel vertellen dat student-assistent Geoff het net iets té leuk vond over Reddings MO te praten. Hij wilde afschuw op Cassies gezicht zien, en toen dat niet gebeurde, begon hij over Emerson.'

'En wat vertelde zijn gezicht je over haar?' vroeg Lia.

'Geen schuldgevoelens,' antwoordde Michael. 'Zelfs geen verdriet. Een vleugje angst. Voldoening. En loyaliteit.'

'Loyaliteit?' zei ik. 'Aan wie?'

'Ik geef het niet graag toe,' zei Lia met een zucht, 'maar Derek kan weleens gelijk hebben. Misschien heeft de professor het inderdaad gedaan. Tijdens mijn gesprek met het Godsgeschenk en het Blozende Wonder heb ik ons dynamische duo maar één interessante onwaarheid horen vertellen.'

'Derek?' gokte ik.

'Clark.' Michael klonk volledig zeker van zijn zaak. 'Toen hij het over Emerson had.'

'Eén punt voor de emotielezer,' zei Lia. Hun gaven overlapten meer met die van elkaar dan met de mijne. 'Toen Clark zei dat Emerson "niet zo was", loog hij.' Lia wikkelde haar staart om haar wijsvinger. 'Volgens mij wist Clark dat ze de horizontale mambo met professor Engnek danste.'

Ik draaide me naar Michael. 'Wat zag jij?'

'In Clark?' Michael verliet de snelweg. We waren bijna thuis. 'Ik zag verlangen,' zei hij. 'Angst om te worden afgewezen.' Zijn blik schoot mijn kant op. 'Woede.'

Geen boosheid, maar woede. Was hij woedend op Derek, omdat die nare dingen zei over een meisje om wie Clark had gegeven? Op ons, omdat we vragen stelden? Op de professor? Op Emerson?

'Goed, wat is onze volgende stap?' vroeg ik. 'Ervan uitgaande dat we als we straks het huis binnengaan niet meteen worden gesnapt.'

'We moeten uitvinden of de FBI op de hoogte is van Emersons relatie met de professor.' Lia gooide haar haar over haar schouder. 'Als ze daar niet vanaf weten, moeten we een manier bedenken om ze dat te vertellen.'

'En wat zeggen we tegen Dean?' vroeg ik.

'Niks,' zei Lia zacht, maar op messcherpe toon. 'Het enige wat voor hem telt, is dat deze zaak wordt opgelost. Hij hoeft niet te weten wat we allemaal bereid zijn te doen om dat voor elkaar te krijgen.'

Dean zóu niet begrijpen waarom we zoveel risico voor hem namen omdat hij diep vanbinnen vond dat hij het niet waard was om gered te worden. Hij zou voor ieder van ons een kogel hebben opgevangen, maar hij zou niet willen dat wij omwille van hem gevaar liepen.

De meeste mensen trokken een muur op om zichzelf te beschermen. Dean deed dat om anderen te beschermen.

Lia en ik waren het voor de verandering een keer helemaal met elkaar eens. 'We zeggen niks tegen Dean.'

18

Afwijkend gedrag en het criminele brein: een inleiding tot forensische psychologie, achtste editie.' Slaperig en met waterige blik keek ik van het lesboek op de keukentafel naar Dean en toen weer naar het boek. 'Echt?' zei ik. 'Agent Sterling laat ons een lesboek voor beginners lezen?'

Na de nacht die Lia, Michael en ik hadden gehad voelde ik mijn hoofd bonken. Mijn lichaam wilde dolgraag terug naar bed.

Dean haalde zijn schouders op. 'Ze wil dat we hoofdstuk een tot en met vier lezen.' Hij was even stil en keek me onderzoekend aan. 'Alles oké?'

Nee, dacht ik. *Ik heb te kort geslapen en ik kan je niet vertellen waarom.*

'Ja hoor,' zei ik. Ik kon zien hoe Dean de tientallen details die er vanochtend niet aan me klopten in elkaar probeerde te passen. 'Ik kan niet geloven dat agent Sterling ons... op deze manier wil trainen.' Ik gebaarde naar het boek. Vanaf het moment dat ik me bij de Naturals aansloot, had ik geleerd door dingen te dóén. Door me bezig te houden met echte zaken. Met echte foto's van plaatsen delict. Met echte slachtoffers.

Maar dit lesboek? Bryce, Derek en Clark hadden waarschijnlijk ook zoiets gelezen. Er zaten vast werkbladen bij.

'Misschien is het tijdverspilling,' zei Dean, die mijn gedachten las.

'Maar op dit moment verspil ik liever onze tijd dan die van Sterling.'

Ik nam het lesboek van hem over en bladerde naar hoofdstuk een. 'Forensische psychologie is de vorm van psychologie die zich toespitst op het verklaren van persoonlijkheidstypes, motieven en cognitieve structuren die verband houden met afwijkend gedrag,' las ik voor, 'in het bijzonder met gedrag dat anderen mentale of fysieke schade toebrengt.'

Dean staarde naar de bladzijde. Zijn haar viel voor zijn gezicht. Ik las gestaag verder, mijn stem het enige geluid in de keuken.

'Hoofdstuk vier: georganiseerde versus gedesorganiseerde daders.'

Ondanks het feit dat Dean en ik een lange lunchpauze hadden genomen begon mijn stem ondertussen hees te worden.

'Mijn beurt.' Dean nam het lesboek van me over. 'Als je nog een hoofdstuk leest, moet je de tekst straks nog uitbeelden.'

'Dat kan weleens heel vervelend worden,' zei ik. 'Ik ben nooit goed in Hints geweest.'

'Waarom krijg ik het gevoel dat daar een verhaal achter zit?' Deans mondhoeken kwamen een heel klein stukje omhoog.

Ik huiverde. 'Laten we zeggen dat spelletjesavonden met mijn familie nogal verhit kunnen worden en dat ik ook heel slecht in Pictionary ben.'

'Wat mij betreft is dat niet per se een tekortkoming.' Dean leunde achterover in zijn stoel. Voor het eerst sinds we dat lichaam op het nieuws hadden gezien, zag hij er bijna ontspannen uit. Zijn armen bungelden losjes langs zijn zij en zijn borstkas rees en daalde bij elke in- en uitademing. Zijn haar viel nog steeds voor zijn ogen, maar uit zijn nek en schouders was bijna alle spanning verdwenen.

'Zei er iemand tekortkoming?' Michael slenterde de keuken in. 'Dat is toevallig een van mijn andere voornamen.'

Ik keek vlug weer naar het lesboek, alsof ik niet naar Dean had zitten staren. 'Voornamen, meervoud?' zei ik.

Michael hield zijn hoofd een beetje schuin. 'Michael Alexander Thomas

Tekortkoming Townsend.' Hij schonk me een lome glimlach. 'Klinkt best goed, toch?'

'We zijn bezig,' zei Dean op vlakke toon.

'Let maar niet op mij.' Michael wuifde met een hand onze kant op. 'Ik kom alleen maar een boterham smeren.'

Michael deed nooit iets 'alleen maar'. Misschien had hij inderdaad zin in een boterham, maar hij vond het ook heerlijk om Dean te kunnen irriteren. *En hij wil niet dat Dean en ik hier met z'n tweeën zijn.*

'Dus.' Ik draaide me weer naar Dean en probeerde te doen alsof dit niet ongemakkelijk was. 'Hoofdstuk vier. Lees jij?'

Dean wierp een snelle blik op Michael, die deze hele situatie nogal vermakelijk leek te vinden. 'Wat als we dat nou eens niet lazen?' zei hij.

'Maar het is ons húíswerk.' Ik trok een geschokt gezicht.

'Dat weet ik – ik heb je overgehaald om het te doen, weet je nog?' Dean liet een vinger langs de rand van het boek glijden. 'Maar ik kan je zo ook wel vertellen wat erin staat.'

Dean was hier al vijf jaar, en dit boek was voor beginners.

'Oké,' zei ik. 'Geef me dan de samenvatting maar. Geef me les.'

Er was een tijd geweest waarin Dean dat zou hebben geweigerd.

'Goed dan.' Vanaf de andere kant van de tafel keek hij me strak aan. 'Gedesorganiseerde moordenaars zijn kluizenaars. Die horen nooit echt ergens bij. Hebben slechte sociale vaardigheden en een hoop opgekropte woede.'

Bij het woord woede schoten mijn ogen onwillekeurig naar Michael. *Horen nooit echt ergens bij. Hebben slechte sociale vaardigheden en een hoop opgekropte woede.* Te oordelen naar Michaels gezichtsuitdrukking was ik niet de enige die dat als een karakterschets van Clark vond klinken.

Dean was even stil. Ik dwong mezelf vooruit te kijken en probeerde telepathisch te voorkomen dat Dean te lang zou nadenken over het feit dat Michael en ik na een opmerking over gedesorganiseerde moordenaars zwijgend een blik hadden gewisseld.

'In het dagelijks leven worden gedesorganiseerde moordenaars over het algemeen gezien als asociaal en onbeholpen,' ging Dean na een paar tellen verder. 'Ze zijn niet geliefd, maar mensen zijn ook niet bang voor ze. Als de gedesorganiseerde moordenaar al werk heeft, is dat vaak een slechtbetaalde baan met weinig aanzien. Sommige van hen gedragen zich tot ver in hun volwassen leven als tieners en statistisch gezien is de kans groot dat ze nog thuis wonen.'

'En wat is dan het verschil tussen een gedesorganiseerde moordenaar en een loser?' Michael deed geen moeite om te doen alsof hij niet had meegeluisterd.

Dean keek Michael strak aan. 'Als je op Cassie en mij leek, had je dat niet hoeven vragen.'

Doodse stilte.

Dean had nooit eerder toegegeven dat hij en ik op elkaar leken. Dat had hij eerder nooit geloofd. En dat had hij al helemaal nooit eerder tegen Michael gezegd.

'Is dat zo?' Michaels tot spleetjes geknepen ogen vormden een scherp contrast met zijn glimlach, die nog altijd even breed leek. Ik keek naar de tafel. Michael hoefde mijn gezichtsuitdrukking niet te zien om te weten dat ik het met Dean eens was. Ik hoefde Michaels vraag niet te stellen omdat mijn intuïtie die al voor me beantwoordde. Een asociaal, woedend en onbeholpen persoon was niet meteen een moordenaar. Dat soort trekjes konden ons niet vertellen of en hoe gewelddadig Clark kon worden. Het enige wat die ons konden vertellen, was wat voor soort moordenaar iemand als Clark zou kúnnen zijn als hij die grens ooit overging.

Als Clark een moordenaar was, zou hij een gedesorganiseerde moordenaar zijn.

'Georganiseerde moordenaars kunnen heel charmant zijn.' Dean verplaatste zijn aandacht van Michael naar mij. 'Ze zijn welbespraakt, zelfverzekerd en voelen zich in de meeste sociale situaties op hun gemak.' Zijn haar viel voor zijn ogen, maar hij bleef me strak aankijken. 'Vaak zijn ze intelligent, maar narcistisch. Sommigen zijn niet in staat om angst te voelen.'

Ik dacht aan Geoffrey met een G, die me een college had gegeven over de betekenis van modus operandi en over Emerson had gepraat zonder een greintje verdriet te tonen.

'Een georganiseerde moordenaar vindt anderen zijn empathie gewoon niet waard, omdat anderen mínder zijn dan hij. Voor hem staat gemiddeld zijn gelijk aan vervangbaar zijn.'

Ik liet Deans woorden op me inwerken, sloeg ze op in mijn geheugen.

'Wat is het leven van één persoon waard als er zoveel mensen op aarde rondlopen?' Deans stem werd vlak, waardoor ik wist dat hij met zijn gedachten ergens anders was. 'Georganiseerde moordenaars voelen geen berouw.'

Deans vader was een georganiseerde moordenaar. Ik legde een hand op die van Dean. Hij boog zijn hoofd, maar ging verder. 'Georganiseerde moordenaars zijn planners,' zei hij zachtjes. 'Gedesorganiseerde moordenaars handelen in een opwelling.'

'Die draaien door,' zei ik zacht. 'Geven toe aan hun impulsen.'

Dean leunde naar voren en zijn vingers wikkelden zich om de mijne. 'Die vallen hun slachtoffers eerder van achteren aan dan georganiseerde moordenaars.'

'Favoriete wapen?' vroeg ik. Onze vingers waren nog steeds met elkaar vervlochten.

'Wat er maar binnen handbereik ligt,' antwoordde Dean. 'Stompe voorwerpen, een rondslingerend keukenmes, hun eigen handen. De hele plaats delict schreeuwt controleverlies.'

Ik keek Dean aan. 'Maar georganiseerde moordenaars gaan juist gecontroleerd te werk.'

Dean keek terug. 'Georganiseerde moordenaars stalken hun slachtoffers. Zij richten zich vaak op vreemden. Alles wat ze doen is weloverwogen en gepland, dient een bepaald doel. Zij gaan systematisch te werk.'

'Zijn moeilijker te pakken te krijgen,' vulde ik aan.

'En dat vinden ze fijn,' zei Dean. 'Ze genieten niet alleen van de moord, maar ook van het feit dat ze ermee wegkomen.'

Alles wat Dean zei, klonk me heel logisch in de oren – volkomen logisch, intuïtief, alsof hij me herinnerde aan iets wat ik al wist in plaats van dat hij me iets nieuws leerde.

'Alles oké?' vroeg hij.

Ik knikte. 'Ja, hoor.' Ik keek naar het aanrecht, waar Michael zijn boterham had staan smeren. Maar daar stond hij niet meer. Ergens tijdens mijn gesprek met Dean was Michael ervandoor gegaan.

Ik keek naar de tafel. Dean maakte zijn vingers langzaam los van de mijne.

'Dean?' zei ik. Mijn zachte stem sneed door de kamer. Ik kon nog altijd voelen waar zijn huid de mijne had geraakt. 'Georganiseerde moordenaars nemen trofeeën mee, toch?'

Dean knikte. 'Die helpen hen hun moorden opnieuw te beleven. Zo stillen ze tussen hun slachtoffers in hun honger naar moord.'

'Locke nam een lippenstift mee van iedere vrouw die ze vermoordde,' flapte ik eruit. *Narcist. Controlfreak.* Het paste.

'Mijn vader was een georganiseerde moordenaar.' Als Dean het over zijn vader had, kreeg zijn stem een intense toon. Dit was de tweede keer dat hij zich aan me blootgaf, oog om oog. 'Hij zei altijd dat mensen toen hij klein was al wisten dat er iets mis met hem was, maar zoals ik het me herinner, vond iedereen hem aardig. Hij plande alles tot in de puntjes. Hij week nooit af van het script. Hij legde de vrouwen die hij uitkoos zijn wil op. Bepaalde wat ze deden.' Dean was even stil. 'Hij heeft nooit berouw getoond.'

Ik hoorde de voordeur open- en dichtgaan. Dat kon Michael weleens zijn, die het huis uit ging om bij ons vandaan te zijn, maar toen hoorde ik voetstappen onze kant op komen – twee paar, het ene zwaarder dan de ander.

Sterling en Briggs waren terug.

Net toen Dean het lesboek op tafel dichtsloeg, verschenen ze in de deuropening.

'Cassie, mogen we even met Dean praten?' Agent Briggs trok zijn stropdas recht. Dat gebaar, van deze man, liet alarmbellen in mijn hoofd afgaan. Briggs droeg alleen een stropdas als hij aan het werk was. Hem rechttrekken was een soort bevestiging. Het onderwerp waar hij het met Dean over wilde hebben was volkomen zakelijk.

Als het om zakelijke dingen ging, vertrouwde ik Briggs minder.

'Ze mag blijven,' zei Dean tegen Briggs. Zijn woorden galmden als een donderslag door de keuken. Zolang ik Dean kende, had hij me weggeduwd. Hij deed alles het liefst alleen.

Ik ving zijn blik. *Weet je het zeker?* vroeg ik hem zonder iets te zeggen.

Dean wreef met zijn handpalmen over zijn bovenbenen. 'Blijf,' zei hij tegen me.

Dean wil me hierbij hebben.

Hij draaide weer naar Briggs. 'Wat wil je van me?'

'De moordenaar van Emerson Cole is geobsedeerd door je vader.' Briggs negeerde de uitdrukking op het gezicht van zijn ex-vrouw. 'Het is heel goed mogelijk dat de UNSUB hem een brief heeft gestuurd.'

'Laat me raden,' zei Dean. 'Vaderlief vernietigt alle post die hij krijgt. Alles zit hier.' Dean tikte met een vinger tegen zijn slaap.

'Hij is bereid ons te helpen,' zei Briggs. 'Onder één voorwaarde.'

De spanning in Deans schouders en nek was terug. Elke spier in zijn lichaam was verstrakt.

'Je hoeft niets te doen wat je niet wilt,' zei agent Sterling.

'Ik weet wat die voorwaarde is.' In Deans ogen flakkerde een emotie op die ik niet kon plaatsen: geen haat, maar ook geen angst. 'Mijn vader gaat júllie niets vertellen. De enige met wie hij wil praten, ben ik.'

JIJ

Daniel Redding hoort bij de top. Hij is berucht. Vindingrijk. Onsterfelijk. Je hebt hem niet zomaar uitgekozen. Als een man als Redding spreekt, wordt er naar hem geluisterd. Als Redding iemand dood wil hebben, gaat er iemand dood. Hij is alles wat je wilt zijn. Machtig. Zelfverzekerd. En hij heeft alles onder controle. Altijd.

'Je was slordig. Dom. Je hebt geluk gehad.' Je negeert de stem in je hoofd en strijkt met je vingers langs de rand van een foto waarop Emerson Cole naast een boom staat. Het bewijs dat jij heel even machtig was. Zelfverzekerd was. Alles onder controle had.

Net. Als. Hij.

Daniel Redding is niet je held. Hij is je god. En als je zo door blijft gaan, zul je langzaam worden zoals hij. Zal de rest van de wereld even onbetekenend en machteloos zijn als een kolonie mieren. De politie. De FBI. Je zult ze vermorzelen onder je schoenen met stalen neuzen.

Wat moet gebeuren, zal gebeuren – als de tijd rijp is.

19

Stenen muren. Prikkeldraad. Meer kreeg ik niet te zien van de extra beveiligde gevangenis waar Deans vader zat opgesloten. Dean en ik zaten op de achterbank van een zwarte SUV van de FBI. Agent Briggs reed. Agent Sterling zat op de bijrijdersstoel. Vanaf mijn plek achter haar zag ik alleen haar onderarm, die op de middenconsole rustte. Op het eerste gezicht leek ze ontspannen, maar haar vingertoppen boorden zich in het leer.

Naast me keek Dean strak uit het raam. Ik legde mijn hand op de stoel tussen ons in, met de handpalm naar boven. Hij scheurde zijn blik los van het raam en keek opzij, niet naar mijn gezicht, maar naar mijn hand. Hij legde zijn hand met de palm naar beneden op de stoel, een paar centimeter bij die van mij vandaan.

Ik schoof mijn hand een stukje naar de zijne toe. Hij sloot zijn donkere ogen en zijn wimpers wierpen piepkleine schaduwen over zijn gezicht. Na wat wel een eeuwigheid leek bewoog hij zijn hand. Hij draaide hem langzaam met de klok mee tot de rug van zijn hand nog maar een centimeter bij de mijne vandaan plat tegen de stoel lag. Ik liet mijn hand in de zijne glijden. Zijn handpalm was warm. Na een paar tellen krulden zijn vingers zich om de mijne.

Morele steun. Daarom was ik hier. Daarom was ik mee.

Briggs reed een beveiligde parkeerplaats op, parkeerde de auto en zette de motor uit. 'Dean en ik worden zo opgehaald door de gevangenisbewaarders.' Hij keek van Sterling naar mij. 'Jullie blijven in de auto. Hoe minder mensen hier nog een tiener zien, hoe beter.'

Briggs vond het maar niks dat ik mee was, maar had niet geprobeerd me thuis te laten. Ze hadden Dean nodig, en Dean had iets – iemand – nodig om hem in het hier en nu te verankeren.

De achterdeur van de gevangenis ging open. Er verschenen twee bewaarders. De twee waren precies even lang. De ene was gespierd en kaal, de ander was jonger en had de bouw van een hardloper.

Briggs stapte de auto uit en deed Deans portier open. Dean legde mijn hand voorzichtig in mijn schoot. 'Zo terug.' Er trilde een spiertje in zijn kaak. Zijn blik was emotieloos en hard. *Die is lachend geboren.* Terwijl Dean het portier dichtgooide galmden de woorden uit Reddings interview door mijn hoofd.

Dean en Briggs liepen op de bewaarders af. De kale man schudde Briggs' hand. De jongere bewaarder zette een stap naar Dean toe en bekeek hem van top tot teen. Een tel later stond Dean tegen de muur en werd hij gefouilleerd.

Ik wendde mijn blik af.

'Sommige mensen zullen altijd zijn vader zien als ze naar Dean kijken,' zei agent Sterling vanaf de bijrijdersstoel. 'Daniel Redding is niet bepaald geliefd onder de bewaarders hier. Hij is dol op psychologische spelletjes en heeft een zesde zintuig als het gaat om informatie opvangen over de familie van de bewaarders. Briggs moest hun wel vertellen dat Dean Reddings zoon is. Anders zou dit bezoek nooit zijn goedgekeurd, zelfs niet met toestemming van hogerhand.'

'Je vader heeft hier toestemming voor gegeven?' Ik schoof een stukje opzij om Sterling beter te kunnen zien.

'Het was zijn idee.' Sterling tuitte haar lippen. Daar was ze duidelijk niet blij mee.

'Je vader wil dat deze zaak wordt opgelost.' Ik probeerde de keuze van de directeur te beredeneren. 'Lockes moorden hebben de krant gehaald. Het laatste wat de FBI kan gebruiken, is nog meer slechte publiciteit. De directeur wil dat deze zaak snel en stilletjes verdwijnt en voelt zich niet te goed om daar de hulp van Dean voor in te schakelen. Maar als het aan jou had gelegen...'

'Als het aan mij had gelegen,' onderbrak ze me, 'zou Dean de rest van zijn leven minstens vijftig meter bij zijn vader vandaan zijn gebleven.' Ze keek uit het raam. Briggs, Dean en de oudere bewaarder waren het gebouw in gegaan. De jongere bewaarder – degene die Dean had gefouilleerd – kwam naar onze auto toe lopen. 'Maar goed,' zei Sterling, die aanstalten maakte om haar portier te openen, 'als het aan mij had gelegen, had Dean nadat we Redding hadden ingerekend ook eindelijk een normale jeugd gekregen.'

Ze opende haar portier en stapte uit. 'Kan ik u helpen?' vroeg ze de bewaarder.

De bewaarder keek Sterling met een zwak glimlachje aan. 'Jullie kunnen niet in die auto blijven,' zei hij. 'Dit is een beveiligde zone.'

'Dat weet ik. En ik heb toestemming om hier te zijn,' zei Sterling koeltjes, en ze trok een wenkbrauw op. Ze gedroeg zich als iemand die haar hele leven in mannenbolwerken had doorgebracht. Eén machtsgeile bewaarder deed haar niks.

De bewaarder leek na te denken over de vraag of een wedstrijdje ver plassen met een FBI-agente – en dan in het bijzonder déze FBI-agente – de moeite waard was.

'De directeur is momenteel geobsedeerd door de beveiliging hier,' zei hij, de schuld afschuivend op zijn leidinggevende. 'U zult de auto moeten verplaatsen.'

‘Prima.’ Sterling stapte weer in en de blik van de bewaarder landde op mij. Hij stak een hand op en gebaarde dat ik mijn portier moest openen. Ik keek naar agent Sterling. Toen die me een kort knikje gaf, deed ik mijn portier open en stapte uit.

De bewaarder keurde me nauwelijks een blik waardig en richtte zich al snel weer tot agent Sterling. ‘Is dit een vriendin van Redding junior?’ vroeg hij. Zijn toon liet geen enkele twijfel bestaan over wat hij van Dean – of Deans vader – vond.

Ik wist vrij zeker dat Michael zijn toon als ‘walgend’ zou hebben omschreven.

‘Als u me wilt excuseren,’ zei Sterling resoluut, ‘dan verplaats ik de auto.’

De bewaarder keek naar mij. In zijn hoofd vond een tweestrijd plaats tussen zijn eerdere voornemen om het niet aan de stok te krijgen met agent Sterling en zijn afkeer van Dean – en mij. Hij draaide zich om en zei iets in een portofoon. Na een paar tellen draaide hij zich om. Hij glimlachte beleefd, maar hij had zijn ogen tot spleetjes geknepen en keek ons kil en vastberaden aan. ‘Ik heb overlegd met de directeur. Ik ben bang dat jullie met mij mee moeten komen.’

‘Jij houdt je mond,’ fluisterde agent Sterling tegen mij. ‘Laat dit maar aan mij over.’

De bewaarder leidde ons door een gang. Agent Sterling haalde haar telefoon tevoorschijn.

‘Ik kan jullie naar de bezoekerskamer brengen, of jullie kunnen in het kantoor voor in het gebouw wachten,’ stelde de bewaarder voor.

De persoon die Sterling probeerde te bellen nam niet op. Ze richtte zich tot de bewaarder. ‘Meneer…’ Haar stem stierf weg en ze wachtte tot hij zijn achternaam zou vertellen.

‘Webber,’ zei hij.

'Meneer Webber, er is een reden dat u en uw collega zijn gevraagd om agent Briggs bij de áchterdeur te verwelkomen. Er is een reden dat de ontmoeting tussen agent Briggs en Daniel Redding niet in de bezoekersruimte plaatsvindt. Dit is een gevoelig, vertrouwelijk onderzoek. En níémand hoeft te weten dat de FBI met Redding is komen praten.'

Binnen deze muren hadden bewaarders een machtspositie, en deze bewaarder genoot daarvan. Webber werd er liever niet aan herinnerd dat Sterling van de FBI was. Hij mocht haar niet. Hij vond het niet prettig als iemand hem neerbuigend toesprak.

En hij had een hekel aan Dean. En aan Redding. En aan mij.

Dit ging niet goed aflopen.

'Tenzij we ergens kunnen wachten waar het veilig én privé is,' ging agent Sterling verder, 'stel ik voor dat u uw leidinggevende belt en...'

'Veilig en privé?' herhaalde de bewaarder zo vriendelijk en beleefd dat het me de rillingen bezorgde. 'Waarom zei u dat niet meteen?'

We belandden in de observatieruimte van een verhoorkamer. Aan de andere kant van de doorkijkspiegel zaten agent Briggs en Dean tegenover een man met donker haar en donkere ogen.

Deans ogen.

Ik hoor hier niet te zijn. Ik hoor dit niet te zien.

Maar dankzij een humeurige bewaarder zag ik dit wel. Dean en zijn vader zwegen, en onwillekeurig vroeg ik me af hoelang ze hier al zo naar elkaar zaten te kijken. Wat hadden we gemist?

Sterling, die naast me stond, keek strak naar Redding.

Deans vader was geen grote man, maar toch eiste hij in de verhoorkamer alle aandacht op. Er speelde een glimlachje op zijn onopvallende gezicht, dat regelmatige trekken had, en zijn dikke, donkere haar was netjes gekamd. Zijn kin en wangen waren bedekt met een stoppelbaardje.

'Vertel me over de brieven.' Deans opmerking klonk niet als een vraag of een verzoek. Wat ze hiervoor ook tegen elkaar hadden gezegd, Dean was nu een man met een missie.

De benodigde informatie bemachtigen en wegwezen.

'Welke brieven?' vroeg zijn vader vriendelijk. 'De brieven waarin ik word vervloekt? Die van de families, waarin ze hun reis naar vergiffenis beschrijven? Die van de vrouwen die met me willen trouwen?'

'Die van de professor,' zei Dean. 'Die ene die een boek aan het schrijven is.'

'Ah,' zei Redding. 'Fogle, toch? Volle haardos, intense, gevoelige blik, dol op Nietzsche?'

'Dus hij is bij je op bezoek geweest.' Dean liet zich niet door zijn vaders toneelspel van de wijs brengen. 'Wat heeft hij je gevraagd?'

'Er zijn maar twee vragen, Dean. Dat weet je.' Redding schonk hem een liefdevolle glimlach. 'Waarom en hoe.'

'En wat voor man was de professor?' Dean hield koppig vol. 'Was hij geïnteresseerd in het waarom of in het hoe?'

'In een beetje van allebei.' Redding leunde naar voren. 'Vanwaar die plotselinge interesse in mijn geleerde collega? Ben je bang dat hij je rol geen eer aandoet als hij ons verhaal vertelt?'

'We hebben geen verhaal.'

'Mijn verhaal is jouw verhaal.' In Reddings ogen verscheen een vreemde schittering, maar hij wist zijn emoties te onderdrukken en zijn intense toon te temperen. 'Als je wilt weten wat de professor aan het schrijven is en waartoe hij in staat is, kun je dat beter aan hem zelf vragen.'

'Zal ik doen,' zei Dean, 'zodra jij me hebt verteld waar ik hem kan vinden.'

'Jezus, Dean. Ik heb die vent niet opgeslagen onder mijn favoriete contacten of zo. We zijn geen vríénden. Hij heeft me een paar keer geïnterviewd. Over het algemeen stelde hij de vragen en gaf ik antwoord, niet andersom.'

Dean stond op en wilde vertrekken.

'Maar,' voegde Redding daar op sussende toon aan toe, 'hij zei wel dat hij zijn meeste schrijfwerk in een huisje in de bergen doet.'

'Welk huisje?' vroeg Dean. 'Welke bergen?'

Redding gebaarde met zijn geboeide handen naar Deans stoel. Na een paar tellen ging Dean weer zitten.

'Ik denk dat je mijn geheugen even moet opfrissen.' Redding leunde lichtjes naar voren en keek Dean onderzoekend aan.

'Wat wil je weten?' Deans stem was volkomen vlak. Dat had Redding niet door, of het kon hem niets schelen.

'Ik wil meer over jóú weten,' zei de man. Hij liet zijn blik over Dean glijden, nam elk detail van hem in zich op, als een kunstenaar die zijn beste werk inspecteert. 'Ik wil meer over jóú weten, Dean. Wat hebben die handen de afgelopen vijf jaar gedaan? Wat hebben die ogen gezien?'

Het had iets verontrustend om te horen hoe Deans vader zijn lichaam in stukjes opdeelde.

Je ziet Dean als gebruiksvoorwerp, dacht ik. *Voor jou is hij niet meer dan handen en ogen en een mond. Iets wat je kunt kneden. Kunt bezitten.*

'Ik ben hier niet om over mij te praten.' Deans stem haperde geen moment.

Zijn vader haalde zijn schouders op. 'En ik kan me niet meer herinneren of het huisje van de professor nou in de buurt van Catoctin of van Shenandoah stond.'

'Ik weet niet wat je van me wilt horen.' Deans ogen boorden zich in die van zijn vader. 'Er is niets om over te praten. Is dat wat je wilt horen? Dat deze handen, dat deze ogen niets waard zijn?'

'Die zijn juist ontzettend veel waard.' Reddings toon was zo intens dat zijn stem ervan trilde. 'En er is zoveel meer wat je zou kunnen doen.'

Naast me stond agent Sterling op en zette een stap naar de ruit toe. Naar Redding toe.

'Kom op, Deanie, íéts in je leven moet toch belangrijk genoeg zijn om over te vertellen.' Redding voelde zich volkomen op zijn gemak, was immuun voor de haat die van Dean afstraalde – of misschien was hij zich daar zelfs helemaal niet bewust van. 'Muziek. Sport. Een motor. Een meisje.' Redding hield zijn hoofd schuin. 'Ah,' zei hij. 'Dus er is een meisje.'

'Er is geen meisje,' snauwde Dean.

'Naar mijn mening protesteer je te gul, zoon.'

'Ik ben je zoon niet.'

Reddings handen schoten naar voren. Opeens stond hij rechtop. Dean had kennelijk naar voren geleund, want Redding wist hem bij zijn shirt te grijpen. Vader sleurde zoon omhoog. 'Jij bent mijn zoon, meer dan je ooit de zoon van die hoer bent geweest. Ik zit in je, jongen. In je bloed, in je hoofd, in elke hap lucht die je in- en uitademt.' Redding hield zijn gezicht nu vlak bij dat van Dean, zo dichtbij dat Dean bij elk woord dat zijn vader zei de hitte van zijn ademhaling moest voelen. 'Dat weet je. Dat maakt je bang.'

Het ene moment stond Dean daar gewoon, en het volgende had hij de oranje overall van zijn vader beet en trok hij Daniel Redding over tafel.

'Hé!' Briggs kwam tussenbeide. Redding liet Dean als eerste los. Hij hield zijn handen onderdanig omhoog.

Je geeft je nooit écht over, dacht ik. *Je geeft je nooit gewonnen. Je krijgt altijd wat je wilt – en op dit moment wil je Dean.*

Agent Sterling greep me ruw bij mijn elleboog. 'We gaan,' zei ze. Toen de bewaarder haar probeerde tegen te houden, schonk ze hem haar dreigendste blik. 'Als je nog één woord zegt, als je nog één stap naar voren zet, zweer ik je dat ik je laat ontslaan.'

Ik keek over mijn schouder naar Dean. Briggs legde een hand op zijn borst en duwde hard. Als een slaapwandelaar die plotseling wakker werd vloog Dean achteruit en liet zijn vader los. Hij keek naar de doorkijkspiegel, en ik had kunnen zweren dat hij me zag staan.

'Cassandra,' snauwde agent Sterling. 'We gaan.'

Het laatste wat ik hoorde voordat ik de kamer uit liep was Deans emotieloze, hardvochtige stem. 'Vertel me over het huisje van de professor.'

20

'Dit was een vergissing,' zei Sterling pas toen we allebei veilig in de auto zaten.

'De bewaarder volgen?' vroeg ik.

'Jou hier mee naartoe nemen. Déán hier mee naartoe nemen. In die kamer blijven zitten en daarnaar kijken. Alles.' Ik kreeg het gevoel dat Sterling het niet alleen had over de manier waarop Briggs en de directeur met deze zaak omgingen. Ze had het over het leven dat Dean leidde. Het Naturals-programma. *Alles.*

'Het is niet hetzelfde,' zei ik tegen haar. 'Wat we als team doen en wat ze Dean daar met zijn vader laten doen... dat is niet hetzelfde.' Dean in één ruimte met Daniel Redding zetten had al zijn oude wonden, alle wonden die die man zijn geest had toegebracht, opnieuw opengereten.

Dat was niet het doel van dit programma. Dat was niet wat we déden.

'Je had Dean moeten zien toen we te horen kregen dat de FBI Mackenzie McBride had gevonden,' zei ik, denkend aan díé Dean. Aan onze Dean. 'Toen lachte hij niet gewoon. Toen stráálde hij. Wist je dat hij kuiltjes in z'n wangen heeft?'

Agent Sterling gaf geen antwoord.

'Dean zou nooit een normale jeugd hebben gehad.' Ik wist niet waarom ik het zo belangrijk vond dat ze dat begreep. 'Er zijn dingen waar je niet meer van herstelt. Normaal is voor geen van ons een optie.' Ik dacht aan mijn gesprek met Sloane. 'Als we een normale jeugd hadden gehad, zouden we geen Naturals zijn.'

Agent Sterling draaide zich eindelijk naar mij toe. 'Hebben we het nou over Deans vader of over jouw moeder?' Die vraag liet ze even op me inwerken. 'Ik heb je dossier gelezen, Cassie.'

'Heet ik nu opeens Cassie?' zei ik. Ze fronste, dus ik legde uit wat ik bedoelde. 'Je noemt me al de hele tijd Cassandra.'

'Wil je dat ik je zo blijf noemen?'

'Nee.' Ik was even stil. 'Maar jij wel. Je houdt niet van bijnamen. Daarmee komt iemand te dichtbij voor je.'

Sterling ademde scherp in. 'Daar moet je mee leren ophouden,' zei ze.

'Waarmee?'

'De meeste mensen vinden het niet prettig om te worden geprofileerd. Over sommige dingen kun je beter zwijgen.' Ze was even stil. 'Waar was je gisteravond?'

Mijn hart sprong zo ongeveer mijn keel uit. Die vraag kwam uit het niets.

Ik hield me van de domme. 'Hoe bedoel je?' Ze had al eerder gedreigd een eind aan dit programma te maken, alleen maar omdat Sloane de sets in de kelder had gebruikt. Wie weet wat ze zou doen als ze wist wat Lia, Michael en ik gisteravond hadden gedaan.

'Je denkt dat ik een hekel aan je heb.' Sterling gebruikte haar profilersstem, probeerde onder mijn huid te kruipen. 'Je ziet me als je vijand, maar dat ben ik niet, Cassie.'

'Je hebt een probleem met dit programma.' Ik was even stil. 'Ik snap niet waarom je deze baan hebt aangenomen. Je hebt een probleem met wat Briggs hier doet en je hebt een probleem met mij.'

Ik ging ervan uit dat ze dat zou ontkennen, maar ze verraste me. 'Mijn probleem met jou,' zei ze, elk woord heel precies uitsprekend, 'is dat je niet luistert. Zelfs de beste intuïtie ter wereld is waardeloos als je niet binnen het systeem kunt werken. Dat heeft Briggs nooit begrepen, en dat begrijp jij ook niet.'

'Je hebt het over wat er afgelopen zomer is gebeurd.' Ik had helemaal geen zin in dit gesprek, maar ik kon er niet onderuit. Ik kon niet uit de auto stappen. Ik kon niet aan haar oordelende blik ontsnappen. 'Dat begrijp ik. Toen is Dean gewond geraakt. Is Michael gewond geraakt. En dat was mijn schuld.'

'Waar was je gisteravond?' vroeg agent Sterling opnieuw. Ik gaf geen antwoord. 'Afgelopen zomer hebben jij en je vrienden een beveiligde USB-stick gehackt en de dossiers die daarop stonden gelezen, naar mijn weten enkel en alleen omdat jullie je verveelden. Zelfs na Briggs' waarschuwing liet je die zaak maar niet met rust. Uiteindelijk nam de moordenaar contact met je op.' Ze gaf me geen tijd om van haar meedogenloze relaas te herstellen. 'Je wilde meewerken aan het onderzoek. Jouw agent Locke gaf je daar toestemming voor.'

'Dus het is mijn schuld,' zei ik boos. Ik was doodsbang dat ze gelijk had en deed mijn best om niet te huilen. 'De vrouwen die Locke heeft vermoord, alleen maar om hun haar naar me te kunnen opsturen. Het meisje dat ze ontvoerde. Het feit dat ze op Michael heeft geschoten. Dat is allemaal mijn schuld.'

'Nee.' Sterlings toon was zacht en vastberaden. 'Niets daarvan was jouw schuld, Cassie, en toch zul je je voor de rest van je leven afvragen of het dat was. Dat zal je 's nachts wakker houden. Dat zal je achtervolgen. Dat gaat nooit meer weg. Ik weet dat je je soms afvraagt of ik je tante zie als ik naar je kijk, maar dat is niet zo. Dean is niet zijn vader. Ik ben niet de mijne. Als ik dacht dat je ook maar een béétje leek op de vrouw die zichzelf Lacey Locke noemde, dan zouden we dit gesprek nooit hebben gevoerd.'

'Maar waarom voer je dit gesprek met míj?' vroeg ik. 'Je zegt dat ik niet weet hoe ik binnen het systeem moet werken, maar ga me nou niet vertellen dat de anderen dat wel weten. Lia? Michael? Zelfs Sloane. Naar hen kijk je niet zoals je naar mij kijkt.'

'Omdat zij niet op mij lijken.' Opeens leek alle zuurstof uit de auto te verdwijnen. 'Toen ik je dossier las, moest ik niet aan je tante denken, Cassie.' Ze klemde haar kiezen op elkaar. Toen ze eindelijk verderging had ik mezelf er bijna van overtuigd dat ik haar verkeerd had verstaan. 'Als je je niet aan de regels houdt, als je jezelf voorhoudt dat het doel de middelen heiligt, raken er mensen gewond. Protocollen redden levens.' Ze haalde een hand langs haar nek. Het was middag en zonder airco was het snikheet in de auto.

'Wil je weten waarom jij me de meeste zorgen baart, Cassie? Omdat jij degene bent bij wie gevoelens echt binnenkomen. Michael, Lia, Dean... Zij hebben al heel jong geleerd hoe ze hun emoties met één druk op de knop uitschakelen. Zij zijn niet gewend om mensen toe te laten. Zij voelen niet de noodzaak om hun eigen leven keer op keer op het spel te zetten. Sloane geeft ook om mensen, maar bij haar draait alles om feiten in plaats van om emoties. Maar jij? Jij zult altijd om mensen blijven geven. Voor jou zal het altijd om de slachtoffers en hun familie gaan. Jij zult je alles persoonlijk aantrekken.'

Ik wilde tegen haar zeggen dat ze zich vergiste. Maar toen dacht ik aan Mackenzie McBride en besefte ik dat agent Sterling gelijk had. Ik zou me elke zaak waar ik aan zou werken persoonlijk aantrekken. Ik zou altijd gerechtigheid voor de slachtoffers willen. Ik zou er alles aan doen om ook maar één leven te redden, zoals ik wou dat iemand dat van mijn moeder had gered.

'Ik ben blij dat je er vandaag voor Dean kon zijn, Cassie. Hij heeft iemand nodig, zeker nu – maar als je écht wilt doen wat wij doen, wat ík doe, zijn emoties een luxe die je je niet kunt veroorloven. Schuldgevoel, woede, empathie, tot alles bereid zijn om een leven te redden – dat is dé manier om iemand te verliezen.'

Toen ze nog bij de FBI werkte had ze iemand verloren. Omdat ze zich een zaak persoonlijk had aangetrokken. Omdat ze zich in het heetst van de strijd niet aan de regels had gehouden.

'Ik moet weten waar je gisteravond was.' Ze leek wel een plaat die bleef hangen. 'Ik geef je de kans om de juiste keuze te maken. Ik stel voor dat je die grijpt.'

Ergens wilde ik het haar vertellen, maar dit geheim was niet alleen van mij. Dit geheim was ook van Michael en Lia.

'Briggs weet niet dat je bent weggeweest. Judd ook niet.' Dat impliciete dreigement liet Sterling even tot me doordringen. 'Ik wed dat je Judd nog nooit echt boos hebt gezien. Dat is geen aanrader.'

Ik zweeg en ook agent Sterling viel stil. Het was ondertussen ondraaglijk heet in de auto. 'Dit is niet de juiste keuze, Cassie.' Toen ik niet reageerde, kneep ze haar ogen tot spleetjes. 'Vertel me dan op z'n minst of er iets is wat ik moet weten.'

Ik beet op mijn onderlip en dacht aan Dean en wat hij op dit moment allemaal deed om zijn vader ook maar het kleinste brokje informatie te ontfutselen.

'Emerson had een relatie met haar professor,' zei ik uiteindelijk. Ik was het Dean verschuldigd haar dat te vertellen. 'Met die vent die een boek over Deans vader aan het schrijven is.'

Agent Sterling trok haar jasje uit. De hitte werd haar duidelijk ook te veel. 'Dank je,' zei ze, en ze draaide zich om zodat ze me kon aankijken. 'Maar luister goed: ik meende het toen ik zei dat je je niet met deze zaak moest bemoeien. De volgende keer dat je ook maar een stap buiten Quantico zet zonder mijn toestemming, zorg ik ervoor dat je een enkelband krijgt.'

Haar dreigement drong nauwelijks tot me door. Het lukte me niet om iets te zeggen. Het lukte me niet eens om iets te dénken.

Toen agent Sterling haar jasje had uitgedaan, was haar overhemd iets verschoven. Aan de voorkant stond het nu een beetje open, zodat ik de huid eronder kon zien. Net onder Sterlings sleutelbeen zat een litteken.

Een brandmerk in de vorm van de letter R.

21

Sterling sloeg haar ogen neer. Met een uitgestreken gezicht trok ze haar overhemd recht. Het litteken was weer bedekt, maar toch bleef ik naar haar borstkas kijken.

Boei ze. Brandmerk ze. Martel ze. Hang ze op.

In de observatieruimte had ze haar ogen niet van Daniel Redding af kunnen houden.

'Mijn team onderzocht de zaak,' zei Sterling kalm. 'Ik kwam te dichtbij en werd slordig. Sterling heeft me twee dagen gevangengehouden voordat ik wist te ontsnappen.'

'Dus dat is hoe je Dean kent.' Ik had me al afgevraagd hoe het kon dat die twee een vriendschap hadden opgebouwd, puur en alleen omdat Sterling zijn vader had gearresteerd. Maar als ze een van Reddings slachtoffers was geweest...

'Ik ben geen slachtoffer.' Sterling wist mijn gedachtegang griezelig goed te volgen. 'Ik heb het overleefd, dankzij Dean.'

'Was dit de zaak waar je het eerder over had?' Mijn stem leek het te begeven. Mijn woorden klonken schor en zacht. 'Toen je zei dat emotioneel betrokken raken bij een zaak dé manier was om iemand te verliezen, had je het toen over iemand die is vermoord door Daniel Redding?'

'Nee, Cassie. En dat is de laatste vraag die ik over Daniel Redding, mijn verleden of het brandmerk op mijn borst ga beantwoorden. Is dat duidelijk?' Sterling klonk zo kalm, zo zakelijk, dat ik alleen maar kon knikken.

De deur van de gevangenis ging open en Briggs en Dean kwamen naar buiten. Ze werden vergezeld door één bewaarder, de oudere. Ik zag de bewaarder iets aan agent Briggs geven – een map. Dean stond volkomen, onnatuurlijk roerloos naast hen. Zijn schouders waren gebogen. Net als zijn hoofd. Zijn armen hingen lusteloos langs zijn zij.

'Ik wil niet dat je Dean hier iets over vraagt,' beval agent Sterling me op een fel maar wanhopig toontje. 'En ik wil ook niet dat je hem vertelt dat je mijn brandmerk hebt gezien.'

'Nee. Geen vragen. Nergens over.' Het lukte me niet om volledige zinnen te vormen en toen Dean en Briggs naar de auto liepen, viel ik stil. Dean deed het portier open, stapte in en deed het portier weer dicht, allemaal zonder me aan te kijken. Ik verbood mezelf een hand naar hem uit te steken. Ik probeerde mijn blik strak op de stoel voor me gericht te houden.

Briggs legde de map met een klap in Sterlings hand. 'Bezoekerslijsten,' zei hij. 'Redding hóórde helemaal geen bezoek te krijgen. De gevangenisdirecteur is gek geworden. Ik zou er niet van uitgaan dat die lijsten compleet zijn.'

Agent Sterling sloeg de map open en ging de lijst met namen langs. 'Bezoeken zonder toezicht?' vroeg ze.

'Meerdere,' snauwde Briggs.

'Denk je dat de UNSUB op deze lijst staat?' vroeg Sterling.

'Dat zou logisch zijn,' antwoordde Briggs kortaf. 'En het zou ons leven een stuk makkelijker maken, dus nee, Ronnie, ik denk niet dat onze UNSUB op de lijst staat, want ik denk niet dat dit logisch is. Zo makkelijk gaat dit niet worden. Zoveel geluk hebben we niet.'

Ik verwachtte dat Sterling iets terug zou snauwen, maar in plaats daarvan legde ze haar vingertoppen voorzichtig op zijn onderarm. 'Laat je niet gek maken,' zei ze zachtjes. Briggs ontspande een beetje. 'Als je hem onder je huid laat kruipen, wint hij,' ging ze verder.

'Dit is belachelijk.' Dean schudde zijn hoofd en zijn gezicht vertrok van walging. 'We wisten wat er zou gebeuren als ik hierheen zou komen. Hij beloofde dat hij dan zou praten. Nou, hij heeft gepraat, maar we hebben geen idee hoeveel van wat hij heeft gezegd waar is en hoeveel hij zei om ons als een stel honden aan het lijntje te houden.'

Ik had niet achter die doorkijkspiegel moeten staan, dacht ik. Líá had moeten meekijken naar het verhoor. Ik gaf helemaal niks om het verschil tussen lopende zaken en cold cases. Ik gaf om Déán.

Agent Sterling draaide zich om. Ik verwachtte iets van de zachtheid te zien waarmee ze Briggs net had terechtgewezen, maar de blik in haar glimmende ogen was hard als staal en ze zei: 'Niet doen, Dean.' Ze wees met een vinger in zijn richting.

'Wat niet?' vuurde Dean terug. Ik had hem nog nooit zo boos gehoord.

'Ja, gaan we het echt zo spelen?' Sterlings wenkbrauwen verdwenen bijna in haar haar. 'Denk je soms dat ik niet weet hoe het voor je was om daarbinnen te zijn? Denk je dat ik niet weet wat hij daar zei, wat je nu denkt? Ik meen het, Dean. Niet doen. Niet aan denken.'

Terwijl Briggs door het hek reed en het gevangenisterrein verliet, daalde er een gespannen stilte over de drie neer. Ik legde mijn hand met de palm naar boven op de middelste stoel. Dean draaide naar het raam en balde zijn handen.

Ik keek naar mijn hand, die daar open lag te wachten, maar het lukte me niet om hem terug te trekken. Die hand voelde volkomen misplaatst en nutteloos. Ik was meegegaan om Dean te steunen, maar ik hoefde geen profiler te zijn om te weten dat hij me hier niet bij wilde hebben. Met één gesprek had Deans vader een wig tussen hem en de rest van de wereld gedreven, hem daar effectief van afgesneden, als een mes dat een gehavend ledemaat amputeert. De onuitgesproken band die zich langzaam tussen Dean en mij had gevormd was daar de dupe van – die was in één klap verdwenen, alsof hij er nooit was geweest.

Ik zit in je, jongen. In je bloed, in je hoofd, in elke hap lucht die je in- en uitademt.

Achter het stuur haalde Briggs zijn telefoon tevoorschijn. Hij belde een nummer, en een paar tellen later begon hij bevelen te blaffen. 'Redding heeft ons de locatie van het schrijvershuisje van de professor gegeven. Catoctin.' Briggs was even stil. 'Nee, ik weet niet op wiens naam dat huisje staat. Zoek op de naam van zijn ouders, van zijn ex-vrouw, van zijn kamergenoten toen hij studeerde. Zoek verdomme op iedereen en z'n moeder, maar vind het.'

Briggs hing op en smeet zijn telefoon weg. Sterling ving hem op. 'Als ik het me goed herinner,' zei ze op droge toon, 'was met telefoons gooien meer mijn ding dan het jouwe.' Agent Sterling was degene die door Daniel Redding was gemarteld, maar zij was de enige van de drie die in de nasleep van dit bezoek haar zelfbeheersing had weten te bewaren.

'Heeft Redding iets gezegd over het feit dat de professor en Emerson Cole een verhouding met elkaar hadden?' Sterlings vraag liet Dean én Briggs hun pestbui vergeten, al was het maar voor even.

'Uit welke bron heb je dat precies vernomen?' vroeg Briggs stijfjes. Ik kon hem praktisch horen denken dat Sterling achter zijn rug om onderzoek deed.

'Waarom vraag je dat niet aan Cassie?' stelde Sterling voor. 'Zij heeft kennelijk op eigen houtje aan de zaak gewerkt.'

'Wat?' brieste Briggs.

Dean draaide zijn hoofd langzaam van het raam naar mij. 'Op eigen houtje?' vroeg hij zachtjes op vermoeide toon. 'Wat heb je gedaan?'

'Niks,' antwoordde ik. 'Dat doet er niet toe.'

'Alleen jij?' vroeg Dean. Ik gaf geen antwoord. Hij sloot zijn ogen en zijn gezicht verstrakte. 'Natuurlijk niet. Anders zou je niet tegen me liegen. Ik neem aan dat Lia er ook bij betrokken was. Sloane? Townsend?'

Opnieuw gaf ik geen antwoord.

'Dit geeft ons een motief,' zei agent Sterling tegen Briggs. 'Misschien heeft de professor dat meisje vermoord om te voorkomen dat dit zou uitlekken.'

'Emerson,' zei Dean op gespannen toon. 'Dat meisje heette Emerson.'

'Ja.' Agent Sterling negeerde de woede in Deans stem. 'Dat meisje heette Emerson. En of je het nou gelooft of niet, Dean, de informatie die jij vandaag uit je vader hebt weten te krijgen, hoe onbenullig die ook lijkt, zal ons helpen om Emersons moordenaar te vinden. Maar dan moet je ons nu wel ons werk laten doen.' Ze was even stil. 'Dat geldt voor jullie allebei. Geen eigen onderzoek meer. Geen uitstapjes meer.'

Bij het woord 'uitstapjes' stuurde Briggs de auto de berm in en zette de motor uit. 'Jij.' Hij draaide zich om en keek me streng aan. 'Naar buiten.' Hij verliet de auto.

Ik probeerde met geheven hoofd uit te stappen. Briggs mocht dan wel bereid zijn om weloverwogen risico's te nemen, zoals een ontmoeting tussen Dean en zijn vader regelen, maar die risico's vond hij alleen aanvaardbaar als híj de afweging had gemaakt.

'Moet ik hieruit opmaken dat je het huis hebt verlaten en je tijdens een of ander úítstapje met een FBI-onderzoek hebt bemoeid?' Briggs verhief zijn stem niet, maar de toon waarop hij dat vroeg was zo fel dat hij net zo goed had kunnen schreeuwen.

'Ja?'

Briggs haalde een hand door zijn haar. 'Wie was er met je mee?'

Dat kon ik hem niet vertellen.

'Ik weet dat je wilt helpen,' zei hij tandenknarsend. 'Wat deze zaak met Dean doet is niet eerlijk. Hem meenemen naar de gevangenis om hem met zijn vader te laten praten... Dat was niet eerlijk van míj. Maar ik had geen keus. Déán had geen keus, maar jij wel. Jij kunt ervoor kiezen om me te vertrouwen. Jij kunt ervoor kiezen om agent Sterling geen extra munitie tegen dit programma te geven. Jij kunt ervoor kiezen om je níét te gedragen als een onverantwoordelijke, kortzichtige tiener die de regels die er zijn om haar te beschermen aan haar laars lapt!'

Nu schreeuwde hij wel.

Dean opende zijn portier. Hij stapte niet uit en keek uitdrukkelijk niet naar mij. Briggs blies zijn adem uit. Ik kon hem praktisch in gedachten tot tien zien tellen. 'Ik ga je niet vragen waar je bent geweest,' zei hij op afgemeten, waarschuwende toon. 'Ik ga niet tegen je zeggen dat dat dom en roekeloos was, zelfs al was het dat ongetwijfeld. Ik ga je vragen – en dit vraag ik je maar één keer, Cassandra – wie je over de professor en dat meisje heeft verteld.'

Ik slikte moeizaam. 'Mijn bron heette Derek. Hij werkte samen met Emerson aan een groepsproject voor het vak van professor Fogle. Hun groepje bestond verder nog uit een meisje dat Bryce heet en een jongen die Clark heet.'

Briggs' blik schoot even naar Dean.

'Wat?' zei ik. Ik zag de twee een nadrukkelijke blik uitwisselen, maar begreep niet wat die betekende.

Dean was degene die antwoordde terwijl Briggs terug naar de auto liep. 'Mijn vader zei dat als we een copycat zochten, we onze tijd niet aan de professor moesten verspillen.' Dean haalde ruw een hand door zijn haar, greep een pluk haar beet en trok eraan. 'Hij zei dat de enige écht opmerkelijke brieven die hij had ontvangen afkomstig waren van een student die dat vak volgde.'

22

Tegen de tijd dat Briggs bij het huis parkeerde, voelde ik de stilte in de auto aan me knagen. Nadat Dean ons over de brieven had verteld, had hij niets meer gezegd.

We wilden je beschermen. In gedachten dwong ik Dean me te profileren en dat te begrijpen. Maar het was alsof iemand een knop in Dean had omgezet, want hij had zich volledig teruggetrokken. Hij weigerde zelfs maar naar me te kijken. En het ergste was nog wel dat ik zeker wist dat hij dacht aan de dag die we samen hadden doorgebracht en dat hij zichzelf wel voor zijn kop kon slaan voor het feit dat hij ook maar een seconde had geloofd dat hij iemand kon toelaten.

‘Dean...’

‘Niet doen.’ Zijn toon was niet boos. Die bevatte eigenlijk geen enkele emotie.

Zodra Briggs de motor had afgezet, was ik als eerste de auto uit. Ik liep vlug naar het huis, maar vertraagde toen ik de schroothoop op de oprit zag. De berg metaal een auto noemen zou te veel eer zijn geweest. Het ding had nog maar drie wielen en was helemaal kaalgeschuurd en de bumper zat vol met roestplekjes. De motorkap – als je die nog zo kon noemen – stond open. Ik kon niet zien wie de motor inspecteerde, maar zijn spijkerbroek zag ik wel. Zijn afgedragen, nauwsluitende, met olie besmeurde spijkerbroek.

Michael?

Toen ik Michael net had ontmoet, wisselde hij elke dag van kledingstijl om me steeds weer op het verkeerde been te zetten. Maar deze Michael – die een spijkerbroek en een haveloos T-shirt droeg en tot aan zijn ellebogen in een autowrak zat – was nieuw voor me.

Michael rechtte zijn rug en haalde een hand langs zijn voorhoofd. Toen hij ontdekte dat ik naar hem keek, zag ik zijn blik even verharden.

Niet jij ook, dacht ik. Als Michael ook boos op me was, zou ik doordraaien.

'Ik heb besloten dat ik auto's ga restaureren,' riep hij als antwoord op de vraag die ik niet had gesteld, wat me de voorzichtige hoop gaf dat ik me zijn blik had verbeeld. 'Voor het geval er iets met mijn Porsche gebeurt.'

De verwijzing naar mijn voorgenomen dreigement ontging me niet.

Je hebt Dean en mij in de keuken gezien. Ik glipte zijn perspectief in. *Je was het zat om ons samen te zien. Dus toen ben je weggegaan...*

'Ik ben een vat vol geheimen,' zei Michael, die mijn gedachten onderbrak. Hij had het altijd door als ik hem profileerde en liet me nooit lang mijn gang gaan. 'En jij,' hij liet zijn blik over mijn gezicht glijden, 'bent... niet blij.'

'Naar binnen, allemaal!' snauwde Briggs.

Dean liep naar het huis. Zijn schouders waren gebogen en toen hij langs ons liep, bleef hij strak naar voren kijken. Michael keek Dean na en richtte zijn blik toen weer op mij.

Ik sloeg mijn ogen neer en liep verder.

Halverwege de tuin haalde Michael me in. Hij legde een hand op mijn schouder. 'Hé,' zei hij zachtjes. Ik bleef staan, al weigerde ik hem nog steeds aan te kijken. 'Alles oké?'

'Ja, hoor.'

'Je liegt.' De hand op mijn schouder gleed langs een gespannen spier en draaide me om zodat ik met mijn gezicht naar Michael stond. 'Wat heeft Dean gedaan?'

'Niks,' zei ik. Dean had alle recht om boos te zijn. Hij had alle recht om niets met me te maken te willen hebben.

Michael duwde met twee vingers mijn kin omhoog, tot ik hem aankeek. 'Die blik in je ogen zegt me dat hij iets heeft gedaan.'

'Dit is niet zijn schuld,' hield ik vol.

Michael liet zijn hand vallen. 'Vat dit niet verkeerd op, Colorado, maar ik begin het nogal zat te worden dat jij altijd maar met smoesjes voor hem komt.'

'Genoeg.' Briggs legde één hand op Michaels schouder en één op die van mij en leidde ons naar het huis. 'Ga Lia halen,' zei hij. 'En Sloane. Ik wil dat jullie over vijf minuten allemaal in de woonkamer zijn.'

'Of anders...' fluisterde Michael duidelijk hoorbaar.

'Nu!' Briggs stond ondertussen te schreeuwen. Michael en ik stoven ervandoor.

Vijf minuten later zaten we met z'n allen in de woonkamer – Michael, Lia, Sloane en ik op de bank, Dean op de rand van de open haard. Briggs torende dreigend boven ons uit. Sterling keek van een afstandje toe.

'Vertel eens: heeft een van jullie tijdens dit programma ooit toestemming gekregen om getuigen te benaderen?' vroeg Briggs op bedrieglijk vriendelijke toon.

Lia dacht even na over Briggs' vraag en draaide zich toen naar mij. 'Echt hoor, Cassie, ben jij de minst stiekeme persoon op aarde, of *wíl* je gewoon altijd gepakt worden?'

'Lia!' zei Briggs streng. 'Geef antwoord op mijn vraag.'

'Goed dan,' zei Lia op poeslieve toon. 'Nee, we hebben nooit toestemming gekregen om getuigen te benaderen. We hebben nooit toestemming gekregen om ook maar *íéts* interessants te doen. We zitten opgesloten in deze figuurlijke toren terwijl jullie schurken vangen in de echte wereld. Tevreden?'

'Zie ik er tevreden uit?' Een ader in Briggs' voorhoofd begon te kloppen. 'Dean is vandaag bij zijn vader op bezoek geweest.'

Iets schokkenders had Briggs niet tegen Lia kunnen zeggen. Haar ogen schoten naar Dean en ze bevroor.

'Dean heeft een helse middag achter de rug omdat ik hem dat heb gevraagd,' ging Briggs genadeloos verder. 'Omdat dat van cruciaal belang was voor het onderzoek. Ik wil dit net zo graag oplossen als jullie, maar in tegenstelling tot jullie speel ik geen spelletjes.'

'We speelden geen...' begon ik.

Briggs kapte mijn protest af. 'Elke seconde die ik moet gebruiken om hier voor politieagentje te spelen, die ik moet gebruiken om te voorkomen dat jullie het heft in eigen hand nemen en dit onderzoek verpesten, is een seconde die ik niet kan gebruiken om deze moordenaar te vinden. Ik had nu een aanwijzing over het schrijfhuisje van de professor moeten natrekken, maar in plaats daarvan ben ik hier, omdat jullie er kennelijk aan moeten worden herinnerd wat dit programma precies inhoudt.'

Lia wist haar blik eindelijk los te scheuren van Dean. Ze richtte zich op Briggs; haar ogen schitterden en ze had haar handen tot vuisten gebald. 'Je leest ons de les omdat we onze gaven hebben gebruikt, maar je hebt er geen problemen mee om die klootzak psychologische spelletjes met Dean te laten spelen om hem ook maar het kleinste beetje informatie te kunnen ontfutselen?'

'Genoeg.' Dean verhief zijn stem niet. Dat hoefde niet. Lia draaide zich naar hem toe. Een paar tellen lang keken ze elkaar zwijgend aan.

'Nee, Dean. Dat is niet genoeg.' Haar stem was zacht, maar werd harder toen ze zich weer tot Briggs richtte. 'Laat me naar de opnames van jullie interview met Redding kijken. En ga me nou niet vertellen dat dat niet is opgenomen. Je neemt elk gesprek dat je met die vent hebt op. De vraag is niet óf hij liegt, maar waaróver hij liegt, en we weten allebei dat ik je beste kans ben om antwoord op die vraag te krijgen.'

'Dit helpt niet,' zei Briggs tegen Lia. Hij hield haar blik vast, en ik besefte dat hij daarmee niet alleen haar verzoek afwees. Hij zei dat we de situatie er niet beter op maakten, dat alles wat we tot nu toe hadden gedaan Dean alleen maar pijn had gedaan.

Misschien had hij gelijk, maar ergens vond ik dat Lia ook gelijk had. Wat als haar inderdaad iets aan de interviews zou opvallen wat wij hadden gemist?

Briggs' telefoon ging. Hij keerde ons de rug toe en nam op. Agent Sterling zette een stap naar voren.

Dean was haar voor. 'Ik zal me er niet mee bemoeien.' Zijn toon was emotieloos, maar zijn blik had iets verbitterds. 'Dat is waar ik goed in ben, toch? Me er niet mee bemoeien tot het te laat is.'

Ik dacht aan de R die in agent Sterlings borstkas stond gebrand.

Briggs stopte zijn telefoon in zijn zak en richtte zich weer tot Sterling. 'We hebben een mogelijk adres voor het boshuisje van de professor.'

'Waar wachten jullie dan nog op?' Achter ons begon Judd te praten. Ik vroeg me af hoelang hij daar al stond. 'Ga,' zei hij tegen Briggs en Sterling. 'Ik mag dan wel oud zijn, ik kan nog steeds prima voorkomen dat een van deze onverlaten het huis uit glipt.'

Wij onverlaten glipten het huis niet uit. We kwamen bijeen in de kelder.

'Ik wil weten waar Cassie de informatie die ze aan Briggs heeft gegeven precies vandaan heeft,' zei Dean. Het feit dat hij óver en niet tégen mij sprak was pijnlijker dan het had moeten zijn.

'Tja, en ik wil weten waarom een afspraak met je vader jou niet het allerslechtste idee ooit leek,' sloeg Lia terug.

'Hij wist iets,' zei Dean tegen haar.

'Of hij wilde je laten dénken dat hij iets wist. Je had niet moeten gaan.

Of je had mij moeten meevragen.' Nog voordat Lia Dean de rug toekeerde, besefte ik dat ze niet alleen boos was. Ze was gekwetst. Dean was voor het eerst in vijf jaar naar zijn vader toe geweest, en ík was met hem meegegaan. Niet zij.

'Lia,' zei Dean zachtjes.

'Nee,' snauwde ze zonder zich om te draaien. 'Ik bescherm je. En jij beschermt mij. Hij is moeilijk te lezen, maar dat is niet onmogelijk, Dean. Ik had kunnen meeluisteren. Ik had kunnen helpen.'

'Je kunt helemaal niet helpen,' zei Dean tegen haar. Hij bracht het gesprek weer op zijn oorspronkelijke vraag. 'Jij weet hoe Cassie aan die informatie is gekomen, of niet soms?'

'Natuurlijk weet ik dat,' antwoordde Lia. 'Het was mijn idee! En we deden het op eigen risico, Dean.'

'Risico?' herhaalde Dean op lage, zijdezachte toon. 'Lia, wat hebben jullie gedaan?'

'Ze zijn het huis uitgeglipt,' zei Sloane, die naast me zat. Iedereen draaide haar kant op en keek haar aan. Sinds Briggs ons naar de woonkamer had geroepen, was ze ongewoon stil geweest. 'Volgens mijn berekeningen was Cassie twee uur, drieënveertig minuten en zeventien seconden weg. En droeg ze maar twee vijfde van een jurk.'

'Sloane!' zei ik.

'Wat?' vuurde ze terug. 'Als je had gewild dat ik mijn mond hield, had je me moeten meevragen.'

We hebben haar gekwetst, besefte ik opeens. Dat was niet eens in me opgekomen.

'Volgende keer,' beloofde Lia.

'Er komt geen volgende keer!' Dean ontplofte. Hij ademde een keer diep in om zichzelf tot bedaren te brengen. 'Zeg me dat jullie niet naar Colonial zijn geweest.'

'We zijn niet naar Colonial geweest,' zei Lia zonder aarzelen.

Dean keek haar een paar tellen strak aan en richtte zich toen tot mij. Ik was duidelijk een makkelijkere prooi. 'Jullie zijn in twee vijfde van een jurk naar een studentencampus geweest, ondanks het feit dat jullie wísten dat er net een moord was gepleegd, om mensen te vinden die mogelijk een link met de moordenaar hebben?'

'Helpt het als ik zeg dat ik ook mee was?' zei Michael tegen Dean.

Dean verstijfde. Even dacht ik echt dat hij Michael ging slaan. 'Waarom zou dat in godsnaam helpen?'

Michaels ogen begonnen te schitteren. 'Omdat Cassie anders alléén zou zijn vertrokken met een laatstejaarsstudent die een ongezonde obsessie voor je vaders zaak had.'

'Michael!' zei ik.

'Cassie!' Dean keek me dreigend aan.

Ik gooide Lia onder de bus. 'Ik ben in elk geval niet écht alleen vertrokken met twéé vreemde jongens die Fogles vak volgden.'

Dean draaide zich weer naar Lia.

'Ik heb geen idee waar ze het over heeft.' Lia's onschuldige act was steengoed.

Dean gooide zijn handen in de lucht. 'Willen jullie allemaal dood of zo?' vroeg hij.

'Nee!' Ik kon het niet laten om daartegen te protesteren. 'We wilden alleen maar helpen.'

Een slechter antwoord had ik niet kunnen geven. We hadden Dean niets verteld om te voorkomen dat hij zich verantwoordelijk zou voelen voor wat we hadden gedaan. Sinds het interview met zijn vader was hij zich al aan het terugtrekken, en ik had hem net het laatste zetje gegeven.

Hij verliet de kelder. Toen Lia achter hem aan wilde gaan, zei hij iets tegen haar, zo zacht dat ik het niet kon verstaan. Al het bloed trok uit Lia's gezicht en toen Dean wegbeende, bleef ze als bevroren staan. Na een paar seconden geschokt te hebben gezwegen vloog ook zij de kelder uit.

Michael keek van Sloane naar mij en slenterde naar de deur. 'Nou, dat ging top.'

23

Sloane en ik waren nu de enigen die nog in de kelder waren.

'Ik dacht dat je hier niet mocht komen,' zei Sloane opeens. Haar bruuske manier van praten verbaasde me, maar toen herinnerde ik me weer hoe ze had gekeken toen ze zei dat we zonder haar het huis uit waren geglipt.

'Dat klopt,' zei ik.

Sloane zweeg. Ze liep naar de badkamerset en bleef staan voor de douche. Daar keek ze strak naar, alsof ik er niet was.

'Zijn wij oké?' vroeg ik.

Dean was woedend. Michael was er met onbekende bestemming vandoor gegaan. Als het stof was neergedaald, zou Lia mij waarschijnlijk de schuld van deze puinhoop geven. Sloane moest vrolijk zijn en statistieken spuien. Ik kon niet alleen zijn.

'Jij bent oké, en ik ben oké, dus de logische conclusie zou zijn dat wij ook oké zijn.' Sloanes blik kwam tot stilstand bij het doucheputje. Het duurde even voordat ik besefte dat ze aan het tellen was – de gaatjes in het doucheputje, de tegels van de badkamervloer.

'We hebben je niet bewust buitengesloten,' zei ik.

'Dat ben ik wel gewend.'

Gezien de manier waarop Sloanes hersenen werkten, had ze voordat ze zich bij de Naturals aansloot waarschijnlijk haar hele leven vanaf de zijlijn toegekeken. Als haar kamergenoot én als profiler had ik beter moeten weten.

'Dean is ook *míjn* vriend,' zei Sloane op zachte, maar felle toon. Ze sloeg haar ogen op, maar bleef met haar rug naar me toe staan. 'Ik ben niet goed in sociaal doen, of in feestjes. Ik zeg verkeerde dingen. Ik *dóé* verkeerde dingen. Dat weet ik heus wel – maar even aantallen zijn beter dan oneven aantallen en als ik erbij was geweest, had Lia niet in haar eentje weg hoeven gaan.' Ze slikte moeizaam. 'Voordat jij hier kwam wonen, had Lia mij misschien wel meegevraagd.' Sloane draaide zich eindelijk om. 'Daar was maar negenenzeventig komma zes procent kans op geweest, maar het had gekund.'

'De volgende keer vraag *ík* je mee,' zei ik tegen Sloane.

Daar dacht Sloane eens goed over na, en toen knikte ze goedkeurend. 'Gaan we elkaar dan nu een knuffel geven?' vroeg ze volkomen zakelijk. Ik sloeg een arm om haar schouders en trok haar tegen me aan.

'Statistisch gezien,' zei Sloane, die weer meer als zichzelf klonk, 'is de badkamer de dodelijkste kamer van het huis.'

Michael stond aan zijn auto te werken. Of beter gezegd: hij had een of andere schuurmachine vast en stond met een duivelse blik in zijn ogen naar zijn auto te kíjken.

'Laat Judd jou met elektrisch gereedschap spelen?' vroeg ik.

Michael testte de schuurmachine door hem aan en uit te zetten en glimlachte. 'Judd is een man met goede smaak en een heleboel gezond verstand.'

'Oftewel, Judd wéét helemaal niet dat je met elektrisch gereedschap aan het spelen bent,' concludeerde ik.

'Ik beroep me op mijn zwijgrecht,' zei Michael.

Het was even stil, en toen stelde ik de vraag waarop ik zo graag antwoord wilde. 'Zijn we oké?'

'Waarom zouden we niet oké zijn?' Michael zette de schuurmachine aan en stortte zich vergeefs op het roest op de voorbumper van de auto, waardoor het onmogelijk was om verder te praten.

Ik had gedacht dat ik verandering kon tegenhouden, maar sommige dingen veranderden toch. Dingen tussen Michael en mij. Tussen Dean en mij.

'Michael,' zei ik zo zacht dat het niet boven het geluid van metaal op metaal uit kwam.

Michael zette de schuurmachine uit en draaide zich naar mij. Ik voelde me naakt, zoals altijd als ik wist dat mijn gezicht me verried. Waarom kon hij geen normale jongen zijn in plaats van een jongen die me maar hoefde aan te kijken om te weten welke emoties er in mijn binnenste rondkolkten?

'We zijn oké, Cassie. Als je zo woest aantrekkelijk en bewonderenswaardig geduldig bent als ik, heb je soms gewoon een uitlaatklep nodig. Of twee. Of zeven.'

Ik frustreerde hem, en dat reageerde hij af op deze auto.

'Er is niets tussen Dean en mij gebeurd,' zei ik.

'Dat weet ik,' zei hij.

'En er gáát ook niks tussen Dean en mij gebeuren,' zei ik.

'Dat weet ik ook.' Michael leunde tegen de auto. 'Beter dan jijzelf. Als jij naar Redding kijkt, zie je alles waarin jullie hetzelfde zijn. Als ík naar hem kijk, zie ik iemand die zo woedend is en die zo bang voor die woede is, dat er geen ruimte is voor iets anders. Of voor íémand anders.'

'Dat is jouw probleem met Dean,' besefte ik opeens.

'Dat hij niet in staat is om een vrouw te versieren?' Michael grijnsde. 'Als je het mij vraagt is dat juist zijn beste eigenschap.'

'Nee.' Daar dacht ik even over na. 'Dat hij boos is, en dat hij die boosheid opkropt.' Als ik in Deans schoenen had gestaan, zou ik ook boos zijn geweest. Ik begreep waarom hij die woede niet wilde uiten, waarom hij zich met hand en tand verzette tegen zijn verlangen om iemand een klap te verkopen. Hij kon niet riskeren dat hij die knop omzette en hem niet meer kon terugdraaien.

Maar ik had nooit stilgestaan bij hoe het voor iemand zoals Michael was om in de buurt te zijn bij iemand zoals Dean.

Michael keek me veelbetekenend aan. 'Je bent me aan het profileren.'

Ik haalde mijn schouders op. 'Alsof jij mijn emoties nooit leest.'

Hij was even stil. 'Wat zie je?'

Dichter bij toestemming om een kijkje in zijn hoofd te nemen ging ik niet komen. 'Je bent opgegroeid in een schijnbaar perfecte familie – je had alle privileges die er met geld te koop zijn. Maar het was niet perfect.' Dat had Michael me zelf al eens verteld, maar ik ging door, betrad behoedzaam gevaarlijker terrein. 'Je hebt geleerd hoe je emoties moet lezen omdat je vader moeilijk te lezen was en je moest kunnen zien wanneer hij boos was.'

Geen reactie.

'Zelfs als er een glimlach op zijn gezicht stond, zelfs als hij lachte, zelfs als hij boos was, moest je zijn emoties kunnen zien.' Ik slikte de brok in mijn keel weg. 'Zodat je die kon ontwijken.'

Zodat hij buiten schot kon blijven.

'Dean heeft ooit praktisch hetzelfde tegen me gezegd.' Michael sloeg zijn armen over elkaar en keek me strak aan. 'Al bracht hij het een stuk minder vriendelijk.'

Toen ik Michael ontmoette, koesterde hij een diepgeworteld wantrouwen jegens profilers – en had hij een bloedhekel aan Dean. Het was nooit in me opgekomen dat Dean iets kon hebben gedaan om Michaels mening over hem te rechtvaardigen.

'Wat heeft hij tegen je gezegd?' Mijn mond was opeens kurkdroog.

'Maakt dat iets uit?' Michael keek naar het huis. 'Hij heeft het alleenrecht op de verknipte jeugd, toch? Hij is degene met de verlaat-de-gevangenis-zonder-te-betalen-kaart.' Michaels glimlach had een scherp randje. 'In tegenstelling tot zijn vader.'

'Vertel op,' zei ik.

Michael slenterde een rondje om de auto en bekeek hem van alle kanten. Toen hij verderging, gaf hij geen antwoord op mijn vraag. 'Woede,' zei hij nonchalant. 'Misschien verrast dit je, Cassie, maar daar reageer ik niet altijd even goed op.' Zijn stem kreeg een duister toontje. 'Sterker nog, daar reageer ik altijd heel eigenaardig op.'

Ik dacht aan de subtiele opmerkingen over *The Bad Seed* die Michael in Deans bijzijn had gemaakt. Aan Michael die zich door Lia liet gebruiken om Dean op de kast te krijgen.

'Jij bent zo iemand die met een rode vlag voor een stier gaat staan zwaaien.'

'Als ze je toch wel gaan slaan,' zei Michael, 'dan kun je ze net zo goed uitdagen. Dan ben je er in elk geval klaar voor. Dan is het in elk geval geen verrassing.'

Ik kon me ondertussen goed voorstellen hoe Michaels leven moest zijn geweest voordat hij voor het Naturals-programma was gerekruteerd. Hij had hier niet naartoe gewild, maar dat betekende in elk geval dat hij niet met een tikkende tijdbom in één huis hoefde te wonen. En toen bleek hij te moeten samenwonen met Dean, die alle reden had om boos te zijn en die zijn boosheid uit alle macht probeerde te onderdrukken.

'Lia en ik zijn een keer tot zonsopkomst weggebleven.' Michael stak zijn geschiedenis met Lia nooit onder stoelen of banken. Ik werd zo in beslag genomen door het beeld dat hij voor me schetste dat me dat nauwelijks opviel. 'Ik zweer dat dat níéts met Dean te maken had. Maar toen we die ochtend terugkwamen, stond hij ons op te wachten. Hij trilde praktisch van woede en wist zichzelf maar net onder controle te houden.'

Ik zag het helemaal voor me: Michael die zich als Michael gedroeg en Lia die zich als Lia gedroeg, twee zelfdestructieve tieners die dol waren op chaos en de FBI maar wat graag met problemen opzadelden. En ik zag Dean voor me, die zich de hele nacht zorgen had gemaakt om het feit dat Lia op pad was met een onbekende die ze geen van twee zomaar konden vertrouwen.

'Dus toen zei je iets wat Dean nog dichter naar de rand van de afgrond toe zou duwen.' Ik wist niet of ik wilde weten wát Michael precies had gezegd.

'Ik verkocht hem figuurlijk een klap,' zei Michael. 'Redding sloeg terug.'

'Maar niet met zijn vuisten,' verduidelijkte ik. Dean en ik hadden dezelfde gave. We wisten precies wat we moesten zeggen om iemand zo veel mogelijk pijn te doen. We wisten wat iemands zwaktes waren. En die van Michael was zijn vader. Bij het idee dat Dean dat kon hebben gebruikt om Michael te kwetsen voelde ik een steek in mijn maag.

'Ik heb hem geslagen,' voegde Michael toe op de nonchalante toon waarmee de meeste mensen alleen over het weer spraken. Hij zette een stap naar me toe en schonk me die typische Michael-glimlach. 'Ik snap het wel.'

'Wat snap je?'

'Jij. Redding. Ik snap het. Ik snap dat hij het moeilijk heeft en ik snap dat jij er voor hem moet zijn. Dat is wie jij bent, Cassie. Jij geeft om mensen. Die móét je helpen. Geloof me als ik zeg dat ik een stapje achteruit probeer te zetten en jou je ding probeer te laten doen. Maar dat is niet makkelijk.' Michael verbrak ons oogcontact en pakte de schuurmachine weer op. 'Ik heb niet veel ervaring met een fatsoenlijk mens zijn. Dat is niet iets waar ik nou echt in uitblink.'

Voordat ik kon antwoorden, zette Michael de schuurmachine weer aan en werden alle geluiden van de avond overstemd. Ik bleef een paar minuten naar hem staan kijken. Na een tijdje draaide de auto van agent Sterling de oprit op. Het was ondertussen zo donker dat ik vrij weinig aan haar houding en gezichtsuitdrukking kon aflezen, maar toen ze over het gazon liep, hield Michael zijn hoofd schuin en zette de schuurmachine uit.

'Wat?' zei ik.

'Sterling is niet blij,' zei hij. 'Ferme, zware tred, handen tegen haar zij geplakt. Als je het mij vraagt, is het onderzoek naar het schrijfhuisje van de professor niet gegaan zoals ze hoopte.'

Mijn maag trok samen. Opeens kon ik mijn eigen ademhaling, mijn eigen hartslag horen.

Nu was het Michaels beurt om 'Wat?' te zeggen.

Toen ik aan de andere kant van die doorkijkspiegel had gestaan, was ik alleen maar bezig geweest met Dean en had ik nauwelijks stilgestaan bij zijn vader. Had ik die man en wat hij had gezegd niet geanalyseerd. Maar nu kon ik alleen maar denken aan het feit dat Redding de FBI – ten koste van Dean – een tip had gegeven over de mogelijke verblijfplaats van de professor.

Als georganiseerde moordenaar was Daniel Redding dol op psychologische spelletjes. Op misleiding. Op macht. Als Redding ook maar heel even had gedacht dat de professor de moordenaar was, had hij Briggs nooit verteld waar hij hem kon vinden. Redding zou Briggs alleen vertellen waar de professor zich écht schuilhield als hij dankzij de brieven die hij had ontvangen vermoedde dat het opsporen van de professor Briggs – en Sterling en de rest van de FBI – eraan zou herinneren dat ze lang niet zo slim waren als ze dachten.

Hij zei dat de enige écht opmerkelijke brieven die hij had ontvangen afkomstig waren van een student waren die dat vak volgde.

Toen ik niet reageerde, riep Michael iets naar agent Sterling: 'Het huisje van de professor leverde niks op?'

Sterling gaf geen antwoord. Ze ging het huis binnen en deed de deur achter zich dicht. Dat was genoeg om me te vertellen dat ik gelijk had.

'Jawel,' zei ik tegen Michael. 'Ik denk dat ze de professor hebben gevonden.' Ik slikte. 'Dit hadden we moeten zien aankomen.'

'Wat hadden we moeten zien aankomen?'

'Ik denk dat ze de professor hebben gevonden,' herhaalde ik, 'maar dat onze UNSUB hun voor was.'

JIJ

De professor was een probleem. Maar jij bent een probleemoplosser. Het was snel en precies – één enkele kogel door zijn achterhoofd. Nee, de moord had niets kunstzinnigs, geen structuur, maar je toonde er in elk geval initiatief mee. Het liet in elk geval zien dat je bereidwillig bent, en in staat om te doen wat er moet gebeuren.

Het geeft je een gevoel van macht, en even vraag je je af of dit niet de betere manier is. Pistolen en nette kogelgaatjes en de trots die je voelt als jíj de trekker overhaalt. Misschien kun je het volgende meisje bewusteloos slaan, vastbinden en meenemen naar een afgelegen plek. Misschien kun je haar diep in het bos loslaten en haar dan achtervolgen, opsporen.

Misschien kun je de trekker overhalen.

Alleen al de fantasie laat je hart tekeergaan. Ontvoer ze. Bevrijd ze. Vind ze. Dood ze.

Nee. Daar mag je niet meer over fantaseren. Je mag je niet voorstellen hoe het zou klinken om blote voeten over de bosgrond, bij jou vandaan te horen rennen. Er is een plan. Een bevel. Een groter geheel.

En daar zul je je aan houden. In elk geval voorlopig.

24

Sterling zei niets over de professor. Dean zweeg ons dood. Met hen – plus een kwetsbare, woedende Lia – in één huis wonen was alsof je door een mijnenveld probeerde te tapdansen. Alles leek elk moment te kunnen ontploffen.

En toen verscheen directeur Sterling.

De laatste keer dat de FBI-directeur hier was langsgekomen, was de dochter van een senator gekidnapt.

Dit voorspelde weinig goeds.

De directeur, Sterling en Briggs sloten zich op in Briggs' kantoor. Ik zat in de keuken en kon niet horen wat ze zeiden, maar om de paar minuten verhief een van de drie zijn of haar stem.

Eerst Sterling.

Toen de directeur.

Briggs.

Na een tijdje bleef het helemaal stil. En toen kwamen ze ons halen.

De afgelopen vierentwintig uur hadden Sterling en Briggs geen goed gedaan. Briggs zag eruit alsof hij in zijn kleren had geslapen. Agent Sterling, die naast hem zat, klemde haar kiezen stevig op elkaar. Haar overhemd zat helemaal tot boven dichtgeknoopt. En haar jasje ook. Aangezien ze haar kleren als pantser gebruikte, zeiden die subtiele veranderingen me dat ze er vanochtend bij het aankleden al van uit was gegaan dat ze vandaag strijd zou moeten leveren.

'Driehonderdzeven,' zei directeur Sterling op grimmige toon terwijl hij ons een voor een aankeek. 'Zoveel studenten volgen Fogles vak over seriemoordenaars. Honderdzevenentwintig vrouwen en honderdtachtig mannen.' De directeur was even stil. Tijdens onze eerste ontmoeting had hij me een beetje aan een opa doen denken. Vandaag leek hij daar totaal niet op. 'Dat zijn een heleboel verdachten, en ik ben het soort man dat vindt dat je gebruik moet maken van alle middelen die tot je beschikking staan.'

Directeur Sterling was het soort man dat hij moest zijn om aan de top te blijven. Als hij op een probleem stuitte, analyseerde hij eerst alle mogelijke oplossingen: kosten versus baten en risico versus beloning. In dit geval woog hij de risico's en de kans dat het onderzoek gevaar liep en het Naturals-programma bekend werd af tegen de mogelijke voordelen die het zou opleveren als hij al zijn 'middelen' inzette bij de jacht op deze moordenaar.

Ik dacht aan Judd en wat hij had gezegd over glijdende schalen.

'Er is ons op straffe des doods opgedragen ons niet met deze zaak te bemoeien.' Lia glimlachte als een roofdier dat met haar prooi speelt. Ze vond het maar niets dat we waren gesnapt en dat haar was opgedragen deze zaak met rust te laten en ze vond het vreselijk dat Dean haar niet eens wilde aankijken. 'Betekent dit dat er bepaalde personen zijn teruggefloten?'

Toen Lia 'bepaalde personen' zei, gleed haar blik naar Briggs, maar ik keek naar agent Sterling. Ze had vanochtend met een reden haar gevechtstenue aangetrokken. Wat de directeur ons ook wilde vragen, zijn dochter was tegen geweest.

'Jullie lopen nauwelijks tot geen risico,' zei de directeur resoluut. 'En gezien de laatste ontwikkelingen vermoed ik dat jullie door mee te helpen misschien juist wel úít de problemen blijven.'

De directeur was kennelijk op de hoogte van ons uitstapje naar Colonial.

'Jullie gaan geen getuigen verhoren.' Briggs stond met zijn handen losjes langs zijn zij en keek ons een voor een aan. 'Jullie gaan geen plaatsen delict bezoeken.' Briggs' blik schoot naar Lia. 'Jullie gaan geen analyses maken van onze interviews met Daniel Redding.'

Ik wist niet wat er dan nog overbleef.

'Jullie betrokkenheid bij deze zaak begint en eindigt met social media.' Briggs draaide zich naar Sterling en wachtte. Even dacht ik dat Sterling zich zou omdraaien en de kamer uit zou lopen, maar dat deed ze niet.

'Volgens ons voorlopige profiel is de UNSUB een man.' Sterlings toon was volkomen gelijkmatig, volkomen kalm, wat me zei dat ze elk moment haar zelfbeheersing kon verliezen. Hoe dichter ze bij haar breekpunt kwam, hoe harder ze haar emoties onderdrukte. 'Redding suggereerde dat we op zoek zijn naar een student. Zelf schat ik de UNSUB tussen de drieëntwintig en de achtentwintig. Bovengemiddeld intelligent, maar niet per se hoger opgeleid. Maar ja, wat weet ik er nou van?' Haar stem kreeg een scherp randje.

'Dank je wel, agent Sterling,' zei de directeur. Hij draaide zich naar ons. 'Dankzij de universiteit hebben we de roosters en collegetranscripten van alle studenten die Fogles vak volgen in handen. Maar dat vertelt ons nog niet wie die mensen zijn en waartoe ze in staat zijn. Dat gaan jullie voor ons onderzoeken.'

'Via social media,' zei Sloane, die verderging waar Briggs eerder was gebleven. 'Elke dag worden daarop meer dan driehonderd miljoen foto's geüpload. Smartphonebezitters in de demografie van onze UNSUB gebruiken hun telefoon tussen de zestig tot tachtig procent voor social media in plaats van voor directe communicatie.'

'Precies,' zei Sterling. 'De FBI heeft niet genoeg mankracht om elke upload te bekijken, en zelfs als we die wel hadden, valt jullie misschien iets op wat Briggs' team over het hoofd zou zien. We vragen jullie iets te doen wat adolescenten in dit land elke dag doen.' Toen directeur Sterling dat zei, keek hij niet naar ons, maar naar zijn dochter. 'Jullie zijn tieners. Jullie zijn zo ongeveer online geboren.'

'En jij vindt dit goed?' vroeg Michael met een opgetrokken wenkbrauw aan agent Sterling. Ik had haar gezichtsuitdrukking niet zien veranderen, maar Michael was daar kennelijk iets aan opgevallen. 'Dit vind je niet goed,' concludeerde Michael, 'maar je bent er ook niet van overtuigd dat het zo'n slecht idee is als je zou willen.' Hij schonk haar een stralende glimlach. 'Je begint ons langzaam aardig te vinden.'

'Zo kan-ie wel weer, Michael.' Briggs leidde onze aandacht terug naar de zaak. 'Als de UNSUB Fogles vak volgt, is het volgens ons profiel een oudere student – misschien heeft hij nog niet genoeg studiepunten om derde- of vierdejaars te zijn, maar hij valt wel in die leeftijdscategorie. Hij komt waarschijnlijk uit een arbeidersgezin en woont mogelijk nog thuis.'

Agent Sterling vlocht haar vingers in elkaar. In haar profiel was de UNSUB minstens drieëntwintig. Briggs verlaagde die ondergrens nu met minimaal twee jaar.

'Veronica?' vroeg de directeur.

'We zijn op zoek naar iemand die het fijn vindt om de baas te spelen over anderen, maar mogelijk twijfelt of hij dat wel kan,' zei agent Sterling na een lange stilte. 'Zijn vader had een kort lontje en heeft zijn gezin waarschijnlijk verlaten toen onze UNSUB de puberteit bereikte. Mogelijk heeft zijn moeder daarna veel gedatet, maar ze is pas hertrouwd toen onze UNSUB achttien of ouder was. Deze UNSUB weet hoe hij met vuurwapens moet omgaan. Hij heeft geen vriendin of vrouw. Waarschijnlijk rijdt hij in een donkere pick-up of SUV en als hij een hond heeft, verwacht ik dat het er een van een groter ras is, een Duitse herder of zo.'

Ik was gewend om mensen te profileren. Het tegenovergestelde – proberen te bedenken hoe Sterling tot die conclusies was gekomen – vond ik een stuk lastiger. Een donkere SUV en een grote hond suggereerden een verlangen naar macht en autoriteit. Ik wist niet hoe ze aan dat van die vuurwapens kwam – tenzij de professor was beschoten? – maar iets aan Emersons moord deed kennelijk vermoeden dat de moordenaar zowel een hang naar controle als een gebrek aan zelfvertrouwen bezat. De presentatie van het lichaam en de systematische manier waarop Emerson was vermoord waren beide typisch voor een georganiseerde moordenaar. Dus waar haalde Sterling dat gebrek aan zelfvertrouwen vandaan?

Het feit dat hij de MO van een andere moordenaar kopieert? Zijn slachtofferkeuze? Viel de UNSUB zijn slachtoffers in eerste instantie van achteren aan? Heeft hij Emerson gedrogeerd?

Ik probeerde te bedenken hoe Sterling tot haar conclusies was gekomen, maar daarvoor had ik maar zo weinig relevante details dat het leek alsof ik probeerde te zwemmen met een betonblok aan elke voet en een eekhoorn in mijn zak. Ik had Emersons lichaam op het nieuws gezien, maar dat was niet genoeg.

'Hoe is de professor vermoord?' vroeg ik.

De directeur, Sterling en Briggs draaiden naar mij en keken me aan. En Dean ook. Rijkelijk laat besefte ik dat niemand me had verteld dat de professor dood was. Dat mochten we helemaal niet weten. Dat was een gok geweest.

De juiste gok, als ik hun reactie mocht geloven.

'De details doen er niet toe,' antwoordde Briggs kortaf. 'Zie dit gewoon als een oefening. Zoek de internetprofielen van de studenten op de lijst. Bekijk hun statusupdates of likes of wat studenten tegenwoordig ook het internet op slingeren en laat het ons weten als jullie iets verdachts tegenkomen.'

Lia kneep haar ogen tot spleetjes en keek naar Briggs. 'Jij denkt niet dat we iets gaan vinden.' Ze gaf haar opmerking nadruk door per woord met een andere vinger op de armleuning van de bank te tikken. 'Interessant.'

'Jij denkt dat de UNSUB geen student is.' Dean ging verder waar Lia was gebleven. 'Maar dat kun je ook niet uitsluiten, want dat is wat mijn vader doet: hij geeft je kleine brokjes waarheid, vermomd als leugens.' Dean keek van Sterling naar Briggs. 'Hij wil dat je bij alles aan je intuïtie gaat twijfelen.'

'Ik twijfel nergens aan.' In Briggs' kaak trilde een spiertje. 'Als zijn opmerking over de studenten van dat vak hout snijdt, zullen er gekke dingen te vinden zijn. En als er gekke dingen te vinden zijn, zullen jullie die ontdekken.'

'En als die er niet zijn,' vulde Dean aan, 'hebben jullie in elk geval geen tijd verspild.'

Elk uur dat wij ons een weg door social media baanden was een uur dat Briggs' team andere aanwijzingen kon volgen. *Daarom heb je hiermee ingestemd.* Ik richtte me in gedachten tot Briggs. *Als Redding loog, heb je niets verloren. Als hij de waarheid spreekt, zullen wij die achterhalen. Hoe dan ook liggen de touwtjes op deze manier niet in zíjn, maar in jóúw handen.*

Ik dacht aan Deans opmerking dat Briggs prestatiegericht was en aan wat Judd over grenzen overgaan had gezegd. *Je wilde ons hierbuiten houden*, dacht ik, *maar toen vonden jullie het lichaam van de professor.*

'Dean, als jij deze liever overslaat, is dat geen enkel probleem.' De directeur trok zijn jasje recht en schonk Dean een zuinig glimlachje.

'U bedoelt dat ú liever hebt dat ik deze oversla.' Dean zat nog altijd voorovergebogen op de rand van de open haard, maar nu rechtte hij zijn hoofd en keek hij de directeur recht aan. 'Zogenaamd omdat ik "te dicht bij het vuur zit", maar eigenlijk vertrouwt u me gewoon niet.' Dean wachtte even, maar de directeur sprak hem niet tegen. 'Niet bij deze zaak,' ging Dean verder. 'Niet met mijn vader.' Hij ging staan. 'Niet met uw dochter.'

25

J*e hebt Emerson Cole vermoord. Je hebt de professor vermoord. En daar heb je van genoten.*

Die zinnen bleven maar door mijn hoofd spoken terwijl ik de onlineprofielen doorspitte. Verspreid door de kamer keken Michael, Lia en Sloane naar hun eigen laptops. Deans afwezigheid was voelbaar.

Ik probeerde me te concentreren op het profiel dat we van agent Sterling hadden gekregen. *Begin twintig*, hielp ik mezelf herinneren. *Woont nog thuis. Vader niet in beeld. Heeft mogelijk sinds een paar jaar een stiefvader. Weet hoe hij met vuurwapens moet omgaan.*

Dat waren niet echt dingen waar mensen op social media mee te koop liepen. Uit iemands favorieten – boeken, films, citaten – kon ik de grote lijnen van iemands persoonlijkheid opmaken, maar de betrouwbaarste informatie haalde ik uit hun foto's en statusupdates. Hoe vaak plaatsten mensen iets? Kletsten ze met hun vrienden? Hadden ze een relatie? Sloane had een of andere methode bedacht waarmee ze op donkergekleurde pick-ups en SUV's kon filteren, maar ik had meer interesse in de verhalen achter de foto's.

Foto's die door anderen waren geüpload gaven me een eerlijk beeld van iemand. Hoe zelfbewust was diegene? Stond hij aan de rand van een groepsfoto of in het midden? Trok hij op elke foto hetzelfde gezicht, wilde hij de wereld een gecontroleerd beeld van zichzelf laten zien? Keek hij recht in de camera of juist niet? Waar waren de foto's genomen?

Stukje bij beetje kon ik me een beeld van iemands leven vormen – wat nuttiger zou zijn geweest als ik de UNSUB had geprofileerd in plaats van dat ik een lijst kenmerken had gekregen om af te vinken.

Oké, zei ik tegen mezelf toen mijn ogen brandden omdat ik door veel te veel profielen had gescrold, waarvan er maar heel weinig mijn Spider-Sense lieten afgaan. *Sterling en Briggs hebben je een paar belangrijke zaken gegeven waar je op moet letten. Dus doe wat je altijd doet. Gebruik een handjevol details om het grotere geheel te achterhalen.*

Sterling dacht dat de UNSUB jong was, maar geen tiener. Waarom? Omdat zijn eerste slachtoffer een tweedejaarsstudent was geweest. Iemand die dolgraag de baas wilde spelen over anderen, zou beginnen met een makkelijke prooi – een lachend, vrolijk meisje dat in fysiek opzicht geen enkele indruk maakte. Waarschijnlijk was de UNSUB op z'n minst een paar jaar ouder dan zij, en een korte blik op Emersons profiel vertelde me dat ze twintig was, wat de ondergrens van Sterlings leeftijdsschatting verklaarde. Maar hoe had ze besloten dat de UNSUB niet net als de professor een oudere man was?

Je imiteert de moorden van een ander. Van een man die je bewondert. Je wilt zijn zoals hij. Daar dacht ik even over na. *Maar je hebt ook risico genomen door je moord op een heel openbare plek tentoon te stellen – dat zou Daniel Redding nooit hebben gedaan. Je hebt zwart touw meegenomen om haar op te hangen, maar volgens het nieuwsbericht heb je haar gewurgd met de antenne van haar auto.*

Dit was een georganiseerde moord, om maar eens een term uit het lesboek dat Dean en ik hadden gelezen te gebruiken, maar hij had ook iets gedesorganiseerds. De aanval was duidelijk gepland, maar had tegelijkertijd iets impulsiefs.

Had je vooraf bedacht dat je haar op het gazon van de decaan ging achterlaten? Of bedacht je dat pas toen de adrenaline door je aderen spoot?

Het feit dat hij het slachtoffer op een openbare plek had tentoongesteld leek te wijzen op een verlangen naar erkenning. Erkenning van wie? Van de gemeenschap? Van de pers?

Van Daniel Redding? Die mogelijkheid liet me maar niet los, en op de een of andere manier maakte dat andere elementen van Sterlings profiel ook een stuk logischer. Een impulsieve copycat die Redding aanbad zou jonger zijn dan Redding zelf – waarschijnlijk minstens tien jaar jonger.

Je voelde je machteloos en bewondert zijn macht. Je voelde je onzichtbaar en wilt gezien worden.

SUV's en pick-ups waren groot. Daarin zat je hoger boven de weg. Duitse herders waren ook groot. Dat waren intelligente, sterke dieren – en het waren vaak politiehonden.

Je wilt meer dan alleen macht. Je wilt autoriteit, dacht ik. *Dat wil je omdat je dat nooit hebt gehad. Omdat de mensen met autoriteit die je kent je het gevoel geven dat je zwak bent. Toen je Emerson vermoordde, voelde je je niet zwak.*

Ik dacht aan de professor en wenste opnieuw dat ik wist hoe hij was doodgegaan. *Als je Fogles vak volgde, dan bewonderde je de professor – in elk geval in het begin. Later verfoeide je hem om het feit dat hij ontzettend veel praatjes had, maar de daad nooit bij het woord voegde. Om het feit dat hij niet genoeg aandacht voor je had. Om het feit hij dat te véél aandacht voor Emerson had.*

Georganiseerde moordenaars kozen vaak slachtoffers uit die ze niet kenden; dat verkleinde de kans dat de moord naar hen zou worden teruggeleid. Maar mijn intuïtie zei me dat het geen toeval was dat Emerson een relatie met de professor had gehad en ze nu allebei dood waren. Deze slachtoffers waren niet willekeurig gekozen. Waren niet door een vreemde gekozen.

'Hé, Sloane?'

Sloane keek niet op van haar laptopscherm. Ze stak haar rechterwijsvinger in de lucht, maar haar linkerhand bleef over het toetsenbord razen. Na een paar tellen stopte ze met typen en keek op.

'Kun je de roosters van de andere studenten vergelijken met dat van Emerson om te zien hoeveel ze overlappen?' vroeg ik. 'Als onze UNSUB geobsedeerd was door Emerson, dan was dit misschien niet het enige vak dat ze allebei volgden.'

'Tuurlijk.' Sloane maakte geen aanstalten om een van de dossiers te pakken. In plaats daarvan bleef ze roerloos zitten, met haar handen in haar schoot en een stralende glimlach op haar gezicht.

'Zou je dat nu kunnen doen?' vroeg ik.

Opnieuw stak ze de wijsvinger van haar rechterhand op. 'Ben al bezig.' Sloane had een ongelofelijk goed geheugen. De gave die haar had geholpen om de plaats delict na te bouwen stelde haar kennelijk ook in staat om de data te analyseren zonder die opnieuw te hoeven bekijken.

'Emerson studeerde Engels,' ratelde ze. 'Fogles vak was een van haar keuzevakken. Al haar andere vakken waren onderdeel van haar major, behalve geologie, dat ze vast had gekozen om aan een of andere studie-eis te voldoen. De meeste andere studenten die Fogles vak volgden studeerden psychologie, rechten of sociologie en hadden dus een heel ander rooster dan Emerson, met uitzondering van twee studenten.'

Als mijn intuïtie klopte en Emerson geen willekeurig doelwit was geweest, dan was ik heel benieuwd wie die twee studenten waren.

Sloane bladerde bedreven door de stapel mappen op het dressoir en gaf er twee aan mij. 'Bryce Anderson en Gary Clarkson.'

Toen Michael Bryce' naam hoorde, keek hij op. 'Bryce heeft niets gezegd over andere vakken die ze samen met Emerson volgde.'

Ik liep naar mijn laptop en zocht het profiel van Gary Clarkson. In tegenstelling tot veel van zijn studiegenoten stond dat op privé en kon ik alleen zijn profielfoto zien.

‘Gary Clarkson.’ Ik draaide mijn laptop om de foto aan de anderen te laten zien. ‘Noemt zichzelf Clark.’

Clark had Emerson gekend. Hij had geweten dat ze naar bed ging met de professor. Hij was boos. En we keken naar een foto waarop hij een oranje jachtvest droeg en een geweer vasthad.

26

Je rooster kwam grotendeels overeen met dat van Emerson. Zonder nadenken glipte ik Clarks hoofd in. *Je vond het fijn om naar haar te kijken. Ze was aardig tegen je. In jouw ogen was ze perfect. Maar toen ontdekte je dat ze helemaal niet zo perfect was...*

'Heb je iets?' vroeg Michael, die aan de andere kant van de kamer zat.

Ik beet op mijn onderlip. 'Misschien.'

Ik snapte waarom Clark Emerson kon hebben aangevallen, maar als hij de dader was, zou ik een rommeligere moord hebben verwacht. Gisteren had ik nog bedacht dat als Clark een moordenaar was, hij een gedesorganiseerde moordenaar zou zijn. Emerson was niet in een opwelling gedood. De UNSUB had zijn emoties altijd onder controle.

En toch...

Mijn gedachten werden onderbroken door een overgaande telefoon. Het duurde even voordat ik besefte dat de ringtone die ik hoorde van mij was. Ik wilde mijn telefoon pakken, maar Lia was me voor. Ze griste hem van tafel en hield hem net buiten mijn bereik.

'Lia, geef hier.'

Oost-Indisch doof draaide ze de telefoon zodat ik kon zien wie er belde. SA GEOFF, stond er op het scherm. *Wat de...* Hij had me zijn nummer gegeven. Dat had ik opgeslagen in mijn telefoon, maar ik had hem het mijne niet gegeven.

'Jullie hebben berichtjes naar elkaar gestuurd,' zei Lia vrolijk. 'Jullie zijn ondertussen innig bevriend.'

Stilletjes nam ik me voor om het wachtwoord van mijn telefoon te veranderen.

'Zullen we eens kijken wat hij te zeggen heeft?' Zonder op antwoord te wachten nam Lia op.

'Geoffrey. Ik had het toevallig net over je.' Toen hij iets terugzei glimlachte ze, zette de telefoon op luidspreker en legde hem op de salontafel tussen ons in, me uitdagend om de verbinding te verbreken.

Dat deed ik niet.

'Heb je het gehoord van de professor?' vroeg Geoffrey op ernstige toon. 'Het nieuws gaat nergens anders over.'

Blijkbaar was ondertussen bekend dat de professor dood was.

'Dit moet echt supermoeilijk voor je zijn,' zei Lia, die haar voeten op de salontafel legde. Ze klonk heel meelevend, maar rolde overdreven met haar ogen.

'Onvoorstelbaar moeilijk,' zei Geoffrey. 'De professor verdiende dit niet.'

Maar Emerson wel? Die vraag slikte ik in.

'Eerst dat meisje en nu de professor.' Lia klonk als een echte ramptoerist, klaar om aan Geoffreys lippen te hangen. 'Wie denk je dat het heeft gedaan?'

'We hebben hier te maken met wat ik een georganiseerde moordenaar noem,' zei Geoffrey gewichtig. 'Hyperintelligent en lastig te vangen.'

Ik wist niet wat ik walgelijker vond: het feit dat Geoffrey deed alsof hij de term 'georganiseerde moordenaar' had bedacht terwijl hij nauwelijks leek te begrijpen wat dat echt betekende of het feit dat hij zichzelf waarschijnlijk ook als 'hyperintelligent' zou omschrijven.

'Nu Fogle er niet meer is, moet ik zijn colleges waarschijnlijk overnemen,' voegde Geoffrey daaraan toe. 'Ik weet niet wat er met zijn boek, *Boei ze, brandmerk ze, martel ze, hang ze op: het verhaal van Daniel Redding* gaat gebeuren.'

Geoffrey kon het niet laten om de titel van het boek te noemen. Nu ik hem hoorde praten, moest ik denken aan hoe Dean eruit had gezien toen hij diezelfde woorden had uitgesproken: afwezige blik, wit weggetrokken gezicht.

'Denk je dat het iemand kan zijn geweest die het vak volgde?' vroeg Lia. 'Die jóúw vak volgde?'

Ze wist de koers van het gesprek zo subtiel te wijzigen dat Geoffrey het niet eens doorhad.

'Als een van onze studenten de potentie had om zoiets te doen, dan had ik dat wel geweten.' Geoffrey klonk ontzettend zelfingenomen.

Mijn eerste reactie was dat zijn overtuiging dat hij een moordenaar zou herkennen me niets verbaasde. Maar mijn tweede reactie was ongemakkelijker. Hij had het woord 'potentie' gebruikt.

'En die jongen die de hoogste cijfers van de klas haalde?' Lia gaf Geoffrey nog een verbaal duwtje de goede kant op.

'Nee joh.' Geoffrey snoof. 'Gary nogwat. Die doet geen vlieg kwaad.'

Gary Clarkson. Beter bekend als Clark. Ik zou hem nooit hebben ingeschat als iemand die hoge cijfers haalde, en dat vond ik verontrustend. Misschien was hij toch gestructureerder, streberiger, georganiseerder dan ik dacht.

Lia pakte de telefoon en hing abrupt op. De plotselinge beweging liet me opschrikken uit mijn gedachten en ik volgde haar blik. Dean stond achter me in de deuropening.

Hij zei niets over wat hij had gehoord. Hij dreigde niet om Briggs te vertellen dat we de regels – alweer – hadden overtreden. Hij draaide zich gewoon om en liep met zware stappen naar de trap.

Ik graaide mijn telefoon uit Lia's handen. Lia hield me niet tegen. De telefoon ging opnieuw; ik verwachtte dat het Geoffrey was die terugbelde, maar dat was niet zo.

'Ik wil dat jullie iemand voor me natrekken.' Briggs liet de gebruikelijke begroeting achterwege.

'Wij hebben hetzelfde verzoek,' zei ik. 'Gary Clarkson. Hij weet hoe hij met wapens moet omgaan, volgde veel vakken met Emerson en was Fogles beste student.' Ik aarzelde heel even en ging toen door. 'En ik zou ook Fogles student-assistent natrekken.'

De FBI had ons geen map over Geoffrey gegeven, maar dat hadden ze wel moeten doen. Hij volgde het vak niet, maar hij studeerde aan Colonial – en het was echt iets voor Deans vader om de FBI iets te vertellen wat hen op het verkeerde been zette, maar wel waar was.

'Ik zal die twee onder de loep nemen,' beloofde Briggs, 'maar eerst wil ik dat jullie kijken wat jullie kunnen vinden over Conrad Mayler. Hij is vierdejaars, maar heeft Fogles vak twee jaar geleden gevolgd.'

'Waarom moet ik hem natrekken?'

Aan de andere kant van de lijn bleef het stil. Even dacht ik dat Briggs mijn vraag niet ging beantwoorden, maar na een korte aarzeling zei hij: 'Hij is degene die de plaats delict heeft gefilmd.'

Briggs wist precies hoeveel nadruk hij het laatste deel van een zin moest geven om een gesprek definitief te beëindigen.

'Goed,' zei ik. 'Conrad Mayler. Begrepen.'

Twintig minuten later had ik alles gevonden wat er online over Conrad Mayler te vinden was. Hij studeerde journalistiek. Beweerde alleen naar indiebands te luisteren. Zijn favoriete films waren documentaires. Hij had een blog waarop hij sarcastische samenvattingen van verschillende realityseries schreef. Volgens zijn profiel had hij op een privéschool gezeten en werkte hij parttime bij de campusradio.

Zijn relatiestatus was 'het is ingewikkeld'. En het meisje met wie hij een ingewikkelde relatie had, was Bryce Anderson.

Jouw naam blijft maar opduiken. Ik haalde me het blonde meisje voor de geest. Ik had één keer eerder de fout gemaakt om ervan uit te gaan dat een UNSUB een man was. Wat mijn intuïtie me deze keer ook zei, ik ging niet twee keer dezelfde fout maken.

Te oordelen naar Conrads statusupdates en profielen beschouwde hij zichzelf duidelijk als journalist. Hij zou vast beweren dat hij Emersons lichaam had gefilmd en het anoniem online had gezet omdat mensen het recht hadden om te weten hoe het eruit had gezien. Ergens verbaasde het me dat hij de video niet op zijn profiel had geplaatst.

Bijna als reactie op die gedachte verscheen er een update op de pagina. Conrad had een nieuwe video geplaatst. Ik bereidde me voor op het ergste en klikte op afspelen, maar in plaats van een lijk zag ik rijen houten stoelen, gevuld met studenten. Het tijdstempel van de video was 7:34.

'Professor Fogle heeft ooit gezegd dat hij zijn colleges expres om halfacht 's ochtends liet beginnen om de studenten die zijn vak voor de lol volgden te scheiden van degenen die oprecht in criminologie geïnteresseerd waren.' De camera zwenkte door de ruimte en ik herkende de collegezaal.

Daar was ik zelf geweest.

'Drie dagen geleden maakten driehonderdzeven oprecht geïnteresseerde studenten de eerste van hun drie Monsters of mannen-tentamens. De driehonderdachtste student, Emerson Cole, werd die ochtend dood gevonden.'

'Geen ruis,' zei Sloane, die achter me kwam staan. 'De persoon die deze voice-over heeft opgenomen, heeft goede apparatuur. Maar het filmpje is gemaakt met een smartphone. De resolutie is minstens 1080p, misschien meer.'

De video sprong van de collegezaal naar bekende beelden – het filmpje van Emersons lichaam. De voice-over ging verder, maar ik negeerde de stem.

'Ik zou willen vragen of deze gast het echt meent,' zei Michael, die bij ons kwam staan, 'maar hij meent het echt. Hij denkt dat dit baanbrekende journalistiek is. Op zijn profielpagina.'

'Hij heeft Emerson niet vermoord,' zei ik vermoeid. Conrad voldeed niet aan het profiel. Onze moordenaar had geen sarcastische blog. Hij had geen vriendin zoals Bryce – zelfs al was hun relatie ingewikkeld. En degene die Emerson had vermoord, die haar had tentoongesteld als een hond die een dode vogel voor de voeten van zijn baasje laat vallen, zou zijn 'videoverslag' nooit zijn begonnen met beeldmateriaal van het college. De UNSUB vond andere studenten volkomen irrelevant.

'Speel nog eens af,' beval Sloane. 'Vanaf het begin.'

Dat deed ik. Sloane duwde me zachtjes opzij en gebruikte sneltoetsen om de video te pauzeren, af te spelen, te pauzeren. Haar ogen schoten heen en weer over het scherm. 'De voice-over heeft gelijk,' zei ze uiteindelijk. 'In die collegezaal zitten driehonderdzeven studenten een tentamen te maken. Onder wie jouw verdachte,' zei ze tegen mij. Ze wees naar een gezicht dat ik uit duizenden zou herkennen – rond, met doffe ogen – op de derde rij. Clark. Hij zat twee stoelen bij Bryce vandaan en een rij achter Derek.

'Wie filmt het tentamen?' vroeg ik. 'En waarom?'

'Geen idee.' Sloane was zo geconcentreerd dat haar tong tussen haar lippen uit piepte. 'Volgens het nieuwsbericht is Emersons lichaam 's ochtends vroeg ontdekt,' zei ze uiteindelijk. 'De vraag is: hoe vroeg?'

Ik begreep waar ze heen wilde. Volgens het tijdstempel was deze video opgenomen om vier over halfacht 's ochtends.

'Tijdstip van overlijden,' zei ik. 'We hebben een tijdstip van overlijden nodig.'

Sloane pakte mijn telefoon en toetste een nummer in. Toen er niet werd opgenomen, belde ze nog een keer. En nog een keer. En nog een keer.

'Wat?' Briggs' geïrriteerde toon was hard genoeg om hem van een afstandje te kunnen horen.

'Het wordt als onbeleefd gezien om op een volume van harder dan vijfenzeventig decibel te praten,' zei Sloane vinnig. 'Volgens mij heet dat schreeuwen.'

Ik kon niet verstaan wat Briggs daarop zei.

'Is de autopsie van Emerson Coles lichaam al klaar?' Sloane drukte de telefoon met haar schouder tegen haar oor, trok met twee handen haar paardenstaart los en bond haar haren weer vast. 'We hebben het tijdstip van overlijden nodig. De doodsoorzaak zou ook nuttig zijn.'

Ik wist vrij zeker dat Briggs ons dat niet ging vertellen. Studenten profileren op social media was iets heel anders dan toegang krijgen tot de ins en outs van een geheim autopsierapport.

'Je zit op achtenzeventig decibel,' zei Sloane, die niet onder de indruk was van Briggs' bezwaren. 'En we hebben nog steeds het tijdstip van overlijden nodig.' Ze was opnieuw even stil. 'Omdát,' Sloane rekte het woord een beetje uit, alsof ze tegen een heel jong, heel dom kind praatte, 'we naar een video kijken van die ochtend, die gemaakt is om vier over halfacht. Als ik de plattegrond van de campus goed heb onthouden – en je weet dat dat zo is – dan is het vanaf het huis van de decaan vijfentwintig minuten lopen of tien minuten rijden naar de Davies-collegezaal. Dus als de dood van Emerson Cole a) vereiste dat de UNSUB daarbij aanwezig was en b) plaatsvond ná vijf voor halfacht en vóór het einde van dat tentamen, hebben alle studenten die dat vak volgen een alibi.'

Deze keer was Sloane wat langer stil. Toen hing ze op.

'Wat zei hij?' vroeg Michael.

Sloane klapte haar laptop dicht en duwde hem van zich af. 'Hij zei dat het lichaam die ochtend om kwart over acht is gevonden. Het tijdstip van overlijden wordt geschat op vijf voor acht.'

27

Het tijdstempel van de video bleek te kloppen. Het was nu officieel: Emerson Cole was gewurgd terwijl de studenten die Fogles vak volgden in de Davies-collegezaal hun tentamen zaten te maken.

De FBI wist de video te herleiden naar onze goede vriend student-assistent Geoff, die uitlegde dat professor Fogle altijd video-opnames van tentamens maakte om te voorkomen dat de studenten hun tentamen door iemand anders lieten maken. De lange versie van de video bevatte ook close-ups van de studenten als ze hun tentamen kwamen inleveren. Ieder van onze driehonderdzeven mogelijke verdachten – driehonderdacht als je Geoffrey meetelde – was aanwezig.

Wat betreft alibi's was deze waterdicht.

'Ik heb nog zo tegen Briggs gezegd dat hij me naar de ondervraging van Daniel Redding moest laten kijken.' Lia sloeg de deur van de vriezer dicht en reageerde haar frustratie af op de besteklade. Die trok ze ruw open, waardoor de inhoud rammelde. 'We hebben een niet-bestaande aanwijzing gevolgd omdat niemand me wil vertellen welk zielloos, doortrapt stuk...'

Lia beschreef Deans vader op een aantal kleurrijke manieren. Ik was het met elk daarvan eens. Ik schoof voor haar langs, haalde twee lepels uit de besteklade en hield haar een van de lepels voor. Na een paar tellen nam ze die aan. Toen keek ze wantrouwend naar de lepel in mijn hand.

'Je deelt je ijs,' zei ik tegen haar. Ze liet de lepel heen en weer gaan tussen haar vingers en ik vroeg me af of ze nog steeds plannen voor mijn ondergang smeedde.

'Dean praat ook niet tegen mij,' zei ik. 'En ik vind dit net zo frustrerend als jij. Alles wat we hebben gedaan – alles wat we hebben geprobéérd te doen – is voor niets geweest. De UNSUB volgt dat vak niet. Het doet er niet toe dat Geoffrey nauwelijks empathie bezit en gefascineerd is door duistere zaken, en ook niet dat Clark een oogje op Emerson had en vol opgekropte woede zit. Niets daarvan doet ertoe, want geen van hen twee heeft Emerson vermoord.'

Het enige waar de FBI ons met dank aan Deans psychotische vader toestemming voor had gegeven, bleek een hopeloze onderneming te zijn. En ik vond het zo ontzettend stóm van mezelf dat ik had gedacht dat we door een universiteitscampus op te walsen of naar internetprofielen te kijken een moordenaar zouden kunnen vinden. Dean was nog steeds woedend op ons, en dat was nergens goed voor geweest.

'Lia...'

'Kappen nou,' onderbrak Lia me. 'Het is klaar met dat vriendelijke gedoe, Cassie. Ik deel mijn ijs met je, maar we eten het ergens anders. Ik heb geen zin om gezellig te doen en de volgende die me vraagt iets te delen zal een langzame, pijnlijke dood sterven.'

'Prima.' Ik keek de keuken rond. 'Had je een plek in gedachten?'

Eerst dacht ik dat Lia me meenam naar haar slaapkamer, maar toen ze de deur achter ons dichtdeed, besefte ik dat dat niet haar eindbestemming was. Ze duwde haar raam open, schonk me over haar schouder een ondeugende grijns en klom op het dak.

Top, dacht ik. Toen ik mijn hoofd uit het raam stak, zag ik haar nog net een hoek om verdwijnen. Na een korte aarzeling klom ik achter haar aan naar buiten. Naast Lia's kamer was het dak niet heel schuin, maar toch steunde ik met één hand op het huis. Ik liep voorzichtig naar de hoek waaromheen ik Lia had zien verdwijnen. Toen ik die voorbij was, slaakte ik een diepe zucht.

Aan deze kant was het dak plat. Lia zat met haar rug tegen een muur en had haar kilometerslange benen voor zich uit gestrekt. Voorzichtig liep ik naar haar toe en liet me ook op het dak zakken. Zonder iets te zeggen hield Lia me de bak *rocky road*-ijs voor.

Ik zette mijn lepel in het ijs en schepte er een flinke homp uit.

Lia trok elegant een wenkbrauw op. 'Iemand heeft zin in een *brain freeze*.'

Ik nam een klein hapje van het ijs. 'We hadden bakjes moeten meenemen.'

'We hadden wel meer moeten doen.' Lia staarde roerloos naar de horizon. De zon was aan het ondergaan, maar als ik niet bij haar was geweest, was ze hier vast de hele nacht blijven zitten, twee verdiepingen boven de grond, met haar voeten vlak bij de rand. Lia vond het vreselijk om opgesloten te zijn. Om gevangen te zijn. Ze had altijd een ontsnappingsplan.

Dat had ze alleen al heel lang niet nodig gehad.

'Dean komt er wel weer overheen,' zei ik in plaats van al het andere wat ik dacht – over ontsnappingsplannen en Lia's jeugd en dat ze toen waarschijnlijk zo goed had leren liegen. 'Hij kan niet voor altijd boos op ons blijven,' ging ik verder. 'We probeerden hem alleen maar te helpen.'

'Snap je het dan echt niet?' Lia draaide haar hoofd eindelijk mijn kant op, en in haar donkere ogen glommen tranen die ze zichzelf nooit zou laten huilen. 'Dean wordt nooit boos. Dat staat hij zichzelf niet toe. Dus als we nu met hem zouden gaan praten, zou hij niet boos op ons zijn. Dan zou hij níéts zijn. Dat is zijn ding. Hij klapt dicht, sluit mensen buiten, en dat is oké. Dat snap ik. Beter dan wie dan ook.' Lia deed haar ogen dicht en perste haar lippen op elkaar. Ze ademde een paar keer haperend in en uit en zei toen: 'Maar míj sluit hij nooit buiten.'

Dean kende Lia beter dan de rest van ons haar kende, dus hij wist precies wat er zou gebeuren als hij haar buitensloot. Hij wist dat hij de enige was die ze vertrouwde, dat hun relatie het enige was waardoor ze zich niet constant opgesloten voelde. Als klein jongetje had Michael zichzelf beschermd door te leren hoe hij woede herkende, en als hij die woede niet kon doven, kon hij hem maar beter zelf uitlokken. Lia had zichzelf beschermd door zichzelf te begraven onder zoveel lagen misleiding dat niets haar ooit echt pijn deed, omdat niets het échte meisje raakte.

Met uitzondering van Dean.

'Toen ik hier kwam, waren Briggs, Dean en ik de enigen.' Lia liet haar lepel in de beker staan, zette haar handen achter zich en leunde achterover. Ik wist niet precies waarom ze me dit vertelde, maar voor de verandering wist ik diep vanbinnen dat ze de waarheid sprak. 'Ik was van plan om hem te haten. Ik ben goed in mensen haten, maar Dean vroeg nooit door. Hij heeft nooit ook maar één vraag gesteld waar ik geen antwoord op wilde geven. Toen ik hier een paar maanden was, liep ik weg. Daar ben ik goed in.'

Dat voegde ik toe aan de steeds langere lijst met dingen die ik over Lia's verleden wist.

'Dean betrapte me. Hij zei dat als ik wegliep, hij met me mee zou gaan. Ik dacht dat hij blufte, maar dat was niet zo. Hij ging mee. We bleven drie dagen weg. Ik had eerder op straat geleefd, maar hij niet. Hij bleef 's nachts wakker zodat ik kon slapen. Soms werd ik wakker en dan zag ik hem de wacht houden. Hij keek nooit naar me zoals de meeste jongens naar me kijken. Hij wilde me beschermen in plaats van me bespieden.' Ze was even stil. 'Daar heeft hij niets voor teruggevraagd.'

'Dat zou hij nooit doen.'

Lia schonk me een breekbaar glimlachje. 'Nee,' beaamde ze. 'Dat zou hij nooit doen. Een dag voordat we teruggingen vertelde hij me over zijn vader, over hoe hij hier was beland, over Briggs. Dean is de enige die ik ken die nog nooit tegen me heeft gelogen.'

En nu zei hij helemaal niets meer tegen haar.

'Agent Sterling was een van zijn vaders slachtoffers,' zei ik zachtjes. Lia's ogen schoten naar de mijne. Als ik de scherpe manier waarop ze inademde mocht geloven, hoorde ze dat ik de waarheid sprak en wist ze niet wat ze daarmee aan moest.

Lia dat vertellen voelde niet als verraad aan Dean. Lia was zijn familie. Het feit dat ze zich voor me had opengesteld terwijl ze dat eigenlijk nooit deed, zei me dat ze écht moest weten dat hij haar niet buitensloot omdat ze het had verpest. Deans leven was momenteel een mijnenveld.

'Sterling heeft een brandmerk, hier.' Ik legde mijn vingertoppen tegen mijn borst. 'Ze wist te ontsnappen. En ik denk dat Dean haar heeft geholpen.'

Dat liet Lia even bezinken. Haar gezichtsuitdrukking was onleesbaar en uiteindelijk zei ze: 'En nu is ze terug.' Ze keek strak voor zich uit. 'En Dean denkt nog steeds dat hij haar niet genoeg heeft geholpen.'

Ik knikte. 'En toen werd Emerson Cole vermoord en belandde Dean met zijn vader in een verhoorkamer.' Ik leunde achterover en liet mijn hoofd met een zachte bons tegen de zijkant van het huis vallen. 'Die kamer in gaan, luisteren naar wat Daniel Redding te zeggen had, dát heeft Dean laten dichtklappen. Het was alsof iemand de ziel uit zijn lichaam had gezogen. En toen vertelde agent Sterling hem dat we op eigen houtje op onderzoek uit waren gegaan...'

'Dat heb *jíj* eruit geflapt,' onderbrak Lia me.

'Sterling wist al dat ik weg was geweest,' zei ik. 'En ik heb haar niet verteld wat we hebben gedaan. Ik heb niet eens verteld dat jij erbij was. Ik heb haar alleen verteld wat we hadden ontdekt.'

'En wat er ondertussen niet meer toe doet,' zei Lia, 'omdat iedere student die dat vak volgt – en zelfs de student-assistent – een ijzersterk alibi heeft. En in plaats van ons om hulp te vragen, wat ze zouden moeten doen, vindt de FBI het een fantastisch idee om ons hier gevangen te houden, waar we niets kunnen doen om de zaak op te lossen of Dean te helpen.' Lia wikkelde een lok inktzwart haar om haar vinger. 'Kijk, daar heb je onze lievelingspersoon.'

Ik volgde Lia's blik. Een donkere auto reed de oprit op. Agent Sterling stapte uit.

'Waar denk je dat ze is geweest?' vroeg Lia.

Eerder die dag was Sterling langsgekomen om de dossiers van de studenten op te halen. Ik was ervan uitgegaan dat ze was teruggegaan naar Briggs, maar die was er nu niet bij.

Het portier aan de bijrijderskant ging open en de directeur stapte uit. De twee keken alsof ze een bijzonder intense, bijzonder zwijgzame autorit achter de rug hadden.

'Denk je dat hij met ons komt praten?' vroeg ik zachtjes, ook al zaten we zo ver weg dat ik niet wist of dat nodig was.

Lia sloeg een hand over mijn mond en trok me naar achteren tot we deels onzichtbaar waren. Ze kneep haar ogen tot spleetjes. Ik knikte om te laten zien dat ik het begreep en nog geen tel later ontdekte ik waarom Lia zo graag op het dak zat.

De akoestiek was hier uitstekend.

'Je mag de auto best lenen om naar huis te rijden,' zei agent Sterling. Ze gebruikte haar verhoorstem, sprak op onverbiddelijke, evenwichtige toon.

'Ik heb je gevraagd om me hierheen te brengen,' zei de directeur. Zijn baritonstem klonk al even kalm als de hare. 'Ik wil graag met de jongen praten.'

'Je hoeft niet met Dean te praten.'

'Volgens mij vergeet jij wie van ons de directeur is, agent.'

'En volgens mij vergeet jij dat ik na het Locke-debacle niet de enige was die vragen stelde.' Sterling zweeg, wachtte tot haar woorden doel troffen. 'Ik heb contacten bij de nationale inlichtingendienst. In Washington wordt gepraat. Wat denk je dat er zou gebeuren als bekend werd dat de FBI voor deze zaak de hulp van Reddings zoon heeft ingeschakeld?'

'Dit is nou precies de enige zaak waarbij dat geen probleem is.' De toon van de directeur veranderde geen moment. 'De FBI zou voor deze zaak hoe dan ook met de jongen praten, of hij nou voor ons werkte of niet. Als de directeur van binnenlandse veiligheid ernaar vraagt – en dat gaat niet gebeuren – is dat prima uit te leggen. De eerste keer was Reddings zoon erbij. Hij kent de ins en outs van Reddings geest beter dan wie dan ook – zelfs beter dan jij.'

'Ik ben hierheen gekomen om het Naturals-programma te evalueren omdat het volgens jou een vergissing zou zijn om Washington van dit programma op de hoogte te brengen.' In de stem van agent Sterling klonk een zweem van emotie door, al durfde ik niet te zeggen of dat frustratie of iets anders was. 'Je zei dat ik het programma met eigen ogen moest zien zodat ik wist wat ik precies zou stopzetten.'

Ik had me afgevraagd waarom de directeur zijn dochter hierheen had gestuurd terwijl hij wist dat ze niet achter dit programma stond, en nu had ik mijn antwoord.

'Toen heb je naar me geluisterd,' zei de directeur kalm. 'Je had dat rapport kunnen indienen, maar dat heb je niet gedaan.'

'Alsof ik een keuze had!'

'Ik heb je alleen de waarheid verteld.' De directeur keek op zijn horloge, alsof hij wilde weten hoeveel tijd hij al aan dit gesprek had verspild. 'Dit programma is het enige wat die jongen bij de afgrond vandaan houdt. Denk je dat hij het in de pleegzorg beter zou doen? Of wil je soms dat ik Lia Zhang de straat weer op stuur? Uiteindelijk zal ze opnieuw worden gepakt, en ik garandeer je dat ze deze keer als volwassene zal worden berecht.'

Naast me voelde ik Lia verstijven.

'Je wilde dat ik hierheen zou komen,' zei Sterling tandenknarsend. 'En ik ben gekomen. Maar toen ik dat deed, beloofde je dat je naar mijn aanbevelingen zou luisteren.'

'Als je je redelijk gedroeg, zou ik dat ook doen. Maar Dean Redding bij deze zaak vandaan houden is niet redelijk.' De directeur gaf haar de kans daarop te reageren. Toen ze dat niet deed, ging hij verder. 'Je kunt me wel blijven vertellen hoe verkéérd dit programma is, maar diep vanbinnen wil je deze moordenaar net zo graag pakken als ik. Je wilt uit principe geen hulp van de Naturals inschakelen, maar vroeg of laat zul je je principes vergeten. Dan ben jíj degene die míj vertelt dat we die grens over moeten.'

Ik verwachtte dat Sterling hem zou tegenspreken. Dat deed ze niet. 'Natuurlijk wil ik hun hulp inschakelen!' vuurde ze terug. 'Maar dit gaat niet over mij. Of over jou. Of over de FBI. Dit gaat over de vijf tieners die in dat huis wonen. Vijf echte mensen die alleen worden beschermd door de regels die jij hebt ingevoerd, maar die je keer op keer schendt. Jíj gaf Cassie Hobbes toestemming om aan de zaak-Locke mee te werken. Jíj stond erop dat we Dean met Redding lieten praten. Jíj stelt regels op die je vervolgens overtreedt, geeft tegenstrijdige signalen af en...'

'Dat is niet waar dit om gaat,' onderbrak de directeur haar. In tegenstelling tot de stem van zijn dochter bleef de zijne volkomen emotieloos. 'Je bent niet van streek over de signalen die ik volgens jou afgeef. Vijf jaar later ben je nog steeds van streek om het feit dat ik wat betreft dit programma de kant van je man heb gekozen en niet die van jou.'

'Ex-man.'

'Je hebt hem verlaten. Je hebt de FBI verlaten.'

'Zeg het maar, pap. Ik heb jóú verlaten.'

'Weet je hoe lastig dat het maakte om mijn werk te doen, Veronica? Hoe kan de hele FBI me gehoorzamen als mijn eigen dóchter niet eens wil blijven? Na het incident met dat Hawkins-meisje tijdens de zaak-Nachtschade was het moreel bedroevend laag. We moesten één front vormen.'

Agent Sterling keerde haar vader de rug toe. Toen ze zich weer omdraaide, vlogen haar woorden als kogels haar mond uit. 'Ze heette Scarlett, en dat was geen incident. Een psychopaat glipte óns lab in en vermoordde een van ónze mensen. Tanner en ik hadden allebei iets te bewijzen...' Ze onderbrak zichzelf en ademde haperend in. 'Ik heb de FBI verlaten omdat ik daar niet thuishoorde.'

'Maar je bent teruggekomen,' zei de directeur. 'Niet voor mij. Voor de jongen. Wat Redding jou heeft aangedaan, wat er tijdens de zaak-Nachtschade met Scarlett is gebeurd... In jouw gedachten hebben die twee dingen met elkaar te maken. Je kon haar niet redden, dus toen besloot je hém te redden.'

Sterling zette een stap naar haar vader toe. 'Iemand moet het doen. Hij is zeventien.'

'En op zijn twaalfde hielp hij zijn ouweheer al!'

Ik moest me inhouden om niet van het dak te springen en me op de directeur te storten. Naast me voelde ik alle spanning uit Lia's lichaam wegvloeien. Ze maakte een heel relaxte indruk. Een vriendelijke indruk, zelfs. Dat betekende dat ze vrijwel zeker uit was op bloed.

Sommige mensen zullen nooit naar Dean kunnen kijken zonder zijn vader te zien, dacht ik mat. In de ogen van de directeur was Dean niet alleen verantwoordelijk voor de daden van zijn vader, maar was hij ook medeplichtig.

'We hebben het hier ondertussen lang genoeg over gehad, Veronica.' De directeur begon zijn geduld te verliezen. 'We moeten weten of een van Reddings bezoekers een potentiële verdachte is. Wil je weten wie er vroeger aan Colonial hebben gestudeerd? De druk om deze zaak op te lossen komt van hogerhand.' Zijn toon werd iets milder. 'Ik weet dat je niet wilt dat de lichamen zich opstapelen.'

'Natuurlijk wil ik deze vent pakken voordat hij meer mensen te grazen neemt.' Agent Sterling had me gewaarschuwd dat ik me zaken niet persoonlijk mocht aantrekken, maar deze zaak was door een zwakke plek in haar pantser geglipt. 'En daarom ging ik in mijn eentje naar Redding.'

De directeur verstijfde. 'Dat slecht doordachte plan heb ik tegengehouden.'

Agent Sterling schonk hem een brede lach. 'Weet je dat zeker?'

'Veronica...'

'Op dit moment word ik liever "agent" genoemd. Je wilde dat er iemand onder Daniel Reddings huid kroop. Daar heb je Dean niet voor nodig. Ik ben degene die is ontsnapt, directeur. Je weet wat dat voor een man als Redding betekent.'

'Ik weet dat ik je niet bij hem in de buurt wil hebben.' De stem van de directeur kreeg eindelijk iets vaderlijks.

'Laat me met Dean praten.' Sterling had er geen problemen mee om haar voordeel uit te buiten, hoe klein het ook was. 'Laat míj degene zijn die hem die bezoekerslijsten laat zien. Als hij iets belangrijks blijkt te weten, dan zal hij me dat vertellen. Dean vertrouwt me.'

Na een lange stilte gaf de directeur een kort knikje. 'Prima. Maar als Briggs en jij me geen resultaten weten te bezorgen, haal ik er iemand bij die dat wel kan.'

28

Lia en ik zwegen tot agent Sterling én de directeur waren verdwenen.

'En ik dacht dat míjn familie problemen had.' Lia stond op en rekte zich uit door haar rug hol te maken en haar bovenlichaam van links naar rechts te draaien. 'Toen Sterling zei dat ze het beste met ons voorhad, vertelde ze de waarheid. Dat was niet de hele waarheid, maar het was wel waar. Hartverwarmend, toch?'

Ik was te druk met nadenken over de gevolgen van wat we hadden gehoord om te kunnen antwoorden. Na afgelopen zomer had Sterling gedreigd het programma stop te zetten. De directeur had voorkomen dat ze dat achter zijn rug om zou doen door Sterling te wijzen op iets wat ik haar ook al eens had verteld: dat 'normaal' geen optie meer voor ons was. Ik had in elk geval nog een plek om naar terug te gaan. Dean niet. Lia niet. Michael had een vader met losse handjes. Hoogstwaarschijnlijk was het Sloanes familie die er bij haar had ingehamerd dat ze zesentachtigeneenhalf procent van de tijd het verkeerde deed of zei.

Mijn moeder was dood en mijn vader was nauwelijks bij mijn leven betrokken. En dan was ik nog de geluksvogel van ons clubje.

'De directeur noemt Dean "de jongen".' Ik dacht even na over wat dat betekende. 'Hij wil Dean niet als mens zien. De jóngen is een verlengstuk van zijn vader. De jóngen is een hulpmiddel.'

En deze man sprak zijn bloedeigen dochter aan met 'agent'.

Zij is degene die in jouw voetstappen is getreden. Van al je kinderen lijkt zij het meeste op jou. Ze was jouw nalatenschap, en toen ging ze er plotseling vandoor.

'De directeur denkt echt dat Dean zijn vader heeft geholpen.' Daar liet Lia me een paar tellen over nadenken voordat ze verderging. 'Waarbij precies is onduidelijk, maar daar leek hij niet over te twijfelen. Hij is ervan overtuigd dat Dean schuldig is.'

'Dean was twaalf toen ze zijn vader arresteerden!' flapte ik eruit. Ik besefte dat ik Lia nergens van hoefde te overtuigen en probeerde iets minder verontwaardigd te klinken. 'Ik weet dat Dean het wist,' zei ik zacht. 'Hij denkt dat hij zijn vader op de een of andere manier had moeten tegenhouden, dat hij die vrouwen had kunnen redden als hij dingen anders had aangepakt, maar volgens Fogles college was Redding toen hij werd ingerekend al vijf jaar aan het moorden. Dus toen hij begon, was Dean pas zeven.'

Dean had me een keer verteld dat hij 'eerst niet' had geweten dat zijn vader een moordenaar was. Maar later...

Hij dwong me te kijken. Deans woorden bleven maar door mijn hoofd spoken, als een restje eten dat maar niet tussen mijn tanden vandaan wilde komen.

Ik dwong mijn aandacht terug naar het nu, naar Lia. 'Sprak Sterling – onze Sterling – de waarheid toen ze zei dat ze Dean naar de bezoekerslijsten had willen vragen?' vroeg ik.

'Ja,' antwoordde Lia. 'Dat was waar.'

'Misschien begint ze te beseffen dat ze Dean hier niet tegen kan beschermen,' zei ik. 'Dat ze alleen kan bemiddelen, er alleen voor kan zorgen dat hij dit niet in zijn eentje hoeft te doen.'

Mijn woorden bleven tussen ons in hangen. Ik had al die tijd gedacht dat Sterling en Briggs Dean geen plezier deden door hem niets te vertellen, maar vanuit Dean gezien hadden Lia, Michael en ik precies hetzelfde gedaan. *Toen ik het middelpunt van een zaak was,* dacht ik langzaam, *zou ik me niet beschermd hebben gevoeld als ik had ontdekt dat de anderen achter mijn rug om onderzoek deden.*

Dan zou ik me verraden hebben gevoeld.

'Wat jij wilt, Cassandra Hobbes.' Lia draaide zich om en liep terug naar haar slaapkamerraam. Ze liep op de punten van haar tenen, alsof het dak een slap koord was en ze elk moment een levensgevaarlijke truc kon uitvoeren.

'Je vergeet het ijs,' riep ik haar na.

Ze keek over haar schouder. 'En jij vergeet het interessantste wat we tijdens dit uitstapje te weten zijn gekomen.'

Ik was zo druk bezig geweest met de gebeurtenissen die agent Sterling hier hadden doen belanden en wat de directeur over Dean had gezegd dat ik nog niet had stilgestaan bij de rest van hun gesprek.

'De zaak-Nachtschade?' Ik pakte het ijs en wilde gaan staan, maar versteende toen ik Lia's antwoord hoorde.

'De zaak-Nachtschade – wat dat ook is – én degene die de prijs heeft betaald voor hoe die is afgelopen.'

'Scarlett.' Toen ik samen met agent Sterling bij de gevangenis in de auto had gezeten, had ik beseft dat ze iemand had verloren en ze zichzelf daarvan de schuld gaf.

Lia verdween de hoek om. Ik kon haar niet meer zien, maar haar nog altijd prima horen. 'Niet zomaar een Scarlett,' zei ze. 'Scarlett Háwkins.'

29

De persoon die agent Sterling was verloren omdat ze te betrokken was, omdat ze tot alles bereid was om levens te redden, had dezelfde achternaam als Judd.

Zijn dochter, gokte ik. Judd was ongeveer even oud als de directeur en behandelde agent Sterling niet als een kennis – hij behandelde haar als zijn dochter. Opeens was Judds mening over de directeur goed te verklaren. Judd was een kind verloren, en de grootste zorg van de directeur was het moreel van zijn werknemers geweest.

Ik probeerde alle puzzelstukjes die ik had in elkaar te passen. Scarlett Hawkins en agent Sterling waren vriendinnen geweest. Ze hadden allebei voor de FBI gewerkt. Scarlett was vermoord. Briggs begon Dean om advies te vragen bij zijn onderzoeken. Agent Sterling verliet de FBI... en haar man.

Toen de directeur had ontdekt waar Briggs mee bezig was, had hij het programma officieel gemaakt. Was Dean in dit huis komen wonen. Samen met Judd.

Ik was zo diep in gedachten verzonken dat ik de persoon die over het gazon sloop bijna had gemist. De zon was nu helemaal onder, dus het duurde even voordat ik de bewegingen van de persoon herkende: hij had zijn handen in zijn zakken gestopt en zijn schouders hingen naar voren. Het grootste deel van zijn gezicht ging schuil achter de capuchon van zijn hoodie. Zijn haar – dat nodig moest worden geknipt – maakte het plaatje compleet.

Dean. Die het huis uit glipt. Pas halverwege het dak besefte ik dat ik in beweging was gekomen. Ik dwong mezelf niet naar beneden te kijken en voltooide mijn expeditie. Gelukkig had Lia het raam open laten staan. Ik klom haar kamer in en rende de trap af.

Voor de verandering kwam ik niemand tegen. Tegen de tijd dat ik de voordeur uit sprintte, was Dean al halverwege de straat. Ik rende naar hem toe.

'Dean!'

Hij negeerde me en liep door.

'Sorry,' riep ik. Mijn woorden leken na te galmen in de avondlucht, waren niet genoeg, maar wel oprecht. 'Lia en ik hadden je moeten vertellen dat we naar dat feest gingen. We hoopten iets te ontdekken wat de FBI over het hoofd had gezien. We wilden deze zaak gewoon opgelost hebben.'

'Om mij te helpen.' Dean bleef staan, maar draaide zich niet om. 'Jullie wilden deze zaak opgelost hebben om mij te helpen.'

'Is dat echt zo vreselijk?' Ik bleef achter hem staan. 'Mensen mogen om je geven, en ga nou niet zeggen dat het slecht afloopt met mensen die om je geven. Dat heb je niet zelf bedacht. Dat is je aangepraat. Dat wil je vader je laten geloven zodat je geen band met anderen opbouwt. Hij heeft je altijd helemaal voor zichzelf willen hebben, en elke keer dat je ons wegduwt, geef je hem precíés wat hij wil.'

Dean draaide zich nog steeds niet om, dus ik zette drie stappen naar voren, tot ik tegenover hem stond. De rand van zijn capuchon hing voor zijn gezicht. Toen ik de capuchon naar achteren duwde, bleef hij roerloos staan. Ik legde mijn handen om zijn gezicht en kantelde zijn hoofd.

Zoals Michael míjn hoofd had gekanteld zodat ik hem kon aankijken.

Wat ben je aan het doen, Cassie?

Ik kon me niet losmaken van Dean. Niet nu. Wat dit misschien ook betekende. Dean had dit nodig – fysiek contact. Hij moest weten dat ik niet bang voor hem was, dat hij niet alleen was.

Ik streek het haar van zijn jukbeenderen en zijn donkere ogen vonden de mijne. 'Heeft iemand je weleens verteld dat je te veel ziet?' vroeg hij.

Ik wist een glimlachje te produceren. 'Er is me verteld dat ik niet alles wat ik zie moet uitspreken.'

'Maar dat kun je niet.' Deans mondhoeken kwamen een piepklein beetje omhoog. 'Je was helemaal niet van plan om dat allemaal te zeggen. Misschien wist je voordat je het eruit flapte niet eens dat je er zo over dacht.'

Hij had gelijk. Nu ik het had gezegd, besefte ik dat het waar was: Deans vader wilde hem niet delen. *Ik heb hem gemaakt*, had hij in dat interview met Briggs gezegd. Redding wilde dat Dean zichzelf de schuld gaf van de moord op al die vrouwen, want als Dean vond dat het zijn schuld was, als hij vond dat hij het niet waard was om van te houden, zou hij de rest van de wereld op afstand houden. Dan zou hij de zoon van zijn vader zijn – en verder niets.

'Waar ga je heen?' Mijn vraag kwam eruit als gefluister. Ik liet Deans gezicht los, maar mijn handen kwamen niet verder dan zijn nek.

Dit is een vergissing.

Dit klopt.

Die twee gedachten volgden elkaar in rap tempo op, kwamen bijna tegelijk. Dean kon zich elk moment losmaken.

Maar dat deed hij niet.

En ik ook niet.

'Ik kan niet blijven wachten tot het volgende lichaam opduikt. De directeur denkt dat hij me gewoon in een la kan stoppen en me tevoorschijn kan halen als ik van pas kom. Agent Sterling probeerde haar vader te dekken, maar ik weet wat hij denkt.'

Hij denkt dat je hem dit verschuldigd bent. In Deans hals voelde ik zijn hartslag versnellen. *Hij denkt dat hij de wereld een plezier doet door je te transformeren tot zijn hulpmiddel.*

'Waar ga je heen?' herhaalde ik.

'Agent Sterling heeft me een lijst laten zien.' Dean pakte mijn polsen vast en haalde mijn handen van zijn nek. Hij liet me niet los, bleef gewoon op de stoep staan en liet zijn vingers van mijn polsen naar mijn handen glijden tot onze vingers met elkaar verstrengeld waren. 'Ze wilde weten of ik de naam van een van mijn vaders bezoekers herkende, of me iets opviel.'

'En viel je iets op?'

Dean gaf een knikje, maar liet onze vingers verstrengeld. 'Een van de bezoekers was een vrouw uit mijn oude woonplaats.'

Ik wachtte tot hij verder zou gaan.

'Daar heeft Daniel mensen vermoord, Cassie. Mijn lerares van groep zes. Willekeurige reizigers. De mensen uit die stad, onze vrienden, onze buren – die wilden me niet eens meer áánkijken toen de waarheid eenmaal aan het licht kwam. Waarom zou een van hen mijn vader willen bezoeken?'

Dat waren geen retorische vragen. Dat waren vragen waar Dean dolgraag antwoord op wilde hebben. 'Je gaat naar huis,' zei ik. Al voordat Dean dat bevestigde, wist ik dat honderd procent zeker.

'Broken Springs voelt al heel lang niet meer als thuis.' Dean zette een stap achteruit en liet mijn handen vallen. Hij zette zijn capuchon weer op. 'Ik ken het soort vrouwen dat op bezoek gaat bij gevangenen zoals mijn vader. Die zijn gefascineerd. Geobsedeerd.'

'Geobsedeerd genoeg om zijn misdaden te imiteren?'

'Geobsedeerd genoeg om de FBI niet te willen helpen,' zei Dean. 'Geobsedeerd genoeg om maar wat graag met mij te willen praten.'

Ik zei niet dat iedereen van Briggs tot Judd hem hierom zou

vermoorden. Maar ik had wel een probleem met zijn timing. 'Hoe laat is het als je daar aankomt? En hóé ga je daar eigenlijk komen?'

Dean gaf geen antwoord.

'Wacht tot morgenochtend,' zei ik. 'Dan gaat Sterling met Briggs op pad. En dan kan ik of Lia met je meegaan. Er loopt een moordenaar rond. Het is niet slim om alleen te gaan.'

'Nee.' Deans gezicht vertrok, alsof hij iets zuurs proefde. 'Alleen gaan is Lia's ding.'

Ik had sorry gezegd voor het feit dat ik zonder hem in deze zaak was gedoken. Zij niet. Ik kende Lia goed genoeg om te weten dat ze dat niet ging doen. En dat wist Dean ook.

'Wees niet te hard voor haar,' zei ik. 'Ik weet niet wat je tegen haar hebt gezegd, maar ze heeft het er moeilijk mee.'

'Dat was ook de bedoeling.' Dean klemde zijn kiezen koppig op elkaar. 'Ik ben de enige naar wie ze luistert. Ik ben de enige die het erg vindt als ze midden in een moordonderzoek in haar eentje met twee wildvreemde mannen meegaat. Denk je dat ook maar iemand anders kan voorkomen dat ze dat nog een keer doet?'

'Je hebt je punt gemaakt,' zei ik. 'Maar je bent niet alleen de enige naar wie ze luistert. Je bent ook de enige die ze vertrouwt. Dat mag ze niet verliezen. En jij ook niet.'

'Goed dan,' zei Dean. 'Ik wacht tot morgenochtend om naar Broken Springs te gaan, en daarvoor zal ik met Lia praten.'

Als Lia hier eenmaal bij betrokken was, zou ze hem vast niet in zijn eentje laten gaan. Als hij haar of mij niet wilde meenemen, dan kon hij op z'n minst samen met Michael gaan. Ja, misschien was dat vragen om een roadtrip die eindigde in een handgemeen, maar dan zou Dean in elk geval versterking bij zich hebben.

Michael heeft geen hekel aan Dean. Hij heeft een hekel aan het feit dat Dean boos is en zijn woede onderdrukt. Hij heeft een hekel aan het feit dat

Dean weet hoe zijn kindertijd was. Hij heeft een hekel aan het idee van Dean en mij samen.

Ik draaide me om en liep terug naar het huis. In mijn hoofd was het een grote chaos van gedachten aan Michael, Dean en mij. Na een meter of twee kwam Dean naast me lopen. Ik wilde niet aan de warmte van zijn lichaam naast het mijne denken. Ik wilde niet zijn hand willen vastpakken.

Ik dwong mezelf dus op veiliger terrein te blijven. 'Wist jij dat Judd een dochter had die Scarlett heet?'

30

Toen ik de volgende ochtend wakker werd, stond Michael weer buiten aan zijn auto te werken. Vanuit mijn slaapkamerraam zag ik hoe hij de bumper met een schuurmachine te lijf ging alsof roest verwijderen een olympische sport was. *Als hij klaar is, kan die auto naar de sloop*, dacht ik. Restauratie was niet Michaels sterkste kant.

'Je bent wakker.'

Ik draaide me om en zag Sloane rechtop in bed zitten. 'Ik ben wakker.'

'Waar kijk je naar?'

Ik probeerde een manier te bedenken om die vraag niet te hoeven beantwoorden, maar dat lukte niet. 'Michael,' zei ik.

Sloane keek me onderzoekend aan, als een archeoloog die grotschilderingen bestudeerde. Gezien de manier waarop haar hersenen werkten, zou ze zelfs hiërogliefen duidelijker hebben gevonden. 'Jij en Michael,' zei ze langzaam.

'Er is niets tussen Michael en mij,' antwoordde ik direct.

Sloane hield haar hoofd schuin. 'Jij en Dean?'

'Er is ook niets tussen Dean en mij.'

Sloane keek me nog een paar tellen langer aan en zei toen: 'Ik geef het op.' De grens van haar vermogen tot meidenpraat was duidelijk bereikt.

Godzijdank. Ze verdween in de inloopkast, en ik was al bijna de kamer uit voordat ik me mijn belofte herinnerde.

'Ik ga vandaag misschien ergens heen,' zei ik. 'Met Dean.'

Sloane kwam half aangekleed uit de kast. 'Maar je zei dat...'

'Niet op die manier,' onderbrak ik haar haastig. 'Om onderzoek te doen. Ik weet niet precies wat het plan is, maar daar ga ik zo achter komen.' Ik zweeg even. 'Ik had beloofd dat ik je er de volgende keer bij zou betrekken. Dat doe ik nu.'

Sloane trok een shirt aan. Ze was een tijdje stil. En toen zei ze stralend: 'Missie geslaagd.'

We vonden Dean én Lia in de keuken. Lia zat op het aanrecht en droeg een witte pyjama en rode hakken. Ze had haar losse haar nog niet gekamd. De twee spraken zo zacht met elkaar dat ik ze niet kon verstaan.

Toen Lia me over Deans schouder spotte, verscheen er een duivelse glinstering in haar ogen en sprong ze van het aanrecht. Ze wiebelde niet eens toen ze op haar hakken landde.

'Onze adonis hier zegt dat jij gisteravond hebt voorkomen dat hij iets stoms zou doen.' Lia grijnsde. 'Ik hoef niet te weten hoe je hem tot kalmte hebt weten te manen. Er is gemaand. Laten we mijn tere oren de details besparen, goed?'

'Lia,' blafte Dean.

Sloane stak haar hand op. 'Ik heb vragen over die tere details.'

'Later,' zei Lia. Ze leunde naar voren en gaf Dean een klopje op zijn wang. Toen Dean zijn ogen tot spleetjes kneep, vouwde ze haar handen zedig voor zich ineen. 'Ik zal me gedragen,' beloofde ze. 'Erewoord.'

Dean mompelde iets onverstaanbaars.

'Rode wangen. Grijns. Zelfingenomen lachje.' Michael slenterde de keuken binnen en omschreef iedereen terwijl hij langs hen heen liep. 'En Sloane snapt er helemaal niks van. Ik mis ook alle lol.'

Ik kon praktisch voelen hoe hij geen conclusies probeerde te trekken uit Deans grijns en mijn rode wangen. Michael deed zijn best om me de ruimte te geven. Helaas kon hij zijn gave niet uitzetten, net zomin als ik dat met de mijne kon.

'Townsend.' Dean schraapte zijn keel.

Michael richtte zich volledig op de andere jongen. 'Je hebt iets van me nodig,' zei hij terwijl hij Deans gespannen kaaklijn en op elkaar geperste lippen bekeek. 'Iets wat je me liever niet zou vragen.' Michael glimlachte. 'Dat kun je het beste zo snel mogelijk doen – alsof je een pleister losrukt, zeg maar.'

'Hij heeft een lift nodig,' zei Lia zodat Dean dat niet hoefde te vragen. 'En die ga jij hem geven.'

'Is dat zo?' Michaels gespeelde verbazing klonk verrassend oprecht.

'Dat zou ik erg fijn vinden.' Dean wierp Lia een blik toe die ik interpreteerde als 'hou je erbuiten'.

'En waar gaan we dan precies naartoe?' vroeg Michael.

'We gaan met iemand praten.' Meer wilde Dean hem duidelijk niet vertellen.

Ik verwachtte dat Michael zou aandringen, dat hij Dean zou dwingen om het te vertellen, maar hij keek Dean een paar tellen zwijgend aan en knikte toen. 'Ik wil niets over mijn rijstijl horen,' zei hij op luchtige toon. 'En je staat bij me in het krijt.'

'Deal.'

'Mooi.' Lia leek erg ingenomen met zichzelf. 'Dus Michael gaat met Dean en Cassie mee en Sloane en ik zorgen hier voor afleiding.'

'Goed plan,' zei Sloane vrolijk. 'Ik kan heel afleidend zijn.'

Michael en Dean waren minder enthousiast. 'Cassie blijft hier,' zeiden ze tegelijk.

'Goh, dit is ongemakkelijk.' Lia keek van de een naar de ander. 'Gaan jullie hierna elkaars haar invlechten?'

Lia zou vast ooit een boek schrijven met de titel *Hoe maak ik een ongemakkelijke situatie nog ongemakkelijker.*

'Cassie is een grote meid,' ging ze verder. 'Dat mag ze zelf beslissen. Als ze mee wil, mag ze mee.'

Ik wist niet precies waarom Lia per se wilde dat ik met de jongens zou meegaan of waarom ze aanbood om zelf thuis te blijven.

'Dean en ik zijn allebei profilers,' zei ik. 'Maakt dat me niet een beetje overbodig?' Het enige wat ik aan deze onderneming zou kunnen bijdragen, was onpartijdigheid. Gezien haar gave was Lia een veel logischere keuze.

'Vat dit niet verkeerd op...' De manier waarop Lia haar volgende zin begon garandeerde min of meer dat er een belediging zou volgen. '... maar jij kunt gewoon niet liegen, Cassie. Het kostte agent Sterling beschamend weinig moeite om je de waarheid over ons laatste avontuurtje te ontfutselen. Als jij hier blijft, worden we allemaal gesnapt. En trouwens,' voegde ze daar met een grijns aan toe, 'met jou erbij zullen Jut en Jul hier zichzelf – of elkaar – een stuk minder snel de dood injagen.'

Ik dacht aan Lia en Michael, die met elkaar dansten om Dean op de kast te krijgen en aan het feit dat Michael het niet kon laten om mensen op de kast te jagen. Michael, Lia en Dean samen in een auto zetten was vragen om problemen.

'Ik ben Jut,' zei Michael luchtig.

'Goed dan,' zei ik tegen Lia. 'Ik ga met ze mee.'

Even dacht ik dat Dean ging protesteren, maar dat deed hij niet. 'Laat het maar weten als jullie klaar zijn om te vertrekken,' zei hij knorrig.

Michael keek glimlachend van Dean naar mij. 'Ik ben zo klaar als ik maar zijn kan.'

De rit naar Broken Springs, Virginia verliep in gespannen, ongemakkelijke stilte.

'Oké, ik geef het op,' zei Michael toen de stilte ondraaglijk werd. 'Ik zet de radio aan. Er zal worden gezongen. Autodansjes zijn toegestaan. Maar de volgende persoon wiens gezichtsuitdrukking ook maar néígt naar "piekerig" krijgt een klap. Tenzij het Cassie is. Dan geef ik Dean een klap.'

Dean maakte een verstikt geluidje. Het duurde even voordat ik besefte dat het rare geluidje een lach was. Dat dreigement was echt typisch Michael – volkomen respectloos, al twijfelde ik er niet aan dat hij het ook echt zou uitvoeren.

'Prima,' zei ik. 'Geen gepieker, maar ook geen radio. We moeten praten.'

Daar leken mijn mede-inzittenden een beetje van te schrikken.

'Over de zaak,' verduidelijkte ik. 'We moeten praten over de zaak. Wat weten we over de vrouw naar wie we op weg zijn?'

'Trina Simms,' zei Dean. 'Volgens de bezoekerslijsten die agent Sterling me heeft laten zien, bezoekt ze mijn vader al drie jaar, met toenemende regelmaat.' Hij klemde zijn kiezen op elkaar. 'Er is reden om te denken dat er liefde in het spel is, in elk geval van haar kant.'

Ik vroeg Dean niet om uit te weiden over die reden. Michael deed dat ook niet.

'Ik denk niet dat ze hem kende voordat hij werd opgepakt,' zei Dean, die klonk alsof dit alles hem niets deed – omdat het hem anders veel te veel zou doen. 'Ze is in de veertig. Hoogstwaarschijnlijk heeft ze zichzelf ervan overtuigd dat hij onschuldig is of dat de vrouwen die hij heeft vermoord hun verdiende loon kregen.'

De echte vraag was niet hoe Trina Simms haar interesse in een man die over het algemeen werd gezien als een monster goedpraatte. De echte vraag was of zíj ook een moordenaar was. Zo ja, zag ze haar moorden dan als een romantisch gebaar? Dacht ze dat Deans vader trots op haar zou zijn? Dat het hen dichter tot elkaar zou brengen?

Intuïtief wist ik dat Daniel Redding niets om deze vrouw gaf. Die man gaf om niemand. Hij was gevoelloos. Emotieloos. Wat voor hem nog het dichtst bij liefde kwam waren zijn gevoelens voor Dean, en die gevoelens waren vooral narcistisch. Dean was alleen zijn aandacht waard omdat hij van hém was.

'Wat is ons plan?' vroeg Michael. 'Kloppen we gewoon aan?'

Dean haalde zijn schouders op. 'Heb jij een beter idee?'

'Dit is jouw feestje,' zei Michael. 'Ik ben alleen de chauffeur.'

'Het lijkt me beter als ik alleen naar binnen ga,' zei Dean.

Ik deed mijn mond open om te zeggen dat hij nergens alleen heen ging, maar Michael was me voor.

'Dat gaat niet gebeuren, feestneus. Het heet niet voor niets het buddysysteem. En trouwens, Cassie zou je proberen achterna te gaan, en ik zou haar weer achternagaan, enzovoorts…' Michael liet zijn stem onheilspellend wegsterven.

'Goed dan.' Dean gaf zich over. 'We gaan met z'n allen naar binnen. Ik zeg wel dat jullie mijn vrienden zijn.'

'Goeie smoes,' zei Michael. Opeens besefte ik dat Michael niet had toegestemd om Dean hierheen te rijden voor mij, en ook niet voor Lia. Ondanks alles wat hij me over hun verleden had verteld, deed hij dit voor Dean.

'Ik doe het woord,' zei Dean. 'Met een beetje geluk is ze zo op mij gefixeerd dat ze geen oog voor jullie heeft. Het zou mooi zijn als jullie haar weten te lezen. We blijven zo kort mogelijk. Met een beetje geluk zijn we thuis voordat iemand doorheeft dat we weg zijn.'

Dat leek een simpel plan, maar naar mijn idee had niemand in deze auto ooit zelfs maar een beetje geluk. Daar dacht ik nog steeds aan toen Michael langs een bord reed: WELKOM IN BROKEN SPRINGS. INWONERAANTAL 4.140.

31

Trina Simms woonde in een avocadokleurige bungalow. Het gras moest nodig gemaaid, maar de bloembedden waren duidelijk gewied. Op de veranda lag een pastelkleurige mat met 'WELKOM' erop. Dean belde aan. Er gebeurde niets.

'De bel is kapot.' Een jongen met gemillimeterd haar kwam om het huis heen gelopen. Hij was blond, had een lichte huid en liep alsof hij haast had. In eerste instantie schatte ik hem ongeveer even oud als wij, maar toen hij dichterbij kwam, bleek hij op z'n minst een paar jaar ouder te zijn. Hij had hetzelfde accent als Dean, maar dan sterker. Hij schonk ons een beleefd lachje, wat in dit deel van het land eerder automatisme dan vriendelijkheid was. 'Komen jullie iets verkopen?'

Zijn ogen gleden langs Dean en Michael en bleven uiteindelijk op mij rusten.

'Nee,' antwoordde Dean, waardoor de blik van de man weer naar hem toe schoot.

'Zijn jullie verdwaald?' vroeg hij.

'We zijn op zoek naar Trina Simms.' Michaels ogen lieten de man geen moment los. Ik zette een klein stapje opzij om Michaels gezicht beter te kunnen zien. Hij zou de eerste van ons zijn die zou zien of er iets achter die beleefde glimlach schuilging.

'Wie zijn jullie?' vroeg de blonde jongen.

'Wij zijn mensen die op zoek zijn naar Trina Simms,' antwoordde Dean. Zijn toon bevatte geen spoortje agressie en hij klonk absoluut niet alsof hij ruzie zocht, maar toch verdween de glimlach van de vreemdeling als sneeuw voor de zon.

'Wat willen jullie van mijn moeder?'

Dus Trina Simms had een zoon – een zoon die een stuk langer en breder was dan Michael en Dean.

'Christopher!' Een nasale stem sneed door de lucht.

'Jullie kunnen maar beter gaan,' zei Trina's zoon. Zijn zachte, raspende stem had iets geruststellends, maar zijn boodschap was dat verre van. 'Mijn moeder houdt niet van gezelschap.'

Ik keek naar de pastelkleurige mat met 'WELKOM' erop. Toen vloog de voordeur open en moest ik opzij springen, waarbij ik bijna mijn evenwicht verloor.

'Christopher, waar is mijn...' De vrouw die het huis uit was gekomen bleef staan. Ze kneep haar ogen tot spleetjes en bekeek ons aandachtig. Na een paar tellen brak er op haar gezicht een stralende glimlach door. 'Bezoek!' zei ze. 'Wat verkopen jullie?'

'Niks,' antwoordde Dean. 'We zijn hier om met u te praten, mevrouw. Tenminste, als u Trina Simms bent?'

Deans accent was duidelijker dan ik het ooit had gehoord. Toen de vrouw naar hem glimlachte, herinnerde ik me weer dat Daniel Redding had gezegd dat Dean het soort kind was geweest van wie mensen direct hielden.

'Ja, dat ben ik,' zei de vrouw. 'Christopher, ga alsjeblieft rechtop staan. Zie je dan niet dat we bezoek hebben?'

Christopher maakte geen aanstalten om rechtop te gaan staan. Naar mijn idee stond hij dat eigenlijk ook al. Ik richtte mijn aandacht weer op zijn moeder. Het haar van Trina Simms zag eruit alsof ze de hele ochtend krulspelden in had gehad. Ze droeg rode lippenstift, maar verder had ze geen make-up op.

'Het is waarschijnlijk te veel gevraagd om te hopen dat jullie vrienden van Christopher zijn?' zei ze. 'Hij heeft een heleboel vrienden, maar die neemt hij nooit mee naar huis.'

'Nee,' antwoordde Dean. 'We hebben elkaar net ontmoet.'

Als Dean 'We hebben elkaar net zwijgend bestudeerd' bedoelde, dan klopte dat.

'Wat een knapperd ben jij.' Het duurde even voordat ik besefte dat Trina het tegen mij had. 'Met je volle bos haar.'

Mijn haar was net iets langer en dikker dan gemiddeld – niet de moeite waard om iets over te zeggen.

'En wat een fantastische schoenen!' ging Trina verder.

Ik droeg canvas gympen.

'Ik wilde heel graag een meisje,' biechtte Trina op.

'Ma, vragen we ze binnen of niet?' Christophers stem had een scherp randje.

'O.' Trina verstijfde. 'Ik weet niet of we dat wel moeten doen.'

Als je zoon niets gezegd had, had je dat zonder nadenken gedaan, dacht ik. Iets aan de dynamiek tussen de twee gaf me een ongemakkelijk gevoel.

'Heb je hun gevraagd waarom ze hier zijn?' Trina zette haar handen op haar heupen. 'Er staan opeens drie vreemden bij je moeder op de veranda, en je hebt ze niet eens...'

'Dat heeft hij gevraagd, maar ik heb nog geen tijd gehad om mezelf voor te stellen,' onderbrak Dean haar. 'Ik ben Dean.'

In Trina's ogen schitterde een sprankje interesse. 'Dean?' herhaalde ze. Ze zette een stap naar voren en duwde me met haar elleboog opzij. 'Dean hoe?'

Dean verroerde geen vin, knipperde niet met zijn ogen, gaf geen enkele reactie op haar inspecterende blik. 'Redding,' antwoordde hij. Hij keek van Christopher naar Trina. 'Volgens mij kennen jullie mijn vader.'

32

Het interieur van het huis van de Simms stond in schril contrast met het te lange gras van het gazon. De vloeren waren smetteloos schoon. Op alle beschikbare oppervlakken stonden porseleinen beeldjes. In de gang hingen tientallen fotolijstjes aan de muur: de ene na de andere schoolfoto van Christopher, met steeds weer diezelfde serieuze blik. Er hing maar één foto van een man. Toen ik die van dichterbij bekeek, bevroor ik. Op het gezicht van de man stond een warme glimlach. Rond zijn ooghoeken zaten lachrimpeltjes. Deze man kende ik.

Daniel Redding. Welke vrouw was er nou gek op kanten kleedjes én hing een foto van een seriemoordenaar aan de muur?

'Je hebt zijn ogen.' Trina leidde ons de woonkamer in en ging tegenover Dean zitten. Haar blik verliet zijn gezicht geen moment, alsof ze het zich probeerde in te prenten. Alsof ze stierf van de honger en hij iets te eten was. 'Maar verder... tja, Daniel zei al dat je erg op je moeder leek.' Trina was even stil en tuitte haar lippen. 'Ik kan niet zeggen dat ik haar kende. Ze kwam hier niet vandaan, weet je. Daniel ging studeren – hij is altijd al een slimmerik geweest – en kwam terug met haar. En toen werd jij geboren, natuurlijk.'

'Kende je mijn vader als kind?' vroeg Dean. Hij klonk ontzettend beleefd. Leek zich ontzettend op zijn gemak te voelen.

Dit deed hem pijn.

'Nee,' antwoordde Trina. Opnieuw tuitte ze haar lippen en toen verduidelijkte ze: 'Hij zat een paar klassen lager dan ik, snap je – al vertelt een dame natuurlijk nooit hoe oud ze is.'

'Wat doe je hier?' Christopher vuurde de vraag vanuit de deuropening op Dean af. De jongen had zijn armen over elkaar geslagen en zijn gezicht bevond zich in de schaduw, maar zijn stem liet geen enkele twijfel bestaan over wat hij van deze onverwachte ontwikkeling vond. Hij wilde Dean niet in zijn huis hebben. Hij wilde die foto van Deans vader niet aan zijn muur hebben hangen.

Dat kon ik hem niet kwalijk nemen.

'Dean is hier welkom,' zei Trina op scherpe toon. 'Als we het hoger beroep winnen, wordt dit misschien wel zijn thuis.'

'Hoger beroep?' zei Dean.

'Dat van je vader,' zei Trina geduldig. 'Vanwege het bewijs dat ze hebben geplant.'

'Ze? Je bedoelt de FBI?' vroeg Michael.

Trina wuifde met een hand in zijn richting, alsof ze een vlieg wegsloeg. 'Voor geen van die huiszoekingen was een machtiging afgegeven,' zei ze. 'Voor geen enkele.'

'Mijn vader heeft die vrouwen vermoord.' Dean was even stil. 'Dat weet je best.'

'Je vader is briljant,' zei Trina. 'En briljante mensen hebben een uitlaatklep nodig. Er kan niet van hem worden verwacht dat hij het leven van een normale man leidt. Dat weet je.'

Trina's vertrouwelijke toontje maakte me misselijk. Ze dacht dat ze Dean kende. Ze dacht dat hij háár kende.

Maar heeft ze Emerson Cole vermoord? Heeft ze de professor vermoord? Dat was de reden dat we hier waren. Daar moesten we achter zien te komen.

'Dat moet moeilijk zijn voor iemand zoals Daniel,' zei ik. Deans hand vond de mijne. Hij gaf er een waarschuwend kneepje in, maar Trina keek al naar mij. 'Zo opgesloten zitten, als een dier, alsof hij mínder is terwijl hij eigenlijk...'

'Méér is,' maakte Trina mijn zin af.

'Zo is het wel weer genoeg.' Christopher liep door de kamer. 'Jullie moesten maar eens gaan.' Hij pakte me bij mijn elleboog en trok me van de bank. Ik struikelde, probeerde een glimp van Christophers blik op te vangen om erachter te komen wat hij dacht, of hij me expres zo hard beetpakte...

Het ene moment zat Dean naast me en het volgende duwde hij Christopher tegen de muur en drukte hij zijn onderarm tegen de keel van Trina's zoon. Hun huidskleur was opvallend anders – Deans huid was gebruind, die van Christopher bleek.

'Christopher!' zei Trina. 'Deze jongedame is hier te gást.' Haar borstkas ging op en neer van de zenuwen. *Nee, niet van de zenuwen*, besefte ik. Deans blik, de manier waarop hij bewoog, wond haar op.

Michael liep naar Dean toe en trok hem van zijn prooi af. Dean verzette zich even tegen Michaels greep en verslapte toen. Michael liet hem los en klopte op de voorkant van Christophers shirt, alsof hij de revers van een colbertje afklopte, ook al droeg Christopher een haveloos T-shirt.

'Als je haar nog een keer aanraakt,' zei Michael op vriendelijke toon tegen Christopher, 'zal Dean míj van je af moeten trekken.'

Michael had me ooit verteld dat als hij zijn zelfbeheersing verloor, het menens was. De ondertoon van zijn aangename stem zei me dat als Christopher me ook nog maar met één vinger aanraakte, Dean Michael misschien niet van Christopher af zou kunnen trekken.

Christopher balde zijn handen tot vuisten. 'Jullie hadden hier niet naartoe moeten komen. Dit is ziek. Jullie zijn ziek.' Zijn vuisten bleven langs zijn zij hangen en een tel later stampte hij de woonkamer door en het huis uit. De voordeur viel met een klap dicht.

'Ik ben bang dat Christopher mijn relatie met je vader niet helemaal begrijpt,' vertrouwde Trina Dean toe. 'Toen zijn vader ons verliet was hij pas negen, en, nou ja...' Trina slaakte een zucht. 'Als alleenstaande moeder doe je wat je kunt.'

Dean kwam weer naast me zitten. Michael bleef staan – ik besefte dat hij Trina observeerde vanuit een hoek die de kans dat ze dat zou merken zo klein mogelijk maakte.

'Hoelang zijn Daniel en jij al samen?' vroeg ik. *Jullie zijn niet samen*, dacht ik. *Hij gebruikt je.* Ik wist niet precies waarvoor.

'We zijn nu zo'n drie jaar bij elkaar,' antwoordde Trina. Ze leek het fijn te vinden dat ik dat vroeg – wat uiteraard de reden was dat ik het had gevraagd. Als ze dacht dat we de relatie goedkeurden, zou dat het perfecte plaatje dat ze in haar hoofd had gefabriceerd nog verder versterken. Dean was bij haar op bezoek. Dit was geen verhoor. Dit was een gesprek.

'Denk je dat deze zaak zijn hoger beroep zal beïnvloeden?' vroeg ik.

Trina fronste. 'Welke zaak?'

Ik gaf geen antwoord. Trina keek van mij naar Dean. 'Waar heeft ze het over, Dean?' vroeg ze. 'Je weet dat dit een cruciaal moment is voor je vaders rechtspositie.'

Zijn rechtspositie als veroordeeld seriemoordenaar, dacht ik. Als ik mijn gesprekken met Briggs en Sterling – en Dean – mocht geloven, wist ik bijna zeker dat dit verzoek al net zo denkbeeldig was als Trina's overtuiging dat Daniel en Dean hier na Redding seniors vrijlating zouden intrekken.

'Daarom ben ik hier.' Dean wierp me vanuit zijn ooghoeken een blik toe terwijl hij verder ging op mijn voorzet. 'De moord op dat meisje van Colonial University? En op die professor die dat boek schreef?'

'Daar wilde de FBI ook al met me over praten.' Trina snoof. 'Ze weten dat ik je vader steun. Ze denken dat ze me tegen hem op kunnen zetten.'

'Maar dat kunnen ze niet,' zei ik sussend. 'Want wat jullie hebben is écht.' Ik onderdrukte mijn schuldgevoelens en speelde in op de waanbeelden van deze vrouw. Ik dwong mezelf te onthouden dat zij precies wist wat Daniel Redding was: een moordenaar. Dat kon haar gewoon niets schelen.

'Die zaak heeft niets met Daniel te maken. Níéts. De FBI zou het geweldig vinden om hem nóg ergens van te kunnen beschuldigen. Achtergelaten op een openbaar gazon?' Trina snoof. 'Zoiets ondoordachts, zoiets slordigs zou Daniel nooit doen. Het idee dat er iemand rondloopt die...' Ze schudde haar hoofd. 'Die de eer opeist, die gebruikmaakt van zijn reputatie. Zo iemand zouden ze moeten opsluiten.'

Moordenaars moeten ze opsluiten. Dat zei ik niet hardop. We hadden waar we voor waren gekomen. Het kon Trina Simms niets schelen of Daniel Reddings werk werd voortgezet – in haar ogen pleegde de copycat plagiaat, was hij een na-aper. Ze was een vrouw, een schoonmaakfreak, bazig. Dat was onze UNSUB allemaal niet.

Onze UNSUB was een man van in de twintig die door anderen onder de duim werd gehouden.

'We moesten maar eens gaan,' zei Dean.

Trina protesteerde, maar we liepen naar de deur. 'Wat voor auto heeft Christopher, als ik vragen mag?' zei ik voordat we naar buiten gingen.

'Een pick-up.' Als Trina dat een rare vraag vond, dan liet ze dat niet merken.

'Welke kleur?' vroeg ik.

'Goeie vraag.' Trina's stem kreeg hetzelfde toontje dat ze meerdere keren tegen Christopher had aangeslagen. 'Hij wast hem nooit. Maar voor zover ik weet is hij zwart.'

Toen ik aan het profiel dacht dat agent Sterling ons had gegeven, huiverde ik en voelde ik Christophers hand nabranden op mijn arm.

'Bedankt voor de gastvrijheid,' zei ik.

Trina stak een arm uit en raakte mijn gezicht aan. 'Wat een lief meisje,' zei ze tegen Dean. 'Je vader zou haar vast geweldig vinden.'

33

'Hier.' Michael gooide de autosleutels naar Dean. Die ving ze. 'Jij rijdt.' Michael slenterde naar de passagierskant. 'Je ziet eruit alsof je dat nodig hebt.'

Dean liet de sleutels in zijn vuist verdwijnen en ik vroeg me af wat voor spelletje Michael speelde. Hij liet nooit iemand in zijn auto rijden – en Dean was wel de laatste voor wie hij een uitzondering zou maken. Dean dacht waarschijnlijk hetzelfde, maar hij nam het aanbod met een knikje aan.

Michael ging naast me op de achterbank zitten. 'Dus,' zei hij toen Dean bij het huis wegreed. 'Christopher Simms: begrijpelijkerwijs van streek vanwege het feit dat zijn moeder op seriemoordenaars valt, of een psychopaat in de dop?'

'Hij greep Cassie.' Dean liet een korte stilte vallen. 'Hij had mij kunnen aanvallen. Hij had jou kunnen aanvallen. Maar hij koos voor Cassie.'

'En toen jij hem bedreigde, nam hij de benen,' voegde ik daaraan toe.

Jullie hadden hier niet naartoe moeten komen. Ik dacht na over wat Christopher had gezegd. *Dit is ziek. Jullie zijn ziek.*

'Waar wacht je op?' vroeg Michael. Ik dacht even dat hij het tegen mij had, maar toen besefte ik dat hij die vraag aan Dean stelde. De auto stond stil. We stonden voor een stopbord.

‘Nergens op,’ antwoordde Dean, die strak naar de weg keek. Opeens realiseerde ik me dat Michael Dean niet in een opwelling had laten rijden. Dean was hier opgegroeid. Dit stadje was zijn verleden, een plek waar hij zonder deze zaak nooit naartoe zou zijn gegaan.

‘Wat ligt er aan deze weg?’ vroeg ik Dean.

Michael ving mijn blik en schudde bijna onmerkbaar zijn hoofd. Toen leunde hij achterover. ‘Oké, Dean, gaan we direct terug naar huis, of maken we nog een tussenstop?’

Na een paar tellen reed Dean verder. Ik kon zien dat hij in het stuur kneep. Ik keek naar Michael. Die haalde zijn schouders op, alsof hij dit niet had gepland. Alsof hij niet iets op Deans gezicht had gezien waardoor hij hem wilde laten terugrijden.

We stopten uiteindelijk in de berm, bij een onverharde weg die het bos in liep. Dean zette de motor af en stapte uit. Mijn blik viel op de brievenbus. Ergens in dat bos, aan het einde van die weg, stond een huis.

Deans oude huis.

‘Je wilde dat hij hierheen zou gaan,’ fluisterde ik woedend tegen Michael terwijl ik Dean vanuit de auto in de gaten hield. ‘Je hebt hem de sleutels gegeven zodat hij...’

‘Ik heb hem een kéúze gegeven,’ verbeterde Michael me. ‘Ik heb Dean wel vaker boos gezien. Ik heb hem wel vaker verafschuwd gezien, of hem zien verdrinken in zijn schuldgevoelens, of gezien dat hij bang was voor zichzelf en waar hij toe in staat is, bang was voor jóú.’ Dat liet Michael even tot me doordringen. ‘Maar tot vandaag heb ik hem nog nooit zo onbeschermd gezien.’ Michael was even stil. ‘Iemand gaat niet aan zijn slechte herinneringen onderdoor, maar aan zijn goede.’

We zwegen even. Buiten liep Dean de onverharde weg op. Ik keek even naar hem en draaide me toen naar Michael. ‘Heb je hem de sleutels gegeven omdat het goed voor hem is om hier te zijn, of omdat hij je jouw verleden ook weleens onder je neus heeft gewreven?’

Misschien zou het Dean helpen om hier te zijn – maar het zou hem ongetwijfeld ook pijn doen.

'Jij bent hier de profiler,' zei Michael. 'Zeg jij het maar.'

'Allebei,' zei ik. *Pseudorivalen. Pseudobroers. Pseudo-nog iets.* Michael en Dean hadden een ingewikkelde relatie die niets met mij te maken had. Michael had dit gedaan om Dean te helpen én om hem pijn te doen.

'Wil je achter hem aan?' Michaels vraag verraste me.

'Jij bent hier de emotielezer,' zei ik. 'Zeg jij het maar.'

'Het probleem, Colorado,' Michael leunde naar me toe, 'is dat je van mij wilt horen wat je voelt. Ik wil dat je wéét wat je voelt.'

Mijn hand bewoog langzaam naar de hendel van het portier. Michael leunde nog wat verder naar voren. 'Je was hoe dan ook achter hem aan gegaan,' zei hij. Zijn lippen waren nu zo dicht bij de mijne dat ik dacht dat hij de afstand ertussen elk moment zou laten verdwijnen. 'Ik wil dat je bedenkt waaróm dat zo is.'

Toen Michael langs me heen reikte en het portier opendeed, voelde ik zijn adem nog steeds op mijn gezicht. 'Ga maar,' zei hij. 'Ik wacht wel.'

Maar deze keer had zijn stem een scherp randje – een randje dat me zei dat zijn geduld bijna op was.

Ik vond Dean voor de houten omheining die om het huis heen stond. De omheining was misschien ooit wit geweest, maar ondertussen was hij vies en verweerd. De gepotdekselde muren van het huis hadden dezelfde kleur. In de tuin lag een felgele driewieler, die een groot contrast met zijn omgeving vormde. Ik volgde Deans blik naar een lapje gras net buiten de omheining.

'Ze hebben de schuur gesloopt,' zei Dean, alsof hij het over het weer had in plaats van over het gebouwtje waarin zijn vader al die vrouwen had gemarteld en vermoord.

Ik keek naar de driewieler op het gazon en dacht aan de mensen die dit huis hadden gekocht. Die moesten hebben geweten wat hier was gebeurd. Moesten hebben geweten wat er ooit in hun tuin begraven had gelegen.

Dean liep langs de omheining tot hij halverwege de zijkant van het huis was. Hij ging op zijn hurken zitten en liet een hand over de houten paaltjes gaan.

'Hier,' zei hij. Ik hurkte naast hem neer en haalde zijn hand weg om het te kunnen zien. Initialen. Die van hem en die van iemand anders.

MR.

'Marie,' zei Dean. 'Mijn moeder heette Marie.'

De voordeur van het huis ging open. Een peuter stormde naar de driewieler. De moeder van het jongetje bleef op de veranda staan, maar kneep haar ogen tot spleetjes toen ze ons zag.

Tieners. Vreemdelingen. Op haar terrein.

'Kom, we gaan,' zei Dean zachtjes.

We waren al halverwege de onverharde weg voordat hij weer iets zei.

'We speelden altijd kaartspelletjes.' Terwijl hij sprak keek hij recht vooruit en bleef hij in hetzelfde tempo doorlopen. 'Pesten, jokeren, hartenjagen, noem maar op.'

We. Als in Dean en zijn moeder.

'Wat is er met haar gebeurd?' Die vraag had ik nog nooit gesteld. Daniel Redding had tegen Briggs gezegd dat zijn vrouw was vertrokken – maar toen was niet tot me doorgedrongen dat ze niet alleen Daniel Redding had verlaten. Ze had ook Dean verlaten.

'Ze verveelde zich.' Dean liep als een soldaat, blik op de horizon, gestaag tempo. 'Hij verveelde haar. Ik verveelde haar. Hij had haar meegenomen naar dit stadje en alle banden met haar familie verbroken.' Hij slikte. 'Op een dag kwam ik thuis en was ze verdwenen.'

'Heb je weleens gedacht dat...'

'Dat hij haar heeft vermoord?' Dean bleef staan en draaide zich naar mij. 'Vroeger wel. Toen de FBI die lichamen opgroef, bleef ik maar wachten tot ze me zouden vertellen dat ze niet was weggegaan. Dat ze er nog steeds was, onder de grond.' Hij liep verder, langzamer nu, alsof hij lood in zijn schoenen had.

'Maar toen vond mijn sociaal werker haar. Levend en wel.'

'Maar...' Het woord ontglipte me voordat ik de vraag die op het puntje van mijn tong lag kon inslikken. Ik weigerde te zeggen wat ik dacht – als Deans moeder nog leefde en ze wisten waar ze was, waarom was Dean dan in de pleegzorg beland? Waarom beweerde de directeur dan dat Dean nergens naartoe kon als dit programma werd stopgezet?

'Ze had een nieuwe relatie.' Dean haalde een voet door de aarde. 'Ik was de zoon van Daniel Redding.'

Meer zei hij niet – twaalf woorden om iets uit te leggen wat ik nooit zou kunnen bevatten.

Je was ook háár zoon, dacht ik. Hoe kon iemand haar eigen kind zien en hem zo hard afwijzen? Pesten en jokeren en hun initialen in de omheining krassen. Opeens wist ik dat Marie Redding de reden was dat Dean hiernaartoe had gewild.

Iemand gaat niet aan zijn slechte herinneringen onderdoor, maar aan zijn goede.

'Wat was ze voor moeder?' De vraag voelde als schuurpapier in mijn keel, maar als dit de reden was dat we hier waren, kon ik luisteren. Zou ik mezelf dwíngen te luisteren.

Dean antwoordde pas toen we weer bij de auto waren. Michael zat op de bestuurdersstoel. Dean liep naar de passagierskant. Hij legde zijn hand op het portier en keek me aan.

'Wat voor moeder ze was?' herhaalde hij zachtjes. Hij schudde zijn hoofd. 'Een totaal andere dan Trina Simms.'

34

Bij het huis zat Judd op de veranda op ons te wachten. *Foute boel.* Ik vroeg me heel even af of we konden beweren dat we een dag naar de stad waren geweest. Voordat ik ook maar iets kon zeggen stak Judd zijn hand in de lucht om me de mond te snoeren.

'Ik heb altijd geloofd dat als je kinderen genoeg ruimte geeft, ze hun eigen fouten maken. Dat ze dan dingen leren.' Judd was een paar seconden stil. 'Maar toen mijn dochter een jaar of tien was, bedachten zij en haar beste vriendin dat ze op wetenschappelijke expeditie gingen.'

'Je hebt een dochter?' vroeg Michael.

Judd ging verder alsof Michael niets had gezegd. 'Dat soort ideeën had Scarlett wel vaker. Als ze eenmaal iets in haar hoofd had, dan was ze daar niet meer van af te brengen. En haar vriendinnetje… tja, Scarlett ging het om de wetenschap, maar voor haar vriendin draaide het om de expeditie. Dat was het soort meisje dat van een klif wilde abseilen om een proefmonster te kunnen nemen. De onderneming werd verdorie bijna hun dood.' Judd was opnieuw even stil. 'Sommige kinderen hebben soms een beetje hulp nodig bij het leren.'

Judd schreeuwde niet. Hij keek niet eens boos. Maar opeens wist ik heel zeker dat ik geen behoefte had aan Judds 'hulp'.

'Het was mijn schuld.' Dean sloeg precies hetzelfde toontje aan waarop Judd had gepraat en ik besefte dat hij ook een paar maniertjes met de man gemeen had. 'Michael en Cassie gingen alleen mee omdat ze niet wilden dat ik alleen zou gaan.'

'Is dat zo?' Judd schonk ons een van die blikken die alleen iemand die zelf kinderen had je kon schenken, zo'n blik die je – als je hem van een van je eigen ouders kreeg – eraan herinnerde dat ze je luiers hadden verschoond en ze het meteen doorhadden als je onzin uitkraamde.

'Dit moest ik doen.' Meer zei Dean niet.

Judd sloeg zijn armen over elkaar. 'Daar kon je weleens gelijk in hebben,' gaf hij toe. 'Maar als ik jou was zou ik heel snel een betere smoes verzinnen, knul, want die ga je nodig hebben.'

Ik hoorde het geluid van hoge hakken op tegels. Een tel later verscheen agent Sterling achter Judd in de deuropening. 'Naar binnen,' blafte ze. 'Nu.'

We gingen naar binnen. Tot zover niet gesnapt worden. Sterling loodste ons Briggs' kantoor in. Ze gebaarde naar de bank. 'Zitten.'

Ik ging zitten. Dean ging zitten. Michael rolde met zijn ogen, maar nam plaats op de leuning.

'Het was Deans schuld,' zei Michael ernstig. 'Hij moest dit doen.'

'Michael!' zei ik.

'Weten jullie waar Briggs is?' Die vraag had ik niet verwacht. Ik probeerde te bedenken waarom Briggs' locatie van belang was voor dit gesprek, voor wat we hadden gedaan. Was hij ons aan het zoeken? Had hij een afspraak met de directeur om de schade te beperken?

'Briggs,' zei agent Sterling op afgemeten toon, 'is naar het politiebureau van Warren County om te praten met een man die informatie over de moord op Emerson Cole denkt te hebben. Zijn moeder heeft vanmiddag namelijk bezoek gehad van de zoon van een seriemoordenaar en meneer Simms meent dat deze zoon mogelijk gewelddadig is.' Ze was even stil. 'De man heeft een blauwe plek in zijn nek die zijn bewering staaft.'

Christopher Simms had Dean aangegeven bij de politie? Die had ik niet zien aankomen.

'Gelukkig,' ging agent Sterling verder, die eerder beschuldigend klonk dan alsof ze dat echt een meevaller vond, 'had Briggs de plaatselijke politie gevraagd om alles wat voor deze zaak van belang kon zijn aan hem door te geven, dus híj heeft de verklaring opgenomen. Is de verklaring aan het opnemen. Christopher Simms bleek een hoop te zeggen te hebben – over Dean, over Michael en Cassie, over zijn moeders relatie met Daniel Redding. Hij bevat een schát aan informatie.'

'Hij rijdt in een zwarte pick-up.' Ik keek naar mijn handen, maar kon het niet laten om iets te zeggen. 'Hij heeft een link met Daniel Redding. Zijn moeder heeft constant kritiek op hem. Toen we er waren, verloor hij zijn zelfbeheersing en greep me bij mijn arm, dus hij is impulsief, maar zijn bewegingen en maniertjes zijn beheerst.'

'Je hebt Christopher tegen de muur geduwd toen hij Cassie vastpakte?' vroeg Sterling aan Dean. Het verbaasde me niet dat ze precies dat detail uit zijn verhaal lichtte.

Dean haalde onbeschaamd zijn schouders op. Dat vatte agent Sterling op als een ja.

Sterling richtte zich tot Michael. Ze keek hem aan. Ik dacht dat ze hem iets ging vragen, maar ze stak haar hand uit. 'Sleutels.'

'Pollepel,' zei Michael.

Sterling kneep haar ogen tot spleetjes.

'Ik dacht dat we willekeurige zelfstandige naamwoorden zeiden.'

'Geef me je autosleutels. Nu.'

Michael viste zijn autosleutels uit zijn zak en gooide ze achteloos naar haar toe.

Sterling richtte zich weer tot Dean. 'Ik heb tegen mijn vader gezegd dat ik je vertrouwde,' zei ze. 'Ik heb tegen hem gezegd dat ik dit onder controle had.'

Haar woorden troffen Dean diep. Hij sloeg terug. 'Ik heb je nooit gevraagd om mij onder controle te houden.'

Sterling kromp ineen. 'Dean...' Ze keek alsof ze sorry wilde zeggen, maar ze hield haar mond. Haar gezichtsuitdrukking verhardde. 'Vanaf nu ben je geen seconde meer alleen,' zei ze vinnig. Ze gebaarde naar Michael. 'Jullie slapen bij elkaar op de kamer. Als Michael niet bij je is, is er iemand anders bij je. Nu de lokale politie je op haar radar heeft, kun je als de UNSUB weer toeslaat weleens een alibi nodig hebben.'

Agent Sterling had geen betere straf voor Dean kunnen bedenken. Hij was van nature graag alleen en na alles wat er vandaag was gebeurd wilde hij niets liever dan zich terugtrekken.

'Jullie mogen gaan.' De stem van agent Sterling had een glashelder toontje. We stonden alle drie bliksemsnel op. 'Jij niet, Cassie.' Sterling nagelde me met haar blik aan de grond. 'Jullie,' zei ze tegen de jongens. 'Wegwezen.'

Michael en Dean keken naar elkaar en toen naar mij.

'Ik vraag het niet nog een keer.'

Sterling wachtte tot de jongens de deur hadden dichtgedaan en zei toen: 'Wat deden jij en Dean bij het oude huis van de Reddings?'

Ik deed mijn mond open en weer dicht. Wist ze dan echt álles?

'Christopher Simms is niet de enige die de politie heeft gebeld,' zei Sterling. 'Vlak nadat iemand een aanklacht tegen Dean indiende hoorde de lokale politie over "jonge dieven" op het voormalige terrein van Redding, en nou mag jij raden aan wie ze toen dachten.'

Zelfs ik moest toegeven dat dat niet al te best klonk.

'Hij moest erheen,' zei ik met zachte, maar vaste stem. 'Gewoon om het nog een keer te zien.'

Sterling klemde haar kiezen op elkaar en ik vroeg me af of ze dacht aan de tijd die zij op dat terrein had doorgebracht, met haar armen en benen bij elkaar gebonden, in een schuur die niet meer bestond.

'De reden dat Dean daarheen moest had niets met zijn vader te maken.' Ik zweeg even om dat tot haar te laten doordringen. 'Dit bezoek had niets met Daniel Redding te maken.'

Daar dacht Sterling even over na. 'Zijn moeder?' vroeg ze.

Ik gaf geen antwoord. Dat hoefde niet. Na een volgende gespannen stilte flapte ik er per ongeluk een vraag uit. 'Heeft iemand haar gesproken?' Mijn moeder had genoeg gebreken gehad, maar ze zou me nooit hebben verláten. En Deans moeder had hem niet alleen verlaten – ze had de kans gekregen om hem terug te krijgen, en die had ze geweigerd. 'Als onze UNSUB geobsedeerd is door Redding, dan kan Deans moeder een doelwit zijn,' ging ik verder. Er waren redenen om met Marie te praten die niets te maken hadden met mijn verlangen om haar hardhandig tot rede te brengen – of haar te laten realiseren wat ze Dean had aangedaan.

'Ik heb met haar gepraat,' antwoordde Sterling kortaf. 'En ze is geen doelwit.'

'Hoe weet je dat zo...'

'Deans moeder woont in Melbourne,' zei Sterling. 'In Australië, dus aan de andere kant van de wereld, ver buiten het bereik van deze moordenaar. Ze had geen relevante informatie over de zaak en vroeg ons haar met rust te laten.'

Zoals zíj Dean met rust heeft gelaten?

'Heeft ze naar hem gevraagd?' vroeg ik.

Sterling tuitte haar lippen. 'Nee.'

Gezien alles wat ik over agent Sterling en haar relatie met Dean wist, durfde ik te wedden dat ze dat telefoontje had gepleegd met hetzelfde idee dat ik zou hebben gehad. Ook al vond ze Marie een vreselijk mens, ergens was ze ervan overtuigd dat ze dit met de juiste opmerking of de juiste vraag ongedaan kon maken. Agent Sterling had nooit willen geloven dat het Naturals-programma Deans beste optie was, maar nu kon ik haar bijna horen denken dat Dean zonder dit programma nergens naartoe had gekund.

'Ik zou Christopher Simms aan jullie verdachtenlijstje toevoegen,' zei ik. Sterling snoerde me niet onmiddellijk de mond, dus ging ik verder: 'Hij is niet klein, maar hij heeft ook niet de uitstraling die je bij iemand van zijn postuur zou verwachten. Hij beweegt en praat traag, niet omdat hij dom of ongecoördineerd is, maar omdat hij behoedzaam is. Ingetogen. Hij is niet verlegen of onbeholpen, maar hij onderdrukt iets.'

'Cassie...' Sterling wilde zeggen dat ik moest ophouden, maar daar gaf ik haar de kans niet voor.

'Toen we naar het huis toe liepen, was Christopher buiten. Als ik moest gokken, denk ik dat hij alle karweitjes buitenshuis doet. Het gazon moest nodig gemaaid – misschien is dat zijn manier om zich af te zetten tegen zijn moeder, zelfs al gehoorzaamt hij haar verder in alles. Hij is aan het bokken, maar hij is oud genoeg om te weten dat hij op zichzelf kan gaan wonen als hij dat echt wil.' Ik was ondertussen een echte spraakwaterval. 'Zijn moeder zei dat hij een heleboel vrienden heeft en ik heb niets gezien wat erop wijst dat hij asociaal of erg onbeholpen is. Dus waarom woont hij nog thuis?' Ik gaf antwoord op mijn eigen vraag. 'Misschien denkt hij dat ze hem nodig heeft. Misschien wil hij haar goedkeuring. Misschien heeft ze hem een schuldgevoel aangepraat. Ik weet het niet. Maar ik weet wel dat hij in één klap zijn zelfbeheersing verloor en dat hij zich niet op Michael of Dean stortte. Hij stortte zich op mij.'

Ik was eindelijk even stil om adem te halen. Een paar tellen lang bleef Sterling als bevroren staan.

'Je zei dat de UNSUB weet hoe hij met vuurwapens moet omgaan, maar minder zeker van zichzelf is als het op ongewapende confrontaties aankomt. Ik was het makkelijkste doelwit in de ruimte, en hij richtte zijn pijlen op mij.'

Misschien had Christopher me bij mijn arm gegrepen omdat ik aan het woord was. Misschien had hij niet willen vechten en dacht hij dat ik de enige van ons drie was die hem geen klap zou verkopen.

Of misschien was hij het soort jongen dat zichzelf graag liet gelden tegenover vrouwen.

'Lagen er vuurwapens in het huis?' vroeg Sterling. Ik kreeg het idee dat die vraag haar ontglipte. Dat ze die niet hardop had willen stellen.

'Die heb ik niet gezien.'

Sterlings telefoon begon te trillen en ze stak haar hand op om aan te geven dat ik moest wachten.

'Sterling.' Ze nam op met haar naam. Degene aan de andere kant van de lijn had duidelijk geen goed nieuws. Opeens was ze zo gespannen als een veer, verstijfde ze van top tot teen. 'Dat kan niet. Wanneer?' Sterling was zo lang stil dat ik vermoedde dat 'wanneer' niet de enige vraag was die werd beantwoord. 'Ik kan over vijf minuten in de auto zitten.'

Ze hing abrupt op.

'Slecht nieuws?' vroeg ik.

'Een lijk.'

Daarmee was ons gesprek wat haar betreft waarschijnlijk afgelopen, maar ik moest het vragen. 'Onze UNSUB?'

Sterling pakte haar telefoon wat steviger vast.

'Is dit het moment waarop je zegt dat ik me er niet mee moet bemoeien?' vroeg ik.

Sterling deed haar ogen dicht, ademde een keer diep in en deed haar ogen weer open. 'Het slachtoffer is Trina Simms. Haar buren hoorden geschreeuw en belden het noodnummer terwijl haar zoon Christopher op het politiebureau met Briggs sprak.' Sterling haalde een hand door haar haar. 'Dus ja, dit is het moment waarop ik zeg dat je je er niet mee moet bemoeien.'

Of ze het nou wilde of niet, ze had geluisterd naar mijn verhaal over Christopher. Het telefoontje van Briggs was een figuurlijke plens koud water in haar gezicht.

Ik had het mis, dacht ik. De brokjes informatie die ik tijdens mijn bezoek aan Broken Springs had opgepikt deden er niet meer toe. Trina was dood, en toen ze overleed, had Christopher bij Briggs gezeten.

Hij is gewoon een jongen. Een jongen met een donkere pick-up en een nogal bijzondere moeder. Een nogal dode moeder.

Ik zag Trina voor me, die mijn schoenen fantastisch vond en dacht dat Daniel Redding in een hoger beroep zou worden vrijgesproken.

'Heeft Deans vader momenteel een hoger beroep lopen?' vroeg ik.

Agent Sterling vertrok geen spier om het feit dat ik een ander onderwerp aansneed. 'Nee.' Ze ging naar Briggs' bureau, haalde iets uit een van de lades, deed hem weer dicht en liep naar me toe. 'Leg je voet op de bank,' beval ze.

Opeens herinnerde ik het me weer. *De volgende keer dat je ook maar een stap buiten Quantico zet zonder mijn toestemming, zorg ik ervoor dat je een enkelband krijgt.*

'Dit kun je niet menen,' zei ik.

'Zie ik eruit alsof ik een grapje maak?' vroeg Sterling. Ze keek precies zoals Judd had gekeken toen we thuiskwamen. 'Ik heb je iets beloofd,' zei ze, 'en ik hou me altijd aan mijn beloftes.' Toen ik niet in beweging kwam, ging ze door haar knieën en bevestigde de enkelband om mijn enkel. 'Ik zal het weten als je de tuin verlaat. Ik zal het weten als je de enkelband probeert te verwijderen. Als je het gebied verlaat dat is ingesteld op de enkelband, gaat er een stil alarm af en wordt er direct een berichtje naar mijn telefoon én die van Briggs gestuurd. Door de gps in de enkelband zullen we je hoe dan ook kunnen vinden, en dan sleur ik je terug naar het huis, of je dat nou wilt of niet.'

Ze ging weer staan. Ik had een droge mond. Het lukte me niet om te protesteren.

'Je hebt een goede intuïtie,' zei Sterling. 'Een scherpe blik. Op een dag zul je een uitstekende rechercheur zijn.'

De enkelband was lichter dan hij eruitzag, maar door het extra gewicht, hoe weinig ook, voelde mijn hele lichaam zwaar. Ik vond het een vreselijk idee dat ik niet weg kon, dat ik niets kon doen. Ik voelde me nutteloos en zwak en ontzettend jong.

Sterling ging staan. 'Maar die dag, Cassandra, is nog niet aangebroken.'

JIJ

Je kunt je Trina Simms' laatste momenten haarscherp voor de geest halen. Sterker nog, nu het is gebeurd, speel je die in gedachten steeds weer opnieuw af.

Bij elkaar gebonden handen. Plastic dat in vlezige polsen snijdt. Mes. Bloed.

Je hersenen reproduceren het moment tot in de kleinste details. Haar huid is niet egaal. Niet glad. Het brandmerk zinkt steeds dieper weg...

Brandend vlees ruikt altijd hetzelfde, of het nou soepel is of niet, of het nou jong is of niet. Alleen al door te denken aan het ijzer dat in de huid verdwijnt, ruik je het weer. Bij elke inademing zie je het voor je:

Touw rond haar nek. Doffe, levenloze ogen.

Trina Simms was een luidruchtige, aan waanideeën lijdende vrouw met een heleboel noten op haar zang. Maar nu is ze uitgezongen.

35

Elke aanwijzing die we in deze zaak hadden weten te vinden, was uitgekomen in een doodlopende steeg. We hadden ontdekt dat Emerson een affaire met haar docent had, en toen was hij opeens net zo dood als zij. We hadden alle onlineprofielen van de studenten doorgespit, maar die bleken uiteindelijk allemaal een alibi te hebben. Michael, Dean en ik waren met Trina Simms gaan praten. We hadden haar weten uit te sluiten als verdachte, maar hadden niet beseft dat de moordenaar haar in zijn vizier had.

Als ik zo'n geweldige intuïtie heb, dacht ik, *waarom heb ik dit dan niet zien aankomen? Waarom was ik dan alleen maar met Christopher Simms bezig?*

Ik hoorde een Natural te zijn. Ik hoorde hier goed in te zijn. *Het is maar wat je goed noemt.* Ik was hier zo goed in dat ik niet had beseft dat Locke een moordenaar was. Dat de UNSUB toen ik Christopher profileerde en mezelf verdenkingen aanpraatte misschien wel in de buurt zat te wachten tot we waren vertrokken.

Niets wat we voor deze zaak hadden gedaan was gegaan zoals we wilden, en nu was ik aan een elektronische ketting gelegd. Als een of andere crimineel.

'Ik ken betere modeaccessoires.' Lia reageerde uiteraard laatdunkend op de band die rond mijn enkel zat. 'Hoewel dat zwarte plastic je ogen wel echt laat spreken.'

'Hou je mond.'

'Niet zo knorrig.' Lia stak een vinger omhoog en wiebelde ermee voor mijn neus. 'Je moet toegeven dat het heerlijk ironisch is,' zei ze terwijl ze haar vinger weer in veiligheid bracht.

Ik hoefde helemaal niks toe te geven.

'Jij bent van ons allemaal degene die het minst snel gearresteerd zou worden,' ging Lia verder. 'Sterker nog, misschien ben je de enige van ons die nog nooit is gearresteerd. En toch...' Ze gebaarde naar mijn enkel.

'Lach maar,' zei ik. 'Misschien ben jij de volgende wel. Agent Sterling koopt die dingen waarschijnlijk per tien.'

'Het is wel een beetje meten met twee maten, vind je niet? De jongens gaan stiekem weg en worden veroordeeld tot elkaars gezelschap. Jij gaat stiekem weg en...'

'Klaar nu,' zei ik tegen Lia. 'Hier blijven zitten praten gaat niets veranderen. En trouwens, dit is niet ons grootste probleem.'

Dean wist nog niet wat er met Trina Simms was gebeurd.

'We zijn bij haar op bezoek geweest, en nu is ze dood,' vatte Dean de hele situatie in één zin samen.

'Kortstondige nabijheid staat niet gelijk aan een oorzakelijk verband,' zei Sloane, die hem een klopje op zijn schouder gaf – Sloanes versie van een troostende knuffel.

'Tja, dat is natuurlijk de vraag,' zei Michael. We zaten met z'n vijven in de kamer die de jongens nu kennelijk deelden. Michael leunde tegen de deurpost en sloeg zijn ene enkel over de andere. 'Had de moordenaar Trina al in zijn vizier, of heeft ons bezoekje hem in actie laten komen?'

Daar dacht Dean even over na. 'Emersons moord was relatief goed gepland.' Hij schoot in de profilermodus om te voorkomen dat hij zou worden opgeslokt door zijn duistere gevoelens, maar zelfs als hij afstand van de gebeurtenissen probeerde te houden, bleef hij Emerson bij haar naam noemen. 'Haar lichaam is heel nauwkeurig tentoongesteld. Te oordelen naar onze gesprekken met Sterling en Briggs van de afgelopen dagen gok ik dat er weinig fysiek bewijs is. We zoeken iemand met veel oog voor detail – wat suggereert dat onze moordenaar zijn slachtoffers systematisch uitkiest.'

Ik deed mijn ogen dicht en dwong de kluwen aan gedachten in mijn hoofd zich te ontwarren. 'Als de UNSUB dit doet omdat hij zich identificeert met Daniel Redding,' zei ik in de hoop al pratend tot een conclusie te komen, 'is het logisch dat zijn tweede slachtoffer iemand is die Redding daadwerkelijk kende.'

'Trina was zijn derde slachtoffer,' hielp Sloane me herinneren. 'Je vergeet de professor.'

Ze had gelijk. Ik had de professor niet meegeteld omdat ik, ook al hadden Briggs en Sterling niet gezegd hoe hij was overleden, diep vanbinnen niet geloofde dat de UNSUB de professor net zo zwaar had gemarteld als de vrouwen. Daniel Reddings vroegere slachtoffers waren stuk voor stuk vrouwen geweest. Hen vastbinden, hen brandmerken – dat draaide allemaal om bezit. Een UNSUB die zich kon vinden in de methode en de wreedheid van die MO zou niet genieten van de moord op een oudere man. De vrouwen waren het hoofddoel: Fogle had gewoon in de weg gestaan.

Sommige dingen doe je omdat je ernaar verlangt, dacht ik, *en andere doe je omdat ze nou eenmaal gedaan moeten worden.*

Dean zei niets over het feit dat ik de professor niet als slachtoffer had meegeteld. Hij had zo zijn eigen tunnelvisie. 'Emerson was twintig, blond, vriendelijk en populair onder haar medestudenten. Trina was eind veertig, had bruin haar en was neurotisch, en afgaande op haar reactie op ons bezoek leefde ze in een sociaal isolement waarin ze maar twee mensen zag: mijn vader en haar zoon.'

De meeste moordenaars hadden een type. Wat hadden Trina Simms en Emerson Cole met elkaar gemeen?

'Emerson is jong. Knap.' Deans stem kreeg een vreemd toontje. 'Ze gaat naar bed met een man die zichzelf ziet als een Daniel Redding-expert. Misschien heb ik haar daarom gekozen.'

Als ik een UNSUB profileerde, sprak ik in de jij-vorm. Als Dean dat deed, sprak hij in de ik-vorm.

'Of misschien,' Deans ogen waren ondertussen bijna gesloten, 'heb ik eerst een meisje uitgekozen dat niet met me naar bed wilde, en toen een vrouw die naar bed ging met de man die ik imiteer.' Dean klonk griezelig bedachtzaam. Ik kon voelen hoe de mogelijkheden hem langzaam overweldigden. 'Als Redding niet in de gevangenis had gezeten, zou hij Trina Simms zelf hebben vermoord. Hij zou op haar hebben ingehakt en haar hebben opgehangen en hebben gelachen als ze gilde.'

Dean deed zijn ogen open. Even wist ik niet of hij ons zag. Ik had geen idee waar hij aan dacht, maar ik wist dat er iets was veranderd – de sfeer in de kamer, de blik in zijn ogen.

'Dean?' zei ik.

Dean pakte zijn telefoon.

'Wie bel je?' vroeg Lia.

Dean keek nauwelijks op. 'Briggs.'

Toen Briggs opnam, ijsbeerde Dean door de kamer. 'Met mij,' zei hij. Briggs zei iets terug, maar Dean onderbrak hem. 'Ik weet dat je op een plaats delict bent. Daarom bel ik ook. Ik wil dat je iets voor me zoekt. Ik weet niet precies wat.' Dean ging zitten. Dat was de enige manier waarop hij kon stoppen met ijsberen. 'Je mag later tegen me schreeuwen, Briggs. Eerst moet ik weten of er in het huis van de Simms nog iets anders te vinden is dan kanten kleedjes en porseleinen beeldjes op bijzettafeltjes of de salontafel.' Dean legde zijn bovenarm op zijn knieën en drukte zijn hoofd tegen zijn arm. 'Kijk gewoon rond en vertel wat je ziet.'

Het bleef een minuut, misschien wel langer stil. Lia keek me vragend aan, maar ik schudde mijn hoofd. Ik begreep net zo weinig van deze situatie als zij. Het ene moment profileerde Dean onze UNSUB en het volgende blafte hij bevelen in zijn telefoon.

'Niets?' zei Dean. Hij blies uit en kwam weer overeind. 'Geen honkbalplaatjes of speelgoedautootjes of visaas?' Dean leek vooral zichzelf te willen overtuigen. 'Geen boeken? Geen spelletjes?' Dean knikte als reactie op een vraag die wij niet konden horen, maar besefte toen kennelijk dat Briggs hem niet kon zien. 'Nee. Het gaat wel. Er viel me gewoon iets in. Het is vast niet belangrijk.' Ik kon zien dat Dean het daarbij probeerde te houden, dat hij probeerde te stoppen met praten. Zonder succes. 'Zou je haar zakken kunnen controleren?'

Nog een lange stilte. Deze keer zag ik precies wanneer Briggs antwoord gaf. Deans lichaam verstijfde. Zijn nerveuze energie verdween. Net als zijn vragen.

'Dat is geen goed teken,' mompelde Michael naast me.

'We hebben een probleem.' Deans toon was al even krampachtig als zijn houding. 'Ik denk niet dat onze UNSUB een copycat is.' Hij was even stil en wist er toen een verklaring uit te persen. 'Ik denk dat mijn vader een partner heeft.'

36

Briggs en Sterling kwamen pas diep in de nacht weer terug. Geen van ons was gaan slapen. We hadden ons verzameld in de keuken, eerst om te eten en daarna om te wachten. Rond middernacht was Judd binnengekomen om ons naar bed te jagen, maar uiteindelijk was hij koffie gaan zetten. Tegen de tijd dat agent Briggs en Sterling de keukendeur opendeden en ons aan tafel zagen zitten, begon Sloane net weer rustig te worden. De rest van ons zweeg – en had dat het grootste deel van de avond gedaan.

'De inhoud van Trina Simms' zakken.' Briggs gooide een doorzichtig plastic zakje op tafel. In het zakje zat één enkele speelkaart – de schoppenkoning.

'Ik wilde het mis hebben.' Dat was het enige wat Dean in eerste instantie zei. Hij schoof het zakje met het bewijs naar de rand van de tafel, maar pakte het niet. 'Ik had het mis moeten hebben.'

'Hoe heb je dat bedacht?' Agent Sterling klonk hees. Ik vroeg me af of Briggs en zij de hele nacht bevelen naar mensen hadden gebruld of dat de ontdekking dat de man die haar had gekidnapt en gemarteld een partner buiten de gevangenis had ondertussen z'n tol eiste.

'Ik was onze UNSUB aan het profileren.' Dean klonk niet hees. Hij sprak op langzame, vlakke toon en speelde door het plastic zakje heen met de rand van de speelkaart. 'Ik bedacht dat onze moordenaar Trina Simms kon hebben gedood, want dat zou mijn vader ook hebben gedaan als hij niet in de gevangenis had gezeten. Waarschijnlijk geloofde de UNSUB dat Trina vermoorden een volgende stap was om net als mijn vader te worden. Maar toen,' Dean trok zijn hand bij de kaart weg, 'dacht ik aan het feit dat we haar zijn gaan opzoeken. Cassie, Michael en ik.'

Ik wist niet waarom ons bezoek belangrijk was, waarom dat ervoor had gezorgd dat Dean nu dacht dat zijn vader erbij betrokken was en dat dit geen copycat was, maar hij legde het ons haarfijn uit, in hardvochtige, compromisloze taal.

'Ik heb haar ontmoet. Ik vond haar niet aardig. Dus ze moest dood.'

Net als Gloria, de vrouw die Daniel Redding aan zijn jonge zoon had voorgesteld. *Ik zei dat ik geen nieuwe moeder wilde, en toen keek hij naar Gloria en zei: 'Jammer.'*

'Ik wilde dat het toeval was,' ging Dean verder. Hij balde zijn handen tot vuisten, legde ze in zijn schoot en boorde zijn vingernagels in zijn handpalmen. 'Maar toen herinnerde ik me dat mijn vader tijdens ons gesprek in de verhoorkamer had geweten waar we de professor konden vinden.' Dean haalde zijn schouders op. 'Dat was logisch. De professor had hem meerdere keren geïnterviewd. Hij schreef een boek. Hij kon hem best eens over zijn schrijfhuisje hebben verteld.' Dean richtte zijn volgende woorden tot Briggs. 'We hadden het moeten weten.'

Lia ging verder waar Dean was gebleven. 'Hij heeft je de waarheid verteld over de locatie van het huisje, maar niet de hele waarheid. Zo gaat hij te werk. Hij houdt zich bezig met technische details, halve waarheden en schijnbaar onbenullige leugentjes.'

Dean draaide zich niet naar Lia, maar onder tafel zag ik zijn hand even naar de hare glijden. Ze pakte hem vast en kneep er zo hard in dat ik me afvroeg of ze hem ooit nog zou loslaten.

'Ik heb altijd al geweten dat hij een psychologisch spelletje met ons speelde,' zei Dean. 'Ik wist dat hij ons manipuleerde, maar ik had op z'n minst moeten bedenken dat hij mogelijk ook invloed op onze UNSUB uitoefende. Hij ziet mensen als marionetten, als acteurs op zijn toneel.'

'Je wilde dat Briggs in de zakken van het slachtoffer keek.' Ik deed mijn best om Dean zich op de concrete details te laten focussen. Dat was het enige wat ik kon bedenken dat misschien zou voorkomen dat hij zich op het grotere geheel richtte. 'Hoe wist je dat daar iets in zou zitten?'

'Dat wist ik niet zeker.' Dean keek me aan. 'Maar ik wist wel dat als mijn vader hierbij betrokken is, als Trina is doodgegaan omdat ik haar heb opgezocht, mijn vader me dat zou laten weten.'

In dat geval had zijn vader hem een boodschap willen sturen. De boodschap dat Dean van hém was. Dat Dean altijd al van hem was geweest. Hij was niet van zijn moeder. Hij was niet van de FBI. Hij was niet eens van zichzelf. Dat was de boodschap die Daniel Redding zijn zoon had gestuurd, en dat allemaal met één enkele speelkaart.

'Dit is niet alleen een boodschap voor jou, Dean.' Agent Sterling was tot nu toe verbazingwekkend stil geweest. 'Deze boodschap is ook voor ons – voor Briggs en mij. Hij wil ons laten weten dat we zíjn spel spelen.' Ze trok haar bovenlip op in iets wat het midden hield tussen een grimas en een kille glimlach. 'Hij wil dat we weten dat hij aan de winnende hand is.'

Ze perste haar lippen op elkaar en liet opnieuw haar tanden zien. 'Dat hadden we moeten zien.' De woorden die agent Sterling dit hele gesprek al had onderdrukt vlogen nu haar mond uit. 'Dat had ík moeten zien. De eerste moord had alle kenmerken van een georganiseerde moordenaar – het plan, het gebrek aan fysiek bewijs, de spullen die de UNSUB naar de plaats delict had meegenomen. Maar bepaalde details klopten niet. Het feit dat het meisje is gewurgd met de antenne van de auto. Het feit dat de UNSUB haar van achteren heeft aangevallen. Dat hij haar lichaam heeft gedumpt op een openbare locatie. Dat is impulsief, wijkt af van het vooropgezette plan, getuigt van weinig zelfvertrouwen.' Sterling blies langzaam haar adem uit om haar woede te laten verdwijnen. 'Georganiseerd. Gedesorganiseerd. Als een plaats delict kenmerken van beide bevat, heb je of te maken met een onervaren UNSUB die zijn techniek nog moet verfijnen – of het zijn er twee.'

Ook Dean liet zijn adem ontsnappen. 'Een dominante die de plannen maakt en een ondergeschikte die de plannen uitvoert.'

Agent Sterling dacht dat de UNSUB ergens tussen de drieëntwintig en de achtentwintig was, maar die schatting had ze gemaakt in de veronderstelling dat de UNSUB alleen werkte. Als Redding er ook bij betrokken was, veranderde dat alles. Het was nog steeds aannemelijk dat onze UNSUB Redding aanbad en dat hij naar macht en controle verlangde. Waarschijnlijk klopte het ook dat hij in zijn tienerjaren geen vaderfiguur had gehad. Maar als dat de rol was die Redding voor de UNSUB vervulde, wat hoopte Deans vader daar dan mee te bereiken?

Hetzelfde wat Locke met mij had willen bereiken.

Opeens was ik terug in het safehouse. Dean lag bewusteloos op de grond. Michael was neergeschoten. En Locke wilde niets liever dan dat ik het mes zou aanpakken. Dat ik zou zijn zoals zij. Dat ik van háár zou zijn. Zij had mij in elk geval nog gezien als mens. Daniel Redding zag Dean als voorwerp. Een wonderbaarlijke schepping, alleen van hem, zowel wat lichaam als geest betreft.

Misschien wilde Redding dat met onze UNSUB imiteren. Of misschien was dit gewoon allemaal bedoeld om zijn ongehoorzame zoon te laten zien wie er hier de baas was, om Dean te dwingen met hem te komen praten.

'De minimumleeftijd van onze UNSUB moet omlaag.' Ik klonk kalm, zoals altijd als dit deel van mijn hersenen, het deel dat de vreselijkste, meest persoonlijke situaties transformeerde in puzzels die moesten worden opgelost, het overnam. 'Naar zeventien.'

Ik legde niet uit waarom, maar ik zag het moment waarop Dean besefte waarom ik dat precies zei. Híj was zeventien.

Briggs keek me een paar tellen aan. 'Leg eens uit?'

Hij had kunnen zeggen dat dit niet ónze UNSUB was. Dat had hij niet gedaan. Ik wachtte tot agent Sterling zou protesteren. Dat deed ze niet.

Dit was het heetst van de strijd. Dit was geen copycat. Dit was de man die agent Sterling gevangen had gehouden en had gemarteld. Redding speelde vanachter de tralies een psychologisch spelletje met haar.

En met Dean.

Daar stond ik niet te lang bij stil, en ik dacht ook niet na over hoe agent Sterling hier over een dag, een week of een maand op zou terugkijken. Ik draaide me naar agent Briggs en beantwoordde zijn verzoek.

'Onze UNSUB en Redding zijn geen partners,' zei ik. 'Mannen als Daniel Redding hébben geen partner. Die vinden niet dat ze gelijken hebben.' Ik zocht naar het juiste woord. 'We zijn niet op zoek naar een partner,' zei ik uiteindelijk. 'We zijn op zoek naar een leerling.'

37

Toen agent Briggs de volgende ochtend verscheen, had hij een dvd voor Lia bij zich. 'Opnames van alle gesprekken die we sinds het begin van dit onderzoek met Redding hebben gevoerd,' zei hij. 'Doe ermee wat je wilt.'

Voordat Briggs zich kon bedenken griste Lia de dvd uit zijn handen. Naast Briggs schraapte Sterling haar keel. 'Jullie hoeven niet mee te helpen,' zei ze. 'De directeur heeft jullie toestemming gegeven om mee te werken aan deze zaak, maar dat hoeft niet.'

'Maar dat wil je wel.' Michael keek naar Sterlings houding en gezichtsuitdrukking. 'Eigenlijk wil je niet eens zeggen dat we niet mee hoeven te helpen, want je hoopt hartgrondig dat we hier in willen duiken.'

'Ik doe mee.' Lia onderbrak Michael voordat hij de agent nog verder zou analyseren. 'En Cassie ook, en Sloane ook.'

Sloane en ik spraken haar niet tegen.

'Ik heb toch niets beters te doen,' zei Michael. Hij klonk nonchalant, maar in zijn ogen schitterde dezelfde emotie als toen hij Dean van Christopher Simms af had getrokken. Niemand speelde spelletjes met de paar mensen op deze wereld om wie hij gaf.

'Lia, Michael en Cassie, jullie gaan naar de televisiekamer om die verhoren uit te pluizen.' Briggs' bevel was bondig en efficiënt. 'Redding denkt dat hij in het voordeel is. Dat gaat vandaag veranderen.'

Agent Sterling richtte zich tot Dean. 'Als je het aankunt,' zei ze zachter dan ze ons daarnet had toegesproken, 'Briggs gaat vandaag naar je vader.'

Dean zei niets. Hij trok simpelweg een lichtgewicht jack aan over zijn haveloze witte T-shirt en liep naar de deur.

Sterling draaide zich naar Briggs. 'Dat betekent dat hij het aankan, denk ik.'

Ze had het pijnlijk gevonden om dit aan Dean te vragen, maar niets doen, minder doen dan álles waartoe ze in staat was, zou nog pijnlijker voor haar zijn geweest. Agent Sterling droeg geen make-up. Haar overhemd zat niet in haar broek gestopt. De pure vastberadenheid die ze uitstraalde zei me dat ik keek naar de Veronica Sterling die Dean had gekend.

De Veronica Sterling op wie ik volgens haar leek.

'Red jij het hier?' vroeg Briggs haar.

'Je kent me.' Sterling glimlachte met haar lippen op elkaar. 'Ik kom altijd op mijn pootjes terecht.'

Briggs keek haar heel even aan en volgde Dean naar de deur.

'En ik dan?' riep Sloane hem na.

Agent Sterling was degene die haar vraag beantwoordde. 'Hoe goed ben je in aardrijkskunde?'

Sloane verdween met een handvol mappen naar de kelder om een geografisch profiel van Reddings partner te construeren. De rest sloot zich op in de televisiekamer. Michael en ik gingen allebei in een andere hoek van de bank zitten. Lia stopte de dvd die Briggs haar had gegeven in de dvd-speler en plofte tussen ons in, met een been tegen haar borst gedrukt en de ander voor zich uit gestrekt. Agent Sterling vatte post in de deuropening om te kijken hoe wij naar de opnames keken.

Daniel Redding zat aan één kant van een lange tafel. Zijn handen waren geboeid en vastgeketend aan het tafelblad, maar hij zat erbij alsof hij kwam solliciteren. Links van hem ging een deur open en agent Briggs kwam binnen, met een dunne map in zijn hand. Hij ging tegenover Redding zitten.

'Agent Briggs.' De stem van het monster had een zangerig toontje, maar het opvallendst waren zijn ogen: die waren donker en expressief en omlijst met heel subtiele kraaienpootjes. 'Waar heb ik dit grote genoegen aan te danken?'

'We moeten praten.' Agent Briggs klonk volkomen zakelijk. Hij sprak op rustige toon, maar niet langzamer dan nodig. 'Ik heb begrepen dat je de afgelopen tijd ongebruikelijk veel post krijgt.'

Redding glimlachte, wat hem een bescheiden, haast jongensachtige uitstraling gaf. 'Ik ben een ongebruikelijke man.'

'De gevangenis controleert al je post en houdt een lijst van de afzenders bij, maar bewaart geen kopieën van de brieven.'

'Wat slordig,' zei Redding. Zijn handen lagen ineengevouwen op tafel en hij leunde heel lichtjes naar voren. 'Je kunt nooit te voorzichtig zijn met je... administratie.'

Iets aan de manier waarop hij het woord administratie uitsprak gaf me het gevoel dat hij het ergens anders over had – iets wat bedoeld was om agent Briggs op de zenuwen te werken.

Hield Redding een administratie bij van de vrouwen die hij had vermoord?

Briggs hapte niet. 'Heb je brieven ontvangen die je als fanmail zou bestempelen?' vroeg hij op licht spottende toon, alsof Daniel Redding een lid van een vergeten boyband was in plaats van een rusteloos, gekooid roofdier.

'Goh, agent Briggs. Volgens mij heb je iets van me nodig.' Redding deed alsof hij verbaasd was, maar het genoegen in zijn stem was echt. 'Maar waarom is iemand zoals jij geïnteresseerd in brieven die zijn geschreven aan iemand zoals ik? Waarom wil je weten dat vrouwen me schrijven om me te vertellen dat ze verliefd op me zijn en dat mijn nalatenschap elke dag voortleeft? Dat eenzame en bedroefde zielen, de verrukkelijke verloren zwarte schapen van deze wereld, hun ziel en zaligheid op papier zetten en me smeken naar hen toe te komen omdat ze wanhopig op zoek zijn naar een herder?'

Redding sprak op fluweelzachte toon, had een opvallende manier van praten.

'Waarom ik deze vragen stel doet er niet toe. Wat ertoe doet, is dat ik je leven een stuk minder aangenaam kan maken als je ze niet beantwoordt. Hoe zou je het vinden om te worden overgeplaatst? Een aantal federale instellingen schijnen práchtig te zijn in deze tijd van het jaar.'

'Kom, kom, agent Briggs. Die dreigementen zijn nergens voor nodig. Volgens mij weten we allebei dat je me bij de eerste de beste gelegenheid in het diepste, donkerste gat zou gooien dat je kunt vinden. Het feit dat je dat nog niet hebt gedaan, betekent dat je dat niet kunt.' Redding leunde naar voren en keek Briggs strak aan. 'Wat ik me afvraag... Ben je de dingen die je niet lukken weleens zat? Het lukt je niet om iedere moordenaar op te sporen.' Reddings stem kreeg een zeurderig toontje, maar zijn gezichtsuitdrukking deed me denken aan een havik; zijn scherpe, meedogenloze blik was op één enkel punt gericht. 'Het lukt je niet om je vrouw bij je houden. Om hier weg te blijven. Om mij uit je hoofd te zetten.'

'Ik ben hier niet om spelletjes met je te spelen, Redding. Als jij me niets kunt vertellen, heb ik geen reden om te blijven.' Briggs leunde naar voren. 'Misschien wil je liever dat ik ga,' zei hij op dezelfde fluweelzachte toon die Redding net had aangeslagen.

'Prima,' zei Redding. 'Ga maar. Volgens mij weten we allebei dat jij mijn type niet bent. De verrukkelijke agent Sterling, daarentegen...'

Een spier in Briggs' nek verstrakte, maar hij wist zich te beheersen. Hij haalde een foto uit de map, legde deze op tafel en schoof hem naar voren, tot net buiten Reddings bereik.

'Zozo,' zei Redding gefascineerd. 'Dit is een interessante wending.'

Zijn handen kwamen naar voren, maar Briggs trok de foto terug, stopte hem weer in de map en stond op. Het duurde even voordat ik begreep wat er net was gebeurd. Dit verhoor had kort na de eerste moord plaatsgevonden. Ik durfde er heel wat om te verwedden dat Briggs Redding net een foto van Emersons lichaam had laten zien.

De blik van de moordenaar maakte duidelijk dat hij zijn verlangen om die nog een keer te bekijken niet zou kunnen onderdrukken.

'Goed voorbeeld doet goed volgen, zeggen ze.' Redding keek niet meer naar Briggs, maar naar de map. 'Waar is ze gevonden?'

Briggs was even stil, maar gaf uiteindelijk toch antwoord – hij vertelde Redding net genoeg om zijn honger naar meer aan te wakkeren. 'Colonial University. Het gazon van het huis van de decaan.'

Redding snoof. 'Opzichtig,' zei hij. 'Slordig.'

Hij keek nog steeds naar de map. Hij wilde die foto nog een keer zien. Hem bestuderen.

'Vertel me wat ik wil weten,' zei Briggs kalm, 'en dan vertel ik jou wat jij wilt weten.'

Briggs rekende op Reddings narcisme. Hij ging ervan uit dat deze man alles wilde weten wat er over zijn na-aper te weten viel. Wat Briggs niet wist – en wat wij ondertussen wel wisten – was dat Redding geen kritiek had op het werk van een na-aper. Dat hij niet wilde zien hoeveel van zijn beruchte reputatie terug te vinden was op het lichaam van het meisje.

Hij was een leraar die het optreden van zijn beste student wilde beoordelen.

'Ik heb geen belangstelling voor wat je me te vertellen hebt.' Redding wist zijn blik los te scheuren van de map. Hij leunde achterover in zijn metalen stoel, voor zover dat ging met zijn polsen aan de tafel geketend.

'Maar mogelijk heb ik relevante informatie voor je.'

'Bewijs het maar.' Briggs daagde Redding uit – zonder succes.

'Ik wil met mijn zoon praten,' zei de moordenaar toonloos. 'Je houdt hem al vijf jaar bij me weg. Waarom zou ik je in godsnaam helpen?'

'Standaard menselijk fatsoen?' opperde Briggs op droge toon. 'Als je ook maar een greintje menselijkheid of fatsoen bezat, zou je zoon je misschien wel willen zien.'

'Twijfel aan der sterren klaarheid,' antwoordde Redding zangerig, 'aan 't vuur dat onze hemel tooit, twijfel aan de hoogste waarheid...'

Briggs maakte het citaat voor hem af. 'Maar twijfel aan mijn liefde nooit.' Hij stond op, pakte zijn spullen en kapte het gesprek af. 'Shakespeare. Je bent niet in staat om van iemand anders dan jezelf te houden.'

'En jij bent niet in staat om dit los te laten.' Reddings glimlach was sereen en zelfingenomen tegelijk. 'Wil je dat ik praat? Prima. Ik zal je vertellen wie me heeft geschreven en wie er een heel, heel stoute jongen is geweest. Ik zal je alles vertellen wat je wilt weten – maar ik praat alleen met Dean.'

Het scherm werd zwart. Redding en Briggs waren verdwenen en werden een tel later vervangen door een tafereel dat griezelig veel op het eerste leek, maar deze keer zat Dean tegenover zijn vader en zat Briggs naast Dean.

'Dean,' zei Redding op tevreden toon. 'Je hebt me een cadeautje gegeven, agent Briggs,' zei hij zonder zijn ogen van zijn zoon af te wenden. 'Op een dag zal ik je een wederdienst bewijzen.'

Dean keek naar een plek net boven zijn vaders schouder. 'Je wilde dat ik kwam. Ik ben er. Praat.'

Redding gehoorzaamde. 'Je lijkt op je moeder,' zei hij. Hij nam Dean gretig in zich op, alsof hij doodging van de honger en Dean een lekker hapje was. 'Behalve je ogen – die heb je van mij.'

Toen ik hoorde hoe Redding het woord 'mij' uitsprak, keerde mijn maag zich om.

'Ik ben hier niet om over mijn moeder te praten.'

'Als ze hier was geweest, zou ze hebben gezegd dat je naar de kapper moest. En dat je rechtop moest zitten. En af en toe eens moest glimlachen.'

Deans haar viel voor zijn gezicht en hij kneep zijn ogen tot spleetjes. 'Er valt hier niets te lachen.'

'Ga me nou niet vertellen dat je je zin in het leven nu al bent verloren, Dean. De jongen die ik kende had zoveel potentie.'

Een spiertje in Deans kaak begon te trillen. Hij en Redding keken elkaar recht aan. Na een volle minuut stilte zei Dean: 'Vertel me over de brieven.'

Op dit punt waren Sterling en ik de observatieruimte binnengekomen. Nu ik dit voor de tweede keer zag, vond ik het veel moeilijker om ernaar te kijken: Dean die zijn vader probeerde over te halen hem ook maar een greintje informatie te vertellen en Daniel Redding die hem een verbaal pak slaag gaf en het onderwerp keer op keer weer op zijn zoon bracht.

'Ik wil meer over jou weten, Dean. Wat hebben die handen de afgelopen vijf jaar gedaan? Wat hebben die ogen gezien?'

Je wist dat Briggs zou komen zodra het eerste lichaam was gevonden. Je wist dat Dean zou komen zodra je zou weigeren met iemand anders te praten. Je hebt elke stap hiervan gepland.

'Ik weet niet wat je van me wilt horen.' Op het scherm werd Deans stem steeds luider, werd zijn toon steeds intenser. 'Er is niets om over te praten. Is dat wat je wilt horen? Dat deze handen, dat deze ogen niets waard zijn?'

'Die zijn juist ontzettend veel waard.'

Deze keer zag ik een manische, intense blik in Reddings ogen verschijnen. Als hij naar Dean keek, zag hij alleen zichzelf – een god voor wie menselijke wetten niet golden, die boven zaken als empathie en schuldgevoelens stond. Ik dacht aan de kaart die Briggs in Trina's zak had gevonden – de schoppenkoning.

Redding wilde onsterfelijk worden. Wilde macht. Maar wat hij het allerliefste wilde, was een erfgenaam.

Waarom nu? dacht ik. *Waarom doet hij dit nu?* Redding zat al vijf jaar in de gevangenis. Had het zo lang geduurd om iemand te vinden die buiten de gevangenismuren zijn werk kon uitvoeren, of was er iets gebeurd wat hem hiertoe had aangezet?

Op het scherm had Deans vader hem net gevraagd of er een meisje was. Dean ontkende. Redding noemde hem 'zoon', en Dean sprak de vijf woorden die de man hadden laten ontploffen.

'Ik ben je zoon niet.'

Ik had geweten dat de uitbarsting eraan kwam, maar toch schrok ik van het plotselinge geweld. Reddings vuisten verdwenen in Deans shirt. Hij trok hem naar zich toe en zei dat Dean altijd zijn vaders zoon zou blijven.

'Dat weet je. Dat maakt je bang.'

Deze keer zag ik precies wanneer Dean zijn zelfbeheersing verloor, precies wanneer de woede die volgens Michael altijd in hem aanwezig was opborrelde en overkookte. Deans gezicht leek wel van steen, maar toen hij zijn vader vastpakte en hem zo ver over tafel trok als de boeien van de man toestonden, had zijn blik iets verwilderds.

Deze keer zag ik Redding glimlachen toen Briggs hen uit elkaar haalde. Hij had wat hij wilde. Een vleugje geweld. Een idee van Deans potentieel.

Mijn blik zat vastgezogen aan de televisie. Dit was het laatste wat ik de eerste keer had gezien. Briggs had een of twee tellen gewacht om er zeker van te zijn dat Dean in orde was en had toen pas een stap achteruit gezet – en deze keer viel het me op dat hij niet meer ging zitten, maar achter Dean bleef staan.

'Waar staat het schrijfhuisje van de professor?' vroeg Briggs.

Deans vader glimlachte. 'Catoctin,' antwoordde hij. 'Meer weet ik niet.'

Dean stelde hem nog twee of drie vragen, maar verder had zijn vader niets zinnigs te melden.

'We zijn klaar,' zei Briggs.

Dean stond op. Redding bleef zitten, volkomen ontspannen. Briggs legde een hand op Deans schouder om hem de ruimte uit te loodsen.

'Heb je Briggs weleens verteld wat je zijn vrouw precies hebt aangedaan, Dean?' Ondanks het feit dat Daniel Redding zijn stem niet verhief, leek zijn vraag alle zuurstof uit de ruimte te zuigen. 'Of denkt hij dat ík dat mes langzaam over haar schouders en bovenbenen heb getrokken, dat ík dat brandijzer tegen haar huid heb gezet?'

Briggs pakte Dean nog wat steviger beet. Waar hij hem net nog voorzichtig in de richting van de deur had geloodst, duwde hij hem nu hardhandig die kant op – Dean moest daar zo snel mogelijk weg. Maar Deans voeten leken opeens aan de vloer te zijn vastgenageld.

Ga, zei ik in gedachten tegen Dean. *Ga gewoon.*

Maar hij ging niet.

Redding genoot van het moment. 'Vertel die vriendelijke agent maar wat je hebt gedaan, Dean. Vertel hem hoe je naar de schuur toe kwam waar ik Victoria Sterling met geknevelde handen en voeten had opgesloten. Vertel hem dat je haar hebt bewerkt met een mes – dat je dat mes van me hebt aangenomen, niet om haar te redden, maar om het zelf te doen. Vertel hem dat je haar hebt laten bloeden. Vertel hem hoe ze gilde toen je die R in haar huid brandde. Vertel hem dat je me om haar hebt gevraagd.' Redding deed zijn ogen dicht en legde zijn hoofd in zijn nek, als een man die de goden bedankte. 'Vertel hem dat ze je eerste was.'

Zijn eerste slachtoffer. Voor Redding was dat de enige eerste die ertoe deed, hoeveel dubbelzinnigheid hij ook in dat woord propte.

Briggs gooide de deur open. 'Bewaarder!'

Er verscheen een bewaarder – dezelfde die agent Sterling en mij eersterangsplekken voor de eerste helft van deze voorstelling had bezorgd.

De man kon de walging op zijn gezicht nauwelijks maskeren en liep naar Redding om hem in bedwang te houden. ‘Zelfs als jullie de professor in zijn huisje aantreffen,’ riep Deans vader hun na, zijn stem weerkaatsend tegen de metalen muren, ‘zullen jullie niet vinden wat jullie zoeken. De opmerkelijkste brieven die ik heb ontvangen, de brieven die bijzonder veel oog voor detail bevatten – die kwamen niet van de professor. Die kwamen van een van zijn studenten.’

38

Het werd doodstil in de kamer. Lia zette de dvd op pauze. Ik stond op, keerde Michael en Lia de rug toe en liep naar de deur. In de deuropening keek agent Sterling me kalm aan. Ze zei niets over de inhoud van de verhoren.

Heeft Dean je echt gebrandmerkt? vroeg ik haar zonder iets te zeggen. *Heeft Dean – onze Dean – je gemarteld?*

Ze had geen antwoorden voor me.

'Ik heb Redding maar op één leugen betrapt.'

Ik draaide me weer naar Lia in de hoop dat ze me zou vertellen wat ik wilde horen – dat Redding had gelogen over Dean.

'Toen hij tegen Briggs zei dat hij geen belangstelling had voor wat Briggs ook te vertellen had, loog hij. Hij wilde alles over de moord op Emerson Cole weten. Hij hunkerde naar de details, dus die kende hij blijkbaar nog niet. Wie zijn protegé ook is, onze UNSUB heeft zijn geliefde sensei geen uitgebreid verslag van de moord gestuurd.'

'Dat was zijn enige leugen?' vroeg ik Lia. 'Verder sprak hij overal de waarheid over?'

Lia sloeg haar ogen neer. 'Ja.'

'Dan heeft hij dus inderdaad opmerkelijke brieven van een van Fogles studenten ontvangen,' zei ik. 'Voor een man als Redding betekent "oog voor detail" waarschijnlijk dat die nogal expliciete omschrijvingen van geweld bevatten.'

'En toch heeft iedere student die dat vak volgt een alibi,' zei Michael haar.

'Misleiding.' Lia sprak het woord op luchtige toon uit, maar ik hoorde het venijn dat erin verscholen lag. 'Je kunt mensen ook om de tuin leiden zonder te liegen. Leugenaars zijn net goochelaars: terwijl jij naar hun beeldschone assistente kijkt, trekken zij stiekem het konijn uit hun mouw.'

Het had bijna fysiek pijn gedaan om naar deze verhoren – vooral naar die met Dean – te kijken. Ik weigerde te geloven dat ze ons geen informatie over deze zaak hadden opgeleverd.

'Goed, stel dat alles wat met de brieven en de professor te maken heeft de beeldschone assistente was,' zei ik. 'Wat blijft er dan over? Wat zijn we te weten gekomen?' *Afgezien van het feit dat Redding beweert dat Dean agent Sterling heeft gemarteld.*

'Daniel Reddings emoties zijn vlak.' Michael liet zijn benen over de armleuning van de bank bungelen en ik besefte dat hij – net als ik – het onderwerp dat als een donderwolk boven ons hoofd hing bewust vermeed. 'Hij voelt geen angst. Nooit. Hij kan ergens plezier aan beleven, maar hij weet niet hoe het is om gelukkig te zijn. Hij voelt geen spijt. Geen berouw. Zijn gezichtsuitdrukking wordt over het algemeen gedomineerd door nuchtere emoties: zelfgenoegzaamheid, nieuwsgierigheid, amusement, een verlangen om zout in de wonde te wrijven. Hij is berekenend en terughoudend en het enige wat echte emotie bij hem teweegbrengt, is Dean.'

Alle indrukken die ik van Deans vader had, waren bevestigd. Redding was bezitterig. Elke keer dat Dean hun relatie had ontkend, was hij tegen hem uitgevallen. Hij had er alles aan gedaan om Dean te laten denken dat hij als twee druppels water op zijn vader leek – om hem af te zonderen van de rest van de wereld, te beginnen met agent Briggs.

'Wist Briggs het?' vroeg ik. 'Wist hij wat... Wat Redding aan het einde zei? Over Dean?'

Het lukte me niet om meer over hun gesprek te zeggen.

'Ja.' Dat was het eerste wat agent Sterling had gezegd sinds we de dvd hadden aangezet. Zonder verdere uitleg liep ze naar Lia toe, pakte de afstandsbediening en drukte op afspelen. Een tel later begon er een derde verhoor.

Een bewaarder – eentje die ik nog niet eerder had gezien – bracht Sterling de kamer binnen. In plaats van tegenover Redding te gaan zitten, bleef ze staan.

'Veronica Sterling.' Deans vader sprak haar naam uit alsof die het begin van een bezwering was. 'Eerlijk gezegd verbaast het me dat je van je geliefde echtgenoot – sorry, van je ex-echtgenoot – zo dicht bij de vleesgeworden duivel mag komen.'

Sterling haalde haar schouders op. 'Je bent gewoon een man. Een sneue man, opgesloten in een kooi.'

'Briggs weet niet dat je hier bent, hè?' zei Redding. 'En je vader? Nee, die weet dat ook niet, toch? Dus vertel, mevrouw Sterling. Waarom ben je hier?'

'Dat weet je best.'

'Vanwege dat vervelende moordzaakje van je?' zei Redding. 'Ik ben bang dat ik jouw agent Briggs en mijn Dean alles al heb verteld wat ik daarover weet.'

'Leugenaar.' Precies op het moment dat agent Sterling op het scherm dat zei, hoorde ik Lia hetzelfde mompelen.

Redding reageerde. 'Au, dat doet pijn – ik dacht dat we iets bijzonders hadden.'

'Omdat ik de enige ben die is ontsnapt?' vroeg Sterling.

In Reddings nek trilde een spiertje.

'Die was raak,' mompelde Michael.

Redding herstelde zich snel. 'Zijn de littekens al vervaagd? De krassen van het mes waren heel oppervlakkig – het was de eerste keer dat de jongen de leiding had, weet je. Maar het brandmerk... dat zal niet vervagen, hè? De eerste letter van mijn achternaam zal de rest van je leven in je huid staan. Weet je nog hoe het rook toen je huid verbrandde? Hoe het voelde?'

'Nee.' Agent Sterling ging zitten. Tot mijn verbazing bracht ze een hand naar de kraag van haar overhemd en trok die een stukje naar beneden zodat het litteken zichtbaar werd. Reddings lippen gingen van elkaar.

'Correctie,' zei Michael. 'Er zijn twéé dingen die echte emotie bij Daniel Redding opwekken.'

Ik was lang niet zo'n expert op het gebied van emoties als Michael, maar ook ik zag de jubelende blik in de ogen van de veroordeelde moordenaar.

Ook de lippen van agent Sterling gingen van elkaar en ze streek met een vinger over de letter op haar borst. Voor het eerst had zij de leiding over dit interview. Redding had haar spijkerharde blik moeten zien, maar die ontging hem.

'Dit is niet de eerste letter van jouw achternaam,' zei ze bijna fluisterend. 'Dit de eerste letter van Déáns achternaam. We wisten dat je meeluisterde. We wisten dat je zou terugkomen om zijn werk te controleren, en de enige manier waarop je zou geloven dat hij geen bijbedoelingen had, was door je bewijs te laten zien.' Haar vinger volgde de lus van de R. 'Ik zei dat hij het moest doen. Ik heb hem gesmeekt, hem laten belóven dat hij het zou doen, en hij deed het – hoe misselijk hij er ook van werd, hoeveel nachtmerries het hem ook nog steeds bezorgt, hij dééd het. En het werkte.'

'Nee.'

'Je trapte erin. Je vertrouwde hem, want je wilde geloven dat hij jóúw zoon was, dat hij niets van zijn moeder had geërfd. Dom, dom, dom.' Sterling trok haar overhemd recht. 'Ik ben niet ontsnápt, Daniel. Dean heeft me laten gaan. Hij heeft me geholpen.'

'Je liegt.' Redding klemde zijn kiezen zo stevig op elkaar dat hij de woorden nauwelijks kon uitspreken.

'Hij waarschuwde dat ik uit je buurt moest blijven. Ik luisterde niet. Ik begreep het niet, en toen ik zonder versterking langskwam, toen jij je op me stortte – toen keek hij mee. Hij had een plan, en dat heeft hij uitgevoerd, hoeveel hem dat ook kostte.' Ze glimlachte. 'Hij is net zo briljant als jij. Slim genoeg om zelfs zijn goeie ouwe pa te overtroeven.'

Redding haalde uit naar agent Sterling, maar die leunde naar achteren en door zijn boeien kwam hij niet ver genoeg.

'Als een hond aan de ketting,' zei ze.

'Je gaat eraan.' Reddings stem was mat, maar zijn woorden klonken niet hol – absoluut niet. 'Je hebt geen idee waartoe ik in staat ben. Geen idee.'

Sterling zweeg. Ze liep de kamer weer uit en het scherm ging op zwart.

'Je hebt Dean gevraagd om je te brándmerken?' Lia was de eerste die haar stem terugvond.

'We moesten Redding laten geloven dat Dean me ging vermoorden en dat hij niet hoefde mee te kijken.' Sterling keek Lia aan. 'Soms doe je wat je moet doen om te overleven.'

Daar wist Lia alles van – en dat gold ook voor Dean en Michael. Ik dacht aan Sloane die de gaatjes van het afvoerputje van de douche telde en als een bezetene de hele nacht doorwerkte en aan het feit dat ik tegen Locke had gezegd dat ik mijn moeder had vermoord om tijd te rekken – zodat Michael haar kon vermoorden.

Soms doe je wat je moet doen om te overleven.

'Vast,' zei Lia. 'Ik ga kijken of het bij Sloane een beetje wil lukken.' Ze had geen zin om te praten over overlevingstactieken – dat besloot ik te onthouden. Ook ik wilde hier weg, dus ik volgde Lia naar de kelder. Daar zat Sloane in het midden van een neplounge, omringd door kaarten en geografische onderzoeken.

'Iets gevonden?' vroeg ik.

Sloane bracht haar hoofd omhoog, maar keek ons niet echt aan. Ze was nog altijd in gedachten verzonken, iets aan het berekenen, en haar gedachten waren zo luid dat ze de rest van de wereld overstemden.

Lia gaf Sloane met de punt van haar voet een duwtje. Sloane schrok op en keek Lia aan. 'Geografisch profileren is verbazingwekkend onbevredigend,' zei ze een tikkeltje geërgerd. Ze herschikte de papieren die voor haar lagen en gebaarde dat we dichterbij moesten komen. Ik ging door mijn knieën.

'De meeste moordenaars plegen hun moorden binnen een bepaalde straal rond hun huis.' Sloane gebaarde naar drie cirkels op de kaart, die allemaal een ander middelpunt hadden. 'Emerson Cole. Professor Fogle. Trina Simms. Fogles huisje ligt op drie uur rijden van Colonial én op drie uur rijden van Broken Springs.' De drie stipjes op de kaart vormden samen een taartpunt. 'Zelfs als je de straal op twee of drie uur rijden zet, is de overlap nog steeds piepklein.'

'Dat is juist goed, toch?' zei ik. 'Hoe kleiner de overlap, op hoe minder plekken we hoeven te zoeken.'

'Dat is het probleem,' zei Sloane. 'Dat kleine stukje van de kaart bevat maar één locatie die eruit springt.'

Lia zag het eerder dan ik. 'De gevangenis waar Deans vader opgesloten zit.'

'Logisch, toch?' zei ik. 'Redding heeft de touwtjes in handen. Redding is het middelpunt.'

'Maar dat wísten we al!' Sloane schreeuwde nu bijna. Ze beet op haar onderlip en ik besefte hoe hulpeloos ze zich hierbeneden had gevoeld: helemaal alleen, niet in staat een verschil te maken, hoe vaak ze alles ook opnieuw berekende.

'Kom.' Ik haakte een arm door de hare en trok haar omhoog. 'Dat gaan we aan agent Sterling vertellen.'

Sloane keek alsof ze wilde protesteren, maar dat wist Lia te voorkomen.

‘Uiteindelijk draait het altijd om de details,’ zei ze vriendelijk tegen Sloane. ‘Een tiende van een seconde, een flintertje informatie – je weet nooit wat het verschil maakt.’

Vlak nadat we naar boven waren gelopen sloeg de voordeur dicht. Lia, Sloane en ik verstijfden even en renden toen naar de hal. Sterling en Michael deden hetzelfde. We kwamen allemaal tegelijk tot stilstand.

Dean trok zijn jas uit. Briggs bleef met zijn armen over elkaar heen geslagen staan wachten. Hij had deze heisa duidelijk verwacht.

‘En?’ vroeg hij Lia.

‘Alleen wat we eigenlijk al wisten: dat hij al een hele tijd om de waarheid heen danst.’

‘Jij?’ vroeg Sterling aan Briggs.

‘Wil je eerst het goede of eerst het slechte nieuws?’

‘Verras me,’ antwoordde Sterling op droge toon.

‘We hebben DNA.’ Briggs stond zichzelf toe heel even te lachen – de FBI-versie van een vreugdedansje. ‘Trina Simms heeft haar nagels in onze UNSUB gezet.’

Was het normaal voor een UNSUB om op de eerste twee plaatsen delict geen bewijs achter te laten en zich dan door zijn derde slachtoffer te laten krabben? Oefening baarde immers kunst – en Daniel Redding leek me een man die veel belang hechtte aan kunst, planning en oog voor detail.

‘Daar hebben we weinig aan als we geen verdachte hebben om het aan te linken,’ zei Dean zachtjes.

Michael trok een wenkbrauw op. ‘Dus jullie hebben het meesterbrein niets weten te ontfutselen?’

Voor zover ik me kon herinneren was dit de eerste keer dat Michael Daniel Redding niet bij zijn naam had genoemd of ‘Deans vader’ had gezegd. Dat was een subtiele blijk van vriendelijkheid van een jongen die Dean regelmatig op de kast probeerde te krijgen door hem aan te spreken met de achternaam die hij met het monster deelde.

'Mijn vader,' zei Dean, waarmee hij Michaels inspanningen tenietdeed, 'weigerde ons te zien. En toen we hem daartoe dwongen, wilde hij niet praten.'

'Dat is niet waar.' Lia schonk Dean een verontschuldigende blik die zijn protest al op voorhand wegwuifde. 'Hij heeft wel íéts gezegd.'

'Niets wat het herhalen waard is.' Dean schonk Lia een blik die haar uitdaagde om hem nog een keer een leugenaar te noemen.

'Niets wat jij wílt herhalen,' verbeterde ze hem zachtjes.

Briggs schraapte zijn keel. 'Redding zei dat hij vandaag geen zin had om te praten. Maar dat dat morgen zomaar anders kon zijn. Hij zit in volledige isolatie – geen bezoek, geen telefoontjes, geen post, geen contact met andere gevangenen. Maar we weten niet welke instructies hij al aan zijn partner heeft doorgegeven.'

Maar dat dat morgen zomaar anders kon zijn. Briggs' woorden galmden na in mijn gedachten en ik draaide mijn hoofd met een ruk naar Dean. 'Jij denkt dat er morgen weer iemand doodgaat.'

Dat was echt iets voor Redding: niet willen praten tot hij weer iets had om zich over te verkneukelen. Het feit dat hij bezoek van Dean had geweigerd had me moeten verbazen – maar ik had agent Sterling hem net zien vertellen dat zijn zoon hem had verraden. Daar wilde Deans vader hem vast maar wat graag voor straffen, bijna net zo graag als hij agent Sterling wilde straffen voor het gore lef dat ze niet alleen nog leefde, maar hem ook nog eens het allerbelangrijkste uit zijn leven had afgenomen.

Zijn zoon.

'En verder?' vroeg ik. Ik wist dat Dean en Briggs iets verzwegen. Redding zou Dean nooit hebben laten gaan zonder zijn macht op de een of andere manier te herstellen – zonder Dean pijn te doen, hem te laten lijden voor het feit dat hij zijn vader had verraden.

Briggs ademde luid uit. Toen richtte hij zich tot mij. 'Hij zei nog iets.'

'Nee,' zei Dean direct en resoluut.

'Dean...'

'Nee, zei ik.'

'Dat is niet aan jou om te bepalen,' zei Briggs tegen Dean. 'Het moeilijkste aan dit werk is niet dat je bereid moet zijn om jezelf – je veiligheid, je mentale gesteldheid, je reputatie – op het spel te zetten. Het moeilijkste is dat je mensen om wie je geeft hetzelfde moet laten doen.'

Dean draaide zich in de richting van de keuken. Ik dacht dat hij ging weglopen, maar dat deed hij niet. Hij bleef gewoon staan, met zijn rug naar ons toe, terwijl agent Briggs ons vertelde wat Redding tot slot tegen hen had gezegd.

'Hij zei dat als we voor die tijd met hem wilden praten, Dean de volgende keer niet alleen moest komen.'

'Maar hij was niet alleen,' zei ik. Ik vroeg me af of Redding naar een nieuw bezoekje van Sterling had gehengeld.

'Als je hun dat vertelt, kun je ze net zo goed vertellen wat hij precíés zei.' Dean draaide zich weer om. Hij probeerde naar Michael, naar Sterling, naar Briggs te kijken – naar alles en iedereen behalve naar mij.

Dat mislukte. 'Hij zei: "De volgende keer wil ik dat je het meisje meeneemt."'

JIJ

Een blunder.

Dit is een blunder. Niet het feit dat Trina Simms dood is – dat hoorde bij het plan. Maar bewijs achterlaten?

Slordig. Stom. Onwaardig.

Dat gaat niet nog eens gebeuren. Daar zul je voor zorgen. Je zult geen blunders meer begaan.

Verborgen in de schaduw haal je een vinger langs het lemmet van het mes. Snijd je een perfect stuk touw af. Het brandijzer voelt zwaar in je hand. Je zwaait het een keer als een honkbalknuppel door de lucht. Je stelt je voor hoe het ding met een bevredigende bons tegen een schedel slaat...

Nee.

Dat is niet hoe dit moet. Dat is niet wat je gaat doen in vijf... vier... drie... twee...

'Wat doe jij hier?'

Je haalt uit met het brandijzer. Als je prooi op de grond valt, voel je geen enkele spijt.

Boei ze. Brandmerk ze. Martel ze. Hang ze op.

Niemand heeft gezegd dat je ze niet eerst bewusteloos mag slaan.

Je gooit het brandijzer opzij en pakt de tiewraps. Emerson Cole was een opdracht, maar dit – dit wordt léúk.

39

'Hoe weet Redding überhaupt dat er een meisje ís?' Directeur Sterling liep in de keuken langs Briggs, langs zijn dochter, langs ons allemaal, tot hij voor Dean stond.

'Dat heeft hij me gevraagd,' antwoordde Dean op vlakke toon. 'En toen heb ik geantwoord dat er geen meisje was.'

Vanaf zijn plek aan de keukentafel hield Judd directeur Sterling scherp in de gaten nu de man zijn ernstige blik op Dean richtte.

'Dus of Redding geloofde je niet, of hij weet iets, of hij gokt maar wat.' Daar dacht de directeur even over na. 'Ik vind het geen goed idee om een van de anderen bij het verhoor te betrekken. Als de verkeerde mensen daar lucht van krijgen...' Zijn stem stierf weg.

Je hebt Dean al bij een verhoor betrokken, dacht ik, *maar als iemand erachter zou komen dat je Dean hebt gebruikt om informatie uit zijn vader los te krijgen, dan zou je dat kunnen uitleggen.*

'Ik sta ook niet bepaald te springen om een van jullie met een seriemoordenaar in één ruimte te zetten,' zei Judd, die zijn kop koffie met twee handen vasthield. 'Niet dat iemand om mijn mening vroeg, natuurlijk.'

'Máár,' de directeur negeerde Judd, 'ik zou de gevangenisdirecteur nog een keer kunnen bellen. Als we de boel kunnen laten beveiligen door onze eigen mensen en alle gevangenen en bewaarders het cellenblok uit kunnen krijgen, dan wil ik best overwegen om een van de meiden mee naar binnen te sturen.'

'Ik.' Dat was het eerste wat ik zei sinds Briggs ons over Reddings verzoek had verteld. 'Ik moet mee naar binnen.'

Ik was met Dean naar Broken Springs geweest. Als de UNSUB dat op de een of andere manier aan Redding had weten te vertellen, dan was ik degene die hij wilde zien.

'Ik kan het ook doen.' Lia nam niet de moeite om die mededeling in te leiden. 'Daniel zei dat hij zou praten als je het meisje zou meenemen. Hij heeft niet gezegd welk meisje.'

'Lia,' zei Dean zachtjes. Ze draaide zich in haar stoel naar hem toe zodat ze hem kon aankijken. 'Als ik Cassie niet met hem in één ruimte wil hebben, waarom zou ik jóúw leven dan wel op het spel willen zetten?'

'Ik red me wel.' Lia's toon leek opvallend veel op die van Dean. Haar opmerking was simpel, haar stem was zacht en haar gebruikelijke flair was nergens te bekennen.

'En ik niet?' vroeg ik beledigd.

'Misschien moet ik gaan,' zei Sloane peinzend.

'Nee,' zei iedereen in de keuken – zelfs de directeur – tegelijkertijd.

'Ik kan jiujitsu,' probeerde Sloane. 'En trouwens, als ik het goed begrijp is deze verdachte gespecialiseerd in psychologische spelletjes en subtiele hints, en daar heb je bij mij niets aan. Het enige wat tot mij doordringt, zijn getallen en feiten en letterlijke betekenissen. Subtiliteiten gaan langs me heen.'

Daar was geen speld tussen te krijgen.

'Ik kan hem waarschijnlijk zelfs per ongeluk beledigen!' Sloane klonk ondertussen bijna té enthousiast. 'En als het me allemaal te veel wordt, vertel ik hem gewoon wat feitjes over tamme fretten.'

'Dat is een eh... heel gul aanbod, Sloane, maar ik heb liever dat jij achter de schermen blijft.' De stem van de directeur klonk een tikkeltje vreemd. 'Er is een doorkijkspiegel. Zodra het terrein veilig is, is er geen enkele reden om de rest van jullie niet te laten meekijken.'

'Ik kan er anders wel een paar bedenken.' Judd zette zijn koffie neer.

'Met alle respect, Judd,' zei de directeur stijfjes, 'dit is een FBI-kwestie.'

Na een gespannen stilte stond onze verzorger op en liep de keuken uit.

'Cassie, Dean en Briggs gaan naar binnen,' verkondigde de directeur in de stilte die daarop volgde.

'Waarom?' Dean zette een stap naar de directeur toe. 'Waarom zou je wie dan ook naar binnen sturen? We hebben niks uit hem los weten te krijgen, en dat gaat ook niet gebeuren. Hij zal een spelletje met ons spelen en heel binnenkort zal er nog een dode vallen. Dit is tijdverspilling. We doen precies wat hij wil.'

'Hij staat op scherp,' antwoordde agent Sterling voordat de directeur iets kon zeggen. 'Hij is een narcist. Als we hem genoeg touw geven, zal hij zichzelf ophangen, Dean.'

'Daarom was hij de eerste keer natuurlijk ook zo makkelijk te pakken,' zei Dean.

'Ik ben naar hem toe gegaan. Ik heb hem opgejut, en dat gaat ons helpen.' Agent Sterling zette een stap in Deans richting. 'Hij wil dit niet zomaar winnen. Hij wil winnen op een manier die ons zal blijven achtervolgen – dus als hij denkt dat hij de overhand heeft, zal hij hoe dan ook iets loslaten. Dan zal hij ons hoe dan ook hints geven, want hij wil dat de vraag waarom ik het niet zag me over vijf jaar 's nachts nog steeds wakker houdt.'

'Jij hoeft het ook niet te zien,' zei Michael. Hij keek naar Lia. 'Als wij aan de andere kant van die spiegel staan, zien wíj het.'

'Wat is er gebeurd met je voornemen om ons niet bij de zaak te betrekken?' vroeg Dean op felle toon aan agent Sterling. 'Dat was toch wat je wilde – dat we normáál en véilig zouden zijn?'

Die was onder de gordel.

'Als ik je normáál zou kunnen geven, zou ik dat doen.' De stem van agent Sterling had een scherp randje. 'Maar dat kan ik niet, Dean. Ik kan wat er met jou is gebeurd niet laten verdwijnen. Ik kan jou – kan geen van jullie – zover krijgen dat jullie normaal willen zijn. Ik heb geprobeerd om jullie erbuiten te houden. Ik heb geprobeerd om jullie als kinderen te behandelen, maar dat wérkt niet. Dus ja, ik ben een enorme hypocriet, maar als we met jullie hulp kunnen voorkomen dat die man ook nog maar één iemand van het leven berooft, dan ga ik me hier niet tegen verzetten.' Ze keek naar haar vader. 'Ik heb geen zin meer om die strijd te voeren.'

De verhoorkamer was kleiner dan hij op de televisie had geleken en claustrofobischer dan hij vanaf de andere kant van de spiegel had aangevoeld. Dean, Briggs en ik gingen als eerste naar binnen. Een van de agenten van Briggs' team, die ik herkende als agent Vance, ging Deans vader halen. Zodra directeur Sterling de gevangenisdirecteur erop had gewezen dat Redding zich onder zijn neus met deze zaak had bemoeid, was hij opeens heel meegaand geworden – een fijn contrast met de laatste keer dat agent Sterling en ik hier waren.

Ik ging aan de tafel zitten en wachtte tot Dean en Briggs ook zouden plaatsnemen.

De twee bleven staan, flankeerden me alsof ze twee agenten van de Geheime Dienst waren die de president beveiligden. De deur van de kamer ging piepend open en het kostte me grote moeite om me niet om te draaien en te kijken hoe Daniel Redding van de deur naar de tafel liep. Agent Vance bevestigde zijn boeien aan de tafel, controleerde de sluiting en zette een stap achteruit.

'Dus.' Redding had alleen maar oog voor mij. 'Jij bent het meisje.'

Zijn stem had iets zangerigs wat op de opnames niet te horen was geweest.

'Wat ben je stil,' zei Redding. 'En mooi.' Hij schonk me een zwak glimlachje.

'Zo mooi ben ik niet,' zei ik.

Hij hield zijn hoofd schuin. 'Goh, volgens mij denk je dat echt.' Hij liet een pauze vallen. 'Bescheidenheid is een verfrissende eigenschap voor iemand van jouw generatie. In mijn beleving overschatten de meeste jongeren hun eigenschappen en capaciteiten juist. Die zijn té snel té zelfverzekerd.'

Het DNA onder de nagels van Trina Simms. Daar kon Redding onmogelijk van op de hoogte zijn – en toch besefte ik dat dit gesprek twee lagen had: de 'gewone' en een die daaronder verborgen lag.

Agent Briggs legde een hand op mijn schouder en ik richtte me op de lijst die voor me lag – en die was opgesteld door agent Sterling.

'Ik heb een paar vragen voor je,' zei ik. 'Als ik die stel, ga je ze dan beantwoorden?'

'Ik weet het beter gemaakt,' zei Redding. 'Dan vertel ik je de waarheid.'

Dat zouden we nog weleens zien. Of beter gezegd: dat zou Lía nog weleens zien vanaf de andere kant van de doorkijkspiegel.

'Ik wil het over je partner hebben,' zei ik.

'Dat is niet het woord dat ik zou kiezen.'

Dat wist ik – en daarom gebruikte ik het ook. Agent Sterling had geopperd dat het in ons voordeel was als Redding dacht dat hij de touwtjes in handen had. Dat hij dacht dat ik een gewoon meisje was, en geen vijand.

'Welk woord zou jij dan gebruiken?'

'Laten we het op "leerling" houden.'

'Is je leerling een student?' vroeg ik.

Redding aarzelde geen moment. 'Ja.'

'Is je leerling iemand die niet heeft gestudeerd?'

Als Redding het vreemd vond dat ik twee versies van dezelfde vraag stelde, dan liet hij dat niet merken. 'Ja.'

'Is je leerling jonger dan eenentwintig?'

'Ja.'

'Is je leerling ouder dan eenentwintig?'

Hij glimlachte. 'Ja.'

'Heb je je leerling via de post leren kennen?'

'Ja.'

'Heb je je leerling persoonlijk leren kennen?'

'Ja.'

Er waren meer vragen. Die stelde ik. En hij antwoordde steeds op dezelfde manier. Toen ik het einde van Sterlings vragenlijst bereikte, liet ik mezelf heel even hopen dat Lia ons zou kunnen vertellen welk antwoord van elk vragenpaar waar was en welk daarvan gelogen was.

'Was dat het?' vroeg Redding.

Ik slikte. Ik hoorde ja te zeggen. Ik hoorde op te staan en deze kamer te verlaten, maar dat kon ik niet. 'Probeer je Dean te vervangen?' vroeg ik. Als ik naar hem keek, was het moeilijk om niet aan Locke en haar obsessie met mij te denken.

'Nee. Je beste werk vervang je niet zomaar.' Redding glimlachte. 'Mijn beurt: geef je om mijn zoon?'

'Ja.' Ik hield mijn antwoord kort. 'Waarom wilde je met me praten?'

'Als je deel uitmaakt van Deans leven, maak je ook deel uit van dat van mij.' De blik in Reddings ogen gaf me de rillingen. 'Weet je wat hij heeft gedaan? Wat hij is?'

Achter me voelde ik Dean verstijven, maar ik weerstond de neiging om me om te draaien. 'Ik weet wat er met Victoria Sterling is gebeurd. Wat er met Gloria en de anderen is gebeurd.'

Dat was niet helemaal waar – maar ik liet Redding in de waan dat Dean me alles had verteld.

'En dat kan je niets schelen?' Redding hield zijn hoofd weer schuin en keek me indringend aan. 'Je voelt je aangetrokken tot de duisternis.'

'Nee,' zei ik. 'Ik voel me aangetrokken tot Dean, en dat kan me wél iets schelen, want híj kan me iets schelen. Mijn beurt – en je bent me twee vragen verschuldigd.'

'Vraag maar raak.'

Mijn intuïtie zei me dat Briggs me niet veel langer door zou laten gaan. Ik moest goed nadenken over mijn vragen.

'Hoe bepaal je wie er doodgaat?' vroeg ik.

Redding legde zijn handen plat op tafel. 'Dat doe ik niet.'

Hij loog. Dat kon niet anders. De enige link tussen Trina Simms en Emerson Cole was dat ze beiden een link met Redding hadden.

'Ik geloof dat ik je nog één antwoord verschuldigd ben.'

'Goed dan,' zei ik. 'Vertel me iets wat ik nog niet weet.'

Redding grinnikte. 'Ik mag jou wel,' zei hij.

Ik wachtte. *Als we hem genoeg touw geven*, dacht ik, *zal hij zichzelf ophangen.*

'Iets wat je nog niet weet.' Redding dacht even na. 'Oké. Wat dacht je hiervan: je gaat de man die je moeder heeft vermoord nooit vinden.'

Ik kon niets uitbrengen. Ik kreeg geen lucht. Mijn mond was kurkdroog. Mijn moeder? Wat wist hij over mijn moeder?

'Zo is het wel genoeg,' zei Dean op scherpe toon.

'Maar we zijn net zo gezellig aan het kletsen,' zei Redding. 'Dat doen wij gevangenen veel, weet je. Kletsen.'

Hij wilde me laten denken dat hij via de geruchtenmolen in de gevangenis iets had opgevangen over wat er met mijn moeder was gebeurd. Dat betekende dat hij wist wie ik was – of dan in elk geval genoeg over me wist om te weten dat mijn moeder vermist, vermoedelijk dood was.

Mijn hart ging als een bezetene tekeer, maar toch voelde ik me opeens onnatuurlijk kalm. 'Vertel me iets wat ik nog niet over deze záák weet,' zei ik.

'Sta me toe je mijn grote plan te vertellen,' zei Redding schamper. Zijn stem had een gekscherend toontje, maar zijn blik bevatte geen enkele emotie. 'Ik ga in mijn cel zitten wachten, en terwijl ik wacht, zullen er nog twee doden vallen. Agent Briggs kan elk moment worden gebeld over het eerste slachtoffer en het tweede zal morgen sterven. Vanaf dan zullen de slachtoffers zich opstapelen. Zullen jullie het ene na het andere lichaam vinden, omdat Briggs en Sterling niet goed genoeg zijn.' Reddings ogen schoten van mij naar Briggs. 'Omdat jullie niet slim genoeg zijn.' Zijn blik gleed naar Dean. 'Omdat jullie zwak zijn.'

Ik duwde mijn stoel naar achteren, waardoor die tegen Dean aan botste. Hij wist zijn evenwicht te bewaren, en ik stond op. *We zijn hier klaar,* dacht ik, maar dat zei ik niet hardop. Briggs, Dean en ik liepen achter elkaar aan de kamer uit en lieten Deans vader geketend aan de tafel achter.

40

We zochten de rest van het team op in de observatieruimte. Sloane zat in kleermakerszit op een bureau. Haar blonde haar werd maar nauwelijks in bedwang gehouden door een slordige paardenstaart en ze zat onnatuurlijk rechtop. Agent Sterling stond naast haar, ongeveer een meter achter Lia, die nog steeds door de doorkijkspiegel naar Redding staarde en haar armen over elkaar had geslagen, haar gelakte nagels rustend op haar ellebogen. Aan de andere kant van de spiegel kwam agent Vance binnen om de gevangene weer naar zijn cel te begeleiden.

Er gleed een hand over mijn schouder en ik draaide me om. Michael zei niets, maar bestudeerde zwijgend mijn gezicht.

Ik kon niet wegkijken. Ik zei niet dat ik in orde was of dat Redding niet onder mijn huid had weten te kruipen – Michael wist allang hoe ik me voelde. Het had geen zin om dat onder woorden te brengen.

'Alles oké?' Agent Sterling stelde de vraag wél. Ik wist niet of ze het tegen mij of tegen Dean had.

Ik ontweek de vraag voor ons beiden. 'Negeer wat hij over mijn moeder zei,' zei ik tegen Lia. 'Concentreer je op de zaak. Hoeveel van wat Redding vertelde was waar?'

Lia wist haar blik eindelijk los te scheuren van het glas. Een paar tellen lang dacht ik dat ze me ging negeren. Ik dwong haar in gedachten om dat niet te doen. Ze had zelf gezegd dat de beste leugenaars net goochelaars waren. Ik wilde niet weten of Deans vader had gelogen of de waarheid had verteld toen hij zei dat ik mijn moeders moordenaar nooit zou vinden. *Misleiding.* Mijn moeders zaak was vijf jaar oud. Onze UNSUB was nú aan het moorden.

'Nou?' vroeg ik. 'Waar loog onze lievelingspsychopaat over?'

Lia liep naar de andere kant van de ruimte, plofte neer in een bureaustoel en spreidde haar armen. 'Nergens over.'

'Nergens over?' herhaalde ik.

Lia sloeg met haar handpalm tegen de zijkant van de stoel. 'Nergens over. Ik heb geen idee hoe hij dat doet.' Praktisch trillend van woede sprong ze weer op, te rusteloos om te blijven zitten. 'Je hebt twee versies van elke vraag gesteld zodat ik de antwoorden met elkaar kon vergelijken. Dat had het me makkelijk moeten maken, maar ik zou durven zweren dat elk antwoord waar was.' Ze gooide er een paar bijzonder creatieve en indrukwekkend hartstochtelijke vloeken uit. 'Wat is er mís met me?'

'Hé.' Toen Lia langs Dean heen ijsbeerde, pakte hij haar arm beet. 'Dit is niet jouw schuld.'

Ze trok zich los. 'Wiens schuld is het dan wel? Die van de andere deceptielezer in deze ruimte die kennelijk volkomen nútteloos is?'

'Wat als je het mis hebt?' zei Sloane. In haar ogen lag een afwezige blik. Ik kon de radertjes in haar hoofd praktisch hóren draaien. 'Wat als je niet nutteloos bent, bedoel ik.' Sloane streek haar witblonde pony uit haar ogen. 'Wat als hij écht steeds de waarheid vertelde?'

Lia schudde zo hard met haar hoofd dat haar paardenstaart ervan heen en weer zwiepte. 'Dat kan niet.'

'Als hij meer dan één leerling heeft wel,' zei Sloane.

Is je leerling een student?

Is je leerling iemand die niet heeft gestudeerd?

Is je leerling jonger dan eenentwintig?

Is je leerling ouder dan eenentwintig?

O god.

Sloane had gelijk. Redding had elke vraag eerlijk kunnen beantwoorden als hij met twéé mensen samenwerkte – twee mensen die op papier heel verschillend waren, maar die allebei even makkelijk door hem te manipuleren waren en allebei even dol waren op geweld en macht.

Briggs dacht even na. 'Dus Redding wil ons met zijn antwoorden laten denken dat hij een loopje met ons neemt, terwijl hij ons eigenlijk precies vertelt waarom deze zaak niet lijkt te kloppen.'

Waarom Emerson Cole leek te zijn vermoord door een goed georganiseerde, extreem precieze misdadiger die geen bewijs achterliet en de moordenaar van Trina Simms haar binnen gehoorsafstand van haar buren had vermoord en DNA op de plaats delict had achtergelaten.

Briggs' telefoon ging. De rest van ons viel stil. Reddings belofte dat de lichamen zich zouden gaan opstapelen spookte door mijn hoofd. *Agent Briggs kan elk moment worden gebeld over het eerste slachtoffer.*

Michael, die naast me stond, keek vanuit zijn ooghoeken naar Briggs, tot deze met zijn rug naar ons toe ging staan. Ik keek Michael aan en trok een wenkbrauw op. Michael schudde zijn hoofd.

Wat Briggs nu ook voelde, het was niet positief.

Briggs liep zachtjes pratend de gang op en liet de deur achter zich dichtslaan. In de stilte die volgde wilde geen van ons hardop zeggen wat er waarschijnlijk was gebeurd.

Er is nog iemand vermoord.

Ik kon hier niet doelloos blijven staan wachten tot Briggs zou terugkomen met de boodschap dat er opnieuw iemand dood was. De gezichten van de slachtoffers spookten door mijn hoofd – Emersons levenloze ogen. Trina's opengesperde ogen zodra ze besefte wie Dean was.

Twee moordenaars. Ik concentreerde me op de UNSUB's in plaats van op de slachtoffers. Die liet ik mijn gedachten vullen. *Eén moordenaar die bewijs heeft achtergelaten, en één die dat niet heeft gedaan. Beiden marionetten van Redding.*

Briggs kwam de kamer weer binnen. Kennelijk had hij opgehangen, maar zijn vingers zaten nog steeds stijf om zijn telefoon geklemd. 'Er is weer een lichaam gevonden.'

'Waar?' vroeg agent Sterling.

In Briggs' ogen lag een stuurse uitdrukking. 'Colonial University.'

Mijn gedachten gingen direct naar de mensen die we daar hadden ontmoet, naar de andere studenten die Fogles vak volgden.

'Iemand die we kennen?' Michael wist zijn toon neutraal te houden.

'Het slachtoffer was negentien.' Briggs stond volledig in de FBI-modus – was volkomen zakelijk. 'Man. Volgens zijn kamergenoot, die het lichaam heeft ontdekt, heette hij Gary Clarkson.'

Ik hapte naar adem. Lia liet zich tegen de spiegel vallen.

Clark.

Briggs en Sterling namen ons niet mee naar de plaats delict. Ze zetten ons af bij het huis en gingen er toen met z'n tweeën naartoe. Hoeveel grenzen ze ook over waren gegaan, sommige plekken bleven verboden terrein. Ze wilden niet het risico lopen dat iemand – de moordenaar, bijvoorbeeld – ons op de plaats delict zou zien. Niet als ze ons daar, in elk geval in theorie, foto's van konden laten zien waar we net zoveel mee konden.

We wachtten. Tegen de tijd dat Briggs en Sterling terugkwamen, hing er een rusteloze sfeer in het huis.

Ze hadden geen foto's bij zich, maar hadden wel nieuws voor ons.

'Het forensisch team is het bewijs nog aan het onderzoeken, maar ze zullen geen spoor van de moordenaar vinden,' zei agent Sterling. 'Deze UNSUB heeft zijn slachtoffer neergeslagen met een brandijzer, maar verder heeft hij Reddings MO tot in de kleinste details geïmiteerd. Hij was zelfverzekerd, niet buiten zinnen. Hij heeft ervan genoten.'

Hij heeft zich ontwikkeld, dacht ik.

'Dat klinkt eerder als de UNSUB die Emerson Cole heeft vermoord dan als degene die Trina Simms heeft vermoord,' zei ik. Mijn hersenen schakelden naar de vijfde versnelling. *Twee UNSUB's. UNSUB één is georganiseerd. Hij heeft Emerson en Clark – en waarschijnlijk ook de professor – vermoord. UNSUB twee is gedesorganiseerd. Hij heeft Trina Simms vermoord nadat we bij haar op bezoek waren geweest.*

'Wat is de link?' vroeg Dean. 'Hoe kan iemand die Emerson als slachtoffer kiest daarna voor Clark kiezen?'

'Ze zaten in hetzelfde projectgroepje voor Fogles vak,' opperde Lia. 'Clark was smoorverliefd op dat meisje.'

'In zijn studentenkamer lagen stapels foto's van haar,' bevestigde Briggs. 'Duizenden, onder zijn bed.'

'En de andere twee uit dat groepje?' vroeg ik. 'Derek en Bryce. Denk je dat UNSUB één zich hierna op hen zal richten?'

Eerst Emerson. Toen Clark. In de tussentijd vermoordt UNSUB twee Trina Simms...

Mijn gedachten werden onderbroken door de *ping* van inkomende berichtjes – eentje op Sterlings telefoon en eentje op die van Briggs.

'Forensisch team?' gokte Michael.

Sloane sprak hem tegen. 'Te vroeg. Zelfs als ze zo snel mogelijk hebben gewerkt, kunnen ze niet meer dan een of twee testen hebben ge...'

'Ze hebben inderdaad zo snel mogelijk gewerkt,' onderbrak Briggs haar. 'Maar tot nu toe hebben ze alleen een monster van het DNA van het slachtoffer kunnen analyseren.'

'Waarom moesten jullie daar allebei bericht van krijgen?' vroeg Lia achterdochtig.

'Omdat dat DNA overeenkwam met dat van iemand in onze database.'

Briggs trok zijn colbert uit en legde het netjes over zijn arm. De beheerste handeling paste totaal niet bij de blik in zijn ogen. 'Clarks DNA komt overeen met het DNA dat onder Trina Simms' nagels is gevonden.'

Ik nam even de tijd om dat te verwerken.

Sloane was zo vriendelijk om mijn gedachten hardop uit te spreken. 'Dus dat betekent,' zei ze, 'dat Gary Clarkson niet alleen slachtoffer nummer vier is. Hij is ook onze tweede UNSUB.'

JIJ

Je ziet nog steeds voor je hoe die vadsige, sneue meeloper keek toen je de punt van het mes in zijn borstkas zette.

'Zó moet het,' zei je tegen hem terwijl je het mes door zijn overvloedige vlees zigzagde. 'Je hebt alles altijd perfect onder controle. Geen bewijs. Geen risico.'

Toen je hoorde dat Trina Simms dood was, heb je je voorgesteld hoe dat had móéten gaan. Tot in de kleinste details – hoe jíj het zou hebben gedaan. Het plezier dat je zou hebben gevoeld als je haar had horen gillen.

Maar deze imitatie, deze huichelaar – die had het verkeerd gedaan.

En daar moest hij voor boeten.

Op zijn gezicht had zijn zweet zich vermengd met zijn tranen. Hij verzette zich, maar je deed het rustig aan. Je was geduldig. Je legde hem uit dat je Trina Simms had gekend en dat ze beter verdiende.

Of slechter. Het was maar net hoe je het bekeek.

Je liet die zwakke imitatie, die kopie van een kopie, zien hoe je écht geduld toonde. Het was alleen jammer dat je zijn mond moest dichtplakken – je kon niet riskeren dat een student van hiernaast zou langskomen om te kijken waarom dit varkentje zo hard gilde.

Terwijl je je instrumenten schoonmaakt glimlach je bij de herinnering. Redding had je geen opdracht gegeven om die huichelaar te doden. Dat had niet gehoeven. Jullie zijn uit een heel ander soort hout gesneden, jij en de jongen die je net naar de hel hebt gestuurd.

Hij was zwak.

Jij bent sterk.

Hij deed aan schilderen op nummer en wist nog steeds niet binnen de lijntjes te blijven.

Jij bent een kunstenaar in de dop. Improvisatie. Innovatie. Alleen die gedachte al geeft je een gevoel van macht. Je dacht dat je wilde zijn als Redding. Precies zoals hij.

Maar nu begin je in te zien dat je zoveel méér kunt zijn.

'Nog niet,' fluister je. Er is nog één iemand die eerst moet gaan. Je neuriet een liedje en doet je ogen dicht.

Wat moet gebeuren, zal gebeuren – zelfs als je het lot daar een handje bij moet helpen.

41

Als we het bewijs mochten geloven, was Clark een moordenaar – en had Reddings andere leerling hem vermoord.

Rivaliserende broers. Die gedachte was misplaatst, maar ik kon hem maar niet van me afzetten. Twee jonge mannen die Redding verafgoodden en op de een of andere manier een relatie met hem hadden opgebouwd. Hoe goed hadden die twee elkaar gekend?

Zodanig goed dat onze overgebleven UNSUB Clark had vermoord.

'Clark heeft Trina vermoord?' Michael wist zijn ongeloof niet te verbergen. 'Ik weet dat hij boos was – over Emerson, over de professor – maar dan nog.'

Ik probeerde me voor te stellen hoe het was gegaan. Was Clark Trina's huis binnengedrongen? Had ze hem zelf binnengelaten? Had hij iets over Redding gezegd?

'Clark was een eenling,' dacht ik hardop. 'Hij heeft zijn hele leven nergens bij gehoord. Hij was niet agressief, maar hij was ook geen jongen bij wie je graag in de buurt was.'

Dean keek agent Sterling vanuit zijn ooghoeken aan. 'Hoe gedesorganiseerd was de moord op Trina Simms precies?'

Ik begreep meteen waarom Dean dat vroeg: Clark paste vrijwel perfect in het profiel van een gedesorganiseerde moordenaar.

'Hij heeft de MO gevolgd,' antwoordde agent Sterling. 'Maar niet heel goed.'

Daarom heb je hem vermoord. Ik richtte me in gedachten op onze overgebleven UNSUB. *Jullie speelden hetzelfde spel, maar Clark heeft het verpest. Hij zou gepakt worden. En misschien ging hij er ook wel voor zorgen dat jíj gepakt werd.*

'Kenden ze elkaar?' vroeg ik. 'Clark en onze UNSUB? Ik durf te wedden dat ze van elkaar af wisten, maar hebben ze elkaar weleens ontmoet?'

'Waarschijnlijk hield hij die twee zo veel mogelijk gescheiden.' Dean verduidelijkte niet wie 'hij' was. Onder deze omstandigheden hoefde dat niet. 'Hoe minder interactie ze met elkaar hebben, hoe beter hij de situatie onder controle heeft. Dit is zijn spel, niet dat van hen.'

Clark of onze UNSUB profileren was niet genoeg. Uiteindelijk draaide dit allemaal om Redding. Ik zag hem weer tegenover me aan tafel zitten. Ik hoorde mezelf de vragen stellen, hoorde hem antwoorden. Ik ging ons hele gesprek langs, vraag voor vraag, ervan overtuigd dat ik iets over het hoofd zag.

Je hebt Clark op Trina afgestuurd, dacht ik. *Wie heb je op Emerson afgestuurd?*

Het knagende gevoel dat ik iets over het hoofd zag werd sterker. Ik zat als bevroren op mijn stoel, en opeens verdwenen alle onbelangrijke details tot er nog maar één ding over was. Eén detail.

Eén vraag.

'Lia,' zei ik haastig, 'weet je zeker dat geen van Reddings antwoorden op mijn vragen gelogen was?'

Lia boog heel lichtjes haar hoofd – ze vond duidelijk niet dat die vraag een gesproken antwoord verdiende.

'Ik heb hem gevraagd hoe hij zijn slachtoffers koos.' Ik keek om me heen om te zien of de gedachtegang van een van de anderen dezelfde afslag zou nemen. 'Ik vroeg hem hoe hij bepaalde wie er doodging, en weten jullie nog wat hij toen zei?'

'Dat doe ik niet.' Dat antwoord kwam van Dean. Ik dacht niet dat hij ook maar een woord was vergeten van wat zijn vader tijdens dat verhoor – tijdens welk verhoor dan ook – had gezegd.

'Als hij zijn slachtoffers niet zelf uitkiest,' ik keek van Dean naar Sterling naar Briggs, 'wie doet dat dan?'

Het was even stil.

'Zij.'

Ik had niet verwacht dat Michael mijn vraag zou beantwoorden, maar misschien had dat wel gemoeten. Hij en Lia hadden Clark ontmoet, en hij was degene die de woede in de jongen had herkend.

Zo was ze niet, had Clark gezegd toen we hoorden dat Emerson naar bed ging met hun professor – maar hij had zijn eigen woorden niet geloofd. Oftewel: hij vond dat Emerson wél zo was. Hij vond dat ze minder was, dat ze het verdiende om te worden geminacht. Om te worden vernederd.

Hij bewaarde foto's van haar onder zijn bed.

Clark was geobsedeerd geweest door Emerson. Hij had van haar gehouden en had haar gehaat en toen ging ze dood. Hij was alleen geen verdachte in de moordzaak omdat hij een alibi had gehad.

'Redding liet de UNSUB's elkaars slachtoffers kiezen.' Michael was nog steeds aan het woord – en hij dacht precies hetzelfde als ik. 'Clark koos Emerson, maar iemand anders heeft haar vermoord. Net als in *Strangers on a Train*.'

'Alfred Hitchcock,' zei Sloane. 'Een film uit 1951. Een uur en eenenveertig minuten lang. Het idee van de film is dat de beste manier om iemand ongestraft te vermoorden is door twee vreemdelingen elkaars doelwit te laten uitschakelen.'

'Zo hebben beide moordenaars een alibi als hun doelwit sterft,' zei Briggs zachtjes.

Zoals Clark samen met honderden anderen een examen had zitten maken toen Emerson werd vermoord.

In mijn gedachten viel de ene na de andere dominosteen om.

Zoals Christopher Simms met Briggs sprak toen iemand zijn moeder vermoordde.

42

Ik zat op de trap te wachten. De afgelopen veertien uur had de FBI de verblijfplek van Christopher Simms geprobeerd te achterhalen. Daniel Redding had ons vandaag nog een moord beloofd en het enige wat ik kon doen, was wachten – tot zou blijken of hij gelijk had, tot zou blijken of ze Christopher op tijd te pakken kregen. Ik kon niet omhoog of naar beneden. Ik kon hier alleen maar blijven zitten, halverwege de trap, terwijl ik obsessief nadacht over het bewijs en bad dat als de telefoon ging, het zou zijn om ons te vertellen dat de verdachte was gearresteerd en niet om ons op de hoogte te brengen van het vijfde slachtoffer.

Hoe vaak ik de hele zaak ook van begin tot eind naging, de details bleven hetzelfde. Clark had Emerson uitgekozen en iemand anders had haar vermoord op een moment dat hij een waterdicht alibi had. En toen had de moordenaar op zijn beurt weer een slachtoffer uitgekozen – Trina Simms.

Ik herinnerde me Christophers blik toen hij mijn arm had beetgepakt en me van de bank had getrokken. Hij was het zat om door zijn moeder onder de duim te worden gehouden. Hoe kon hij haar dat beter betaald zetten dan door haar – via een omweg – te laten vermoorden door de man op wie ze verliefd dacht te zijn?

Alles kwam telkens weer uit bij Daniel Redding. Christopher mocht

Trina dan wel als zijn slachtoffer hebben gekozen, maar Redding had Christopher als zijn leerling gekozen. Waarschijnlijk had Deans vader Trina gebruikt om haar zoon te bereiken. Hij had bijna zeker weten tegen Clark gezegd dat hij Trina pas mocht vermoorden nadat Dean bij haar op bezoek was geweest.

Hoelang is hij dit al aan het plannen? Hoeveel had hij al in beweging gezet voordat Emersons lichaam op dat gazon werd gevonden? Ik draaide naar links en keek naar de muur. Boven de trap hingen portretfoto's – seriemoordenaars sierden onze muren alsof het familieleden waren.

Daar zag ik de ironie wel van in.

In mijn hand lag de Rozenrood-lippenstift. Ik haalde de dop eraf en draaide aan de onderkant tot de donkerrode kleur over de rand van de huls heen piepte.

Je gaat de man die je moeder heeft vermoord nooit vinden. Reddings woorden galmden door mijn hoofd, dreven de spot met me.

'Mag ik bij je komen zitten terwijl we wachten?'

Ik keek over mijn schouder naar Dean, die bovenaan de trap stond.

'Zoek maar een plekje,' zei ik. In plaats van op een van de traptreden boven me te gaan zitten liep Dean naar me toe en liet zich naast me zakken. De trap was zo breed dat we niet tegen elkaar aan zaten, maar ook weer niet zo breed dat er echt veel ruimte tussen ons was. Zijn blik viel op de lippenstift in mijn hand.

Hij weet het, dacht ik. *Hij weet dat deze van Locke was en waarom ik hem heb gehouden.*

'Ik moet de hele tijd aan ze denken,' zei Dean na een tijdje. 'Aan Gary Clarkson en Christopher Simms. Zij zijn nooit mijn vaders einddoel geweest.'

Ik draaide de lippenstift weer in de huls en deed de dop erop. 'Dat was jij,' zei ik. Ik wist dat dat waar was. Ik wist dat dit op de een of andere manier allemaal om Dean had gedraaid.

Dean deed zijn ogen dicht. Ik voelde hem naast me zitten, voelde hem in- en uitademen. 'Ik weet nog steeds niet of mijn vader dit hele gebeuren heeft bedacht om me te dwingen naar hem toe te komen of dat hij ervan uitging dat een van zijn leerlingen uiteindelijk zou willen bewijzen dat hij beter was dan hij en me zou vermoorden.'

Dean deed zijn ogen weer open en ik dacht na over zijn opmerking. Emersons moordenaar had Clark vermoord. Dat was het werk van een UNSUB die Reddings enige leerling wilde zijn. Zijn enige erfgenaam wilde zijn. Zijn enige zóón wilde zijn.

'Je vader wil je niet dood hebben,' zei ik tegen Dean. Dat zou voor Redding een allerlaatste redmiddel zijn. Hij zou Dean alleen laten vermoorden als hij dacht dat hij hem echt was verloren – en Daniel Redding was niet in staat om te geloven dat hij echt iets kon verliezen.

'Nee,' beaamde Dean, 'hij wil me niet dood hebben, maar als een van de UNSUB's was doorgedraaid, als een van hen me hier was komen vermoorden, dan zou ik mezelf hebben verdedigd.'

Misschien was dat het einde dat Redding voor ogen had: Dean die de anderen vermoordde. Redding zag Dean als een verlengstuk van zichzelf. Hij dacht uiteraard dat Dean zou winnen – en als hij niet zou winnen, tja, dan zou Daniel Redding misschien vinden dat hij het had verdiend om dood te gaan. Omdat hij zwak was.

Omdat hij geen kind van zijn vader was.

De telefoon ging, en ik verstijfde. Ik zat als bevroren op de trap, kon niet meer bewegen of ademen. Twee tellen later viel de telefoon weer stil. Iemand had opgenomen.

Laat hem alsjeblieft op tijd gevonden zijn. Laat hem alsjeblieft op tijd gevonden zijn.

'Dean,' wist ik mijn plotseling droge mond uit te krijgen. Hij zat al net zo roerloos naast me. 'Afgelopen zomer, na alles wat er toen is gebeurd, zei Michael dat ik moest uitzoeken wat ik voelde. Voor jou.'

Ik wist niet waarom ik hier nu over begon – maar dat moest ik zeggen. Er kon elk moment iemand de gang in komen om te vertellen wat er aan de hand was. Alles kon elk moment veranderen. Ik voelde me een trein die in de richting van een tunnel denderde.

Laat er alsjeblieft niet nog een lichaam zijn gevonden.

'Townsend betekent iets voor je.' Deans stem was al even hees als de mijne. 'Hij maakt je blij.' *En je verdient het om blij te zijn.* Dat kon ik hem praktisch horen denken, ik kon voelen hoe hij tegen zijn volgende vraag vocht en verloor. 'Wat heb je ontdekt?'

Hij vroeg het. En als hij het vroeg, dan wilde hij het weten, dan vond hij dat antwoord belangrijk. Ik slikte. 'Ben jij... Dean, ik moet weten wat jij voelt. Voor mij.'

Alles kan elk moment veranderen.

'Ik voel... íéts,' zei Dean haperend. Hij draaide zich naar mij en zijn been streek langs het mijne. 'Maar ik weet niet of ik... Ik weet niet of het genoeg is.' Hij legde een hand om de lippenstift die ik vasthield, bedekte mijn hand met de zijne. 'Ik weet niet of ik het wel kan...'

Of je wat wel kunt? Of je je kunt openstellen? Of je kunt loslaten? Of dat je iets zo belangrijk kunt laten zijn dat het verlies ervan je misschien wel over de rand duwt?

Beneden kwam Michael de gang in. Dean liet mijn hand los.

'Ze hebben hem gevonden.' Voor de trap bleef Michael staan en hij keek ons aan. 'Briggs' team heeft Christopher Simms gevonden.'

Ze hadden Christophers Simms gearresteerd terwijl hij voor een koffietentje op een meisje stond te wachten. In zijn pick-up lagen tiewraps, een jachtmes, een brandijzer voor vee en zwart nylon touw.

Het ene na het andere lichaam, had Redding beloofd. *Omdat jullie niet slim genoeg zijn. Omdat jullie zwak zijn.*

Maar dat waren we niet, en deze keer hadden we gewonnen. Dat jachtmes zou nooit meer in de huid van een meisje worden gezet. Haar handen zouden niet achter haar rug worden gebonden. Ze zou geen gloeiend heet metaal op haar huid voelen branden.

We hadden dat meisje bij het koffietentje gered, zoals we ook die kleine Mackenzie McBride hadden gered. Er zou opnieuw een slachtoffer zijn gevallen als ik niet tegenover Daniel Redding was gaan zitten. Als Sterling hem niet had opgehitst tot hij had besloten ons te martelen met de waarheid. Als Lia niet achter de spiegel had gezeten en niet had gezien dat Redding de hele tijd de waarheid sprak. Als Sloane niet had beseft dat Lia's gave niet kapot was.

Als Michael en ik Clark niet hadden ontmoet, als Dean niet naar Trina was gegaan, hoe zou dit dan zijn afgelopen?

Dean was verdwenen om het nieuws op zijn eigen manier te verwerken. Michael was naar zijn autoproject gevlucht.

Ik stond in de tuin en keek met de Rozenrood-lippenstift in mijn hand naar de vuilcontainer.

Ik had me aangesloten bij de Naturals in de hoop dat ik daarmee zou kunnen voorkomen dat een ander meisje een kamer vol bloed in zou stappen. Dat was wat we deden. Wij redden mensen. En toch kon ik de lippenstift niet weggooien, kon ik het verleden niet afsluiten.

Je gaat de man die je moeder heeft vermoord nooit vinden. Hoe kon Redding dat in godsnaam weten? Dat was onmogelijk. Maar toch bleef zijn opmerking dat gevangenen klétsten maar door mijn hoofd gonzen. Hoe had Deans vader überhaupt geweten dat mijn moeder dood was?

'Niet doen.' Michael kwam van achteren naar me toe lopen. Ik liet de lippenstift in mijn vuist verdwijnen en stopte hem in de zak van mijn spijkerbroek.

'Wat niet?' vroeg ik.

'Niet denken aan iets wat maakt dat je je klein en bang voelt, alsof je vastzit in een tunnel zonder licht aan het einde.'

'Je staat achter me,' zei ik zonder me om te draaien. 'Hoe kun je in godsnaam mijn emoties lezen?'

Michael liep langs me heen en ging voor me staan. 'Dat zou ik je kunnen vertellen,' zei hij, 'maar dan moet ik je daarna vermoorden.' Hij was even stil. 'Te snel?'

'Om te grappen dat je me wilt vermoorden?' vroeg ik droog. 'Nooit.'

Michael streek een pluk haar uit mijn gezicht. Ik bevroor.

'Ik weet het,' zei hij. 'Ik weet dat je om hem geeft. Ik weet dat je je tot hem aangetrokken voelt. Ik weet dat het je pijn doet om te zien dat hij lijdt. Ik weet dat hij nooit naar Lia kijkt zoals hij naar jou kijkt, dat hij jou niet als zijn zús ziet. Ik weet dat hij je wil. Hij is smoorverliefd op je. Maar ik weet ook dat hij het feit dat hij je wil de helft van de tijd vervloekt.'

Ik dacht aan Dean die op de trap tegen me zei dat hij iets voelde, maar niet wist of dat wel genoeg was.

'Dat is het verschil tussen ons twee,' zei Michael. 'Ik wil jou niet gewoon.' Zijn beide handen lagen ondertussen om mijn gezicht. 'Ik wíl je willen.'

Michael was geen jongen die zichzelf dingen liet willen. En hij zou al helemaal nooit tóégeven dat hij iets wilde. Hij liet niets of niemand dichtbij komen. Hij ging er altijd van uit dat hij zou worden teleurgesteld.

'Ik ben hier, Cassie. Ik weet wat ik voel en ik weet dat als je je verdediging laat zakken, als je het jezelf toestaat, dat jij het ook voelt.' Een van zijn handen gleed langs mijn nek. 'Ik weet dat je bang bent.'

Mijn hart bonsde zo hard dat ik het tot in mijn maag kon voelen. Een wirwar aan herinneringen schoot door mijn gedachten, als water dat uit een kapotte kraan spoot.

Michael die de diner in liep waar ik in Colorado had gewerkt. Michael die in het zwembad tijdens een nachtelijke zwempartij zijn lippen naar de mijne bracht. Michael die zich naast me op de bank liet zakken. Michael die met me op het gazon danste. Michael die aan die levensgevaarlijke auto werkte.

Michael die een stap naar achter ging en een goed mens probeerde te zijn. Voor mij.

Maar ik dacht niet alleen aan Michael. Ik dacht ook aan Dean.

Dean die naast me op de trap zat en met zijn knie langs de mijne streek. Mijn hand die zijn bloederige knokkels schoonmaakte. De geheimen die we hadden uitgewisseld. Neerhurken naast het verrotte houten hek rond zijn oude huis.

Michael had gelijk. Ik was inderdaad bang. Ik was bang voor mijn emoties, bang om iets te willen en ergens naar te verlangen en ergens van te houden. Bang om een van hen pijn te doen.

Bang om iemand van wie ik hield te verliezen terwijl ik al zoveel was verloren.

Maar nu vertelde Michael me wat hij voelde. Hij trok de verhoudingen weer gelijk. Hij vroeg me te kiezen.

Hij zei 'kies mij'.

Michael trok me niet naar zich toe. Leunde niet naar voren. Dit was mijn beslissing, maar hij stond ontzettend dicht bij me, en langzaam vonden mijn handen zijn schouders.

Zijn gezicht.

En toch wachtte hij nog steeds – tot ik het zou zeggen of tot ik de ruimte tussen zijn mond en de mijne zou laten verdwijnen. Ik deed mijn ogen dicht.

Ik herinnerde me weer wat hij eerder had gezegd. *De volgende keer dat mijn lippen de jouwe raken, zul je alleen aan mij denken.*

Het rumoer in mijn hoofd verstomde. Ik deed mijn ogen open en...

Plotseling klonk er keiharde mariachimuziek. Ik sprong een halve meter de lucht in en Michael verloor bijna zijn evenwicht op zijn slechte been. Toen we ons tegelijkertijd omdraaiden, stond Lia daar aan een stel boxen te prutsen.

'Ik hoop niet dat ik stoor,' riep ze boven het geluid van de muziek uit.

'"Feliz Navidad"?' zei Michael. 'Echt?'

'Je hebt gelijk.' Lia klonk zo kalm en zedig als iemand die over een extreem slecht getimed kerstliedje heen schreeuwde maar kon klinken. 'Het is pas begin oktober. Ik zet iets anders op.'

Sloane stak haar hoofd om de achterdeur. 'Wisten jullie dat een kettingzaag honderdtien decibel aan geluid produceert?' zei ze vrolijker dan ik haar de afgelopen dagen had gehoord.

Michael keek alsof hij iemand wilde vermoorden, maar zelfs hij kon het niet over zijn hart verkrijgen om Sloane boos aan te kijken. 'Nee,' zei hij met een zucht. 'Dat wist ik niet.'

'Een motor produceert zo'n honderd decibel,' babbelde Sloane luid verder. 'Ik gok dat dit zo'n honderddrie is. En een half. Honderddrieënhalf.'

Lia zette eindelijk een van haar dancenummers op. 'Kom,' zei ze. Ze was zo dapper om me tot wurgafstand te naderen en mij bij de ene en Sloane bij de andere hand te nemen. 'We hebben de slechterik gepakt.' Ze trok ons het gazon op, bewoog haar heupen op het ritme van de muziek en daagde me met haar blik uit om te protesteren. 'Dat moeten we vieren. Toch?'

43

Midden in de nacht werd ik badend in het zweet wakker. Die nachtmerries had ik kunnen verwachten. Daar werd ik al vijf jaar af en aan door geplaagd. Uiteraard waren die door Reddings psychologische spelletjes weer teruggekomen.

Dat is niet de enige oorzaak, dacht ik in een moment van meedogenloze eerlijkheid. *Die komen altijd terug als ik gestrest ben. Als mijn leven verandert.*

Dit ging niet alleen over Redding. Dit ging over Michael en Dean, maar vooral over mij. Tijdens een potje Doen, durven of de waarheid had Sloane me een keer gevraagd van hoeveel mensen ik hield. Niet alleen in romantische zin, maar op wat voor manier dan ook. Indertijd had ik me afgevraagd of mijn jeugd, die ik alleen met mijn moeder had doorgebracht, mijn vermogen om van andere mensen te houden had geblokkeerd.

Mijn antwoord was één geweest.

Maar nu...

Wil je weten waarom jij me de meeste zorgen baart, Cassie? kon ik agent Sterling horen vragen. *Omdat jij degene bent bij wie gevoelens echt binnenkomen. Jij zult altijd om mensen blijven geven. Jij zult je alles persoonlijk aantrekken.*

Ik gaf om de slachtoffers voor wie we hadden gevochten – de Mackenzie McBrides en de anonieme meisjes voor koffietentjes. Ik gaf om de mensen in dit huis – niet alleen om Michael en Dean, maar ook om Sloane en Lia.

Lia, die voor Dean door het vuur zou gaan.

Lia, die zich al net zo vastberaden met mijn moment met Michael had bemoeid.

Ik probeerde mijn gedachten te sussen en weer in slaap te komen.

Mackenzie McBride. Het meisje uit het koffietentje. Mijn gedachten kwamen weer uit bij het beginpunt. *Waarom?* Ik legde mijn wang op mijn kussen. Mijn borstkas ging rustig en gelijkmatig op en neer in het ritme van mijn ademhaling.

Bij de zaak van Mackenzie McBride had de FBI zich vergist. Hadden ze de schurk die zich in het volle zicht verborg over het hoofd gezien. Maar in deze zaak hadden we niets over het hoofd gezien. Christopher Simms was de schurk. Ze hadden hem op heterdaad betrapt. Hij had alle benodigdheden in zijn pick-up liggen – tiewraps om de enkels en polsen van het meisje mee bij elkaar te binden, een mes, een brandijzer.

Het meisje in dat koffietentje. Daar moest ik steeds weer aan denken. Wie was Christophers beoogde doelwit? Redding had geweten dat er iemand dood zou gaan. Dat had hij ons verteld.

Hoe bepaal je wie er doodgaat?

Dat doe ik niet.

Christopher had zijn moeder gekozen.

Fogle was gewoon een probleem geweest dat uit de weg moest worden geruimd.

Dus wie had dat meisje gekozen?

Die vraag kon ik maar niet van me afzetten. Misschien was het onbelangrijk, maar toch glipte ik mijn bed uit en de gang op. Afgezien van mijn eigen zachte voetstappen was het stil in huis toen ik naar beneden liep. De deur van de studeerkamer – agent Sterlings tijdelijke slaapplek – stond op een kier. Het zwakke licht van een lamp in de kamer zei me dat zij ook niet sliep.

Ik bleef voor de deur staan treuzelen. Ik kon me er niet toe zetten om aan te kloppen. Opeens vloog de deur naar binnen open. Aan de andere kant stond agent Sterling. Haar bruine haar was los en verwilderd, ze droeg geen make-up en ze had haar pistool geheven. Toen ze mij zag staan, blies ze haar adem uit en liet ze het wapen zakken.

'Cassie,' zei ze. 'Wat doe je hier?'

'Ik woon hier,' zei ik automatisch.

'Je woont naast mijn deur?'

'Jij bent ook gespannen, zeg,' maakte ik op uit haar houding én uit het feit dat ze had opengedaan met getrokken pistool. 'Je kunt niet slapen. Ik ook niet.'

Ze schudde chagrijnig haar hoofd – ik kon niet zien of die emotie voor zichzelf of voor mij was bedoeld – en zette een stap naar achteren zodat ik kon binnenkomen. Ik stapte de kamer in, en ze deed de deur achter me dicht en zette de plafondlamp aan.

Ik was vergeten dat Briggs' kantoor vol stond met opgezette dieren – roofdieren die je elk moment leken te kunnen aanvallen. 'Ik snap wel dat je niet kunt slapen,' zei ik.

Ze onderdrukte een glimlach. 'Hij heeft altijd al een groot gevoel voor drama gehad.' Ze ging op de uitgeklapte slaapbank zitten. 'Waarom kun jij niet slapen?' vroeg ze. 'Heb je last van je enkelband?'

Ik keek verbaasd naar mijn voeten, alsof die pas net aan mijn lichaam waren gegroeid. Het constante gewicht aan mijn rechterenkel had vervelend moeten zijn, maar er was de afgelopen dagen zoveel gebeurd dat het nauwelijks tot me was doorgedrongen.

'Nee,' zei ik. 'Ik bedoel, ja, ik zou het heel fijn vinden als hij af mocht, maar dat is niet waarom ik wakker ben. Dat komt door dat meisje dat

Christopher Simms bij dat koffietentje zou ontmoeten. Het meisje dat hij wilde ontvoeren.'

Ik zei niet wat Christopher Simms nog meer met dat meisje had willen doen, maar ik kende agent Sterling ondertussen goed genoeg om te weten dat ook haar gedachten daarnaar zouden afdwalen.

'Wat is daarmee?' Agent Sterling klonk een beetje hees. Ik vroeg me af hoeveel avonden ze al niet kon slapen.

'Wie was zij?' vroeg ik. 'Waarom had ze met Christopher afgesproken?'

'Ze werkte in dat koffietentje,' antwoordde Sterling. 'Ze had via een datingsite contact met iemand gehad. Diegene gebruikte een nepnaam en bezocht zijn account alleen via openbare computers, maar het is niet vreemd dat het Christopher was die een stap verder ging met zijn slachtofferkeuze. Zijn moeder is dood. Hij heeft Emerson vermoord – misschien heeft hij daardoor een voorliefde voor studentes ontwikkeld.'

Strangers on a Train, dacht ik. 'Christopher had een alibi voor de moord op zijn moeder. Clark had een alibi voor de moord op Emerson.' Ik slikte. Mijn mond was ondertussen zo droog dat ik mijn volgende woorden met moeite naar buiten wist te persen. 'Misschien zit er verder niks achter. Misschien werkt Christopher nu Clark dood is alleen – maar Redding wist dat er vlak na Clark nog iemand dood zou gaan. Dat was gepl*á*nd. En als dit onderdeel van het plan was...'

Ik ging naast agent Sterling zitten en dwong haar in gedachten te begrijpen waar ik heen wilde, ook al wist ik niet of mijn redenering ook maar enigszins klopte.

'Wat als Christopher niet degene is die online met dat meisje heeft gepraat? Wat als h*í*j haar niet heeft uitgekozen?'

Clark had Emerson uitgekozen.

Christopher had zijn moeder uitgekozen.

Die twee hadden beiden een waterdicht alibi voor de moord op de vrouw die ze hadden gekozen. Maar wat als zij niet de enigen waren?

'Je denkt dat er een derde is.' Sterling sprak mijn vermoeden hardop uit, waardoor het opeens een echte mogelijkheid werd.

Ik zette mijn handen tegen de rand van het bed, op zoek naar steun. 'Heeft Christopher de moord op Emerson opgebiecht?' vroeg ik. 'Is er fysiek bewijs dat hem aan de plaats delict linkt? Is er indirect bewijs? Is er afgezien van het feit dat hij van plan was om nóg een meisje te vermoorden ook maar een greintje bewijs dat hij haar heeft vermoord?'

De telefoon van agent Sterling ging. In vergelijking met mijn zachte stem klonk de beltoon schel en schreeuwerig. Telefoontjes om twee uur 's nachts brachten geen goed nieuws.

'Sterling.' Toen ze de telefoon opnam, veranderde haar houding. Dit was niet de vrouw met ongekamd haar die op de rand van haar bed zat. Dit was de agent. 'Hoe bedoel je, "hij is dood"?' Korte stilte. 'Wat dat letterlijk betekent snap ik ook wel, pa. Wat is er gebeurd? Wanneer ben je gebeld?'

Er was iemand dood. Ik kreeg een zwaar gevoel in mijn maag en mijn hart roffelde in een wreed ritme tegen mijn borstkas. *Te oordelen aan de manier waarop ze praat, is het iemand die we kennen.* Zodra ik dat besefte werden mijn gedachten volledig overgenomen door één enkele smeekbede, die alles overstemde. *Laat het alsjeblieft Briggs niet zijn.*

'Nee, dit is geen zegen,' zei agent Sterling op scherpe toon. 'Deze zaak is niet gesloten.'

Niet Briggs, dus, dacht ik. Directeur Sterling zou de dood van zijn voormalige schoonzoon nooit hebben omschreven als een 'zegen'.

'Luister je wel, pa? Directéúr, we denken dat er...' Ze viel stil. 'Wie "wij" zijn?' Maakt dat iets uit? Ik probeer je te vertellen dat...'

Ze kon proberen wat ze wilde, maar hij luisterde niet.

'Ik weet dat het je politiek gezien goed zou uitkomen als deze zaak werd gesloten. Als er geen rechter aan te pas hoeft te komen omdat onze eerste moordenaar de tweede heeft uitgeschakeld en zichzelf na zijn arrestatie met behulp van zijn beddengoed heeft opgehangen. Dat is een keurige afsluiting, zonder losse eindjes. Directeur?' Ze was even stil. 'Directeur? Pa?' Ze drukte woest met haar duim op het touchscreen en gooide haar telefoon op bed.

'Hij verbrak zomaar de verbinding,' zei ze. 'De gevangenis heeft hem gebeld om te zeggen dat Christopher Simms dood is aangetroffen in zijn cel. Hij heeft zichzelf opgehangen – althans, dat is de voorlopige theorie.'

Ik begreep wat agent Sterling daarmee suggereerde; ze dacht dat het op z'n minst mogelijk – misschien wel heel goed mogelijk – was dat Christopher Simms door een misdrijf om het leven was gekomen. Had Redding hem op de een of andere manier laten vermoorden?

Of was degene die Emerson Cole – en misschien zelfs Clark – had vermoord teruggekomen om de klus af te maken?

Drie UNSUB's. Van wie er twee dood zijn.

Als er een derde was, die nog steeds vrij rondliep…

Agent Sterling klapte haar koffer open.

'Wat ga je doen?' vroeg ik.

'Ik ga me aankleden,' zei ze op gespannen toon. 'Als er ook maar een piepklein kansje bestaat dat deze zaak nog niet voorbij is, dan blijf ik eraan werken.'

'Ik ga met je mee.'

Ze keek niet eens op. 'Dat is heel lief, maar dat gaan we niet doen. Daar heb ik nog steeds zo mijn bezwaren tegen. Als er inderdaad nog steeds een moordenaar rondloopt, ga ik jouw leven niet op het spel zetten.'

Maar je eigen leven op het spel zetten is geen probleem? Die vraag stelde ik haar niet. In plaats daarvan ging ik naar boven en trok zelf ook gewone kleren aan. Ik kwam agent Sterling weer tegen op de oprit, waar ze naar haar auto liep.

'Vraag dan in elk geval of Briggs naar je toe komt,' riep ik haar na, en ik rende naar haar toe. 'Naar waar je ook heen gaat.'

Ze ontgrendelde haar auto. De koplampen flitsten één keer, en toen was het weer donker.

'Het is twee uur 's nachts,' zei agent Sterling kortaf. 'Ga naar bed.'

Een week geleden zou ik hebben geprotesteerd. Toen zou ik het haar kwalijk hebben genomen dat ze me buitenspel zette. Maar op de een of andere manier begreep een deel van me dat Sterling me, ondanks alles wat ze ons had laten doen, instinctief nog steeds wilde beschermen. Ze was bereid haar eigen leven te riskeren, maar niet het mijne.

Wie gaat jou beschermen? dacht ik.

'Ik ga naar bed als jij Briggs belt,' zei ik.

Zelfs in het donker zag ik haar geërgerde blik. 'Goed dan,' zei ze uiteindelijk. Ze haalde haar telefoon tevoorschijn en zwaaide hem heen en weer. 'Ik bel Briggs.'

'Ik dacht het niet,' zei een stem vlak achter me.

Ik kreeg geen tijd om me om te draaien of over die opmerking na te denken. Een arm wikkelde zich om mijn keel, kneep mijn luchtpijp dicht en trok me omhoog tot ik op mijn tenen stond. Mijn aanvaller trok mijn lichaam stevig tegen het zijne. Ik klauwde naar de arm rond mijn nek. Die klemde zich daar nog strakker omheen.

Ik kreeg geen lucht. Een voorwerp van koud metaal streek langs mijn wang en bleef hangen bij mijn slaap.

'Leg je pistool op de grond. Nú.' Het duurde even voordat ik besefte dat dat bevel tegen agent Sterling was gericht. Nog een tel later besefte ik dat iemand een pistool tegen mijn hoofd drukte en dat Sterling precies deed wat haar werd opgedragen.

Ze was bereid haar leven op het spel te zetten, maar niet het mijne.

'Stop met tegenstribbelen,' fluisterde een man op zijdezachte toon in mijn oor. Hij drukte het pistool nog wat harder tegen mijn slaap. Mijn hele lichaam deed pijn. Ik kreeg geen lucht. Ik kon niet stoppen met tegenstribbelen.

'Ik heb gedaan wat je vroeg. Laat haar gaan.' Sterling klonk ontzettend kalm. *Ontzettend ver weg.*

De oprit was donker, maar nu ik wazig begon te zien en een inktzwart duister me insloot werd het nog veel donkerder.

'Neem mij. Je bent hier voor mij. Ik ben degene die aan Redding is ontsnapt. Bewijzen dat je beter bent dan zijn andere leerlingen, hen vermoorden, is niet genoeg. Je wilt bewijzen dat je béter bent dan hij. Dat wil je hem laten zíén.'

De arm rond mijn nek ontspande iets, al kwam het pistool niet van z'n plek. Ik zoog mijn brandende longen vol lucht en hapte een, twee keer naar adem.

'Kijk naar mij, Cassie.' Sterling verplaatste haar blik net lang genoeg van de UNSUB naar mij om me dat bevel te kunnen geven. Het duurde even voordat ik besefte waarom ze dat zei.

Ze wil niet dat ik hem zie.

'Sla haar bewusteloos. Laat haar hier. Zij hoorde niet bij het plan. Hoorde niet bij jóúw plan.' Sterlings stem was kalm, maar haar handen trilden. Ze speelde een gevaarlijk spelletje. Eén verkeerd woord en de UNSUB kon me bewusteloos slaan, maar ook net zo makkelijk vermoorden. 'Ze heeft je nog niet gezien. Tegen de tijd dat ze wakker wordt ben je weg, en ben ik van jou. Jij zult me niet kwijtraken zoals Redding. Jij zult het rustig aan doen. Jij zult het op jouw manier doen, maar ze zullen je niet vinden. Als je je aan het plan houdt, zullen ze míj niet vinden.'

Sterling richtte zich tot de UNSUB, speelde in op zijn angsten en verlangens, maar ook ik hoorde wat ze zei, en het ergste was nog wel dat ik haar geloofde. Als ik niet wist wie de UNSUB was, als hij haar meenam en mij bewusteloos op de oprit achterliet, zou het als ik weer bijkwam te laat zijn.

Dan zou zijn voorsprong te groot zijn.

Maar er was een manier om Briggs direct te laten weten dat er iets aan de hand was. Er was een manier om ervoor te zorgen dat hij haar zou kunnen vinden.

De UNSUB liet me los.

'Hier, Cassie. Kijk naar mij.' Ik hoorde de wanhoop in agent Sterlings stem. Zij had dit nodig, had het nodig dat ik strak naar haar bleef kijken.

Ik draaide me om. De UNSUB stond zo dichtbij dat ik ondanks het donker zijn gezicht kon zien. Hij was jong, ergens in de twintig. Lang, en gebouwd als een hardloper. Ik herkende hem.

De gevangenisbewaarder. Webber. De man die walgde van het feit dat Dean zelfs maar bestond en die een probleem met vrouwelijke FBI-agenten had. De man van wie we niet in de auto hadden mogen blijven.

Op dat afschuwelijke moment vielen alle puzzelstukjes op hun plaats: waaróm we niet in de auto hadden mogen blijven, hoe Redding had geweten dat ik bestond, hoe onze derde UNSUB Christopher Simms in de gevangenis had weten te vermoorden.

'Redding zou mij ook meenemen. Zou mij ook vermóórden.' Mijn stem was hees en heel zacht. 'Je werkt in de gevangenis. Je weet dat hij naar me heeft gevraagd. Waarschijnlijk ben jij zelfs degene die hem over mij heeft verteld.'

Hij kon me neerschieten. Hij kon me nú neerschieten. Of mijn gok kon goed uitpakken.

Het enige wat ik zag, was een flits van glimmend metaal. En toen werd alles zwart.

JIJ

Het pistool slaat met een misselijkmakende bons tegen haar schedel.

Maar dat geluid maakt jou niet misselijk.

Het lichaam van het meisje zakt op de grond in elkaar. Je richt je pistool op de knappe FBI-agente. Toen ze Redding had bezocht, had ze op je neergekeken. Had ze het lef gehad om jóú bevelen te geven.

Waarschijnlijk vindt ze jongens die niet zijn aangenomen bij de FBI-academie lachwekkend, en jongens die niet zijn aangenomen bij de lokale politie al helemaal.

'Til haar op,' zeg je.

Ze aarzelt. Je richt je pistool op het meisje. 'Of je tilt haar op, of ik schiet haar dood. Kies maar.'

Je hart bonst in je oren. Je ademhaling versnelt. De lucht smaakt bijna metalig. Je zou op dit moment een marathon kunnen rennen. Van de Niagara-watervallen kunnen duiken.

De FBI-agente tilt het meisje op. Je stopt haar pistool in je zak. Ze zijn van jou. Je neemt ze allebei mee. En dan weet je het.

Je gaat ze niet ophangen. Je gaat ze niet boeien. Je gaat ze niet martelen.

Jij hebt het Meisje Dat Wist Te Ontsnappen. Je hebt het vriendinnetje van zijn nutteloze zoon. Deze keer, denk je, doen we het op mijn manier.

Je laat de FBI-agente het meisje in de kofferbak leggen en haar er zelf achteraan klimmen. Je slaat haar bewusteloos – en o, wat voelt dat heerlijk. Wat voelt dat goed.

Je smijt de kofferbak dicht. Stapt de auto in. Rijdt weg.

De leerling is nu de leraar.

44

Mijn bewustzijn kwam langzaam terug. De pijn kwam in één keer. De rechterkant van mijn gezicht was één brok withete pijn: bonzend, schrijnend, naalden die tot in mijn botten werden gestoken. Mijn linkerooglid trilde, maar mijn rechteroog was zo gezwollen dat het helemaal dichtzat. Flarden van de wereld werden scherp – verrotte vloerplanken, een dik touw dat rond mijn lichaam was gewikkeld, de paal waaraan ik zat vastgebonden.

'Je bent wakker.'

Mijn goede oog zocht de bron van de stem en vond agent Sterling. De zijkant van haar gezicht was bedekt met korsten opgedroogd bloed.

'Waar zijn we?' vroeg ik. Mijn armen zaten achter mijn rug gebonden. Ik verdraaide mijn nek om ze te kunnen zien. De onaangenaam strakke tiewraps sneden in mijn vlees, maar het enige wat ik voelde, was de verlammende pijn die uit mijn jukbeen straalde.

'Hij heeft je met zijn pistool bewusteloos geslagen. Hoe gaat het met je hoofd?'

Het ontging me niet dat ze mijn vraag negeerde. Er ontsnapte me een kreun, die ik zo goed mogelijk probeerde te maskeren. 'En met dat van jou?'

Rond haar droge lippen verscheen een zwak, verwrongen glimlachje. 'Ik werd wakker in de kofferbak van zijn auto,' zei ze na een paar tellen. 'Hij heeft mij minder goed geraakt dan jou. Toen hij ons hierheen tilde, deed ik alsof ik bewusteloos was. Volgens mij is dit een of andere verlaten boshut. We zijn midden in een bos.'

Ik likte met mijn tong langs mijn lippen. 'Hoelang is hij al weg?'

'Nog niet zo lang.' Sterlings haar hing voor haar gezicht. Ze was op dezelfde manier geboeid als ik, zat met haar handen achter haar rug vastgebonden aan een houten paal die van de vloer tot het plafond liep. 'Maar lang genoeg om te weten dat ik dit touw niet los ga krijgen. En om te weten dat jou dat ook niet gaat lukken. Waarom, Cassie?' Haar stem brak, maar ze stopte niet met praten. 'Waarom kon je niet gewoon doen wat ik vroeg? Waarom moest je ervoor zorgen dat hij jou ook meenam?'

Bij elke zin verloor haar stem iets van zijn woede, tot er alleen een afschuwelijke, holle hopeloosheid over was.

'Omdat,' zei ik en ik knikte naar mijn rechtervoet en ik kromp ineen toen mijn hoofd protesteerde, 'ik een enkelband met gps-tracker draag.'

Sterling had haar hoofd gebogen, maar haar ogen vonden de mijne.

'Toen ik het terrein verliet heeft Briggs meteen een berichtje gekregen,' zei ik. 'En het zal niet lang duren voordat hij merkt dat jij ook weg bent. Hij zal de gegevens van mijn enkelband opvragen en ons vinden. Als ik je alleen had laten gaan...' Die zin maakte ik niet af. 'Briggs gaat ons vinden.'

Sterling keek naar het plafond. Eerst dacht ik dat ze glimlachte, maar toen besefte ik dat ze huilde en haar mond stijf dichthield om de geluiden die dreigden te ontsnappen te smoren.

Volgens mij zijn dat geen tranen van opluchting.

Sterlings lippen gingen van elkaar en ze liet een vreemd, droog lachje horen. 'God. Cassie.'

Hoelang waren we hier al? Waarom was Briggs nog niet komen binnenstormen?

'Ik heb die tracker nooit geactiveerd. Het feit dat je hem droeg leek me afschrikwekkend genoeg.'

De tracker had moeten afgaan. Die had Briggs rechtstreeks naar ons toe moeten leiden.

Het was nooit in me opgekomen dat ze misschien tegen me had gelogen. Ik had bewust een risico genomen, denkend dat ik mijn leven op het spel zette om het hare te redden.

De tracker had moeten afgaan. Die had Briggs rechtstreeks naar ons toe moeten leiden.

'Je had gelijk over Emersons moordenaar.' Dat waren de enige woorden die mijn mond wilde vormen, dat was het enige wat er nog te zeggen viel. De moordenaar zou terugkomen. Niemand kwam ons redden.

'Hoe bedoel je?'

Ik kon aan de blik in Sterlings ogen zien dat ze dit gesprek alleen gaande hield om mij af te leiden. In gedachten verweet ze zichzelf waarschijnlijk dat ze de moordenaar niet had gevonden. Dat ze had ingestemd om bij ons te komen wonen en ons bij deze zaak te betrekken. Dat ze me had binnengelaten toen ik voor haar deur had gestaan. Dat ze de tracker niet had geactiveerd. Dat ze me had laten geloven dat ze dat wel had gedaan.

'Je zei dat Emersons moordenaar tussen de drieëntwintig en de achtentwintig was, bovengemiddeld intelligent, maar niet per se hoger opgeleid.' Ik was even stil. 'Maar als hij ons in zijn kofferbak heeft gepropt, denk ik niet dat hij een pick-up of SUV heeft.'

Sterling wist een wrang glimlachje te produceren. 'Wedden om tien dollar dat dat niet zijn eigen auto is?'

Een van mijn mondhoeken kwam omhoog, en ik kromp ineen.

'Probeer niet te bewegen,' zei Sterling. 'Je moet je energie sparen, want als hij terugkomt ga ik hem afleiden zodat jij kunt ontsnappen.'

'Mijn handen zijn geboeid en ik zit vastgebonden aan een paal. Ik ga nergens heen.'

'Ik ga ervoor zorgen dat hij jou én mij losmaakt. En dan leid ik hem af.' Haar zachte stem had een vastberaden toontje, maar er klonk ook iets wanhopigs in door – een wanhopig verlangen om te geloven dat dat allemaal echt kon gebeuren. 'Zodra hij is afgeleid, ga jij ervandoor,' zei ze vastberaden.

Ik knikte, ook al wist ik dat hij een pistool had en ik de voordeur niet eens zou halen. Ik loog tegen haar en zij accepteerde de leugen, maar ze wist net zo goed als ik dat afleiding niet genoeg zou zijn.

Dat niets genoeg zou zijn.

We waren hier maar met z'n drieën, en het enige wat zeker was, was dat we hier in dit vochtige, wegrottende hutje zouden sterven, waar wij de enigen waren die elkaars gegil zouden horen.

O god.

'Hij is van Reddings patroon afgeweken.' Nu probeerde Sterling míj af te leiden. 'Hij doet het totaal anders.'

Misschien zouden we dus niet doodgaan zoals Emerson Cole, zoals de twaalf vrouwen die Daniel Redding had vermoord voordat hij was gepakt.

Dit is Daniel Reddings fantasie niet meer. Dit is jouw fantasie. Je vond het heerlijk om het leven uit me te persen. Vond je het ook heerlijk om me een klap met dat pistool te geven? Ga je ons doodslaan? Ik dwong mezelf te blijven ademen, al was mijn ademhaling snel en oppervlakkig. *Ga je onze gehavende lichamen op een openbare plek tentoonstellen, zoals je Emerson op de motorkap van haar auto hebt gelegd? Zijn we trofeeën, bewijs van jouw autoriteit, jouw macht?*

'Cassie.'

Sterlings stem bracht me terug naar het nu.

'Is het ziek om te wensen dat ik normaal was?' vroeg ik. 'Niet omdat ik hier dan niet zou zijn – ik zou mijn leven nooit willen inruilen voor de levens die ik heb helpen redden – maar omdat als ik normáál was, ik hier nu niet in zijn hoofd was gekropen en niet had geweten hoe hij ons ziet, hoe dit gaat aflopen.'

'Het loopt goed af met jouw ontsnapping,' zei Sterling. 'Je gaat hier wegkomen, want je bent een strijder. Want iemand vond jou de moeite waard om te redden.'

Ik deed mijn ogen dicht. Nu zat ze me gewoon een verhaaltje te vertellen – een sprookje waarin iedereen nog lang en gelukkig leefde.

'Toen ik jong was, kende ik een meisje dat ontsnappingsplannen bedacht voor allerlei nare situaties. Ze was een wandelende survivalgids voor de onwaarschijnlijkste, slechtste scenario's die je je maar kon bedenken.'

Ik liet de stem van agent Sterling over me heen spoelen. Ik liet haar woorden alles verjagen waar ik niet aan wilde denken.

'Je bent levend begraven in een glazen kist. Op je borst ligt een cobra te slapen. Je zuurstof raakt op. Als je de kist kapot probeert te maken, wordt de cobra wakker. Wat doe je?'

Ik deed mijn goede oog open. 'Wat deed jij?'

'Dat kan ik me niet eens meer herinneren, maar zij had overal een antwoord op. Zij wist overal een uitweg voor en was altijd belachelijk vrolijk.' Sterling schudde haar hoofd. 'Sloane doet me soms aan haar denken. Toen we ouder waren, werkte ze in het FBI-lab. Ze was altijd al beter met feiten dan met mensen. De meeste kinderen uit groep vier kunnen het niet waarderen als een van hun klasgenootjes hun leven constant theoretisch in de waagschaal stelt.'

'Maar jij wel,' zei ik. Sterling knikte. 'Dat meisje heette Scarlett, toch?' vroeg ik. 'Dat was Judds dochter. Je beste vriendin. Ik weet niet precies wat ze van Briggs was.'

Sterling keek me een paar tellen aan. 'Je bent griezelig,' zei ze. 'Dat weet je, hè?'

Ik haalde zo goed en zo kwaad als het kon mijn schouders op.

'Ze was ook Briggs beste vriendin. Die twee hebben elkaar ontmoet op de universiteit. Ik kende haar al sinds de kleuterklas. Zij heeft ons aan elkaar voorgesteld. We zijn met z'n drieën bij de FBI gegaan.'

'Maar nu is ze dood,' zei ik zodat Sterling dat niet zou hoeven te doen, maar ze zei het toch.

'Maar nu is ze dood.'

Het geluid van een deur die openging maakte een eind aan ons gesprek. Stokoude scharnieren kraakten protesterend. Ik verbood mezelf naar de deur te draaien. Dat waren de pijnscheuten die door mijn gezicht en nek zouden schieten niet waard.

Je staat daar. Je kijkt naar ons.

Aan de zware voetstappen te horen kwam hij dichterbij. Over een paar tellen zou de man die de professor, Emerson, Clark en hoogstwaarschijnlijk ook Christopher had vermoord tussen Sterling en mij in staan.

Met een jachtgeweer in zijn handen.

JIJ

Geweren en nette kogelgaatjes en de trots die je voelt als jíj de trekker overhaalt.

Ze zijn van jou. Deze keer doe je het op jouw manier.

De kleine roodharige die je zo ongeveer heeft gesmeekt om haar te ontvoeren ziet er niet goed uit. Zij zal als eerste sterven. Haar gezicht is al bont en blauw. Dat heb jij gedaan. Jíj. Over het gezicht van de FBI*-agente lopen duidelijke tranensporen. Je zet het geweer opzij en laat je duim over haar gezicht gaan.*

Ze trekt haar hoofd naar achteren, maar ze kan zich niet tegen je verzetten. Dat kunnen ze geen van twee.

'Ik ga jullie losmaken,' zeg je, gewoon om hun ogen te zien schitteren van verbazing. 'En dan laat ik jullie vluchten. Jullie krijgen zelfs twee minuten voorsprong van me.'

Ontvoer ze. Bevrijd ze. Vind ze. Dood ze.

'Oké…' Je rekt het woord een beetje uit en tikt met de achterkant van je geweer op de grond. 'Wie wil er eerst?'

Je voelt de adrenaline al door je aderen razen. Jij bent de baas. Jij bent de jager. Zij zijn de prooi.

'Ik,' zegt de FBI*-agente. Beseft ze dan niet dat ze slechts een hert in je vizier is?*

Jíj bent de jager.

Zíj is de prooi.

Je pakt de jongere bij haar elleboog. 'Jij,' zeg je recht in haar gezicht. Laat haar maar terugdeinzen voor je adem, voor jou. 'Jij gaat als eerst.' De geur van angst laat je watertanden. Je glimlacht. 'Ik hoop dat je hard kunt rennen.'

45

Webber trok een mes uit zijn laars. Ik beeldde me in hoe het op me af zou komen. Vóélde het door mijn huid en spieren snijden en het vlees van mijn botten schrapen. Hij liet de platte kant van het lemmet over mijn wang glijden. Het mes bleef even hangen bij mijn nek en bewoog toen langzaam in de richting van mijn polsen, waar het even boven mijn arm bleef zweven. Webber streek met het puntje voorzichtig over een ader, maar drukte niet hard genoeg om mijn huid te doorboren.

Met één haal van het mes bevrijdde hij mijn handen.

Webber stopte het mes weer in zijn laars en maakte het touw dat om mijn middel zat los. Heel langzaam, om elk detail in zich te kunnen opnemen, ervan te kunnen genieten. Zijn handen streken langs mijn buik, mijn zij, mijn rug.

Binnen de kortste keren was ik los. Ik wierp een snelle blik op agent Sterling. Zij had eerst willen gaan, om tijd voor me te winnen – maar waar had ik die tijd voor moeten gebruiken? Dít was de enige uitweg. Als hij me echt een voorsprong gaf en ik hard genoeg rende…

Je wilt me laten denken dat ik kan ontsnappen.

Dat besefte ik donders goed, maar toch bleef ik hopen dat twee minuten genoeg was om in het bos te verdwijnen.

Er was een manier om hier weg te komen. Dat moest ik geloven. Ik moest vechten.

'Cassie.' De stem van agent Sterling brak toen ze mijn naam zei. 'Je bent levend begraven in een glazen kist. Op je borst ligt een cobra te slapen. Er is een uitweg. Er is áltijd een uitweg.'

Onze ontvoerder gaf me geen tijd om me om te draaien. Om afscheid te nemen. Nog geen tel later stond ik op de veranda. Sterlings eerdere beschrijving klopte precies: we waren midden in een bos, maar tussen de rand van dat bos en het huis zat overal minstens vijftien meter ruimte. Verderop in het bos stonden de bomen dichter op elkaar. Die beschutting zou ik nodig hebben.

Ik had een plan nodig.

'Je twee minuten beginnen nu.'

Webber duwde me de veranda af. Ik struikelde. Mijn gezicht bonsde.

Ik rende.

Ik rende zo hard en zo snel als ik kon naar het dichtste deel van het bos dat ik zag. Binnen een paar seconden – minder dan tien en meer dan vijf – stond ik tussen de bomen. Ik racete door het struikgewas tot mijn longen begonnen te branden. Toen ik achteromkeek kon ik hem tussen de bomen door niet meer zien, wat betekende dat hij mij ook niet kon zien.

Hoeveel tijd was er verstreken? Hoelang had ik nog?

Er is altijd een uitweg.

Rennen had geen zin. De man die me achternazat had langere benen dan ik. Hij had de bouw van een hardloper en hij hoefde me niet te pakken te krijgen – hij hoefde me alleen maar in zijn vizier te krijgen.

Twee minuten is niets.

Mijn enige hoop was hem van me af te schudden, hem de ene kant op te sturen terwijl ik de andere op ging. Hoewel het indruiste tegen al mijn instincten liep ik terug zoals ik gekomen was. Na een tijdje verliet ik mijn oorspronkelijke route en liep stilletjes gebukt verder. Ik dook het dichte struikgewas in en hoopte uit alle macht dat hij mijn oorspronkelijke spoor zou volgen.

Vlak bij me hoorde ik een takje breken. Ik bleef doodstil staan.

Zie me alsjeblieft niet. Zie me alsjeblieft niet. Zie me alsjeblieft niet.

Nog een knappend geluid. Nog een voetstap.

Verder weg. Hij loopt bij me vandaan.

Ik had niet veel tijd voordat hij zou beseffen dat hij verkeerd zat. Ik kon nergens heen. Ik kon niet blijven rennen. Misschien kon ik een boom in klimmen? Kon ik mezelf verbergen in het struikgewas? Ik stak een beekje over en wenste dat het een rivier was. *Dan zou ik erin zijn gesprongen.* Er klonk een schreeuw – een bijna onmenselijk geluid.

Hij moest het einde van mijn oorspronkelijke route hebben bereikt en mijn list hebben ontdekt. Waarschijnlijk rende hij nu door het bos, vastbesloten om zijn achterstand in te halen.

Je bent niet boos. Niet echt. Dit is het spel. Je weet dat je me gaat vinden. Je weet dat ik niet kan ontsnappen. Waarschijnlijk kan ik nergens heen.

Ik had geen idee waar we waren; het enige wat ik wist, was dat ik íéts moest doen. Ik ging door mijn hurken en pakte een steen die nauwelijks in mijn hand paste. Met mijn vrije hand pakte ik een tak boven mijn hoofd en ik klemde mijn kiezen op elkaar – wat de pijn alleen maar erger maakte.

Geen tijd. Geen tijd voor pijn. Klim. Klim. Klím.

Ik had maar één hand om mee te klimmen, maar mijn andere arm gebruikte ik ook; die haakte ik om takken heen, waarbij ik de schors die langs mijn gevoelige huid schraapte negeerde. Ik klom zo hoog als ik kon, tot de takken te dun werden om mijn gewicht te kunnen dragen en er te weinig bladeren waren om me te verbergen. Ik verplaatste de steen van mijn linker- naar mijn rechterhand zodat ik mezelf met de linker in evenwicht kon houden.

Zie me alsjeblieft niet. Zie me alsjeblieft niet. Zie me alsjeblieft niet.

Ik hoorde hem – vijftig meter bij me vandaan. Veertig. Dertig. Hij stapte mijn blikveld in en waadde door het beekje.

Zie me alsjeblieft niet. Zie me alsjeblieft niet. Zie me alsjeblieft niet.

Hij keek naar de grond. *Sporen.* Ik had sporen achtergelaten – en die stopten onder deze boom. Ik wist precies wanneer hij omhoog zou kijken. Ik had maar tijd voor één gedachte, één stille smeekbede.

Niet missen.

Mijn arm slingerde de steen zo hard naar beneden dat ik bijna uit de boom viel. Hij keek op.

Ik miste niet.

De steen raakte hem vlak boven zijn oog. Hij viel maar bleef niet liggen, en toen hij op handen en knieën omhoogkrabbelde, bloedend en verbijsterd maar springlevend, voelde ik de adrenaline die me tot dit punt had gebracht verdampen. Ik was niet bovennatuurlijk sterk of snel. Dit was het dan: hij hief zijn geweer naar de boom en ik klampte me vijf meter boven de grond vast aan een tak, trillend en bloedend en zonder andere dingen die ik naar beneden kon gooien.

'Zijn je trucjes op?' riep hij naar boven. Zijn vinger speelde met de trekker.

Ik dacht aan agent Sterling in de hut. Hierna zou hij dit zieke spelletje met haar spelen.

Nee.

Ik deed het enige wat ik nog kon doen. Ik sprong.

Het geweer ging af. Het schot miste en ik viel boven op hem, met mijn voeten naar beneden. We stortten als een kluwen armen en benen op de grond. Hij had het geweer nog altijd stevig beet, maar ik was te dichtbij om het op me te kunnen richten.

Drie seconden.

Zolang had hij nodig om de overhand te krijgen, om me tegen de grond te werken. Hij hield me met een hand in bedwang, kwam op zijn hurken zitten, haalde zijn hand van mijn borst en zette er een voet op. Zijn hoofdwond bloedde hevig, maar toch wist hij op te staan. Vanaf de grond leek hij onmogelijk groot. Onverslaanbaar.

Hij bracht het geweer naar zijn schouder. Het uiteinde van de loop bevond zich minder dan een meter bij mijn lichaam vandaan. De loop bleef een paar tellen boven mijn middel hangen en bewoog toen in de richting van mijn voorhoofd.

Ik deed mijn ogen dicht.

'Pak ze. Bevrijd ze. Vind ze. Dood…' Opeens stopte hij met praten. Het duurde even voordat mijn hersenen beseften dat er schoten hadden geklonken en er voetstappen mijn kant op snelden.

'Cassie. Cássie.'

Ik wilde mijn ogen niet opendoen. Als ik mijn ogen opendeed, was het misschien niet echt. Dan was het pistool er misschien nog steeds. Dan was híj er misschien nog steeds.

'Cassandra.' Er was maar één man op de wereld die mijn echte voornaam precies op die manier kon uitspreken.

Ik deed mijn ogen open. 'Briggs.'

'Webber is dood,' verduidelijkte hij nog voor hij me vroeg of ik in orde was.

'Webber?' zei ik schor. Die naam kende ik, maar het lukte mijn hersenen niet om hem, om het feit dat de man die me dit had aangedaan überhaupt een naam hád, te verwerken.

'Anthony Webber,' bevestigde Briggs, die mijn verwondingen vluchtig inspecteerde en ze tot de laatste schram in kaart bracht.

'Sterling?' wist ik uit te brengen.

'Die is veilig.'

'Hoe heb je…'

Briggs stak een hand op en haalde met zijn andere zijn telefoon tevoorschijn. Het telefoontje dat hij pleegde was kort en zakelijk: 'Ik heb haar gevonden. Ze is in orde.' Toen richtte hij zich weer op mij en beantwoordde de vraag die ik niet eens helemaal had gesteld. 'Zodra we beseften dat jullie waren verdwenen en niemand wist waar jullie heen waren, heeft de directeur de volledige FBI ingeschakeld om jullie te vinden. Hij bleef maar herhalen dat Veronica hem iets over deze zaak had geprobeerd te vertellen.'

'Maar hoe hebben jullie...'

'Je enkelband.'

'Agent Sterling zei dat ze die niet had geactiveerd.'

Briggs schonk me een wrang glimlachje. 'Dat klopt, maar aangezien ze alles volgens de regels wilde doen toen ze hem aanvroeg, had ze netjes al het papierwerk ingevuld. Tot en met de puntjes op de i aan toe. Aan de hand van het serienummer konden we hem op afstand activeren.'

Hoe ironisch: ik had agent Sterlings leven gered door me niet aan de regels te houden en vervolgens had zij het mijne gered door zich daar juist wél aan te houden.

Briggs hielp me omhoog. 'Mijn team is onderweg,' zei hij. 'Aangezien wij rechtstreeks vanaf het huis komen, hadden we een kleine voorsprong.'

Wij?

'Cassie.' Dean kwam door het struikgewas gestormd.

'Ik heb gezegd dat hij bij de hut moest wachten,' zei Briggs tegen mij. 'Ik heb gezegd dat je bij de hut moest wachten,' herhaalde hij op geïrriteerde toon tegen Dean. Toch hield hij me niet tegen toen ik drie stappen in Deans richting zette of toen Dean de resterende afstand tussen ons binnen een tel liet verdwijnen. Het volgende moment lagen zijn handen op mijn schouders en bevestigde zijn aanraking dat ik in orde was, dat ik hier was, dat ik écht was.

'Wat doe jij hier?' vroeg ik hem.

Dean liet zijn handen van mijn schouders naar mijn gezicht glijden. Zijn rechterhand vouwde zich om mijn linkerwang. Zijn linkerhand bewoog voorzichtig langs mijn verwondingen, verdween in mijn haar en hield mijn hoofd voor me omhoog, alsof hij bang was dat mijn nek dat niet meer kon.

'Het was Sloanes idee om de enkelband te activeren. Verder was iedereen die vergeten. Briggs was bij ons toen we de coördinaten ontvingen. Misschien zat ik toen hij wegging in zijn auto.'

Briggs had vast nog geen seconde tijd verspild aan Dean de auto uit krijgen.

'Wat is er gebeurd?' Deans stem was dik van emotie, maar welke emoties hij precies voelde, durfde ik niet te zeggen. Waarschijnlijk bedoelde hij de ontvoering, mijn gezicht, het feit dat ik in die hut was vastgebonden en voor mijn leven had moeten vechten, maar ik besloot de vraag net iets anders te interpreteren.

'Ik heb een steen naar zijn hoofd gegooid. En toen ben ik vanuit die boom boven op hem gesprongen.' Ik gebaarde vaag in de richting van de boom.

De uitdrukking waarmee Dean me aankeek was onleesbaar, maar toen kwamen zijn mondhoeken langzaam omhoog. 'Ik vergiste me,' zei hij. 'Toen ik zei dat ik "iets" voelde.' Hij ademde zwaar. Zelf kreeg ik helemaal geen lucht. 'En toen ik zei dat ik niet zeker wist of het genoeg was, vergiste ik me ook.'

Hij was bang, net als ik. Maar hij voelde het, en ik voelde het, en hij was híér. Ik had zo lang geprobeerd niet te kiezen, niets te voelen, en opeens voelde ik hoe iets in mijn binnenste het begaf, als een dam die brak na een enorme regenbui.

Dean trok me voorzichtig naar zich toe. Zijn lippen streken zachtjes over de mijne. De beweging was aarzelend, onzeker. Ik legde mijn handen in zijn nek en trok hem naar me toe.

Misschien was dit een slecht idee. Misschien zou alles er zodra de rook was opgetrokken anders uitzien. Maar ik kon dit niet tegenhouden. Als ik écht wilde leven, kon ik mijn leven niet op 'misschien' baseren.

Ik ging op mijn tenen staan, drukte me tegen hem aan en beantwoordde zijn kus. De pijn in mijn gezicht verdween en de rest van de wereld vervaagde, tot er alleen nog dít moment was – een moment dat ik nooit had gedacht mee te maken.

46

Ik moest een nachtje in het ziekenhuis blijven. Ik had een hersenschudding, blauwe plekken in mijn nek omdat ik bijna was gewurgd en op mijn handen en benen zaten ontelbare snij- en schaafwonden. Ze hadden Dean zowat mijn kamer uit moeten sleuren.

Ik leefde nog.

De volgende ochtend droegen de artsen me over aan agent Briggs. Toen we naar zijn auto liepen duurde het even voordat ik besefte dat hij te stil was.

'Waar is agent Sterling?' vroeg ik.

'Weg.' We stapten in de auto. Ik deed voorzichtig mijn gordel om. Briggs reed de parkeerplaats af. 'Haar verwondingen waren minimaal, maar ze is op verlof gestuurd tot een FBI-psycholoog haar groen licht geeft om weer aan de slag te gaan.'

'Komt ze wel weer terug?' Toen ik dat vroeg, voelde ik mijn ogen prikken. Een week geleden had ik Sterling maar wat graag zien vertrekken, maar nu...

'Geen idee.' Een spiertje in Briggs' kaak trilde. Hij was iemand die niet graag toegaf dat hij iets niet zeker wist. 'Nadat Redding haar ontvoerde – en Dean haar hielp ontsnappen – zette ze alles op alles om weer onderzoek te mogen doen. Stortte ze zich volledig op haar werk.'

Dat was toen. Dit was nu. Ik had het idee dat agent Sterling het Naturals-programma langzaam begon te waarderen, maar ik moest de hele tijd denken aan hoe ze had gekeken toen ze me had gevraagd waaróm. Waarom had ik niet naar haar geluisterd? Waarom had ik me ook door die gek laten ontvoeren?

Het enige wat ze tijdens die laatste momenten had gewild, was geloven dat ik levend uit die hel zou ontsnappen.

'Ze vindt dat dit haar schuld is?' vroeg ik – al was dat eigenlijk geen vraag.

'Die van haar. Die van haar vader. Die van mij.' Briggs' toon zei me dat agent Sterling niet de enige was die er zo over dacht. 'Je had nooit mogen meehelpen aan het onderzoek,' zei hij. 'Geen van jullie levens had op het spel mogen staan.'

Als de Naturals niet aan deze zaak hadden meegewerkt, zou Christopher Simms dat meisje hebben vermoord. Als ik niet met agent Sterling was meegegaan, zou ze nu dood zijn geweest. Briggs gruwde van wat me was overkomen, maar diep vanbinnen wist ik dat hij uiteindelijk met de risico's van dit programma zou kunnen leven. Ik wist niet of dat ook voor agent Sterling gold.

'Waar gaan we heen?' vroeg ik Briggs toen we onze afslag op de snelweg voorbijreden.

Hij was een paar minuten stil. De kilometers vloeiden in elkaar over. Uiteindelijk stopten we bij een appartementencomplex tegenover de gevangenis.

'Ik wil je iets laten zien.'

Webbers appartement had twee slaapkamers. Zijn leven bestond uit twee strikt gescheiden delen. In de ene kamer – strak opgemaakt bed, verduisterende gordijnen – sliep hij, en in de andere werkte hij.

Toen we binnenkwamen was Briggs' team bewijs aan het verzamelen: notitieboekjes en foto's, wapens, een computer. Honderden – zo niet duizenden – doorzichtige plastic zakjes die het verhaal van Webbers leven vertelden.

Die het verhaal van zijn relatie met Daniel Redding vertelden.

'Ga je gang.' Briggs knikte naar de zorgvuldig gelabelde zakjes. 'Maar trek wel een paar handschoenen aan.'

Hij had Dean niet naar deze plaats delict gebracht. En Michael, Lia of Sloane ook niet.

'Waar ben ik naar op zoek?' vroeg ik terwijl ik een paar handschoenen aantrok.

'Nergens naar,' antwoordde Briggs simpelweg.

Jij hebt me hier mee naartoe genomen om dit te bekijken. Zonder erover na te denken schoot ik weer in de profilermodus. *Waarom?*

Omdat dit niet ging om het verzamelen van bewijs. Dit ging om mij en om wat ik in het bos had meegemaakt. Ik zou altijd vragen over Locke blijven houden, net zoals Dean altijd vragen over zijn vader zou houden, maar deze UNSUB – de man die een einde aan mijn leven had geprobeerd te maken – hoefde geen mythisch figuur, hoefde niet de zoveelste geest die me in mijn dromen zou komen kwellen te worden.

Een strak opgemaakt bed en jachtgeweren.

Briggs had me hier mee naartoe genomen zodat ik het kon begrijpen – en verder kon gaan met mijn leven, voor zover dat ging na zoiets te hebben meegemaakt.

Het kostte me uren om alles te bekijken. In de kaft van een dagboek zat een foto van Emerson Cole. De bladzijden waren gevuld met Webbers handschrift – *schuin overhellende hoofdletters* – dat me zijn verhaal tot in de kleinste, misselijkmakendste details vertelde. Ik las dat verhaal, ploos die details uit, gebruikte ze om een profiel van hem te creëren.

Zes maanden geleden werd je overgeplaatst naar Reddings afdeling. Hij fascineerde je; je keek gebiologeerd naar de manier waarop hij zijn medegevangenen en de bewaarders manipuleerde. De gevangenis was de enige plek waar je ook maar iets van macht, iets van zeggenschap had, en toen je een zoveelste afwijzing van de politieacademie ontving, was dat niet meer genoeg.

Toen wilde je een ander soort macht. Ongrijpbaar. Onmiskenbaar. Onvergankelijk.

Webber had een obsessie voor Redding ontwikkeld. Hij dacht dat hij dat goed had weten te verbergen, tot Redding hem had gevraagd een heel speciale taak uit te voeren.

Hij zag je potentieel. Je moest jezelf bewijzen – je moest bewijzen dat je slimmer en beter en méér was dan iedereen die op je neerkeek, die je had afgewezen, die je aan de kant had geschoven.

Redding had Webber twee opdrachten gegeven: agent Briggs in de gaten houden en Dean vinden. Webber had beide opdrachten met succes uitgevoerd. Hij was agent Briggs gevolgd. Hij had het huis waarin Dean woonde gevonden. Hij had verslag uitgebracht.

Dat was het omslagpunt geweest. Toen had je beseft dat je meer moest doen om die mekkerende snotaap voor Redding te overschaduwen.

Tussen twee bladzijden van het dagboek zat een opgevouwen krantenartikel – een artikel dat Webber Redding had laten lezen en daarna in zijn werkkamer had opgeborgen.

Een artikel over special agent Lacey Locke. Een wolf in schaapskleren. Een moordenaar die bij de FBI had gewerkt.

Ik bladerde verder en weer terug en stelde in gedachten een tijdlijn op. De dag nadat Redding dat artikel over Locke had gelezen had hij deze reeks 'testen' voor zijn leerlingen bedacht – of, zoals Webber het noemde, 'wat zou kunnen zijn'.

Vinden jullie het dan niet raar? had ik wat ondertussen een eeuwigheid geleden leek gevraagd. *Zes weken geleden imiteerde Locke de moord op mijn moeder, en nu aapt iemand Deans vader na.*

Nu ik de reeks gebeurtenissen die tot de moord op Emerson Cole had geleid reconstrueerde, besefte ik dat dat helemaal niet raar was. Dat het geen toeval was.

Daniel Redding was hiermee begonnen nádat hij over Lockes moorden had gelezen. Aangezien Dean door zijn vader wist hoe moordenaars in elkaar zaten, wist Daniel Redding dat ook. En als hij Locke begreep – haar drijfveren, haar motieven, haar verlangens – en als hij Dean door Webber in de gaten had laten houden, als hij wist wie ik was en wat er met mijn moeder was gebeurd...

Locke heeft die vrouwen voor mij vermoord, en dat zag Redding als een uitdaging.

Ik zat nog steeds met ontelbare vragen: hoe Redding had geweten wie ik was, hoe hij de verbanden had gelegd en had kunnen uitvogelen wat er met Locke was gebeurd, wat hij over de moord op mijn moeder wist – als hij daar al iets over wist. Maar op die vragen gaven Webbers dagboeken geen antwoord.

Zodra de test eenmaal was begonnen, gingen Webbers dagboekaantekeningen hoe langer hoe minder over Redding.

Je aanbad hem – maar toen werd je net als hij. Nee, werd je béter dan hij. Werd je iets nieuws.

Er waren vijf mensen dood. Als ik Webbers bekentenissen in dit dagboek mocht geloven, had hij vier van hen vermoord: Emerson, de professor en zijn beide rivalen. Het oorspronkelijke plan – dat Redding aan alle drie had uitgelegd, waarbij Webber voor de communicatie had gezorgd – was dat zijn leerlingen ieder één slachtoffer zouden uitkiezen en het slachtoffer van een van de anderen zou vermoorden.

In jouw gedachten is voor die anderen nooit plaats geweest.

In het dagboek had Webber gefantaseerd hoe het zou zijn gegaan als híj Trina Simms had vermoord. Dat had hij zich ingebeeld, gevisualiseerd, en Clark had het veld moeten ruimen omdat hij het niet goed had gedaan.

Christophers dagen waren geteld geweest vanaf het moment dat hij gepakt werd.

En toen was er nog maar één.

'Cassie?' Briggs zei mijn naam en ik keek hem aan vanaf mijn plekje op de vloer. 'Alles oké?'

Ik zat hier al uren. Briggs had zijn doel bereikt: als ik mijn ogen dichtdeed, werd ik niet langer als een dier opgejaagd. Voelde ik Webber niet langer boven me uittorenen of hem met zijn arm mijn keel dichtknijpen. Die herinneringen waren niet verdwenen. Die zouden nooit verdwijnen. Maar ik zou ze wel een paar minuten, uren, soms zelfs dagen achter elkaar kunnen vergeten.

'Ja.' Ik deed het dagboek dicht en trok mijn handschoenen een voor een uit. 'Alles oké.'

Tegen de tijd dat we weer bij het huis waren, was het al bijna donker. Lia, Dean en Sloane zaten op de veranda op me te wachten. Michael ging de gebarsten ruiten van het autowrak te lijf met een moker.

Elke keer dat hij uithaalde, bij elke ruit die hij verbrijzelde, voelde ik ook iets in mijn binnenste verbrijzelen.

Michael wist het.

Vanaf het moment dat Dean terug was bij het huis, vanaf het moment dat hij hem zag, had hij het geweten.

Ik heb dit niet expres gedaan. Dit was niet gepland.

Michael keek op en zag me staan, alsof mijn gedachten op de een of andere manier vanuit mijn hoofd naar het zijne waren overgesprongen. Hij bestudeerde me, net als bij onze eerste ontmoeting, toen ik nog niet wist waartoe hij allemaal in staat was.

'Dus dit is het dan?' vroeg hij.

Ik gaf geen antwoord. Ik kon geen antwoord geven. Mijn ogen schoten naar de veranda. Naar Dean.

Michael schonk me een onverschillige glimlach. 'Je kunt niet altijd zes gooien.' Hij haalde zijn schouders op. Alsof ik nooit meer dan een spelletje was geweest. Alsof ik er niet toe deed.

Omdat hij niet wílde dat ik ertoe deed.

'Dat is maar beter ook,' ging hij verder. Elk van zijn woorden was een goedgemikt schot op mijn hart. 'Misschien ontspant Redding na een goede beurt eindelijk eens een beetje.'

Objectief gezien wist ik wat dit was. *Als ze je toch wel gaan slaan, dan kun je ze net zo goed uitdagen.* Maar dat betekende niet dat zijn woorden me geen pijn deden. Mijn blauwe plekken, schaafwonden en bonkende hoofd verbleekten bij Michaels nonchalante wreedheid, zijn onverschilligheid.

Ik had geweten dat als ik koos, ik een van hen zou verliezen. Ik had me alleen niet voorgesteld dat ik Michael op déze manier zou verliezen.

Ik draaide me om naar het huis en verbood mezelf te huilen. Dean ging staan. Zijn ogen vonden de mijne en ik stond mezelf toe terug te denken aan dat moment in het bos – en alle momenten die daartoe hadden geleid. *Die keer dat ik zijn hand vasthield en mijn vingertoppen langs zijn kaaklijn liet glijden. De geheimen die we hadden uitgewisseld. De dingen die niemand – Natural of niet, profiler of niet – ooit zou kunnen begrijpen.*

Als ik voor Michael had gekozen, zou Dean dat hebben begrepen.

Ik liep naar de veranda, naar Dean toe. Met elke stap ging mijn tempo verder omhoog.

Michael riep me na. 'Cassie?'

In zijn stem klonk een greintje echte emotie door – al kon ik niet precies zeggen welke emotie dat was.

Ik keek over mijn schouder, maar ik draaide me niet om. 'Ja?'

Michael keek me aan. De blik in zijn groene ogen bevatte een mengeling van emoties die ik niet precies kon thuisbrengen. 'Als ik bij je in het bos was geweest, als ik met Briggs was meegegaan, als ik degene was geweest die je toen had zien staan...'

Zou je dan voor mij hebben gekozen? Hij maakte zijn vraag niet af en ik gaf geen antwoord. Ik draaide me weer om naar het huis en hij stortte zich weer op de ramen van de gehavende, gedeukte auto.

'Ja.' Zijn stem werd meegevoerd door de wind. 'Dat dacht ik al.'

DRIE WEKEN LATER...

Op de dag dat mijn laatste blauwe plekken verdwenen, maakten we ons eindexamen. En trok agent Sterling weer bij ons in.

Toen we terugkwamen van het examen stond ze met een grote doos in haar handen aanwijzingen te geven aan de verhuizers. Haar haar zat in een losse, lage paardenstaart en aan haar voorhoofd plakten zweterige haren. Ze droeg een spijkerbroek.

Ik liet haar de veranderingen aan haar uiterlijk en het feit dat Briggs' bezittingen uit zijn kantoor werden gesjouwd op me inwerken. Er was iets veranderd. Waar ze zichzelf ook precies was gaan zoeken, welke herinneringen onze gevangenschap ook hadden opgerakeld, ze was kennelijk tot een besluit gekomen. Iets waarmee ze kon leven.

Dean stond naast me en keek naar Sterling, die nu in haar kamer verdween. Ik vroeg me af of hij dacht aan de vrouw die hij vijf jaar geleden had gekend. Ik vroeg me af hoe die zich verhield tot de vrouw naar wie we nu keken.

'Zal het therapeutisch voor haar zijn om alle spullen van haar ex-man het huis uit te laten sjouwen?' vroeg Michael toen er twee verhuizers met Briggs' bureau langskwamen.

'Daar komen we maar op één manier achter.' Lia slenterde achter

Sterling aan. Nog geen tel later volgde de rest van ons haar voorbeeld.

Bijna alle sporen van Briggs waren uit de kamer verdwenen en er stond nu een echt bed in plaats van een slaapbank. Met haar rug naar ons toe zette Sterling de doos op het bed en maakte hem open. 'Hoe ging jullie examen?' vroeg ze zonder zich om te draaien.

'Fantastisch,' antwoordde Lia. Ze draaide een lok donker haar om haar wijsvinger. 'Hoe was je door de overheid verplichte psychologische onderzoek?'

'Kon beter.' Sterling draaide zich naar ons. 'Hoe gaat het met je, Cassie?' vroeg ze. Te oordelen naar de toon waarop ze dat vroeg wist ze al wat ik daarop ging antwoorden.

Sommige mensen zeiden dat botbreuken je botten uiteindelijk alleen maar sterker maakten. Op goede dagen hield ik mezelf voor dat dat waar was, dat ik elke keer dat de wereld me probeerde te breken een beetje minder breekbaar werd. Op slechte dagen vermoedde ik dat ik altijd gebroken zou blijven, dat sommige delen van me nooit meer helemaal normaal zouden worden – en dat precies die delen me zo goed in mijn werk maakten.

Dat precies die delen dit huis en de mensen die daarin woonden tot mijn *thúís* maakten.

'Prima, hoor,' zei ik. Lia gaf geen commentaar op mijn antwoord.

Naast ons hield Sloane haar hoofd schuin en keek agent Sterling verbluft aan. 'Je bent teruggekomen,' zei ze tegen de agent. Ze fronste. 'De kans daarop was maar heel klein.'

Agent Sterling draaide zich weer om naar de dozen op haar bed. 'Als je kans klein is,' zei ze terwijl ze iets uit een doos haalde, 'moet je de regels veranderen.'

Aan de uitdrukking op Sloanes gezicht te zien vond ze dat een ietwat dubieuze opmerking. Ik was te druk met me afvragen wat Sterling bedoelde met het veranderen van de regels om te kunnen nadenken over kansen.

Je bent levend begraven in een glazen kist. Op je borst ligt een cobra te slapen. Ik dacht aan het spelletje dat Sterling met Scarlett Hawkins had gespeeld. Onmogelijke situaties vroegen om onmogelijke oplossingen. Veronica Sterling was hier voornamelijk naartoe gekomen om dit programma stop te zetten, en nu kwam ze hier wonen.

Wat zag ik over het hoofd?

'Betekent dit dat je klaar bent met vluchten?'

Ik draaide me om en zag Judd achter ons in de deuropening staan. Ik vroeg me af hoelang hij daar al stond en dacht na over zijn vraag. Hij had agent Sterling zien opgroeien. Toen ze de FBI had verlaten en dit programma de rug had toegekeerd, had ze hen ook uit elkaar gedreven.

'Ik ga nergens heen,' zei Sterling tegen hem. Ze liep naar haar nachtkastje en haalde het vloeipapier van het voorwerp in haar hand.

Een fotolijstje.

Al voordat ik naar haar toe liep in de hoop de foto beter te kunnen bekijken, wist ik al wat ik daarop zou zien.

Twee meisjes, een met donker haar, een met licht haar. Beiden keken stralend in de lens. De kleinste – Scarlett – miste beide voortanden.

'Ik ga nergens heen,' herhaalde Sterling.

Ik keek naar Dean, en al voordat onze blikken elkaar vonden wist ik intuïtief dat hij hetzelfde dacht als ik. Sterling had haar emoties heel lang weggestopt. Ze had heel lang geprobeerd om nergens om te geven, om de vrouw die ze was geweest te onderdrukken.

'Sorry dat ik dit ontroerende moment moet onderbreken,' zei Michael, wiens stem net genoeg venijn bevatte om te doen vermoeden dat hij het niet alleen over het moment tussen Sterling en Judd had, maar ook over het telepathische lijntje tussen Dean en mij. 'Maar ik bespeur enige spanning in je kaakspieren, agent.' Michaels ogen schoten van links naar rechts en van boven naar beneden om elk detail van Sterlings houding en gezichtsuitdrukking in zich op te nemen. 'Je bent niet per se gestrest, maar... je wacht ergens op.'

De deurbel ging. Sterling rechtte haar rug en zag er opeens net iets indrukwekkender uit dan een tel geleden. 'Bezoek,' zei ze tegen Judd. 'Meer dan één persoon.'

Briggs arriveerde als eerste, gevolgd door directeur Sterling. Ik nam aan dat dat het was, maar al snel werd duidelijk dat ze op nog iemand wachtten.

Op een heel belangrijk iemand.

Een paar minuten later reed er een donkere sedan de oprit op. Uit de auto stapte een man. Hij droeg een duur pak en een rode stropdas en liep heel doelbewust, alsof al zijn stappen onderdeel van een groter plan waren.

Zodra we allemaal in de woonkamer zaten, stelde agent Sterling de man voor als de directeur van de nationale inlichtingendienst.

'De hoofdadviseur van de Nationale Veiligheidsraad,' ratelde Sloane. 'Rapporteert rechtstreeks aan de president. Hoofd van alle zeventien inlichtingendiensten, te weten de CIA, de NSA, de DEA...'

'En de FBI?' opperde Lia droog voordat Sloane alle zeventien inlichtingendiensten kon opnoemen die de man tegenover ons leidde.

'Tot vorige week,' zei de man met de rode stropdas, 'wist ik niet dat dit programma bestond.'

Het doel van deze ontmoeting werd al snel duidelijk. *Als je kansen klein zijn, moet je de regels veranderen.* Agent Sterling was uit de school geklapt over het Naturals-programma.

'Ik heb lang nagedacht over je verslag,' zei de directeur van de nationale veiligheidsdienst tegen agent Sterling. 'Over de voor- en nadelen van dit programma. De sterke punten. De zwakke punten.'

Hij gaf het woord 'zwakke' extra nadruk. Op het gezicht van directeur Sterling was geen enkele emotie te zien. Deze man was zijn baas. Kon dit programma opheffen. Vanuit de FBI-directeur gezien was de directeur van de nationale veiligheidsdienst waarschijnlijk tot nog veel ergere dingen in staat. Hoeveel wetten had de vader van agent Sterling overtreden door dit programma geheim te houden?

Agent Sterling trekt bij ons in. Daar klampte ik me aan vast. Dan kon haar vaders baas hier niet zijn om de stekker uit dit programma te trekken. Dat kon gewoon niet.

De baas van de nationale veiligheidsdienst voelde blijkbaar dat zijn opmerking niet alleen directeur Sterling ongemakkelijk maakte, want hij zei tegen ons: 'Agent Sterling is in de veronderstelling dat dit programma levens redt – en dat jullie nog veel meer levens zouden kunnen redden als jullie ook bij lopende onderzoeken mochten helpen.' De man was even stil. 'Ze meent ook dat jullie een gevaar voor jezelf zijn en dat niet zomaar mag worden aangenomen dat een agent in een lopend onderzoek, hoe goed diens bedoelingen ook zijn, jullie fysieke en mentale welzijn op de eerste plek zal zetten.'

Ik wierp een blik op agent Sterling. Dat was niet alleen kritiek op het programma – dat was kritiek op iets waar zíj ons toestemming voor had gegeven.

Wat als ze ons laten blijven, maar we niet mogen meewerken aan echte zaken? Voordat ik hierheen kwam, was leren hoe ik mensen moest profileren misschien voldoende geweest, maar nu niet meer. Wat ik had meegemaakt moest nut hebben. Ik had een doel nodig. Ik moest hélpen.

'Agent Sterling heeft de risico's van dit programma beoordeeld,' ging de directeur van de nationale veiligheidsdienst verder, 'en adviseert dit programma te herstructureren en een man genaamd Judd Hawkins aan te stellen als jullie mentor. Indien anderen willen afwijken van het protocol, ongeacht de mogelijke voordelen die dat voor een onderzoek oplevert, zal Hawkins daar eerst toestemming voor moeten geven.'

Herstructureren. Dat woord liet ik even op me inwerken. Tegenover me zag ik de kaakspieren van directeur Sterling lichtjes verstrakken, maar de rest van zijn gezicht bleef uitdrukkingsloos. Als het advies van zijn dochter zou worden opgevolgd, zou Judd de beslissende stem hebben in wat we wel of niet mochten doen.

Judd, niet directeur Sterling.

'Worden jullie allemaal binnen een jaar achttien?' vroeg de man die hierheen was gekomen om over onze toekomst te beslissen. Uit de mond van iemand die rechtstreeks aan de president rapporteerde klonk dat eerder als een bevel dan als een vraag.

'Nog tweehonderddrieënveertig dagen te gaan,' bevestigde Sloane. De rest van ons hield het bij een knikje.

'Ze blijven achter de schermen.' De man richtte zijn nonchalant-strenge blik op de directeur. 'Móéten achter de schermen blijven.'

'Begrepen.'

'Agenten Sterling en Briggs zien bij elk onderzoek toe op hun deelname, die eerst moet worden goedgekeurd door majoor Hawkins. Wat betreft wat er wel en niet binnen dit programma valt is zijn woord wet – ook voor jou.'

De directeur verstijfde, maar antwoordde meteen. 'Begrepen.'

'En de volgende keer dat je een ónofficieel innovatief programma besluit te financieren, zou ik daar nog maar eens goed over nadenken.' De directeur van de nationale veiligheidsdienst gaf directeur Sterling geen tijd om te antwoorden. Hij knikte ons kort toe en vertrok.

'Ik denk dat ik voor iedereen spreek als ik vraag wat hier net in vredesnaam gebeurd is,' zei Michael.

De regels zijn veranderd, dacht ik.

'Vanaf nu heeft het Naturals-programma een toezichthouder,' zei agent Sterling. 'Er komen nieuwe regels. Nieuwe protocollen. En die gaan iets betekenen. Geen bijzondere uitzonderingen meer – ook niet voor mij.' Haar blik was streng, maar Michael moest iets hebben gezien wat ik niet zag, want hij begon te grijnzen.

Ook agent Sterling lachte. 'Die regels gaan we nodig hebben,' zei ze, 'want vanaf morgen hebben jullie toestemming om te adviseren bij lopende zaken.'

Ze sloten ons niet buiten. Ze lieten ons juist binnen. In plaats van me mijn doel af te pakken, hadden ze het nieuw leven ingeblazen.

Dit was een compleet nieuwe wereld.

DANKWOORD

Net als het vangen van een moordenaar is het schrijven van een boek echt teamwerk, en ik voel me een ongelofelijke geluksvogel omdat ik met geweldige mensen heb mogen samenwerken. De eersten die ik wil bedanken zijn mijn twee geweldige redacteuren, die dit boek van de eerste naar de laatste fase hebben geloodst: Catherine Onder en Lisa Yoskowitz. Ik kan niet in woorden uitdrukken hoe bevoorrecht ik me voel om in zulke goede handen te zijn of hoeveel beter dit boek door jullie inzichten en toewijding is geworden. Ook dank aan Niamh Mulvey, mijn Naturals-voorvechter in het Verenigd Koninkrijk, en aan de geweldige teams bij Hyperion en Quercus die hebben geholpen om deze serie bij de juiste lezers te krijgen. Heel veel van wat er nodig is om een boek te maken gebeurt achter de schermen, en ik ben ontzettend dankbaar voor al het werk dat in dit boek is gestoken!

Ook Elizabeth Harding, Ginger Clark, Holly Frederick en Jonathan Lyons wil ik bedanken – jullie zijn stuk voor stuk geweldige agenten! Net als de gaven van de Naturals grenzen jullie talenten aan het bovennatuurlijke. Net als bij het eerste boek wil ik ook iedereen bij de Dino De Laurentiis Company bedanken, in het bijzonder Martha De Laurentiis en Lorenzo Di Maio (die me een keer heeft gevraagd welke zaak Briggs achtervolgt als 'de enige zaak die hij niet heeft kunnen oplossen').

Ten slotte ben ik enorm veel dank verschuldigd aan alle mensen in mijn leven die ervoor zorgen dat ik niet doordraai als het schrijfproces een gekkenhuis is: mijn fantastische familie, NLPT & Ti30, iedereen van de University of Oklahoma en de geweldige, solidaire YA-schrijversgemeenschap. Dank aan Rachel Vincent, die me gezelschap heeft gehouden tijdens het schrijven en met wie ik een persoonlijkheid deel, en aan Ally Carter, die me niet alleen helpt brainstormen, maar me ook opsluit in haar kast als ik een deadline heb, wat laat zien wat voor echte, fantastische vriendin ze is. Ook Melissa de la Cruz, Carrie Ryan en Rose Brock ben ik ontzettend dankbaar voor de schrijfvakanties, Rose Fest en avontuur! Dit boek heb ik gecorrigeerd in Cornwall, waar Sarah Rees Brennan, Maureen Johnson, Cassandra Clare, Joshua Lewis en Kelly Link voor morele én creatieve ondersteuning en voor ongelofelijk veel plezier zorgden. Ik ben jullie ontzettend dankbaar.

Ten slotte wil ik alle lezers bedanken die het eerste boek hebben gesteund – en uitkeken naar het tweede. Ik kan niet wachten om jullie te laten lezen wat er nog meer voor Cassie en de rest in het verschiet ligt.

‘Dit moest een vergissing zijn. Een man die ik nog nooit had ontmoet, had me zojuist miljarden geschonken. Dat soort dingen gebeuren niet, punt.’

Ken jij de familie Hawthorne al? ↪

Laat het spel beginnen!

De toekomst van Avery Grambs en haar halfzus Libby ziet er niet al te rooskleurig uit. Samen kunnen ze maar net de eindjes aan elkaar knopen en uitzicht op betere tijden is er niet. Totdat Avery hoort dat ze een fortuin erft van een of andere oude man die ze nog nooit heeft ontmoet... en niemand weet waarom.

Om de miljardenerfenis van Tobias Hawthorne in ontvangst te kunnen nemen, moet Avery voldoen aan één voorwaarde: ze moet per direct intrekken in Hawthorne House en daar een jaar lang blijven wonen. Helaas wordt het huis ook bewoond door de zojuist onterfde familie – inclusief vier knappe kleinzoons – die op zijn zachtst gezegd niet allemaal even blij zijn met de komst van deze vreemdeling die er met hun geld vandoor gaat. Er is een vraag die iedereen bezighoudt: waarom Avery?

De erfenis

1

TOEN IK JONG WAS VERZON MIJN MOEDER VOORTDUREND SPELLETJES. Het Stiltespel. Het 'Wie kan er het langst over zijn koekje doen?'-spel. Een van mijn grote favorieten was het Marshmallowspel, waarbij we marshmallows aten en dikke jassen van de kringloop droegen zodat de verwarming niet aan hoefde. Als de stroom uitviel speelden we het Zaklampspel. We wandelden nooit – we sprintten. De vloer was bijna altijd lava. Kussens waren vooral bedoeld om forten van te bouwen.

Ons langstdurende spel heette 'Ik heb een geheim', want volgens mijn moeder hoorde iedereen altijd minstens één geheim te hebben. Op sommige dagen raadde ze het mijne. Op andere niet. Tot mijn vijftiende speelden we het spel elke week, maar toen belandde ze door een van haar geheimen in het ziekenhuis.

Het volgende moment was ze er niet meer.

'Jouw beurt, prinses.' Een raspende stem trok me weer naar het heden. 'Ik heb niet de hele dag.'

'Ik ben geen prinses,' antwoordde ik en ik bracht een van mijn paarden in stelling. 'Nou jij weer, ouwe.'

Harry keek me boos aan. Eerlijk gezegd had ik geen idee hoe oud hij was of hoe hij als dakloze in het park was beland waar we elke ochtend een potje schaak speelden. Wat ik wel wist, was dat hij een formidabele tegenstander was.

Terwijl hij het schaakbord bestudeerde, mompelde hij: 'Wat ben je toch een afschuwelijke meid.'

Drie zetten later had ik hem klem. 'Schaakmat. Je weet wat dat betekent, Harry.'

Hij keek me vuil aan. 'Dat je ontbijt voor me haalt.'

Dat was de voorwaarde van onze langlopende weddenschap. Als ik won, móést hij de gratis maaltijd aannemen.

Ik was zo sportief me maar een heel klein beetje te verkneukelen. 'Wat is het toch heerlijk om de koningin te zijn.'

Ik was maar net op tijd op school. Ik had de gewoonte overal mee te wachten tot het laatste moment. Ook met mijn schoolwerk balanceerde ik altijd op het randje: hoe weinig kon ik doen om nog steeds een negen te halen? Ik was niet lui. Ik was praktisch ingesteld. De mogelijkheid een extra dienst te kunnen draaien was een prima reden voor een 9,2 in plaats van een 9,8.

Toen ik bij Spaans druk bezig was met een opstel voor Engels werd ik naar het kantoor van de rector geroepen. Meisjes zoals ik hoorden onzichtbaar te zijn. Wij kregen geen preken van de rector. Wij veroorzaakten net zo veel problemen als we ons konden veroorloven – in mijn geval dus nul.

'Avery.' De begroeting van rector Altman was niet bepaald warm te noemen. 'Ga zitten.'

Dat deed ik.

Hij vouwde zijn handen in elkaar op het bureau dat ons scheidde. 'Je weet vast waarom je hier bent.'

Tenzij dit over de wekelijkse pokerwedstrijd op de parkeerplaats ging die ik organiseerde om Harry's ontbijtjes – en soms ook die van mijzelf – te kunnen betalen, wist ik niet waarom ik de aandacht van het schoolbestuur had getrokken. 'Sorry,' zei ik, hopend dat ik braaf genoeg klonk, 'maar ik heb geen idee.'

Rector Altman liet me even nadenken over mijn reactie en haalde toen een aan elkaar geniet stapeltje papier tevoorschijn. 'Dit is het natuurkundeproefwerk dat je gisteren hebt gemaakt.'

'Oké,' zei ik. Dat was niet het antwoord waarop hij zat te wachten, maar meer had ik daar niet op te zeggen. Ik had voor de verandering eens geleerd. Het leek me sterk dat ik de toets zo slecht had gemaakt dat een interventie op zijn plaats was.

'Meneer Yates heeft de proefwerken nagekeken, Avery. Jij had als enige een tien.'

'Super,' zei ik, omdat ik niet nog een keer 'oké' wilde zeggen.

'Dat is helemaal niet super, jongedame. Meneer Yates maakt bewust proefwerken die de vaardigheden van zijn leerlingen zeer op de proef stellen. In twintig jaar heeft hij nog nooit iemand een tien gegeven. Snap je het probleem?'

Mijn poging om mijn instinctieve reactie te onderdrukken mislukte. 'Een docent die proefwerken maakt waarvoor de meeste van zijn leerlingen onmogelijk een voldoende kunnen halen?'

Meneer Altman kneep zijn ogen tot spleetjes. 'Je bent een goede leerling, Avery. Erg goed, gezien je omstandigheden. Maar je bent tot nu toe niet bepaald een uitblinker geweest.'

Daar had hij gelijk in, dus waarom voelde het dan alsof hij me een stomp in mijn maag had verkocht?

'Ik heb uiteraard begrip voor je situatie,' ging rector Altman verder, 'maar ik wil dat je eerlijk tegen me bent.' Hij keek me recht aan. 'Wist je dat meneer Yates al zijn toetsen in de cloud bewaart?' Hij dacht dat ik had gefraudeerd. Hoe strak hij me ook aanstaarde, ik had me nog nooit zo onzichtbaar gevoeld. 'Ik wil je graag helpen, Avery. Gezien de kaarten die je door het leven zijn toebedeeld, heb je het tot nu toe geweldig gedaan. Ik zou het vervelend vinden als je mogelijke toekomstplannen zouden ontsporen.'

'Mijn mógelijke toekomstplannen?' herhaalde ik. Als ik een andere achternaam had gehad, als mijn vader tandarts en mijn moeder huisvrouw was geweest, zou hij niet hebben gedaan alsof de toekomst iets was waar ik mógelijk over had nagedacht. 'Ik zit in de vijfde,' zei ik knarsetandend. 'Als ik volgend jaar mijn diploma haal, heb ik genoeg studiepunten om twee semesters op de universiteit te mogen overslaan. Mijn gemiddelde is goed genoeg om kans te maken op een studiebeurs voor UConn, een universiteit die landelijk bekendstaat om haar geweldige opleiding actuariële wetenschappen.'

Rector Altman fronste. 'Actuariële wetenschappen?'

'Statistische risicobeoordeling.' Dichter bij een diploma in zowel poker als wiskunde zou ik niet kunnen komen. En het was een opleiding met een van de hoogste baangaranties ter wereld.

'Hou je van weloverwogen risico's, mevrouw Grambs?'

Zoals fraude plegen? Ik mocht niet nog bozer worden. In plaats daarvan beeldde ik me in dat ik aan het schaken was. Bepaalde ik in gedachten mijn strategie. Meisjes zoals ik mochten niet ontploffen. 'Ik heb niet gefraudeerd,' zei ik rustig. 'Ik heb gewoon geleerd.'

Ik had hier en daar tijd bij elkaar gesprokkeld – in andere lessen, tussen twee diensten in, 's avonds laat als ik eigenlijk hoorde te slapen. Aangespoord door de wetenschap dat meneer Yates bekendstond om zijn onmogelijke toetsen, had ik de grenzen van 'het mogelijke' opnieuw willen bepalen. Voor de verandering had ik niet willen ontdekken hoe lang ik iets kon uitstellen, maar juist waartoe ik in staat was.

En dít was het resultaat van mijn inspanningen, omdat meisjes zoals ik geen tienen haalden voor onmogelijke toetsen.

'Laat me het proefwerk gerust opnieuw maken,' zei ik. Ik deed mijn best om niet boos – of erger nog, gekwetst – te klinken. 'Dat verandert niets aan mijn cijfer.'

'En wat zou je zeggen als ik je vertelde dat meneer Yates een nieuwe toets voor je heeft gemaakt? Een proefwerk met allemaal nieuwe vragen, even lastig als de eerste.'

Ik aarzelde geen moment. 'Dan zou ik zeggen dat ik die wil maken.'

'Dat kan morgen tijdens het derde uur, maar ik moet je waarschuwen dat dit beduidend makkelijker zou zijn als je...'

'Nú.'

Meneer Altman keek me aan. 'Pardon?'

Ik was klaar met dat brave toontje. Met onzichtbaar zijn. 'Ik wil die nieuwe toets nú maken, hier in uw kantoor.'

2

'ZWARE DAG?' VROEG LIBBY. MIJN ZUS WAS ZEVEN JAAR OUDER DAN ik en veel meelevender dan goed voor haar – en mij – was.

'Neuh,' antwoordde ik. Als ik haar zou vertellen over mijn uitstapje naar het kantoor van meneer Altman zou ze zich alleen maar zorgen maken en tot meneer Yates mijn tweede proefwerk had nagekeken, viel hier niets aan te doen. Ik veranderde van onderwerp. 'De klanten waren gul vanavond.'

'Hoe gul?' Libby's kledingstijl hield het midden tussen punk en gothic, maar qua persoonlijkheid was ze een eeuwige optimist die geloofde dat ik in de piepkleine *diner* waar ik werkte steevast maar één klant verwijderd was een fooi van honderd dollar, ook al kostten de meeste hoofdgerechten er 6,99.

Ik duwde een stel verkreukelde dollarbiljetten in haar hand. 'Goed genoeg om mee te betalen aan de huur.'

Libby probeerde me het geld terug te geven, maar ik stond al buiten handbereik. 'Ik gooi het gewoon naar je toe, hoor,' waarschuwde ze streng.

Ik haalde mijn schouders op. 'Dan buk ik.'

'Je bent onmogelijk.' Libby stopte het geld met tegenzin weg, toverde een bakplaat vol muffins tevoorschijn en keek me aan. 'Nu moet je een muffin nemen om het goed te maken.'

'Ja, mevrouw.' Toen ik de muffin van haar wilde aanpakken, keek ik langs haar heen naar het aanrecht en zag ik dat ze niet alleen muffins had gebakken. Er stonden ook cupcakes. Ik kreeg een zwaar gevoel in mijn maag. 'O, Lib, nee toch.'

'Het is niet wat je denkt,' beloofde Libby. Libby bakte sorry-cupcakes. Schuldgevoel-cupcakes. Wees-alsjeblieft-niet-boos-op-me-cupcakes.

'Niet wat ik denk?' herhaalde ik zachtjes. 'Dus hij komt niet terug?'

'Dit keer wordt het anders,' beloofde Libby. 'En het zijn cupcakes met chocoladesmaak!'

Mijn lievelings.

'Het gaat nooit anders zijn,' zei ik, maar als ik haar dat aan haar verstand had kunnen peuteren, had ze het allang geloofd.

Precies op dat moment wandelde Libby's knipperlichtvriendje – die maar wat graag tegen muren sloeg en er trots op was dat hij zijn woede niet op Libby koelde – de keuken in. Hij griste een cupcake van het aanrecht en liet zijn blik over me heen glijden. 'Hé, lekker ding.'

'Drake,' zei Libby.

'Grapje.' Drake glimlachte. 'Je weet toch dat ik een grapje maak, Libbylief. Jij en je zusje zijn gewoon veel te serieus.'

Hij was pas een minuut binnen en deed nu al alsof wij het probleem waren. 'Dit is niet gezond,' zei ik tegen Libby. Hij had niet gewild dat ik bij haar kwam wonen – en daar strafte hij haar nog steeds voor.

'Dit is niet jouw huis,' kaatste Drake terug.

'Avery is mijn zusje,' zei Libby koppig.

'Halfzusje,' verbeterde Drake. Hij glimlachte opnieuw. 'Geintje.'

Dat was geen geintje, maar ook geen leugen. Libby en ik hadden dezelfde afwezige vader, maar een andere moeder. Vroeger zagen we elkaar maar een of twee keer per jaar. Twee jaar geleden had niemand verwacht dat ze mijn voogd wilde worden. Ze was jong. Ze hield zelf maar nauwelijks het hoofd boven water. Maar ze was Libby. En Libby hield van mensen.

'Als Drake blijft,' zei ik, 'ben ik weg.'

Libby pakte een cupcake en vouwde haar handen eromheen. 'Ik doe mijn best, Avery.'

Ze wilde het altijd iedereen naar de zin maken. Drake zette haar graag voor het blok. Hij gebruikte mij om haar pijn te doen.

Maar ik ging hier niet blijven wachten totdat hij zijn woede niet langer op de muren zou botvieren.

'Als je me zoekt,' zei ik tegen Libby, 'woon ik in mijn auto.'

3

MIJN STOKOUDE PONTIAC WAS RIJP VOOR DE SCHROOTHOOP, MAAR DE verwarming deed het in elk geval nog. Meestal, dan. Ik parkeerde achter de diner, waar niemand me zou zien. Libby had me een berichtje gestuurd, maar omdat ik mezelf er niet toe kon zetten te antwoorden, staarde ik gewoon doelloos naar mijn telefoon. Er zat een barst in het scherm. Mijn telefoonabonnement had nauwelijks data, maar ik kon wel onbeperkt sms'en.

Afgezien van Libby was er maar één persoon in mijn leven die de moeite waard was om een berichtje te sturen. Mijn sms'je naar Max was kort maar krachtig: Je-weet-wel is terug.

Ik kreeg niet direct antwoord. Max' ouders deden nogal moeilijk over 'telefoontijd' en namen haar telefoon geregeld in beslag. Ze stonden er ook om bekend haar berichtjes te lezen; daarom had ik Drakes naam niet genoemd en zou ik met geen woord over mijn huidige slaapplek reppen. Noch de familie Liu, noch mijn sociaal werker hoefde te weten dat ik niet was waar ik hoorde te zijn.

Ik legde mijn telefoon weg en wierp een blik op mijn rugzak, die op de passagiersstoel lag, maar besloot toen dat de rest van mijn huiswerk wel tot morgenochtend kon wachten. Ik zette mijn stoel naar achteren en deed mijn ogen dicht, maar toen ik niet kon slapen, haalde ik het enige waardevolle dat mijn moeder me had nagelaten uit het dashboardkastje: een stapel ansichtkaarten. Tientallen. Tientallen plekken waar we samen naartoe hadden gewild.

Hawaii. Nieuw-Zeeland. Machu Picchu. Een voor een bekeek ik de foto's en ik beeldde me in dat ik ergens anders was dan hier. Tokio. Bali. Griekenland. Ik wist niet hoe lang ik al in gedachten verzonken was toen mijn telefoon piepte. Toen ik hem pakte werd ik begroet door Max' antwoord op mijn berichtje over Drake.

Die broodzak. Toen, een tel later: Is alles oké?

Max was in de zomer na de tweede verhuisd. Onze communicatie verliep grotendeels schriftelijk en ze weigerde scheldwoorden te typen voor het geval haar ouders haar berichtjes onder ogen zouden krijgen.

Dat maakte haar creatief.

Ja hoor, schreef ik terug, en dat was genoeg om haar in woede te laten uitbarsten.

DIE AMBACHTELIJKE MEIKNOL KAN DE RIOLERING KRIJGEN EN IN MIJN KLEED STIKKEN!!!

Een tel later ging mijn telefoon. 'Gaat het echt wel?' vroeg Max toen ik opnam.

Ik keek naar de ansichtkaarten op mijn schoot en kreeg een brok in mijn keel. Ik zou de middelbare school afmaken. Ik zou me aanmelden voor elke beurs waarvoor ik in aanmerking kwam. Ik zou een diploma halen dat me een lucratieve baan zou bezorgen die ik overal ter wereld zou kunnen uitvoeren.

Ik zou gaan reizen.

Ik slaakte een lange, trillerige zucht en gaf toen antwoord op Max' vraag. 'Je kent me, Maxine. Ik kom altijd weer op mijn pootjes terecht.'

4

DE VOLGENDE DAG EISTE DE NACHT IN MIJN AUTO ZIJN TOL. MIJN HELE lichaam deed pijn en ik moest douchen na gym, want de papieren handdoekjes in de wc van de diner hadden zo hun grenzen. Ik had geen tijd om mijn haar te föhnen, dus ik kwam kletsnat aan bij mijn volgende les. Ik had er wel eens beter uitgezien, maar ik zat al mijn hele leven bij dezelfde kinderen in de klas. Voor hen was ik onderdeel van het lokaal.

Niemand keek naar me.

'*Romeo en Julia* zit vol met gezegdes – beknopte snippers wijsheid die iets zeggen over de manier waarop de wereld en de menselijke aard in elkaar zitten.' Mijn docente Engels was jong en serieus en had hoogstwaarschijnlijk te veel koffie op. 'Laten we het iets simpeler houden dan Shakespeare. Wie kan me een voorbeeld geven van een hedendaags gezegde?'

Van een kale kip valt niet te plukken, dacht ik terwijl mijn hoofd bonkte en ik de waterdruppels over mijn rug voelde lopen. *Nood breekt wet. Wie voor een dubbeltje geboren is, wordt nooit een kwartje.*

De deur van het lokaal ging open. Een administratief medewerker wachtte tot de docente naar haar keek en zei toen zo luid dat de hele klas haar kon horen: 'De rector wil Avery Grambs spreken.'

Blijkbaar had iemand mijn toets nagekeken.

Uiteraard verwachtte ik geen verontschuldiging, maar ik had ook niet verwacht dat meneer Altman me bij het bureau van zijn secretaresse zou staan opwachten, stralend alsof hij net bezoek had gehad van de paus.

'Avery!'

Ergens achter in mijn hoofd ging een alarmbel af. Niemand was ooit zo blij me te zien.

'Deze kant op.' Toen hij de deur van zijn kantoor opendeed zag ik een bekende neonblauwe paardenstaart.

'Libby?' vroeg ik. Ze droeg een wit uniform met een doodshoofdjes-patroon en had geen make-up op, dus vermoedelijk was ze hier recht-streeks uit haar werk naartoe gekomen. Halverwege haar dienst. Verzorgenden in verpleeghuizen konden niet zomaar halverwege hun dienst vertrekken.

Tenzij er iets mis was.

'Is pap...' De rest van de zin bleef steken in mijn keel.

'Je vader is tiptop in orde.' Het antwoord kwam niet van Libby of rector Altman. De stoel achter het bureau van de rector was bezet – door een jongen die niet veel ouder was dan ik. *Wat is hier aan de hand?*

De jongen droeg een pak. Hij zag eruit als iemand die personeel hoorde te hebben.

'Sinds gisteren,' ging hij verder, zijn lage, diepe stem afgemeten en precies, 'ligt de verder kerngezonde Ricky Grambs buiten westen in een motelkamer in Michigan, een uur rijden van Detroit.'

Ik probeerde niet naar hem te staren, maar dat lukte niet. *Licht haar. Lichte ogen. Gelaatstrekken zo scherp dat je er steen mee kon snijden.*

'Hoe kun je dat in hemelsnaam weten?' vroeg ik. Zelfs ík had geen idee waar die niksnut van een vader van mij uithing. Dus hoe wist hij dat?

De jongen in het pak gaf geen antwoord op mijn vraag. In plaats daarvan trok hij een wenkbrauw op. 'Rector Altman?' zei hij. 'Kunt u ons even alleen laten?'

De rector opende zijn mond, waarschijnlijk om bezwaar te maken tegen het feit dat hij zijn eigen kantoor uit werd gestuurd, maar de wenkbrauw van de jongen ging nog verder omhoog.

'Volgens mij hadden wij een afspraak.'

Altman schraapte zijn keel. 'Natuurlijk.' Zonder verder protest draaide de rector zich om en verliet het kantoor. Toen de deur weer dicht zat staarde ik opnieuw openlijk naar de jongen die hem de kamer uit had gewerkt.

'Je vroeg hoe ik weet waar je vader is.' Zijn ogen hadden dezelfde kleur als zijn pak – grijs, bijna zilver. 'Het zou op dit moment een stuk makkelijker zijn als je gewoon accepteert dat ik alles weet.'

Als hij iets anders had gezegd, zou zijn stem prettig zijn geweest om naar te luisteren. 'Een jongen die denkt dat hij alles weet,' mompelde ik. 'Goh, dat is nieuw.'

'Een meisje met een messcherpe tong,' antwoordde hij, zijn zilverkleurige ogen gefocust op de mijne. Zijn mondhoeken schoten omhoog.

'Wie ben jij?' vroeg ik. 'En wat wil je?' *Van mij*, voegde iets in mijn binnenste daaraan toe. *Wat wil je van míj?*

'Het enige wat ik wil,' antwoordde hij, 'is een boodschap overbrengen.' Mijn hart begon sneller te kloppen, al wist ik niet zo goed waarom. 'Een boodschap die via traditionele wegen nogal lastig te versturen bleek.'

'Dat kan weleens mijn schuld zijn,' gaf Libby, die naast me zat, schaapachtig toe.

'Wat kan weleens jouw schuld zijn?' Ik keek haar aan, blij met het excuus mijn blik af te kunnen wenden van Grijze Ogen, hoewel ik het lastig vond om mijn ogen niet direct weer naar hem terug te laten schieten.

'Het eerste wat je moet weten,' zei Libby op serieuze toon, voor zover iemand in een doodshoofdjesuniform serieus te nemen was, 'is dat ik geen flauw idee had dat de brieven echt waren.'

'Welke brieven?' vroeg ik. Ik was de enige in deze ruimte die niet wist waar dit over ging en ik kon het gevoel maar niet van me afschudden dat die onwetendheid een nadeel was, alsof ik ergens op een rails stond maar niet wist uit welke richting de trein zou komen.

'De brieven,' antwoordde de jongen in het pak, wiens stem zich als een soort deken om me heen wikkelde, 'die de advocaten van mijn grootvader al bijna drie weken naar je huis sturen.'

'Ik dacht dat ze je probeerden op te lichten,' zei Libby.

'Ik kan je garanderen,' antwoordde de jongen met fluwelen stem, 'dat er geen sprake is van oplichting.'

Ik wist wel beter dan te vertrouwen op de garanties van knappe jongens.

'Laten we dit nog een keer proberen.' Hij vouwde zijn handen in elkaar op het bureau en draaide met zijn rechterduim rondjes om de manchetknoop van zijn linkermouw. 'Mijn naam is Grayson Hawthorne. Ik ben hier namens McNamara, Ortega en Jones, een advocatenkantoor uit Dallas dat het vermogen van mijn grootvader beheert.' Graysons lichte ogen gleden naar de mijne. 'Mijn grootvader is eerder deze maand overleden.' Een gewichtige stilte. 'Hij heette Tobias Hawthorne.' Grayson bestudeerde mijn reactie – of beter gezegd, het gebrek daaraan. 'Zegt die naam je iets?'

Opnieuw voelde het alsof ik op een treinrails stond. 'Nee,' antwoordde ik. 'Hoort die me iets te zeggen?'

'Mijn grootvader was een zeer vermogend man, mejuffrouw Grambs. En blijkbaar heeft hij jou, naast onze familie en mensen die jarenlang voor hem hebben gewerkt, opgenomen in zijn testament.'

Ik verstond hem prima, maar de woorden drongen niet tot me door. 'Zijn wát?'

'Zijn testament,' herhaalde Grayson met een glimlachje. 'Ik weet niet wat hij je precies heeft nagelaten, maar je wordt geacht aanwezig te zijn bij de voorlezing van het testament. Dat zijn we al weken aan het uitstellen.'

Ik was een slimme meid, maar Grayson Hawthorne had net zo goed Zweeds kunnen praten.

'Waarom zou je grootvader míj iets nalaten?' vroeg ik.

Grayson stond op. 'Dat is de grote vraag.' Toen hij achter het bureau vandaan kwam wist ik opeens preciés waar de trein vandaan kwam.

Uit zijn richting.

'Ik ben zo vrij geweest je reis alvast te boeken.'

Dit was geen uitnodiging. Dit was een bevel. 'En waarom zou ik...' begon ik, maar ik werd onderbroken door Libby. 'Super!' zei ze terwijl ze me vanuit haar ooghoeken trakteerde op een boze blik.

Grayson keek zelfingenomen. 'Ik laat jullie even alleen.' Hij hield mijn blik ongemakkelijk lang vast en verliet toen zwijgend het kantoor.

Na zijn vertrek waren Libby en ik allebei vijf seconden stil. 'Dit moet je niet verkeerd opvatten,' fluisterde ze uiteindelijk, 'maar misschien is hij wel God.'

Ik snoof. 'Dat denkt hij zelf ook, volgens mij.' Nu hij weg was, viel het effect dat hij op me had makkelijker te negeren. Wie was er zo volkomen zelfverzekerd? Elk aspect van zijn houding en woordkeus, al zijn interacties waren daarvan doordrongen. Macht hoorde voor deze jongen net zozeer bij het leven als zwaartekracht. De wereld boog voor de wil van Grayson Hawthorne. Wat hij niet met geld kon kopen, bemachtigde hij vast en zeker met die ogen.

'Begin bij het begin,' zei ik tegen Libby. 'En niets weglaten.'

Ze frunnikte aan de inktzwarte puntjes van haar blauwe paardenstaart. 'Een paar weken geleden kregen we opeens allemaal brieven – geadresseerd aan jou, op mijn adres. Er stond in dat je geld had geërfd en dat we een nummer moesten bellen. Ik dacht dat het oplichting was. Zoals van die e-mails die zogenaamd van een buitenlandse prins zijn.'

'Waarom zou deze Tobias Hawthorne, een man die ik nog nooit heb ontmoet, van wie ik zelfs nog nooit heb gehóórd, me in zijn testament zetten?' vroeg ik.

'Dat weet ik niet,' antwoordde Libby. 'Maar dát,' ze gebaarde in de richting waarin Grayson was verdwenen, 'is geen oplichter. Hoorde je hoe hij tegen rector Altman sprak? Wat denk je dat ze hebben afgesproken? Heeft hij hem omgekocht... of bedreigd?'

Beide. Ik negeerde mijn reactie, haalde mijn telefoon tevoorschijn en maakte verbinding met het wifinetwerk van school. Een zoekopdracht naar Tobias Hawthorne later lazen we samen de kop van een nieuwsartikel: *Beroemde filantroop (78) overleden.*

'Weet je wat "filantroop" betekent?' vroeg Libby ernstig. 'Dat betekent rijk.'

'Dat betekent een persoon die goede doelen steunt,' verbeterde ik haar.

'Rijk, dus.' Libby keek me even aan. 'Wat als jíj een goed doel bent? Ze zouden de kleinzoon van deze vent nooit hebben gestuurd als hij je maar een paar honderd dollar had nagelaten. Dit moet om duizenden dollars gaan. Met dat geld zou je kunnen reizen, Avery, of je studie betalen, of een betere auto kopen.'

Mijn hart begon opnieuw sneller te kloppen. 'Waarom zou een volslagen vreemde mij iets nalaten?' antwoordde ik. Ik weigerde ook maar een seconde te dagdromen, want als ik daarmee begon, wist ik niet of ik nog zou kunnen ophouden.

'Misschien kende hij je moeder?' opperde Libby. 'Ik weet het niet, maar wat ik wel weet, is dat je naar de voorlezing van dat testament moet.'

'Ik kan niet zomaar weg,' zei ik tegen haar. 'En jij ook niet.' We moesten allebei werken. Ik moest naar school. Maar... als we gingen zou dat Libby in elk geval tijdelijk bij Drake vandaan houden.

En als dit echt is... Het werd al moeilijker om níét aan de mogelijkheden te denken.

'Ik heb vervanging geregeld voor de komende twee dagen,' zei Libby. 'Ik heb wat rondgebeld en hetzelfde voor jou gedaan.' Ze pakte mijn hand. 'Kom op, Ave. Zou het niet leuk zijn om samen op reis te gaan?'

Ze kneep in mijn hand. Ik wachtte heel even en kneep toen terug. 'Waar wordt dat testament precies voorgelezen?'

'Texas!' Libby grijnsde. 'En ze hebben niet zomaar tickets geboekt. We vliegen eerste klas.'

5

IK HAD NOG NOOIT GEVLOGEN. TOEN IK VANAF DRIE KILOMETER hoogte naar beneden keek, kon ik me moeiteloos inbeelden dat mijn bestemming verder weg lag dan Texas. Parijs. Bali. Machu Picchu. Dat waren altijd toekomstdromen geweest.

Maar nu...

Naast me zat Libby in de zevende hemel van een gratis cocktail te nippen. 'Tijd voor een foto,' verkondigde ze. 'Kom hier en hou je warme noten omhoog.'

Aan de andere kant van het gangpad wierp een vrouw Libby een afkeurende blik toe. Ik wist niet of haar afkeuring gericht was op Libby's haar, het jack met camouflageprint dat ze had aangetrokken toen ze haar uniform had uitgedaan, haar choker met metalen studs, de selfie die ze probeerde te maken of het volume waarop ze net 'warme noten' had gezegd.

Ik trok een arrogant gezicht, leunde naar mijn zus en hield mijn bakje noten omhoog.

Libby legde haar hoofd op mijn schouder en maakte een foto. Ze draaide de telefoon even mijn kant op zodat ik hem kon zien. 'Ik stuur hem naar je als we geland zijn.' Haar glimlach haperde even. 'Niet online zetten, oké?'

Drake weet zeker niet waar je bent? Ik wilde haar eraan herinneren dat het was toegestaan een eigen leven te hebben, maar ik hield me in. Ik had geen zin in ruzie. 'Oké.' Dat was geen al te grote opoffering. Ik had social media, maar die gebruikte ik voornamelijk om met Max te dm'en.

Over Max gesproken... Ik haalde mijn telefoon tevoorschijn. Aangezien ik die op vliegtuigstand had gezet kon ik niet sms'en, maar de eerste klas had gratis wifi. Ik stuurde Max een snelle update over wat er was gebeurd en las de rest van de vlucht obsessief alles wat ik over Tobias Hawthorne kon vinden.

Hij had zijn fortuin verdiend in de olie, waarna hij zijn geld breder had geïnvesteerd. Door Graysons opmerking dat zijn opa een 'zeer vermogend' man was geweest en het woord 'filantroop' in de krantenkop, was ik ervan uitgegaan dat hij miljonair was.

Die aanname bleek niet te kloppen.

Tobias Hawthorne was niet gewoon 'vermogend' of 'welgesteld'. Er waren geen beleefde termen voor wat hij was, afgezien van plaats-hier-een-krachtterm-naar-keuze stinkend rijk. Miljarden. Meervoud. Hij was de op acht na rijkste man van de Verenigde Staten en de rijkste man van Texas.

Zesenveertig komma twee miljard dollar. Dat was zijn vermogen. Dat klonk niet eens als een echt getal. Na een tijdje vroeg ik me niet meer af waarom een man die ik nog nooit had ontmoet me iets had nagelaten, maar begon ik me af te vragen hoevéél hij me had nagelaten.

Vlak voor de landing stuurde Max een dm terug: Vuile snor, loop je nou met me te faxen?

Ik grijnsde. Nee. Ik zweer het. Ik zit in een vliegtuig naar Texas. We gaan bijna landen.

Max' enige antwoord was: Holy chips.

Als het Hawthorne-mysterie is opgelost, begint het Ultieme Spel!

Het Ultieme Spel is ontworpen om iedereen een eerlijke kans te geven op roem en rijkdom, en dit jaar geven zeven gouden tickets toegang. Er wordt gespeeld om miljoenen, dus de kandidaten zullen alles doen om te winnen.

Sommige spelers doen mee voor die geldprijs, andere voor macht. Weer anderen hebben zo hun eigen redenen. En ieder van hen heeft geheimen. Als de spanning oploopt en de uitdagingen de kandidaten tot het uiterste drijven – fysiek, mentaal en emotioneel – wordt algauw duidelijk dat niet iedereen volgens de regels speelt.